奥菲奥

[美] 理查德·鲍尔斯◎著

梁路璐 宋赛南◎译

新 华 出 版 社

图书在版编目（CIP）数据

奥菲奥 / (美) 理查德·鲍尔斯著; 梁路璐、宋赛南译.
北京: 新华出版社, 2016.12
书名原文: ORFEO
ISBN 978-7-5166-3027-3

Ⅰ. ①奥… Ⅱ. ①理… ②梁… ③宋… Ⅲ. ①长篇小说－美国－现代
Ⅳ. ①I712.45

中国版本图书馆CIP数据核字（2016）第301137号

著作权合同登记号：01-2015-4350

奥菲奥

作　　者: [美] 理查德·鲍尔斯　　**译　　者:** 梁路璐　宋赛南

选题策划: 黄绪国　　**责任印制:** 廖成华
责任编辑: 李　成　　**封面设计:** 李尘工作室

出版发行: 新华出版社
地　　址: 北京石景山区京原路8号　　**邮　　编:** 100040
网　　址: http://www.xinhuapub.com
经　　销: 新华书店、新华出版社天猫旗舰店、京东旗舰店及各大网店
购书热线: 010－63077122　　**中国新闻书店购书热线:** 010－63072012

照　　排: 臻美书装
印　　刷: 北京凯达印务有限公司
成品尺寸: 140mm×200mm　1/32
印　　张: 13.5　　**字　　数:** 322千字
版　　次: 2017年3月第一版　　**印　　次:** 2017年3月第一次印刷
书　　号: ISBN　978-7-5166-3027-3
定　　价: 39.00元

译序

1967年，一个名叫约翰·巴思（John Bath）的美国作家发表了一篇题为《枯竭的文学》（*The Literature of Exhaustion*）的文章。一石激起千层浪，学界、创作界对此展开了热烈的讨论，其中也不乏误解之音。在此后的20余年里，巴思又撰文《文学的富足》（*The Literature of Replenishment*）和《再探后现代主义》（*Postmodernism Revisited*）来一阐自己当年的初衷："枯竭"的死亡对象绝非指向文学，而是指向传统的文学艺术形式，文学本身将在更具挑战性、革新性甚至颠覆性的叙述形式中前行不怠。同年，一个十岁的美国中西部小男孩，满脑子想的或许只是来年即将开启的泰国旅居生活。然而，世事却又难料，当年的那个十岁小孩日后却成了美国后现代叙事的一员大将。更有评论家赞誉他为美国当代文坛"X一代作家群"的领军人物、"后品钦时代的代言人"、美国"最具前景的小说家"。

这个十岁小孩就是理查德·鲍尔斯（Richard Powers），一位在我国还没来得及大火，在美国却早已大红大紫的作家。从1985年出版第一部小说《三个农民去舞会》（*Three Farmers on Their Way to a Dance*），迄今，鲍尔斯已相继出版10余部小说。其中，《回声制造者》（*The

Echo Maker）为他赢得了2006年的美国国家图书奖小说奖。《奥菲奥》（*Orfeo*，2014）成功入围2014年布克文学奖长名单。尽管读者们早已对他的《回声制造者》瞠目结舌——这部恢弘巨著融人类故事与鸟类故事、神经科学问题与生态伦理问题、科技文明与自然灵性于一体，但是《奥菲奥》仍然再一次震撼读者——鲍尔斯的写作不论在小说内容方面，还是在叙事形式方面，似乎永远不会“枯竭”。

一

一支前奏曲，然后：

世界改变之后的第十年，一个春天的夜晚。夜已深，一处静谧的街坊里，一户美国工匠的人家还透着光。窗帘上有人影在跳动：正如这年冬天每个夜晚一样，这么晚了，这个男人仍在工作，他身后的架子上摆满了玻璃器皿。他穿着便服，戴着护目镜和医用乳胶手套，羸弱而单薄的身体向前倾着，仿佛贾科梅蒂做出的雕塑。一丝暗淡而又浓重的阴郁从他的眼中浮现。

这是小说的开头，突兀甚至有些无厘头，却恰好地透露了故事中的几乎所有元素——音乐、世界改变、实验、艺术、人、生存现状、命运……最让人寻味的是这个开头：“一支前奏曲，然后：”（An overture, then:）。前奏曲往往是一出剧或序曲的开头部分，意在介绍其后的重点。那么这里的“前奏曲”又是要介绍什么呢？这样的开头，不论有多么的简洁，都似乎称不上是一个好的开头，因为它过于抽象和留白，太言之无物。然而，又不得不承认，这或许可以算得上一个极好的鲍尔斯式的小说开头：读懂了它，就是读懂了鲍尔斯。鲍尔斯精通好几门语言：英语、泰语和荷兰语；跨越艺术和科学两界，本科学习物理，后转为文学，拿到文学硕士学位，毕业后从事计算机编程工作，后又回到母校伊利诺伊大学厄本那香槟分校任英语系教授、贝克曼实验室研究员。可以想见，鲍尔斯的智商非常人可及。高智商的鲍尔斯期许他的读者是高智商。万一真读不懂，继续读下去，也会读懂了鲍尔斯，因为鲍尔斯还说过，他还期许他的读者有好的耐性。[1]

耐心的读者将读到这样的一个故事。姓名：彼得·埃尔斯（Peter Els）。年龄：古稀。婚姻状况：离异、有一女儿，鳏居、有一爱犬费德里奥与其相伴。职业：作曲家。其他情况：自幼音乐天分极高，大学本科时学习化学，后转习音乐，一生致力于作曲。退休后的埃尔斯在自己的家里建了个小型的DNA实验室，培养从网上买来的细菌，试图通过实验把生物的活细胞变成一个类似于音乐盒或者CD的东西，从而将自己穷极一生所追求的作曲创新推向真正的“永生”。不幸的是，爱犬费德里奥去世当晚，埃尔斯下意识的一个求救电话将警察招进了家门，暴露了自己的实验室。很快，埃尔斯被当局列为“音乐炸弹客”。警察实行抓捕的当天是个周一，埃尔斯周一早起出门运动的习惯让他躲过了那场抓捕，他的逃亡之旅就此开启，同时开启的还有回忆之旅、拜访之旅和作曲之旅。

“前奏曲”变得清晰和明了：这是关于“恐怖主义”的序曲；十年前的那一幕，也即9·11，只是前奏；十年后，真正的“恐怖主义”才上演。2001年9月11日，双子楼遭毁，3201人死亡，6291人受伤，千亿美元直接或间接付之东流。这是一段极其沉重和悲痛的历史，有

1. 详见刁克利对鲍尔斯的访谈，“The Human Race is still a Work in Progress: An Interview with Richard Powers”

人着眼于数字，有人受噬于创伤，有人以行动要求血债血还。鲍尔斯不一样，他在追问着这样一个问题：对于每一个美国公民来说，“9·11”到底意味着什么？

小说中的埃尔斯堪称遵纪守法的良好公民，在他前七十年生涯中，过马路时他几乎连一个红灯都没有闯过。即便如此，看似和“恐怖主义”不会有瓜葛的良民却成了在逃的“恐怖分子”。埃尔斯被称为“恐怖分子”离不开美国“9·11”之后的安全政策。2001年10月26日，时任美国总统乔治·沃克·布什签署了“使用适当之手段来阻止或避免恐怖主义以团结并强化美国的法律”（Uniting and Strengthening America by Providing Appropriate Tools Required to Intercept and Obstruct Terrorism Act of 2001，取英文首字缩写成为“USA PATRIOT Act”，即《爱国者法案》）。此项法案延伸了恐怖主义的定义，包括国内恐怖主义，扩大了警察机关可管理的活动范围，譬如警察有权对电话、电邮、医疗、财物等各类记录进行搜索。民权主义者认为，这个法案危害了公民的自由权和隐私权。小说中也特意指明了这一点，“两个月以前，在同一个地方，他读了某本杂志上一篇关于新《爱国者法案》规定的文章。里面谈论到，政府在没有确凿证据的情况下可以限制公民……‘排除嫌疑前受控’。”对于埃尔斯来说，对于每一个美国公民来说，“9·11”只是一个前奏，毁灭与死亡之后，新的序曲才真正上演，一切都处于森严的监视之下（当然，有学者认为这样的生存现状早在9·11之前就已经存在了），以至于这之后的任何一个时间点都进入到了“9·11”之后的“后9·11”中。恐怖不再是刹那间的心理体验，而是一种长期绕萦于心的心理折磨，生活中的一切都围绕其展开进而最终演变为其中的一分子。换言之，“后9·11”时代，恐惧成为常态。

鲍尔斯想要探讨的显然不止于“9·11”意味着什么，因为之前的《回声制造者》已经完成了此项工作。《奥菲奥》试图对“后9·11”的生存出路做一解答。当整个时代都进入“后9·11”时代，当恐怖心理成为一种常态时，人应该如何生活？

学界在讨论“恐怖主义（terrorism）”时，大都愿意将其追溯至古希腊历史学家色诺芬曾专门记述过的“攻心术”。然而，关于“恐怖（terror）”心理的记载我们或许可以追溯至更早的古希腊神话。太阳神阿波罗与缪斯女神卡利俄帕有一子“奥菲奥（Orfeo）”，他艺术才能非凡，曾用自己弹奏的竖琴声压倒了善以歌声迷惑别人的海妖塞壬的歌声。他与妻子尤丽迪茜（Euridice）喜结连理之日，尤丽迪茜不幸遭毒蛇咬而身亡，奥菲奥进入冥界寻妻，最终却因违背了与冥王约定的誓言扭头回看妻子而让妻子再次送命。牛津英英词典对“terror”的释义是“极端的害怕（extreme fear）”。身处冥界时，奥菲奥的内心无疑是“极端的害怕的”：首先，他进入的冥界是不允许有生命和希望存在的地理空间，他也是经过了苦苦哀求，才进入到其中的；其次，他与冥王已经立约，不可回头，不然妻子尤丽迪茜就无法生还。因此，不那么严格地说，奥菲奥进入冥界后，即是进入了一个死亡恐惧统领一切的状态。

鲍尔斯将小说命名为《奥菲奥》似乎有意将读者对“后9·11”的思考带回至这则古希腊神话。严格地说，小说主人公埃尔斯并没有被赋予第二个名字“奥菲奥”，但整部小说以他被当局列为恐怖分子为线索、以他的逃亡之旅为主线，显然是在讲述一个新“奥菲奥”的故事。这可以说是整部小说的第二个巨大隐喻，个人认为第一个巨大隐喻或许是“后9·11”时代与“冥界”。在古希腊神话中，奥菲奥要救回妻子只有一条路，那就是遵从同冥王的约定——“不要回头”。

这里的回头，不是简单的方位意义上的“回头看”，更有可能是心理空间的“回头看”——回忆过去、思考过去。鲍尔斯笔下的“新奥菲奥”却是一个不断“回头看”的人。他的逃亡之旅本身就是一条造访故人之旅：一路上，他先后造访了前女友、前妻、一生的好友邦纳、女儿。现实层面的“回头”又与心理层面的“回头”并行不悖，他先后回忆了自己儿时的小表姐、高中和大学时期的恋人、母亲、前妻、女儿、友人。逃亡、造访与回忆，互为底色、互为背景、互为你我。这样的一路，也是埃尔斯对音乐作曲的重新认识之路：人类穷尽各种手段所制造出来的各种声音都不过是对大自然的模仿；人类一切的作曲创新，到头来却发现，大自然早将其镌刻在了生命的符码中。引用小说中的原话，“他穷极一生想要找到的东西竟一直都在这里，可以自由地聆听。”在这样的认识中，埃尔斯的思想回到了丰产的自然之初，这与鲍尔斯一直以来的生态思想是契合的；同时，鲍尔斯也借埃尔斯之口表达了对人类未来的担忧，“人类的聪明才智从一开始就受到了诅咒，势必会在丰产中走向灭亡。”这或许也是开篇的带有宿命论性质的“祈祷”的缘由所在。

古希腊神话中奥菲奥的“回头一看”，将妻子永远地留在了无希望和生命的冥界。“新奥菲奥”——埃尔斯的“回头一看”是否为他带来了新生？这一点，小说并没有给出明确的答案，因为在小说的最后，我们所能读到的只是：

> 她走到窗前，喉咙里发出一声哭喊。“噢，见鬼。”她的身子往后退了两步，抬起的手臂似在拒绝接受这个事实。“见鬼！”她呆滞的眼睛睁大了。脸色变得如死灰一般。“爸爸，”她哀求道，“别，千万，不能。”

她摇着头，恐惧（terror）把她折磨得够呛。她的眼睛在你眼神里探求着：做什么？

好东西。好而响亮。好而生动。一朵没有人知道的玫瑰。

倘若她点点头，哪怕只是微微点一下，你就会朝门走去，穿过它。跑到一个清新的地方——那里绿意正浓——重新开始留意所有新的危险之物。你继续前行，如快乐的音符，能走多远就走多远，你盛有胚芽的小瓶里堆得高高的；你像一个指挥家把手里的指挥棒挑起，给出一个幸运的暗示，比任何人料想的都要幸运。一个小小的无穷大的下拍。你终将听到这支乐曲如何延续。

这是一个开放式结尾，留给读者的是无穷的猜想。屋子被包围了。埃尔斯束手就擒了吗？还是听从女儿的建议“藏起来”了呢？抑或是“朝门走去，穿过它。跑去一个清新的地方”了？或者还有其它的可能，小说最后的这几页“你”是否还在人间？总之，我们没有足够的自信对任何一个假定说，对，就是这样。含混不清的结尾，有些是因为作者自身的思考不够清楚，因而无法给出一个清晰的结尾，譬如，曾为诸多评论家所热议过的海明威的《白象似的群山》的结尾。然而这样的缘由可能并不适用于鲍尔斯的这个结尾。因为在小说的最后这几页中，之前叙事者所叙的“他（埃尔斯）”变成了叙事者口中的“你（埃尔斯）”，以至于这最后几页读来宛如一场私密的对话，或者一封私人信件。如此推断，叙事者与埃尔斯的关系应该不是陌生人，想必他对埃尔斯的境遇也是颇为清楚的。避而不提埃尔斯的所去，更有挑战和延长读者的阅读体验之嫌。这也再一次让我们看到了鲍尔斯对其高智商读者的吁请。

二

《奥菲奥》以“一支前奏曲”开始，以“你终将听到这支乐曲如何延续”（And at last you will hear how this piece goes.）作为结束。在鲍尔斯这里，《奥菲奥》应该不是一部传统小说。我们还可以更为大胆地说，这甚至不是一部传统意义上的音乐小说，它对“音乐小说”这四个字做了更进一步的诠释，或者说，把它推向了极致。说起音乐小说，我们不能不提到几部作品或者几个人，譬如罗曼·罗兰和他的以贝多芬为原型的《约翰·克里斯多夫》，再如巴赫金的“复调”理论和米兰·昆德拉的“复调”小说。前者更倾向于叙事内容，后者更着意于叙事手法。鲍尔斯在这两方面都堪称好手。

叙事内容上，它围绕作曲教授埃尔斯的音乐生涯展开，相伴于埃尔斯的音乐之路，读者将不断邂逅诸多音乐大师、诸多音乐流派、诸支美妙乐曲。直接或间接提及的音乐大师名单包括：贝多芬、瓦格纳、莫扎特、舒曼、舒伯特、爱德华·埃尔加、约翰·凯奇、佩罗坦、鲍勃·迪伦、艾灵顿、贝尔格、巴托克、梅西安、肖斯塔科维奇、布里顿、阿隆·科普兰、乔治·克兰姆、杰罗姆·科恩、基恩·奥特里、伍迪·赫尔曼、亚提·萧、多罗西·菲尔兹、查克·贝利、比尔·哈利、卡尔·帕金森、阿米尔卡雷·蓬基耶利、法兰克·辛纳屈、塞勒斯·科本、查尔斯·格里安、莉莲·罗素、泽姆林斯基、本杰明·布里顿、阿尔班·贝尔格、布鲁诺·瓦尔特、托马斯·默顿、古斯塔夫·马勒、哈里·帕奇、斯卡等；黑人美声团体“五黑宝”乐队、美国嘟哇和声乐队“企鹅乐队”、英国重金属乐队、高科技民谣、疯狂摇滚、美国地下朋克先锋乐队“地下丝绒”乐队等，他们在小说中或上演他们的音乐，或作为背景知识出场。还有很多相关的音乐术语更不用说，如等阶八度、两步舞曲、附点、交响曲、复调乐曲、密纹唱片、兰德勒舞曲等。诗和歌不分家，雪莱、艾玛·拉孔勒斯、朗费罗、弗里德里希·吕克特、约翰·托尔金（作家）、乔治·克雷布、惠特曼穿梭其中。读这本小说，读者就像是打开了一本音乐简史。

对于音乐一窍不通的读者或许会担心大量的音乐术语、乐理知识会冲击和干扰故事层面的情节展开。其实多虑了。一方面，我们或许本来就应该将它们视为故事层面的一部分，因为“音乐”本身就是这部小说的关键词之一。小说中，埃尔斯曾动情地回忆很多音乐大师的音乐之路，譬如二战时被关进了集中营的梅西安创作并和几位音乐营友在集中营里上演了《时光终结四重奏》。这些音乐或音乐故事再一次将那些老生常谈的话题推向我们的心头：音乐无国界、音乐面前人人平等、音乐让人坚强地活下去、音乐与自由的关系、音乐与自然的关系。另一方面，与其担心，我们倒不妨坐下来和埃尔斯一块来听听这些音乐，我们会惊喜地发现，幼时就很擅长大提琴、吉他、萨克斯管和单簧管的鲍尔斯居然可以用笔把耳朵的感觉写得如此的形象和生动，恰如这段：

……1966年的那个秋天，在这幢房子里，他的室友们把他绑在一把高背椅上，强行喂给他加入大麻烘焙出来的布朗尼蛋糕，逼他不停地听音乐，甚至一连听上好几天。他们先给他听的是《平均律钢琴曲集》。彼得脑子里迸发出数不清的万花筒似的线条，就像皮拉内西绘出的迷宫里那些纠结的楼梯一般。不可名状的弧线从音乐的洪流中跳出来，孤注一掷地抛洒着自己的生命。那些独立的线条忽而交织，忽而碰撞，纷纷叠加在一起，衍生出更多闻所未闻的旋律，曲调中包含着不同类型的其他曲调，或是把填字游戏暗示一样神秘的曲调掩埋起来，又将它们的解码钥匙藏在另一个似是而非的线索之中。让人眼花缭乱的幻象令他错愕——仿佛是时光神圣杰作的两分钟。

叙事手法上，现实层面的逃亡之旅和探访故人之旅，与心理层面的回忆之旅交织在一起，构成一种复调叙事。逃亡、探访和回忆，这三者因为“音乐”集合在了一起：逃亡的是因作曲创新而为自己招引来的“恐怖分子”身份，回忆（思考）的是音乐创新的问题出在哪儿了，探访的则是一路上陪伴过他的那些音乐“尤丽迪茜”们。可以说，这一路，既为躲避性的逃亡，又为正视性的面对。埃尔斯的人生在现实与过去、逃避与寻找之间纠结、挣扎。逃亡、探访和回忆，看似有着各自的旋律，但由于它们三者又彼此关联，互为诱因和推进，以至于它们各自又并不按照各自的表述展开，而是以一种类似于对话式的方式展开。

事实上，我个人倾向于将《奥菲奥》视为一部极其与众不同的音乐小说，既不是因为它在内容上的与音乐相关，也不是因为它叙事上的“复调”性，而是因为小说本身就是一部音乐作品。我们可以在隐喻的层面理解“小说本身是一部音乐作品”这句话，就像我们理解“9·11”是“后9·11”的一个前奏曲一样。或者，我们还可以走得更远，从音乐创新的层面来理解这句话。

一直在思考音乐创新的埃尔斯在小说的几近结尾的地方上演了自己的“最后一次独奏会”，完成了对自己之前的所有音乐创新的超越。埃尔斯造访前妻之后，得悉了挚友理查德·邦纳的境况与地址。两位老友再次邂逅所谈论的仍是搞音乐。埃尔斯告诉邦纳，他自己想把音乐文件加入到活细胞里的想法破产了，因为当局捣毁了他的家。邦纳不这么看，他认为行为本身就包含着音乐，他的这种想法来自于他对天体音乐的认同。换言之，埃尔斯本身的行为就是在搞音乐、在演绎乐曲，因为埃尔斯本人就是一个巨大的活细胞集合。埃尔斯决定上演自己的“最后一次独奏会”，“做出让这混乱无常的世界也能听到的东西来”。离开邦纳后，他在推特上给自己创建了一个名为“恐怖和弦”（@Terrorchord）的用户名，之后就开始了自己的独奏。这场独奏包括呈示部和展开部，其中呈示部只是几条简单的推特发文，用以证明他就是逃犯。展开部则是一系列的推特发文，小说中全部以“【 】”给出。可以说，埃尔斯发推特的过程即为独奏的过程，同时也是其音乐作品诞生的过程。

《奥菲奥》的叙事者则通过第二次调用埃尔斯的推特发文重新架构了一部音乐作品——《奥菲奥》，而埃尔斯本人的“恐怖和弦”也整合为其中的一部分。同“恐怖和弦”一样，《奥菲奥》的开头也是用极为简短的篇幅进行了背景介绍，原文大致是两页的篇幅（整部小说为410页），并且这两页在原小说中字体与后文也不一样。随后小说就插入了我们在埃尔斯的“恐怖和弦”中所读到的第一条推特“【如他们所言，我实施了我的企图。罪名成立。】”，从这一条推特的插入开始，《奥菲奥》这出音乐作品就进入到了乐曲的展开部。这一点同“恐怖和弦”一样，“恐怖和弦”也是以这一条推特的发出开始其展开部的。

当然，我们该如何看待埃尔斯的“恐怖和弦”和叙事者的《奥菲奥》这部音乐作品间的更多关系，均有待于读者的解读。小说最后的那句“你终将听到这部作品如何延续”总归是为我们提供了些许线索的。

在翻译这部小说的过程中，我们不断地讨论过这样的一个问题，这到底是一部小说，还是一部音乐作品？如果是音乐作品，我们又为何听不见它？毕竟我们传统的认识，音乐首先要开启的应该是人的听觉感官。不过这样的问题在埃尔斯面前，在邦纳面前，或在鲍尔斯面前，本身可能就不是一个需要作答的问题。《奥菲奥》中，鲍尔斯借邦纳之口三次重复同一句话："你只有听了天体的音乐，才能明白你们这些凡夫俗子搞的东西纯属无聊。"同邦纳在医院道别后的埃尔斯在自己之后的"恐怖和弦"中也内省了自己作为一名"凡夫俗子"对音乐的误解："【我这一生都觉得我是了解音乐的。但我就像一个孩子，常把自己的祖父和上帝弄混。】"之前的埃尔斯是一个用耳朵来看这个世界的人，整个世界在他面前是一个"音景"世界，即便如此，他也是完完全全不了解音乐的。作为真正的凡夫俗子的我们，要想听懂他的"恐怖和弦"和鲍尔斯的这部《奥菲奥》，恐怕先要改变我们的思想。而至于怎么改变，也仍然有赖于读者去好好地读作品本身。

不过，我们关于这到底是一部小说还是一部音乐作品的争论随着2016年10月13日鲍勃·迪伦摘得诺贝尔文学大奖也就不再是个问题了。诺奖颁给了迪伦，文学评论界虽然有过一段时间的热议、质疑乃至非议，不过现如今，一切均已尘埃落定。中国大陆在很短的时间内开始对中国当代著名诗人的一些著名诗作进行尝试性谱曲并传唱的现状也再次说明了我们对迪伦获得诺奖的一种接受度。既然我们已经接受了迪伦，那么对于这样一部意义丰蕴、形式恢弘、话语繁多、结构精巧的《奥菲奥》，我们又何必要弄清它是什么呢？读它就好了。再或者，想想那个词——"元小说"，一切或许便都有了解答。

坦诚地说，对于原著《奥菲奥》，我们是敬畏并爱不释手的，但翻译的过程无疑又是艰苦的，屡屡想打退堂鼓的。小说中，文学语言、音乐语言还有化学语言相互杂糅，叙事文本与诸如音乐作品介绍之类的说明文体相互融合。毫无疑问，这是当代叙事的一大幸，是鲍尔斯对五十年前巴思所言的“枯竭的文学”所做的最有力的探索。这种大胆创新却也成为了我们翻译过程中的最大障碍。还好，我们有网络，就像埃尔斯借用网络来购买细菌、实验器材、上演他的独奏会，网络上庞杂而丰富的信息的确也让我们的翻译工作变得轻松了些许。

宋赛南

2017 年 1 月 19 日

一支前奏曲，然后：

世界改变之后的第十年，一个春天的夜晚。夜已深，一处静谧的街坊里，一户美国工匠的人家还透着光。窗帘上有人影在跳动：正如这年冬天每个夜晚一样，这么晚了，这个男人仍在工作，他身后的架子上摆满了玻璃器皿。他穿着便服，戴着护目镜和医用乳胶手套，羸弱而单薄的身体向前倾着，仿佛贾科梅蒂做出的雕塑。一丝暗淡而又浓重的阴郁从他的眼中浮现。

他研读着一本书，书底下是堆满工具的杂乱的工作台。一只手里握着一支单道的移液管，倾斜着，像一把匕首。他从一个小小的冷藏瓶中吸出一种无色液体，像极了食蚜蝇从香蜂花的嫩枝上汲出的汁液。这滴液体被吸进一支管口比老鼠的口鼻还小的玻璃管，它太不起眼了，以至于他都不能肯定是不是把它吸了进去。他把用过的那支吸液头丢进垃圾桶，戴着手套的那只手在发抖。

更多的液体从烧杯里流进玩具屋大小的器皿所盛的鸡尾酒似的东西里：用酸引子开启魔法；耐热的催化聚合酶；核苷酸列成队，就像被早晨五点的起床号叫醒的士兵们排成一列，每分钟一千个化学键。男人像一个烹饪爱好者那样对着打印好的菜谱一一照做。

调制液进入了热循环仪，液流如过山车一般作了二十五次循环往复，在接近沸腾和微温之间不断变化着。两小时以后，脱氧核糖核酸融化了，退火了，将自由移动的核苷酸抓住，每次经过循环弯路的时候都会翻倍。经过二十五次翻倍，数百股DNA衍生出了更多的副本，比地球上的人口还要多。

外面，轻风拂动了刚刚抽芽的树。一群桀骜的欧夜鹰在这夜色中巡视。这位喜欢自己动手的遗传工程学家把一组细菌从其培养皿中移出，放在层流净化罩下。他搅了搅变得扁平的培养瓶，将散开的细胞分放进二十四池的样品盘中。盘子被放到一架显微镜下，里面的物质被放大四百倍。男人把眼睛凑到目镜前，看到了那个真实的世界。

隔壁，一个四口之家正在观看《与星共舞》[1]的结局。南面的一幢房子里，一家半违法性质的房地产开发公司的一位行政秘书正在安排下个秋季去摩洛哥的航行。隔着两个后院的开阔地，一位市场分析师和他怀孕的妻子躺在床上，手里各捧着一个发光的平板电脑，一个在玩着德克萨斯扑克牌，一个在拼贴一场虚拟婚礼的图片。街对面的房子没有灯光，房主正在通宵守夜——一种在西弗吉尼亚流行的信仰疗法。

没有人会十分在意南林登街806号“美国工匠”这间铺子里这位恬淡而不羁的老艺术家。男人退休了，退休的人总会培养起各种各样的嗜好。他们会去参观内战将领们的出生地。他们会练起小低音号。他们学打太极拳，或者收集佩托斯基石[2]，或者拍摄有人脸形状的岩层。

但彼得·埃尔斯只有一个遗愿：挣脱时光的束缚，听见未来的声音。别无他求。在这样的深夜里，在这个反常的令人沉醉的春天，似乎也没有什么别的愿望比这样的愿望更加合理了。

1. 美国的一档明星舞蹈竞技真人秀节目。
2. 六射珊瑚的化石，是活珊瑚虫的骨骼形成的，有三十五亿年的历史。

【如他们所言，我实施了我的企图。罪名成立。】

磁带中出现了长时间空白的杂声。过后，一个清晰的女低音说道："潘普雷亚县应急服务，十二号调度员。您在哪里？有什么紧急情况？"

此时传来的动静像是棘轮裹在毛巾里发出来的。重重的拍打声之后是咔哒一声响：电话掉到了地板上。短暂的停顿后，一个男人用抬高了的声调紧张地说："接线员？"

"是的。您在哪——"

"我们这儿需要医疗救助。"

女低音的声音渐强。"您那里出了什么问题？"

另一边传来一声低沉的吼叫，不像是人类发出的。那个男高音低语道，"亲爱的，没事。不要紧。"

"有人病了吗？"女低音问道，"需要救护车过去吗？"

又是一声沉闷的撞击，随即变成了电话里的噪音。沉默过后，只听见一声令人窒息的"噢"。急促的言语中断了，即使用数字过滤和加强技术也无法辨识了。那是抚慰没能奏效的声音。

调度员说，"先生？您能确认一下您的地址吗？"

有人哼了一支柔和的小曲，一支来自另一个星球的摇篮曲。然后，线路中便一片寂然。

【我确信谁也没有听到过哪怕一个音符。这曲子是我为一个音乐厅写的，里面空无一人。】

两位警官的靛蓝色警车停在南林登街 806 号前面。他们当晚处理了几起事件：过量服用抗抑郁剂，便利店里发生的一场将人臼齿打落的斗殴，以及一场关于优生学的激辩，当中有人用小型枪支开了火。宾夕法尼亚大学城里的生活波澜起伏，而夜未央。

这幢房子是彼得·克莱门特·埃尔斯的；三年前，身为沃拉塔大学兼职教授的他被迫辞职了。警方的数据库里没有任何关于他的记载；埃尔斯先生似乎是一个过马路时连红灯都没闯过的人。两位警官——其中一个年轻男人迈着铅球运动员的步态，另一个年龄大些的女人边走边用困惑的眼神朝四下观望——沿着小径走到门前阶处。春风吹得枫树枝哒哒作响。几声有些压抑的欢闹隔着两块暗黑的草坪从近旁的另一幢房子里传过来。高高的上空，短途航班的双喷气飞机轰鸣着掠过，飞往当地的机场。四个街区以外，奔流不息的车辆在州道上穿梭往来。

前廊里杂乱地摆放着还未来得及收拾的物品：一架碎木机，两根狗咀嚼过的生牛皮骨，几只培好土的花钵，还有一支自行车打气筒。男警官把纱门打开按住，女警官上前警觉地敲了敲。

一扇半月形的窗户后面有什么闪动了一下，门打开了。一个体形枯瘦，貌似苦行僧的男人站在了楔形的光下。他戴着一副无框眼镜，一件花格子衬衫围搭在脖领一圈。他灰白的头发看上去就像一个拓荒女用一只破碗割过的草一样。一片被食物残渣渍过的痕迹还留在他的灯芯绒裤子上面。他的眼睛望着别处。

他身后的屋子里显得有点杂乱。书架围着几把沙发木椅。每个表面都堆放着书籍、CD光盘盒，以及状如石笋的蜡烛。破旧的波斯地毯的一角向上翘起。晚餐用过的餐具堆在一张上面随意放着杂志的咖啡桌上。

女警官作了调查取证。“彼得·埃尔斯？是您拨打了紧急求助电话？”

埃尔斯闭起眼睛，然后又睁开。“我的狗刚刚死了。”

“您的狗？”

“费德里奥。[1]”

“您打 911 是为了您的狗？”

“漂亮的金毛猎犬。十四岁了。她突然开始大出血。”

“您的狗病了，”警官说道，恻隐之心让她的声音沉了下来，“您没有打电话请兽医来吗？”

“犯罪嫌疑人”把眼睛垂下来。“没有。我猜是中风了。她在地板上滑来滑去，嚎叫着。我想过去挪动她，她却把我咬了。我想要是有人能帮忙去控制住……”

在一扇门后面通往起居室的过道里，一条绿色的绗缝被[2]覆盖着一团东西，那东西足有一个孩子蜷起身子来那么大。男警官指了指。彼得·埃尔斯扭头看去。当他再把脸转回来时，脸上写满了窘愧。

“她一定是觉得我在惩罚她。”他扶住半打开的门，盯着天花板。“很抱歉打扰大家了。只是当时感觉这事很紧迫。”

警官点了点头，望向那一团东西。“我们能看看吗？”

埃尔斯畏缩了。“看她？她已经死了。”他有些笨拙地停顿了一下，然后退在一旁。

埃尔斯的起居室看起来更为粗陋，摆满了各式各样的器材。三面墙上都有从地板一直到天花板的架子，上面塞满了书和 CD。男警官看了看，觉得有些焦躁。他走出那扇门，走到门厅这头，地板上躺着用被单盖着的那团东西，他把被单翻了过来。

“那狗信得过我。”埃尔斯说道。

---

1. 德国作曲家贝多芬创作的唯一一部歌剧的作品名。
2. 用针线将被面与被里绗缝在一起的薄被子。

“金毛都是好狗。”女警官说。

“那狗博爱。她活了十四年，我都很难相信。”

男警官把被子重新盖到狗的尸体上。他退出门厅，又退到门外。他用手指摸了摸他的皮带：警棍、手铐、对讲机、钥匙、胡椒喷雾、手电筒、枪。黄铜做的名牌上面写着马克·鲍威尔。“你得联系‘动物看护和管制局’了。”

“我想我得……”埃尔斯用拇指指向房子后面，“给她办个体面的葬礼。她很喜欢后面那块地。”

“你得打电话给‘动物看护和管制局’，先生。出于公共卫生考虑。我们可以给您提供号码。”

“啊！”彼得·埃尔斯扬起眉毛，点了点头，仿佛所有难以理解的事情最终都讲得通了。女警官给了他一个号码。她向他保证说法律规定这个电话必须得打，而且这么做一点也不麻烦。

鲍威尔警官扫了一眼架子上的 CD 唱片：好几千张碟片——最近被淘汰的技术。一个大木框架靠在一面墙上，像一个独立式的衣帽架。几只锯短了的水冷瓶用弹力绳从框架上悬挂下来。

鲍威尔摸了一下他的皮带。“犹大牧师[1]！”

“云室碗[2]。”埃尔斯说。

“云室？是不是一种……？”

“不过是个名字而已，”埃尔斯说，“你也能演奏。”

“您是位音乐家？”

---

1. 1969 年成立的一支英国重金属乐队。

2. 由十四个（十三个）“碗”（广口瓶）悬挂在一个巨大的木制框架上构成。最初被用于云室，用来追踪原子粒子的轨迹。上世纪六十年代由特立独行的美国著名现代微分音音乐作曲大师哈里·帕奇改造成了一种独特的乐器。

“我过去教这个。作曲。”

“写歌吗？”

埃尔斯弯了一下两只手肘，把头垂下来。“这很复杂。”

“很复杂？您指什么？高科技民谣？疯狂摇滚[1]斯卡[2]？”

“我已经不怎么写了。”

鲍威尔警官抬起头。“为什么？”

“世上的音乐太多啦。”

警官皮带上的对讲机发出了嘶嘶的声音，一个女人发出了鬼魅般的指令。

“对，那个。多得要命。”

两位警官转身朝前门走回去。在离餐厅较远的地方，一间书房门打开着。房间里的架子上摆满了贴着打印标签的烧杯、管子和罐子。一台半尺寸的冰箱立在一条长柜子旁，柜子上放着一台复显微镜，连在一台电脑上。白色的金属机身，黑色的目镜和银色的物镜，它看起来就像是一个帝国冲锋队[3]队员。对面的墙边靠着一张工作台，布满了更多的设备，上面的彩色液晶屏烁烁放光。

“嗬。”鲍威尔警官叫了一声。

“我的实验室。”埃尔斯解释道。

“我还以为你只写歌呢。”

“只是个爱好，能让我放松放松。”

女警官艾斯蒂斯把眉头皱了起来。“这些培养皿是做什么用的？”

---

1. 二十世纪五十年代发展起来的摇滚乐，带有暴力和狂热的色彩。
2. 二十世纪五十年代末，以考克松・多德和劳雷尔・艾特肯等人为主的牙买加乐手，把当地的门特和即兴小调音乐与来自高频率电波中所收听到的美国的爵士乐和 R&B 相结合，形成了斯卡音乐。斯卡在 1960 年初逐渐在牙买加流行起来，成为当地青年所热衷的音乐。
3. 电影《星球大战》及其相关衍生文学作品中“银河帝国”的突击部队。

彼得·埃尔斯摆了摆手指。“给细菌作房子用。跟我们一样。”

“如果你不介意，我们能不能……？”

埃尔斯退回来，仔细看了看质询者的徽章。“现在有点晚了。”

两位警官交换了一下眼神。鲍威尔警官想开口说什么，但没说出来。

“好吧，”艾斯蒂斯警官说，“关于您的狗，我们很遗憾。”

彼得·埃尔斯摇了摇头。“那狗能坐下来听上好几个小时。她喜欢各种各样的音乐。她甚至能跟着哼唱。”

警官离开时，风已经住了，昆虫们也停下来，不再继续它们怪异的探险了。两位警官沿着人行道往下走去，片刻，内心突然涌出一阵几近于平和的柔软；一路幽暗平静，他们走到车子那里，立刻拿出对讲机开始通话了。

【我在想什么？没有，真的。一直以来，我错就错在想得太多。只是在做，纯粹而简单。】

只有听到人们叫她费德里奥时那只狗才会应声，从埃尔斯开始给她用这个名字那一刻起便如此了。音乐能使她得意忘形。她喜欢长的、拖延的音程，最好有数秒时间，大调或者小调。不管是谁，只要把某个音高维持了超过一次心跳的时间，她就忍不住要加入其中。

对付费德里奥的哼唧声也有办法。如果埃尔斯发出一个 D 调，那狗就会发出降 E 调或 E 调。如果埃尔斯调整到费德里奥的音高，那狗就会把音滑高或者滑低半个。如果一个人声合唱发出一个谐音，那狗就唱出一个里面没有的音符。不管一簇音高中出现多少个音，费德里奥总能找见一个里面没有的。

在这只动物的嚎叫声中，埃尔斯听到了音乐的根——小小嘈杂之声的神圣社会。

埃尔斯能找到的为数不多的几个关于狗的音感的可靠研究显示，它们仅能分辨出一个八度音阶中大约三分之一的音。但是无论埃尔斯唱出怎样的音高，费德里奥总是能够识别其中一个完整的音程。根据音乐体裁对狗产生的影响的研究，听重金属音乐让它们不安，而听维瓦尔第的音乐则可以安抚它们的情绪。不足为奇：埃尔斯极少接受采访，在其中一次采访中他说过，应该将《四季》[1]贴上和强效镇静剂一样的警告标签。《狗狗爱听的音乐·第一册·抚慰您的宠物·当你不在时要放的曲子》，这在"让宠物镇静"这个行业诞生前几年就有了。

在二十一岁时，埃尔斯就已经去瓦格纳纪念堂膜拜过了。所以，他知道那只西班牙猎犬帕普斯，那是瓦格纳的缪斯，和瓦格纳一起写了《唐怀瑟》[2]。瓦格纳工作时，帕普斯会跑去钢琴下面躺在他的脚边。如果有哪一段曲子没能讨好帕普斯，那狗就会跳到桌子上不停地嚎叫，一直到瓦格纳放弃这段旋律方肯罢休。有那么几年，埃尔斯本来同样可以利用一个和那只狗一样率直的批评家的，费德里奥也一定会尽力帮忙的。可是，当费德里奥出现在他生活里的时候，埃尔斯已经不再写音乐了。

像帕普斯一样，费德里奥也是她主人的良伴。她提醒埃尔斯何时该吃饭，何时该去散步。她不要求任何回报，只是希望自己是这个"狗

1. 十七到十八世纪巴洛克时代意大利著名的作曲家、小提琴家维瓦尔第大约于1725年创作的协奏曲。

2. 一部根据德国中世纪传说写成的三幕歌剧，改编自十三世纪德国吟游诗人和作曲家唐怀瑟的故事，半历史、半神话，是瓦格纳所有歌剧中最广受世人喜爱的作品之一。

狗组合”中的一分子，忠实于她的主人，还有就是，无论何时，只要音乐声一起，她就能自由地嚎叫。

埃尔斯也读到过有关音乐狗的其他故事。其中有斗牛犬丹，在埃尔加的《谜之变奏曲》[1]的第十一支里面跳进了河里，它会对着唱歌跑调的人大声咆哮。早在彼得出生之前的五年，牛头㹴[2]巴德便在白宫里为埃莉诺[3]与富兰克林演奏过《史蒂芬佛斯特组曲》。三十年之后，在伊利诺伊州的厄本那举行的一场约翰·凯奇[4]的“偶然”演唱会上，埃尔斯漫步在观众之中，林登·约翰逊[5]和他那条杂交狗友希在电视上表演了一首二重唱，让全国观众目瞪口呆。在从巴德到友希的短短三十年间，双翼飞机已经让位给了月球火箭，阿尔蒂斯信号灯[6]已经变成了阿帕网络[7]。音乐也已经从柯普兰[8]发展到了克兰姆[9]，从《纯情罗曼史》[10]到了《海洛因》[11]。但是在狗狗们的音乐世界中却什么也没有改变过。

费德里奥对歌唱的喜好从未动摇过。对新鲜事物孜孜以求不是她的风格。她对老练之人从不厌倦，但也辨认不出埃尔斯为她演奏过的任何曲调，无论听过多少遍。以永远不变的“两足站立”的姿态翩翩

1. 十九世纪到二十世纪英国作曲家爱德华·埃尔加创作于1899年的一部管弦乐作品，原题为《一个创作主题的变奏曲》，由主题和十四段变奏曲组成。

2. 牛头犬与㹴杂交而生的狗。

3. 安娜·埃莉诺·罗斯福，美国第三十二任总统富兰克林·德拉诺·罗斯福的妻子。

4. 二十世纪美国先锋派古典音乐作曲家，勋伯格的学生，著名实验音乐作曲家、作家、视觉艺术家，“偶然”音乐的代表性人物，曾深受远东哲学、美学、尤其是佛学禅宗和中国《易经》的影响。从1950年起，他的名声和影响波及全世界。他首次将“无声”这个概念实现在音乐舞台上。另外，凯奇也是一个狂热的业余的霉菌学家和蘑菇收集者，并加入了纽约霉菌学会。后文中彼得食用毒菌“古巴光盖伞”或与之有关。

5. 美国第三十六任总统。

6. 一种飞机和船舶用的轻便信号灯。

7. 美国高级研究计划署开发的网络，是今天国际互联网络的前身。

8. 阿隆·科普兰，二十世纪美国作曲家，祖籍俄国，是第一位被认为有本土风味的美国作曲家。

9. 乔治·克兰姆，二十世纪美国“学院派”人声实验作曲家，其作品获得过普利策奖和格莱美奖。

10. 美国著名音乐剧作曲家杰罗姆·科恩和词作家多萝西·菲尔兹于1936年发行的歌曲。

11. 美国地下朋克先锋乐队“地下丝绒”乐队于1960年代推出的一首歌曲。

起舞：年复一年，每个夜晚，她都是这样领会他们一起聆听的每段旋律的。费德里奥热爱二十世纪里所有那些伟大的里程碑式的事物，但在夏日晚上，当听到几个街区以外一家冰激凌售卖车上的数字报时钟发出的声响时，她也同样会昂首翘尾，十分开心。她有一种鉴赏能力，那是埃尔斯自己梦寐以求的。

【我不知道会发生什么。这对创造而言是个麻烦。你从来也不知道。】

音调是原本就存在的吗——上天给的？或者那些不可思议的比值就像一切人为的、权宜的规则，在通往更加冷酷的自由的途中都是要打破的？在埃尔斯关于音乐共性的实验中，费德里奥成为了他的实验动物。仅仅看到埃尔斯去取他磨旧了的童年时的单簧管盒子，那狗就兴奋不已。二重奏又开始了：还没等埃尔斯奏出一个音符，她就开始吠叫起来。首先校对一下等价八度[1]。埃尔斯按下一个音调，那狗就叫出一个悲伤的音程来应答。但如果单簧管跳了一个八度，狗却不会跟着变化，好像音高根本没变一样。

这个实验让埃尔斯相信，他的狗听到的八度音阶和人听到的一样多。八度是内化于人的身体的，这个事实不仅在文化之间存在，也同样存在于不同的基因组之间。从一个“哆”到另一个“哆”，无论你在其间怎样分配那些半音，哪怕是其他的物种也能听出那些音高又转回来了，道理就像色轮一样。

只有神经病才会关心这个。但费德里奥的反应却让埃尔斯激动不

---

1. 人耳在听到纯八度和声时，会有将两个音当成同一个音的倾向，因此，这样的关系又可被称为等价八度。

已。这让他回想起那些年里的迷乱，把人的耳朵推向它不想去的地方，通过音乐数学寻找登顶的捷径。费德里奥这只快乐的动物冲着埃尔斯的单簧管发出的即兴的声音嚎叫，这暗示了音乐中品味以外的某种东西，它是内置于进化了的大脑的。

埃尔斯把他的一生都赌在了寻找那个更大的东西上面。那个更华丽、更持久的隐藏在音乐疲惫不堪的表面之下的东西。在那些熟悉的五线谱后面的某处聚集着那些音符，排列着那些音高，它们能让思维找到回家的路。

他仍坚信那个东西就在那里。然而现在，他的狗死了，自己也已入暮年，他不再相信自己的余生中还能找到它了。

【或许我错了。但是凯奇说过："错误"与主题无关。只有当发生了什么的时候，它才真正相关起来。】

他走到后院，手里拿着一只手电筒和一把铁锹，还抱着那团裹在被子里的东西。他在一排黄杨树附近选了个位置，费德里奥总喜欢在那里撒尿。那一小块土地已经被一层厚厚的杂草覆盖了。生活总是乐于将他赶上穷途末路，看着他措手不及的样子。埃尔斯把手电筒放在一丛忍冬木的弯曲之处，挥起铁锹，开始挖坑。

他的鞋底蹬踩铁锹发出的声响和铁锹划破石头般坚硬的泥土发出的响声，构成了一首舒缓的两步舞曲。当那坑挖到足以盛下他那个老来伴的时候，他放下铁锹，把那尸体抱了起来。他这会儿感觉费德里奥变轻了，好像在她去世后的这一个半小时里有什么东西离开了她的身体。

他站在坑边上，考虑怎么处理那被子。那是他前妻四十多年前用他们穿过的旧衣服做成的，那段日子是他们共度的最为快乐的一段时光。

被子是亮面的，被面很阔，底子是深色调的天蓝、玉石、翡翠，还有橄榄色。上面的图案叫做“丛林之夜”，玛蒂花了差不多两年的工夫才做完它。和那组“云室碗”一样，它也是埃尔斯最为珍爱之物。理智告诉他，应该把它抢救出来，清洗干净，在架子上放好，好在他死后方便他女儿找见。可是费德里奥是在这条被子里死去的，就那么不明不白地死了，只有这条熟悉的被子聊以抚慰。如果人有灵魂，动物当然也有。如果人没有，无论怎么做都说不上造作或可笑。埃尔斯向玛蒂道了声歉，虽然他们已经几十年都没见过面了，然后把那包起来的东西安放进了土里。

被子包裹的尸体在泥土里安息了。在手电筒的光照下，“丛林之夜”反射出道道冷炫的光。一时间，那些青绿色的光将他和玛蒂曾带给对方的痛苦完全冰释了。

埃尔斯一边哼着一句缓慢展开的上升乐句，一边再次捡起铁锹。在他七十年的人生历程中，曾经有六次，他不得不记起丧恸是如何让人爱上最渺小、最被误解的事物的。这是第七次。

一个声音说：“你在做什么？”埃尔斯吸了一口冷气，手里的铁锹掉在地上。

似乎是被对方的惊愕吓了一跳，那个声音喊道：“是我！”

邻居家那个八岁大的孩子站在一把草坪椅上，隔着木栅栏的板条往这边偷看。八岁的孩子，没有人看管，在这午夜里到处跑来跑去。埃尔斯记不起小男孩的名字了。就跟社交网络时代所有男孩子的名字一样，是以字母 J 开头的一个名字。

“那是什么？”J 用他那丝绸般柔软的小嗓门问道。

“我在埋葬我的狗。”

“在那里面？”

“这个就像是墓前的祭品。”

关于墓前祭品，J什么都知道，因为他玩过多人在线游戏。

“你可以把它们埋在自己院子里吗？”

“她喜欢回到这儿。不必让别人知道，对吗？”

“那我能看看吗？”

“不行。”埃尔斯答道。“她已经安息了。”

埃尔斯捡起铁锹，把土铲进坑里去。J看着，显出饶有兴趣的样子。在他不算长的生命里，他已经见过了数以千计的死亡。但这样细致的葬礼还是令他感到不一般的新奇。

坑变成了一个小土丘。埃尔斯站在那里检视着，考虑着这个特别仪式的下一步要做什么。

“费德里奥，她是条好狗。聪明得很。”

“费德里奥？”

“她的名字。”

“那小名儿是不是叫菲多，还是什么？”

“这狗会唱歌。她能从刺耳的音乐中辨别出悦耳的和音来。”

埃尔斯没有提及，其实他更喜欢那些刺耳的声音。

J看起来将信将疑。“那她会唱什么？”

“什么都唱。她一点都不保守。”埃尔斯把手电筒拿起来，朝着栅栏挥了挥。“你觉得我们是不是该为她唱首歌？”

J摇了摇头。“我只会唱有趣的歌，难过的一首也不会。”

【我想要记起生命究竟是怎么回事，看看自己是否还能燃起一些对化学的热情。】

八岁的彼得有一个仿都铎式[1]的家，他喜欢藏在自家的食品储藏室里，裹着他的吉恩·奥特里[2]睡衣，偷听父母讲话，对上帝和人类的每个律条都嗤之以鼻。即使被抓到他也不在乎。反正他已经在劫难逃了。几周前，赤色国度[3]引爆了一颗原子弹，卡尔·埃尔斯和邻里聚集起来的父亲们一起吃着在一个硕大的坑里烤的肋脊肉，他告诉大家，这个星球还能撑五年，顶多。那顿野烹成了邻居们最后的狂欢。烤肉不见了，所有那些备受责难的父亲和他们的妻子都围聚在埃尔斯的哈蒙德和弦风琴边上，每人手里端着一杯杜松子酒。一群喝得醉醺醺的老实人边唱边道别。他们唱的是：

明地迷亚[4]小河旁那插满蔷薇的花架，
一只夜莺鸟儿终日不停围绕它歌唱。

大哥哥保罗在上层阁楼的卧室里睡着了。苏珊在楼梯脚处她的婴儿床里显得躁动不安。彼得站在这些和声的声浪中间，听着美国的离别曲。音符飘浮在空气里。它们让言语变得毫无意义，像用收音机听一个腹语表演者说话一样。光和影随着每一次的和声转换拍打在彼得身上，让他无助地战栗起来。那些音调向前倾覆；它们一拍接一拍，

1. 这一建筑风格因流行于英国十六世纪的都铎王朝而得名，混合着传统的哥特式风格和新兴的文艺复兴风格。

2. 二十世纪美国乡村音乐歌手和演员。以“歌唱牛仔”的形象走红。他是目前惟一一位在好莱坞星光大道上得到全部五种星的人，以表彰他在电影、电视、音乐、广播、戏剧各方面的成就。

3. 指苏联。1949 年 8 月 29 日，苏联成功地爆炸了自己的第一颗原子弹，成为世界上第二个拥有核武器的国家。

4. 这首歌的歌词源于十八到十九世纪爱尔兰爱国诗人、歌手托马斯·穆尔创作于 1817 年的《拉拉洛克》。穆尔笔下的“明地迷亚”是指流经已毁灭的波斯波利斯城（古波斯帝国都城之一，在今天的伊朗境内）的一条小河。

前赴后继，遵循着一种内在的逻辑，阴郁而美丽。

男孩的肚子被另一个柔弱、混乱的和声搅动了。几条前途光明的路通向未知的音符。但在那些可能的岔路上，那旋律变得十分奇特。一个突然的跳跃刺疼了彼得的皮肤。他的前臂红肿起来。尚未成熟的欲望让他小小的男子汉气概变得坚挺。

那支酩酊的天使乐队开始演唱一首难度更大的歌曲。那些新的和声仿佛彼得祖母家附近小山上的树林，他父亲曾带着他们去那里滑雪橇。歌手们的演唱跌跌撞撞，逐渐与一丛错综复杂的和音纠缠不清。

突然有人出错，跑调了。他母亲的手指忙乱起来。她慌忙中按下几个键，可是都错了。喝了杜松子酒带着醉意的歌手们踉踉跄跄，笑作一团。这时候，穿着睡衣的男孩在他的藏身之处大声地把那个唱错的和音唱了出来。大家伙儿都把脸转向这位不速之客。他该受责罚了，因为他触犯的规则数都数不清了。

他母亲试了试他唱出来的和音。她吃了一惊，但显然——比她刚才苦苦寻找的那个好多了。醉醺醺的歌手们对着孩子欢呼起来。彼得的父亲走过去，在他屁股上拧了一下，把他送回去睡觉，嘴里说着“回头再收拾你”，“不准再下来，除非我们叫你！”

两个月后，年幼的彼得第一次参加了全市的音乐比赛，他站在舞台一侧，手里头紧紧握着他的单簧管。他得到的每一点快乐，都不得不投入到比赛中去。他母亲不想让他去参加那样的类似于角斗的仪式。可他的父亲——据哥哥保罗说，他曾在战争中杀过一个德国步枪兵——却说要让公众对一个男孩闭嘴，最好的方式就是不断给他加码。

有人叫了彼得的名字。他蹒跚地走到台上，脑袋像是充了氦气的气球，轻飘飘的。屋子里漆黑一片，在向台下鞠躬时，他不小心失去了平衡，踉跄了一下。一阵哄堂大笑。他坐下来开始演奏他的曲目，舒曼的《陌生之地和人民》[1]。为他伴奏的人等着他点头示意，可是彼得却忘了曲子的开头是什么。他的手臂仿佛僵住了一般。还好他的手还记得该怎么做。他吹得太急太躁，待到一曲终了，眼里竟涌出了泪水。观众的掌声似在轰他下去，他羞辱地跑到了后台。

他冲进卫生间，把头埋进马桶里呕吐起来。走出来见他母亲时，他衣领夹着的领结上还沾着吐出的秽物。她把他的头紧紧地搂在自己胸前，安慰道："彼蒂，你以后再不用这样勉强自己了。"

他把自己挣脱出来，面露恐惧。"您不明白，我非演奏不可。"

他获得了他那个年龄组的二等奖——父母把他获得的锡铅做的高音谱号奖杯摆放在壁炉旁边，边上放着的是他哥哥获得的 1948 年少年棒球联合会乙级联赛最佳防守奖杯。三十年后，他会把这个东西用报纸包着放进他母亲的阁楼里；母亲在那之前的一年去世了。

【六十年来，那个调子始终在我耳边回响。音乐品味没怎么改变。在我们的葬礼上响起的童年即将终了的那个声音。】

卡内基小学，费斯克初中，洛克菲勒高中：彼得一点点熬过来了，他一步步成长着，从《迪克和简》[2]到动名词和分词，汉普顿锚地海战[3]，《斯坦利和利文斯顿》[4]，胫骨和腓骨，酸和碱。他会背诵《海华

---

1. 罗伯特·亚历山大·舒曼所作的十三首《童年情景》梦幻曲中的第一首。
2. 美国上世纪三十年代到七十年代流行的一套儿童基础读物，以男孩迪克和女孩简为主人公。
3. 1862 年 3 月美国南北战争期间发生的一次海战，是南北战争中最著名和最重要的海战。
4. 美国 1939 年上映的一部电影，以记者亨利·斯坦利寻找在非洲失踪的利文斯顿博士的真实经历为蓝本。电影曾有中文译名《荡寇志》。

沙的童年》[1]《奥兹曼迪亚斯》[2]，还有《新的巨像》[3]；它们丰富的附点节奏[4]让他即将度过的每个死寂的下午变得意趣盎然。

十二岁时，他明白了如何使用计算尺上神秘的十字线。他玩着平方根的游戏，寻找着圆周率位数中秘密隐藏的信息。他计算着无数直角三角形的面积，勾画着欧洲五百年中法德两国军队的此消彼长。老师们像音调的五度循环一样轮转着，他们总是说，少壮不努力，老大徒伤悲。

他最喜欢的是音乐课。日复一日，年复一年，他和单簧管谈着恋爱。老师们布置的练习曲为他打开了更丰富，更令人着迷的天地。他说话有点像一个当地人。

“这是天赋。”他母亲说。

“是天分。”他父亲纠正道。

他父亲也是一个对音乐着迷的人，或者说，至少有着无与伦比的忠诚度。每隔几个月，卡尔·埃尔斯就会买来更清晰、更精致、更大功率的组件，最后，他连接到自己电子管立体声放大器上的扬声器就比一个移民工住的小屋还要大。他在这些设备上播放古典轻音乐，家里像是炸弹爆炸了似的。施特劳斯的华尔兹。《风流寡妇圆舞曲》。男人叫嚣着：“我就是当代少将的楷模！”最终，连他们反战的邻居也扬言要打电话叫警察了。每个周日下午和一周四天的夜里，年轻的彼得都听着旋转的唱片。他梳理着变化中的和声，不时地听到秘密的

---

1. 十九世纪美国伟大浪漫主义诗人朗费罗的经典诗作。海华沙是其长诗《海华沙之歌》中的一位印第安英雄。
2. 十九世纪英国伟大诗人雪莱的著名诗作。奥兹曼迪亚斯是一位古国王。
3. 十九世纪出生于纽约的美国犹太诗人艾玛·拉扎勒斯写的一首十四行诗。《新的巨像》为其代表作。
4. 音乐中含带有附点的音的节奏称为附点节奏，附点可加在一个音符后面，表示延长本音音值的一半。

信息在磨损的唱片上方漂浮着。

十一岁的彼得平生第一次听到莫扎特的《朱庇特》是在他父亲的立体声设备上。那是在十月里一个下雨的星期天下午，软绵绵湿漉漉的几个小时里浸透着百无聊赖，谁知道其他的孩子跑到哪里去了？要么在楼上听着《布兰丁斯》或者《超级秀》，要么玩着抓子或挑棍子游戏，再或者就是在朱迪·布雷耶的地下室里玩转瓶子亲嘴游戏。星期天的氛围让彼得萎靡不振，他只好一遍遍地翻弄着他父亲的密纹唱片，从中寻求慰藉来治愈他永久的痛，那慰藉一定就藏在那些彩色硬皮套封里的某处。

《第四十一交响曲》[1]的三个乐章完毕：神圣而高贵的牺牲，对已然消失的纯真的怀恋，还有一支小步舞曲优雅至极，让他有灵魂出窍之感。之后是终曲，只是四个极简的音符，哆，来，发，咪：一半音阶是混乱的。这也太简单了，都不能把它称为创作。可是那个东西就那样突然滑了出来，闯入了这个世界，就像一只非洲羚羊从母体里掉落下来，还裹着湿湿的胞衣，却已经开始奔跑了。

年轻的彼得用手撑着脑袋，似是陷入了来自未来的记忆。那半个跳动的音阶在吸收质量，它把其他的旋律都吸入了自身的重力。调和反调分离又叠复，相互追逐着，在玩一个无形的捉迷藏游戏。两分钟后，男孩脚下的一扇地板门打开了。房子的一层消融在一个大的裂口上方。男孩、立体声、扬声器盒、他坐着的双人沙发：所有一切都悬挂在那里，漂浮在源源不绝涌入房间的宏大声响之上。

五条魅惑的直线在无限延伸，让空气中感染了一种逃之夭夭的快乐。三分半钟后，有一只手将彼得托了起来，将他举到高高的空中，

---

1. 即前文所述的《朱庇特交响曲》，是奥地利作曲家莫扎特最后一部交响曲，作于 1788 年，也是其三大交响曲的压轴之作，规模宏大，壮丽灿烂。

他仿佛来到了自己一天中梦寐以求的豁然开朗的时刻。他迎着不断变幻的光柱慢慢升起，回望着下方自己听音乐的那间屋子。他看见了自己疲弱的，聆听着的躯体，一种说不出的宁静随即充盈了他。还有一种为执著于这狭隘生活的人们而感到的悲悯。

六分钟后到了令人惊愕的部分，五段疾驰的旋律排列成一首五拍子的赋格曲[1]。谱线回响交叠，从开篇的“哆”开始，透露出音乐前进的方向。它们紧密地交织在一起，彼得的耳朵简直难以分辨出在这五行网络的内部究竟发生了些什么。那声音将彼得团团围住，他就身在其中，完全陷入进去，那个毫不起眼却又至关重要的部分无所不在。

当音乐沉寂下来，彼得也被重新送了回来，他再也不敢相信这个地方了。那个下午余下的时间里，他就在那里晃来晃去，脑子里晕乎乎的。看看家里的房间，发生的一切似乎都是幻觉。他只有从唱片里寻找答案。接下来的三天里，彼得不断地播放那音乐，唱片都要被他磨坏了。连他父亲都冲他吼了起来，让他去听点别的。每天夜里入眠时，他的枕边都有音符在流淌。他想要做的一切就是把那华丽的时钟拆开，再把里面那些啮合在一起的齿轮重新装配好。他想要找到那种清晰的、当下、临在、变化和震颤的感觉，仿佛一颗外行星那般辽阔而壮丽。

《朱庇特》[2]仍在召唤他，但每一次的感觉都越来越弱。未出一个月，彼得便放弃了，他又回到了这冷酷的地球，被困在了这里。他大步流星地穿过每个房间，猛地关上错层式农场的每扇门。他怒冲冲地骑着单车在每条大街上窜来窜去；大街上排列的房屋跟他家相似，那些街道扭曲交织在一起，仿佛拇指上的涡纹。从厨房的窗口飘出不同的曲调，那些旋律如同牛腩和甘蓝菜一样有着别致的味道。但是彼得已经没有

1. 复调乐曲的一种形式。“赋格”为拉丁文“fuga”的译音，原词为“遁走”或“逃离”之意。
2. 英文的“朱庇特”也指木星。

之前那样的耐心去聆听这些了。他的耳朵早就跑到别处去了。

他与邻里间的氛围格格不入。所到之处，别人的快乐让他颇感受挫。运动就像无聊的跷跷板，电影演得太腻，吵闹的车辆让他觉得烦心。他讨厌电视里那些灰白的、平面的、虚假的，似是纸片做的世界，虽然有一次，为了给自己催眠，他也坐在那里盯着满屏的雪花，听了半个小时的静电噪音——那种信息仿佛来自外层空间。即便在他把那电子管电视机关掉以后，他仍继续盯着屏幕中心那个内陷式的“潜望镜”，仿佛那是通往他再也回不去的那个神秘之所的入口。

到了十三岁，彼得·埃尔斯已经与这个车轮上的热衷空气动力学的美国完全脱离了。他不再在乎自己的兴趣是否让别人不快。除了他的数学和莫扎特，以及那些返回那个遥远星球的地图以外，他什么也不需要了。

彼得十四岁时，在六月里一个漫长的周六，他哥哥保罗和朋友们把他从卧室里绑走了，拖到刚盖了一半的地下室里去，在一把高脚凳上按住，让他听一架手提式唱机上的四十五转唱片[1]，那唱机足有一个扁平的行李箱那么大。《梅贝林》[2]。《地球天使》[3]。《终日摇滚》[4]。他们强行让他吸食大麻，相信这会使他屈服，不再那么一本正经。他们甚至还反复讨论要不要使用休克疗法。

“来呀，小子，把脑袋从屁股底下伸出来，好好听听。”

---

1. 密纹唱片推出于 1948 年，在 1988 年激光唱盘（CD）被广泛使用前一直是唱片音乐的首选发行形式。早期的密纹唱片都是四十五转的细碟，每一面只能录制一首歌。到后来出现了转速较慢、面积较大的三十三又三分一转密纹唱片。

2. 黑人摇滚吉他大师查克·贝利于 1955 年推出的一支单曲，被誉为“先锋摇滚”的代表作之一。

3. 1954 年由美国嘟哇和声（无人伴奏的美国街角乐队发展的节奏布鲁斯和声）乐队“企鹅乐队”发行的单曲，是其出道的首支单曲。

4. 和“猫王”艾尔维斯·普莱斯利同一时期的美国摇滚乐之父比尔·哈利于二十世纪五十年代中期录制的一首歌，被称为历史上第一首摇滚歌曲。

彼得努力听着。“那一首不错，”他说，“低音群持续复奏[1]很棒。”

他试图让别人听起来十分喜欢，但那帮家伙识破了他。他们给他放了另一支歌曲：《大骗子》[2]。这首歌开始的时候朗朗上口，让人不觉间跟着哼唱，但在第一次合唱之后，它就变得跟中国式水刑一样折磨人了。

“这次又听出什么来了，呆瓜？”

“没什么！只是……”他把眼睛闭起来，大声喊着，一拍一拍地指出来，“主音。次属音。属音。这些家伙该学些新和声了。”

“胡扯。他们的和声又怎么啦？”

如果这三个就能让你们快乐的话，那也没什么了。可是，跟满耳朵听到的都是永远相比，这又能算什么快乐呢？

“跟和声有啥关系？”保罗轻蔑道。

“唱得什么也不是，保利。就在那儿绕来绕去，耽误工夫。”

“绕来绕去……？你耳朵被大便塞住了？”他哥哥露出一副不可一世的表情：锤子般的声音，性，摇滚萌芽的勃发。“你听不出来吗？自由啊，你这干巴巴的小傻子！”

彼得听到的只是一间和声的牢房。

“审判团”把《蓝色麂皮鞋》[3]的唱片放了上去。彼得耸耸肩：随便吧。两元店里倒也热闹。他拒绝为之痴迷，这把他哥哥气得发疯。保罗抡起手里的“魔法 8 号球”[4]，朝着这个榆木疙瘩的后脑袋猛拍了一下。

---

1. 低音部的短系列音符的重复演奏，每一音符后面一般跟之以高八度的音符。
2. 二十世纪五十年代美国最顶尖的黑人美声团体“五黑宝”乐队于 1955 年推出的一首单曲。该乐队演唱的歌曲《唯有你》在中国有极高的知名度。
3. 美国山区乡村摇滚音乐的先驱卡尔·帕金森于 1955 年推出的唱片，被认为是最早的摇滚乐唱片之一。
4. 1950 年代美国兴起的一种用来“算命”或“寻求建议”的球形小玩具。

可是这时，他浑身上下忽然涌过一阵狂喜，好似摇滚乐中的基调强节奏，他大声叫道：“听这个，老天！这会儿的音乐是不是更来劲儿了？”

那枚“加农炮弹”穿过地下室弥漫的鼓点声，向彼得袭来。彼得接住了它，弯下头，读出了这位塑料预言家给出的答复：

集中精力，再问一次。[1]

【但我就像一个孩子，常把自己的祖父和上帝弄混。】

一个男孩踩在夏日湖畔的浅水里。四处可见天空和松树，亲戚们嘈杂的说话声在他耳边嗡嗡着。空气里假期的味道越来越浓；归来的彼得早早开始他的人生预演了。

算是下午快过完的时候吧，但离天黑还有几个小时。在这遥远的北方，夏至临近，太阳在正当中悬挂了许久，天色才在不知不觉中变得幽暗起来。湖里有好多戏水的孩子：这是埃尔斯家族的节日——一年一度的狂欢，他那没走正道的家族支系却几乎从来不敢加入其中。全美国的埃尔斯家族的人都宣称这片北方水域的南岸是他们的。二三十米以外的水面上漂浮着一块胶合板，它被绑定在几个空油桶上，一群孩子在上面你推我搡，爬来爬去，就像一群蚂蚁聚在一块正在融化的方糖上面。岸边那些叔伯们从一只盛着冰的锌桶里捞出几瓶啤酒来，在锌桶的把手上把它们打开。舅妈们懒洋洋地躺在沙滩毯上，伸展四肢排成一行，像是一条日光浴的流水线。到处都是埃尔斯家的人。连彼得的父亲也无法把所有的亲戚挨个认出来。一个小小的俄国装置——哪怕是常规的一个——却足以让整个家族消失。

---

1. 魔法球二十个答案之一。

仲夏到来，已经好几天了，彼得一直在挥汗如雨地练习。黎明醒来，他跑到山坡上一个隐蔽的地方，用父亲在一个资产拍卖会上给他买来的艾维特·谢弗尔[1]单簧管偷偷练上几个小时。待他跑下山，去湖边加入大家的聚会时，夏日的主题已经深深地烙在了他的脑海里。

若说让彼得选择一样东西随身带着去月球或者荒岛或者监狱，那一定是他的单簧管。他的手指几乎离不开那按键；即便在这夏日湖畔的水波里，他也没少练习。他可以在奔跑中用手里那根管子吹出渐强的音，跳跃的音，急升或急降的音，那种感觉叫做不可匹敌。演奏就像是做出了完美的论证——证毕。

这个夏天里他所吹奏的曲子是一首“新国歌”——他臆想中的。下个月在市里首演时他会演奏这支曲目，和另外十二名比他年长的演奏者一起。这个曲子仿佛无所不在，波浪起伏的水里，挤满了人的嘈杂的筏子里。他爱这支舞曲组曲，如同爱他母亲一样；这位母亲躺在州北部这个湖的湖岸上，身上穿着件裂了缝的连体泳衣，泳衣的下半部分是小短裙的样式，这让她看起来像极了那头伴着蓬基耶利的曲子跳芭蕾的河马[2]。他了解这支曲子胜过了解他的父亲；此时的父亲正在担当救生员值班，他一手夹着“好彩”香烟[3]，一手握着卡林黑牌啤酒[4]，大声吼叫着指挥埃尔斯的那些叔伯们。

彼得也说不清为什么这支组曲有这样强大的魔力。不过，它开始时的几个音符有点像日出的光芒照在东边的山上，为接下来所有的乐

---

1. 成立于十九世纪初期的法国乐器生产商巴菲·克朗蓬生产的单簧管品牌。以该品牌命名的单簧管乐器适合初级和中级演奏者。
2. 阿米尔卡雷·蓬基耶利是十九世纪意大利作曲家，其作品《祭神舞》（Dance of the Hours）曾于 1940 年被美国迪斯尼影业公司用于动画片幻想曲（Fantasia）的伴奏曲目之一。动画片中有穿短裙跳芭蕾舞的河马的形象。
3. 产于美国的世界上最老的香烟品牌；二战时期曾为美国军队的特供烟。
4. 加拿大酿酒商卡林酿造公司出品的啤酒品牌。

章打下了基础。在结尾部分它们回归了，富有层次地依附在一首古老的震颤派[1]赞美诗的旋律上，发出的宏阔声响可逾越任何国家。他不明白为什么这样一个简单的回归竟能释放出如此宽广而又振聋发聩的声音。他只知道这作品甚至预示了这个熠熠生辉的下午，还有这湖畔习习的凉风。彼得尝试过去模仿它们，把自己的和音草草记下来，写在干净的记谱纸上；男孩用铅笔把那种恍惚的状态描画出来，每次他听到这支大开大合的曲子时，那种状态总是让他脑袋晕眩。

这音乐将会让他爱得要死。又过几年，他会对着它的感性淡然一笑，并对当初那些撩拨人心的和声演进嗤之以鼻。爱极生怨，或许这才是安全之道吧。直到许久以后，彼得才意识到，他一直以来所有的愿望不过就是去打动一个听者，就像这些变奏曲曾经打动他那样。

但是，他众多的堂兄弟表姐妹们一起从喉咙里喊出来的却是另一种声音。他们一个挨一个地爬上那张筏子，摇晃着扫把柄一样的屁股，嘴里喊着，“我来了！”然后像一把折叠刀似的弯身扎入水里。大一点的孩子玩起了一种叫“捉酷儿”的游戏——去捉那个手里握着橘色沙滩球的家伙，把他摁在水里。一个个身体在水里扑腾着。尖叫声如水花在空中飞溅。彼得紧紧抓住小筏子上布满水藻的梯子，把手指安稳地放在水面下。蜂鸟一般大小的虻在他后脖颈上猛叮。

他看见明尼苏达的堂姐凯特发了疯似的硬生生挤进人堆里去。谁能料想，那两条光腿竟能给他带来如此的惊诧！彼得曾用圆珠笔把他堂姐的名字悄悄写在他的“全明星”帆布鞋的鞋底，除了他自己以外，不会有人知道那里还写着字。他对她的臀和胯，还有她的膝弯非常着迷。

---

1. 基督教新教派别，全名为“基督复临信徒联合会”，十八世纪从英国曼彻斯特的公谊会分出而产生，后流传于北美，特别在纽约地区广为流传。宗教仪式中唱歌伴以跳舞，开始时四肢颤动，慢慢地整个身体摆动，相信这样将使自己直接和圣灵相通。

在这场水仗游戏中她无所不在，串通整人，四处乱撞，像炮弹似的被抛到空中，又爬回到小筏子上面去，扯动着滑落的衣服吊带，仿佛她那杏黄色的乳头跑出来只是想晒晒太阳。她求救式的呼喊让彼得的肌肉也跟着加速跳动起来，那两条剪刀腿的踢弹也暗合了回荡在他脑海中那支舞曲组曲的旋律。她的笑容似在谋划紧接着的下一场恶作剧。

岸上，在嗞嗞作响的烤肉炉子旁边，埃尔斯的族长们正在进行一场他们自己的战争。他们的话越过筏子上孩子们的尖叫声传到了彼得耳朵里。女人们坐在太阳躺椅上，一边打着麻将一边冲着她们的丈夫大喊，让他们消停一会儿。别嚷嚷啦！或者好一点：闭嘴吧！“嗨，梅布尔——拿瓶‘黑牌威士忌’来！”彼得有三位特别喜欢的姑妈——两个是真正的姑妈，另一个是其中一个姑妈的朋友，这三人每晚都围着篝火唱着三重唱，仿佛在重温当年她们模仿“安德鲁斯姐妹”[1]表演的那段美好时光；那时候，她们还用天衣无缝的增六和弦[2]为辛纳屈[3]本人伴奏过。她们一开始大声唱“行事积——极——乐观”[4]，半个埃尔斯礼拜堂唱诗班就加入其中接着唱：“交友莫交‘忧郁郎’。”

可是，“忧郁郎”无处不在，搅得她们心神不宁。男人们开始抨击时事。他们评判了朝鲜那边的错误举动。彼得的父亲是一位白手起家的保险销售经理人，在他隐秘的地下娱乐室里悬挂着一面缴获的纳粹旗帜；他叫嚷着说，美国就应该把鸭绿江两岸都炸个稀巴烂，这样才能让中国人明白事理。旁边有各色的埃尔斯人，他们都用手里的啤

1. 美国二十世纪三四十年代风头最劲的女子歌唱组合，由姐妹三人组成。
2. 包含增六度音程的和弦。
3. 法兰克·辛纳屈，著名美国男歌手和奥斯卡奖获奖演员，被公认为二十世纪最优秀的美国流行男歌手，与他媲美的只有“猫王”和“甲壳虫”乐队这样的乐坛巨匠。
4. 原歌曲“Ac-Cent-Tchu-Ate the Positive”于 1944 年推出，是一首有布道风格的流行歌曲，大意是强调只有保持积极乐观才能获得幸福。

酒瓶指着奚落他。“听听这家伙说什么！他脑袋里进水了！”

体态轻盈的凯特发出一声尖叫，谈论政治的声音戛然而止。那筏子被她抛了出去，在空中划出一道抛物线，发出一声欢快的“升哆”，朝着岸上飞来，然后不偏不倚地落在一个匹兹堡堂兄弟的圈子里。

当彼得再次把耳朵转回到岸上时，大人们的谈话已经穿过那幅血淋淋的地图，来到了匈牙利[1]。叔伯们纷纷表态，跟俄国人作对却什么也不图，这无异于自杀。“什么也不图？”彼得的父亲喊道，“我们把那些人怂恿起来，却又把他们逼上了绝路。”但他的火力明显被压制了，这次，连那些一边晒着日光浴一边引吭高歌的姑妈们都要嘲笑他了。

叔伯们又从匈牙利一路杀了回来，这次是因为他们要为自己的家庭利益而战。他们就美国南方发生的公交车事件[2]，以及黑人和白人为了国家精神而引发的博弈而争执不休。卡尔·埃尔斯用一只瓶子戳了戳他兄弟汉克的胸膛，说在北美黑人应该拥有比白人更多的权利。叔伯们朝空中挥拳，嘲讽他和他整个萎靡不振的家族。“哦，你和你家那些暴民还是去刚果生活吧。”

彼得的父亲呵斥着那几个人的名字，连骂人的脏话也喊出来了。彼得的母亲开始哭了。她丈夫让她别那么小孩子气。埃尔斯人的节日很快就要重蹈世界危机的覆辙。彼得向湖里搜寻帮助。他那上百个堂兄弟表姐妹正在为制定一个打水球游戏的规则而热烈地讨论着。他母

---

1. 1956 年 10 月 23 日，匈牙利人举行起义，反对苏联统治。为了镇压起义，苏联的坦克开进布达佩斯。匈牙利政府首脑伊姆尔·纳吉被处以绞刑。至 1956 年 11 月 4 日，苏军连续多天的血腥镇压造成至少三千名匈牙利平民被打死，二十万人逃往西方国家。

2. 1950 年代，美国南方发生了一系列非裔黑人争取自身权益的斗争事件，其中就包括黑人在公交车上拒绝起立给白人让座的事件，引发了阿拉巴马州的黑人抵制公交车运动，直至后来联邦法院要求公交车种族隔离与抵制活动停止。

亲裹着她的法式毛巾在那里抽泣。他父亲用手拢起一支烟，猛地抽了一口。彼得瞥了一眼他哥哥保罗，保罗狠狠地回瞪了他一眼，叫他不要掺和。保罗从没像今天这样招人喜欢，他绝不能让这个派对就这么玩完了。在筏子的远端，小妹妹苏珊已经对那种头晕目眩的感觉上了瘾，傻乎乎地在她那个轮胎内胎里转个不停。

音乐消失了。他母亲审视了一下沙滩，把她自己的东西收拾起来，气冲冲地扔进她的沙滩袋里去。彼得从他抓着的那个又黏又滑的梯子上溜进水里，准备蛙泳回沙滩去。这时，一个声音在背后勾住了他。

“嗨，小黑管，过这儿一下。”

堂姐凯特，像所有海里的哺乳动物那样滑溜溜亮晶晶的凯特，用一个微笑融化了他。她的挑逗那样从容，仿佛已经在彼得的私人小剧场里上演了上百回似的。但是，还没等他回答，她就划着水，朝筏子远端木板下隐蔽的内凹处游了过去。彼得晕乎乎地跟在她身后的尾波中。他生命中一个大考验的时刻最终来临了，旋律奏起，和他练习过的一模一样。

他靠近了她浮着的位置，她的手搭在筏子上。

“小黑管，你喜欢我？”

他点点头；她突然间把身子沉了下去，水拍打在他身上。她用双腿把他的胸膛圈住，拉他下去。她紧紧缠绕着他，她的重量令他沉陷，两人没入水中。在头顶那片“绿云”之下，她柔软的躯体一点一点地贴上他的身子。她的舌头探入他口中，使他嘴里满是湖水的味道。一条大腿撞上了他的腹股沟。痛在他全身迅速蔓延，与之相伴的是一丝丝最挠人不过的快意。他抚摩着她滑溜溜的皮肤，把那根滑落的肩带扯断了。她推开他，朝空气中退去。在他们纠缠着上浮的时候，他的脸上挨了一脚，鼻子里灌满了水。他品尝到了生命终了后的那团阴郁。

液体顺着他的气管灌进去，他开始溺水了。

上升时，他撞上了一大团黏滑的东西。他浮到了筏子底下。沾着绿色污迹的油罐发出砰的一声响。他迫切需要呼吸，于是头向上顶撞。他挣扎着向边上移动，慌乱地寻找着一个缺口，却不小心被布满水藻的锚链缠住了。

最后，他终于挣脱了。他浮出水面，把喉咙里的水藻用力咳出来，死死抓住筏子边缘，大口地喘着。一对加州的堂兄妹在一旁笑话他，仿佛这是他们一天中见过的最可乐的事情。

视线清晰起来。他环顾四周去找堂姐凯特。她已经游得很远了，一边在水里欢快地浮动，一边冲着羡慕的众人高声唱着。“来抽一瓶可口可乐，喝一支番茄酱香烟。看莉莲·罗素和牡蛎饼干激战正酣！”[1]

他的母亲站在水边大声喊：“皮蒂！你没事吧？”

一个加州的堂兄弟叫道：“只有他的美发师才知道！”彼得摆了一下手，他还好。更多的绿水从他肺里挤出来。尖叫声在空中回荡，不知道的还以为他们是在大笑。他觉得他可能要死掉了，仍然捶打着筏子底部。他父亲的身影隐隐浮现在岸上，使劲吹响了他那只救生用的金属哨子。“都过来集合，清点人数。利索点儿！”

小妹妹苏珊没听到。这个时候，她在水下和她的轮胎玩得正欢。哥哥保罗正在享受着当筏子国王的快感，于是喊着回话：“再玩儿五分钟！”

“一分钟也别想，就现在！别跟你老爹讨价还价！”

事实上，他们从乳臭未干时起就一直在跟这个男人讨价还价。几

1. 由美国作者塞勒斯·科本和查尔斯·格里安所写的一首富有童趣的民谣歌曲。歌中所唱的广告牌上的品牌和事物都是错乱的，正如歌中最后一句唱道：我现在不能再唱了，因为以上全是胡说八道。莉莲·罗素是十九世纪末二十世纪初一位著名的美国女歌手和女演员。

位姑妈紧张地从她们的沙滩毯子上站起身，开始清点自己的孩子。另一位把她的女儿们从湖里叫了回来。全体集合令已经下达，一群顽劣的孩子却不甘心因为大人们的意气用事而败坏自己的兴致，他们并不打算停下来。

这时，一旦发现什么不易察觉的迹象——风向变了，云把太阳遮住了——这群孩子就会开始反抗。带头的几个嗅出了大人们口气中一丝致命的软弱。“来吧！”他们捏着嗓门叫喊，半是妥协，半是揶揄。他们游回到筏子上，穿过一条护城河，那河太宽了，醉了酒的老头子们不可能涉水过去。卡尔·埃尔斯又吹了一遍哨子让他们回去——还没人敢让他这么费力过。几个“匹兹堡中尉”中的一个叫道：“他会游过来，单手把我们一个个拎回去的！”

凯特那个壮如山的哥哥道格坐在一旁窃笑。他胸窝处深色的体毛一直延伸到肚脐那里。这彪悍的毛发让筏子上的所有人都怕他三分。“他不敢。”他咧嘴一笑，似在宣告整个人类的历史不过是场胡迪·都迪秀[1]罢了。

卡尔·埃尔斯挨个叫他儿子们的名字。保罗观察着陆上的那个男人，彼得则观察着保罗。时间一秒一秒地流逝，本可以相安无事的机会就这样一点点溜走了。即使他们这会儿服从了命令，能想象到的最轻的惩罚也将是十分可怕的。

父亲的难堪让彼得的脸红了起来。一个破了产的政府，湖里所有的孩子们都嘲笑他……只消游一小段到岸边去，彼得就仍可以拯救这个男人，帮他装作一切如常，什么也没有改变。

保罗发出的一声冷笑却让他僵住了。还有凯特，她也用眼神控制

1. 上世纪四五十年代美国全国广播公司制作的一档少儿电视木偶剧。

着彼得，仿佛如果他投降了，就会遭到她无限的鄙视，而如果他和他们站在一边，又会得到意想不到的褒奖。每个人都想要他的忠诚。

彼得踩着水，眼巴巴地望着父亲。他想告诉这个男人：这没什么，不过是夏天的一场玩闹而已。就像一阵风，你还没留意，它就已经刮过去了。一阵恶心席卷了他。他本可以从那湖里冲出去的，一点也不难做到，可最终他也没往前游一下。彼得只能在那里上下浮动，被夹在这反叛的筏子和那威严的湖岸之间，他丝毫感觉不到自己的重量了。音乐仍在他脑海中响着，那支充盈着他绿色邂逅的震颤旋律，已经散乱成了噪音。他要用狗刨的姿势游过去，孤零零一个孩子，挥着芦柴棒似的胳膊，踢着软弱无力的腿，直到浑身气力耗尽，身体开始下沉。

天破裂成了冷冷的碎片。父亲的脸红得像甜菜根，他扔掉了手里的烟和啤酒，晃晃悠悠地走过去，纵身跃入湖中。但他并没有游动。众人慌乱，尖叫，疑惑。水里的叔伯们急忙把这个怒汉拖回到岸上去。这位痛心的父亲，抓住自己的胸膛，靠着一个小屋，脸色灰白，嘴里还在对这群活宝耍的小聪明喋喋不休地指摘。岸上这群人如同石化了一般，埋头不语。彼得钻入水中，拼命往岸上游去。可是太迟了。他畏畏缩缩不敢靠近眼前这个气若游丝的男人，心里充满了恐惧。他们很快用车把他父亲送去看医生。

音乐预言着过去，回忆着未来。分歧偶尔得以消弭，耳朵便可从一份简单馈赠的绕梁之音中分辨出杂乱无章的密码。一段韵律经久不渝，当下，永远，你便自由了。可是再听过几个小节，时间的帷幔会遮住你的望眼。

一个小时之后，致命的心脏病发作了。那个小乡村诊所里只有一名医生，他的架子上堆着纱布、绷带、压舌板，还有擦拭酒精；他对卡尔·埃尔斯已经无能为力了，只好用救护车把他送去波茨坦[1]。车子没开出几里地，他在途中就不行了，临死前还在吹着他的救生员哨子；他身后留下的那个儿子则对自己成了害死父亲的帮凶后悔不迭。人至中年时，彼得·埃尔斯耗时数年写过一部歌剧，是关于一次反叛如何由狂喜转入悲凉的。许多年间，这部作品于他而言，就如同一部“时光终结”的预言。直至古稀之年，一位老人埋葬了他的狗，他才终于明白这预言，和儿时的记忆如出一辙。

【克拉姆[2]说过：“音乐是为了精神冲动而服务的一个比例系统。”我的精神冲动只不过碰巧犯了罪。】

埃尔斯刷去泥土，走进屋去，想找点什么来放，作为狗的葬礼音乐。他想到了马勒[3]的《悼亡儿之歌》[4]：五首歌，总共二十五分钟。费德里奥还是个小狗的时候，听到这套曲子就会情绪激动。刚听到第一首歌的最初几个小节处她就开始轻声哼叫，就像秋日的夜晚埃尔斯带她迎着满月的月光去公园散步时表现的那样。

这个选择令他有点伤感。不像是一个人去世了那样。不是萨拉，他甚至无法想象那凌晨三点的电话会让他有多么惧怕。不是保罗，不是玛蒂，不是以前的学生。也不是理查德。只是一只宠物，对发生了什么一无所知。只是一只老狗，没有理由地把无条件的快乐和忠诚献

1. 德国勃兰登堡州的首府，是二战末期著名的“波茨坦会议”的召开之地。
2. 罗伯特·克拉姆于 1940 年代出生于美国，是一位漫画家和音乐家，自身对以往的美国民间文化有一种怀旧情感，对当代的美国文化则持嘲讽态度。由于对女性和非白人种族的另类刻画，他的作品曾引发不小的争议。
3. 古斯塔夫·马勒，奥地利作曲家、指挥家，十九世纪德奥传统和二十世纪早期的现代主义音乐之间承前启后的桥梁。
4. 原文为德语。取材自德国诗人弗里德里希·吕克特的诗句，为马勒于 1901 — 1904 年间创作。

给了他。

他和费德里奥经常参加想象中的音乐葬礼——纯声音的无字纪念碑。黑暗的音乐，一场演习带来的愉悦，让想象力触及死亡的机会，没什么比这些更让人振奋了。可是今晚并非彩排。第一次，他失去了唯一的听友——她能够温习那些老曲子，每个夜晚都当作是新曲子来听。“我帐里有一盏小灯熄了。向这世界的欢乐之光致意。”

唱片摆放在他的架子上，仿佛百年前的一则预言。正是这五首歌起初教会了埃尔斯音乐是怎么一回事。在那之后的半个世纪里，它们陪伴他穿越了每一次声音的革命。自打他发现它的那天起，就再没有别的音乐能比这个音乐更为神秘了。但今晚他可以再多听一遍，用一只动物聆听它的方式去感受那些歌里狂野的噪音。

他摩挲着从唱片盒里取出唱片，心里做着这样的算术：一个在舒曼的《童年情景》[1]诞生的那一年听这首曲子的八岁孩子在七十五岁的时候可能就已经观赏过马勒《悼亡儿之歌》的首演了。一个人的人生贯穿了浪漫主义的春天和现代主义的冬天。这简直是对识谱之人下的诅咒。一旦你开始写音乐，就会陷入其中难以自拔。乐谱符号触发了人们的冲动，他们渴望发现躲藏在和声规则里面的所有秘密。短短几个世纪，人类所有可用的创新都已被打入冷宫，一个比一个淘汰得快。这加速的列车总有一天会撞到墙上去的，埃尔斯很幸运，在撞毁那一刻他还活着。

彼得第一次听到马勒的曲子时，他自己的童年已逝去许久了。他的童年随着父亲的心脏病发作和那场筏子“叛乱”而终止了。很长一

1. 罗伯特·亚历山大·舒曼，十九世纪德国作曲家、钢琴家，以及漫主义音乐成熟时期的代表人物之一。《童年情景》之梦幻曲钢琴曲是作者于 1838 年创作的一组音乐小品的总题目。这部作品不只是为儿童所写，也是为成人所作，表现了成年人对童年时光的回忆。

段时间里，彼得无论如何也无法减轻自己对那天发生的事产生的愧疚，除了听一听父亲留下的那些珍贵的唱片：《朱庇特》、《英雄交响曲》[1]、《未完成》[2]。有一两次，这些音乐重新打开了与他自己的世界毗邻的那个更纯粹的世界。后来，他母亲把他父亲的唱片、他所有的衣物，以及一切与他有关的东西都扔掉了，好让他回到现实，不再为回忆所累。连问都没问她的孩子们，她就把那些音乐唱片捐给了慈善机构。

卡丽·埃尔斯迫不及待地再婚了，嫁给了一个意外事故保险精算师，他跟彼得的父亲过去是同事。罗尼·霍尔沃森是一个和蔼的大块头，他会说班尼特·瑟夫[3]式的诙谐双关语，为人又品行端正，魅力难当，不费吹灰之力就征服了埃尔斯一家。每周六一大早，他一边给大伙儿做土豆泥煎饼和煎蛋卷，一边让大乐队[4]的声音充满了房间；他不明白为什么他那个很有天赋的继子在伍迪·赫尔曼[5]和亚提·萧[6]所营造的动听而摇摆的自由氛围中要堵上耳朵，为什么要把那支单簧管处理掉。彼得没有与这位闯入者交恶，他做他的作业，送他的报纸，练习着，在当地的青年交响乐团里演奏，大人们冲他微笑，他也报之以微笑，但暗地里却为自己臆想中的整个愤懑的乐队写下了狂怒的、意在复仇

---

1. 降 E 大调第三交响曲《英雄》，作品 55，是德国作曲家路德维希·范·贝多芬于 1803 年至 1804 年间创作的四乐章交响曲。该作品是交响曲历史上的里程碑式作品，规模宏大、充沛有力、情感丰富、结合了诗意和力量，极具独创性。
2. B 小调第八交响曲《未完成》，由奥地利作曲家舒伯特作于 1822 年，作者时年二十五岁，但直到四十三年后乐谱才被发现，并于 1865 年首次公演。该交响曲唯有第一、第二两乐章拥有完整的曲谱，故称作《未完成》交响曲。
3. 班尼特·瑟夫是一位美国出版商人，著名的出版公司“兰登书屋”的创建者之一，同时由于其善于编纂笑话和双关语而出名。
4. 尤指流行于二十世纪三十到五十年代的大型爵士、摇滚或伴舞乐队。
5. 二十世纪早期美国摇摆爵士，酷爵士音乐家，出色的单簧管演奏家和萨克斯演奏家，以及布鲁斯歌手。
6. 二十世纪早期美国最成功的大乐队指挥，爵士乐最出色的单簧管演奏家，对爵士乐走向流行做出了重要的贡献。

的合唱乐章，并把它藏在床垫和床板之间一个螺旋装订的音乐谱本里。

十五岁时，他爱上了化学。原子和轨道这种模式语言所体现出的意义与音乐相仿，其他事物难以相提并论。配平化学方程式的过程就好像解开中国的九连环玩具那样。周期表中一列列元素所隐含的对称性如同《朱庇特》的气势那样恢弘。一个人甚至能靠这玩意儿来谋生！

之后，在上高三的第一天，在一间人头攒动的年级教室里，埃尔斯发现了克拉拉·莱斯顿，认定她来自一个比他的星球更加遥远的行星。一年以前，他就曾在高中管弦乐队那个圆形剧场里看见过她，眼里的欲火将他灼得生疼。大提琴后面的她精心打扮过，穿着校规里曾禁止学生穿的平纹细布裙和细棱纹套衫，弓弦在她指尖厮磨，脸上却也绽放出那拒人千里之外的微笑。女孩体态纤细婀娜，四英尺长的秀发垂至膝头，看上去就像托尔金[1]笔下的小精灵一般。她能把编排得愚蠢透顶的州歌演奏得流光溢彩，仿佛是阿波罗用手中的里拉琴[2]弹奏出的第一支旋律。

他在教室里用倾慕和痴迷的眼神凝视着另一边的克拉拉。她似乎觉察到了他的眼神，目光扬起，正碰上他的，尔后优雅地歪了一下头，明白了一切。她的神情在说：看够了没有？这次目光的邂逅让他生命的清晨变成了风起云涌的正午。

两天后，她出现在大厅里，走到彼得跟前，用她的脚尖踩在他的右脚上。“嘿，”她说，“你觉得泽姆林斯基[3]的单簧管三重奏如何？”

泽姆林斯基的名字他闻所未闻。她意味深长地笑着看了看他，仿

---

1. 约翰·托尔金，二十世纪英国语言学家和作家，其最出名的魔幻小说《魔戒》曾被译成多种语言并被拍成电影。
2. 阿波罗在古希腊神话中是人类的光明之神，同时也是掌管文艺之神。他手中经常拿着一把里拉琴，即七弦竖琴。
3. 奥地利作曲家、指挥家和教师。他的《单簧管三重奏》写于 1896 年。

佛在告诉对方，他闻所未闻的东西还多着呢。

一个星期后，她找了些东西来供他俩即兴演奏。他们花了两个小时一起练习《行板》。只有他们二人：学校里的钢琴师都不会弹这支曲子。乐章以一段很长的钢琴独奏段落开始，彼得认为他们可以跳过这部分。但克拉拉坚持说，他们应该坐下来，一起把他们不演奏的这部分音节数过去；她能清晰地听到有个幽灵在键盘上弹奏，仿佛就在那里，在他们旁边演奏着。不一会儿，他也能听到了。

他们用这种方式试奏了十几支曲子——三重奏、四重奏、五重奏——在那些缺席乐器的缄默中他们让自己的音乐起航了。一支曲子演奏完成以后，他们就紧接着听一张唱片。

在她身旁聆听，他开始捕捉到自己一直怀疑隐藏在声音表面下的那种无声的信息。而看着克拉拉聆听的样子，他发觉她掌握着自己所没有的那把钥匙。

“有时候，”她告诉他，“你知道我聆听时那种感觉？随心所欲的畅快。”

不久之后，他们就变成一周两三个晚上在一起听了。又过了不久，聆听转变成了另一种形式的演奏。

到了十一月，克拉拉认为是时候了，便给他听了《悼亡儿之歌》。埃尔斯知道马勒的名字，但刻意回避去听他的音乐。大众对这个男人的看法影响到了他：冗长乏味，老气横秋，神经质，过于迷恋进行曲、兰德勒舞曲[1]和酒吧歌曲。彼得怎么也猜不透，才十几岁的克拉拉怎么会对这位还不怎么出名的作曲家青睐有加。可事实是，她刚开始放那五首虐心的歌曲中的第一首，他的问题就迫不及待地一个接一个冒了

1. 一种 3/4 拍的民俗舞蹈，在十八世纪末风行于奥地利、德国南部和瑞士德语区。这是一种双人舞蹈，特色是具有轻跃和踏步。

出来。

他俩在克拉拉的房间里听，为了守规矩而把房门敞开，克拉拉的父母在底下一层准备晚餐。1959 年 11 月的一个夜晚：地球第一颗人造卫星在漆黑的天幕上划过。留声机旋转着，歌曲进入了瑰丽得让人恍惚的部分，从那以后彼得·埃尔斯再也没有从音乐中听出过那样的感觉。

歌曲播放着的时候，克拉拉伏在他身体上方。她的长发垂下来——自她六岁以后那头发就再也没碰过剪刀，因为她说一碰就会疼——像荒野里的一顶帐篷那样把他罩在里面。她的脸涨红了，神情有点迷乱，脸上浮起一丝忧郁；她把自己粉色泡泡纱上衣的扣子一粒粒解开，帮他把一只手探进去。他们坐在那儿一动不动，身体纠缠着，血液在其中澎湃，用双耳感受着那些垂死的孩子们柔和的红褐色脸庞。

这个故事给彼得留下的印象比他自己童年的那些细节还要深刻：在新世纪的第一年里，这个名叫马勒的曾经三次无家可归的流浪者——生在奥地利的波西米亚，作为奥地利人混迹于德国人中间，又身为一个犹太人浪迹世界——是怎样由于操劳过度导致的大出血而垮掉的。多亏一场及时的手术，他才保住了性命。在被强制休息恢复期间，他关注了弗里德里希·吕克特[1]所著的一本诗集，里面有超过四百首诗歌，都是写给他两个年幼的孩子的，他们不幸传染了猩红热，在两个星期内相继去世。

这些诗从吕克特的内心喷薄而出，一天两三首——数以千计未经打磨的欲罢不能的诗节。其中一些胎死腹中，一些充满着病态的平静，一些落入陈腐，而另有一些则像是在一间密不透风的地窖里自言自语。

---

1. 德国浪漫主义文学同时期的诗人、翻译家，德国东方学研究的创始人之一，曾将《古兰经》翻译成德语，还翻译了中国古代的《诗经》里的许多诗篇。

吕克特把它们藏了起来留作己用。他生前没有发表过其中任何一首。

刚刚捡回一条性命的马勒读这些诗的时候就像是在读一本遗失已久的日记。他的十三个兄弟姐妹中有七人不到两岁就夭折了。他最爱的小弟弟刚进青春期也死了。眼前的诗行让那些死亡历历在目。这位四十一岁的单身汉在借用这些诗词的时候就仿佛一个因悲恸而垮掉的父亲。

歌曲成形了，算是恢复期里的一个习作。紧接着，马勒便旋风式地结婚了，他的新娘艾尔玛·辛德勒那时还是个学生。很快他们便有了两个健康的孩子。1904 年的夏天，当马勒重返工作继续写歌的时候，他的妻子惊骇了。让她觉得费解的是，这个男人一边把孩子死亡的主题放进他的音乐中去，一边还在亲吻自己的女儿们跟她们道晚安。"天啊，千万不要挑战命运！"但是，音乐的职责就是挑战命运。

埃尔斯走进厨房，把特制的苏格兰威士忌倒进一个透明玻璃杯，端着它走进前厅。他坐进那把埃姆斯躺椅，把脚蹬推开，好在脚边为他的狗腾出地方。他觉得浑身乏力，于是闭上眼睛，听着克拉拉对他柔声细语。"这些歌是音调的丧钟。" 一个自学成才的十八岁姑娘怎就会如此夸大其词呢？埃尔斯不过是一个有天赋却懵懂的乡巴佬，他信了她。她热烈而不加掩饰的自负让他着迷。她也是第一个让他碰触过乳房的女孩。

隔空轻轻一点，音乐开始了。最后一次，埃尔斯从不加渲染的开头几个音符中听出了被预言的死亡的声音。他花了毕生的时间努力让死去的这个孩子苏醒。

起初，一层冷霜在窗棂上慢慢显现出来。双簧管和号在各自吐露自己的心迹。瘦而有力的节奏向前游弋，最简洁的四度和音与五度和音中生发出急促的二重奏。

低音管给出暗示，演唱者加入进来，带着些许犹豫。她唱着那个度过了一个不眠之夜以后憔悴至极的男人，一个内心再也没有安全感的父亲。“太阳要升起来了，熠熠生辉……”

太阳升了起来，旋律却沉了下去。管弦配器，怀旧的和声：一切都包裹在熟悉的十九世纪晚期之中，却又点缀着呼啸而来的狂热的梦。低音管和号摇动着一个空空的摇篮。孱弱的中提琴和大提琴在各自的高音部踩着抖动的竖琴加入进来。旋律在大调和小调，光明与晦暗，平和与悲伤之间摇摆不定，就像一个又老又丑的女人和一个年轻可爱的姑娘在争夺这份变化莫测的钢笔素描。那个声音唱道：“可怖之事好像今夜从未发生！”

愈加恢弘的管弦之音聚拢了精神和活力，单簧管和低音单簧管也加入了进来。迷死人的弹奏，那种天马行空，埃尔斯甚至愿用自己的灵魂来交换。合奏的乐声渐行渐弱，化成了钟琴[1]上两声靡靡的敲击。之后又有两声。一件孩子的玩具，一声葬礼的钟鸣，黑夜里的一束光，统统都卷入了四个柔和却又清脆的高音 D 之中。

双簧管和号交织迂回，这次却因多了些不合群的小变奏而丰富了些。演唱者回来了，唱着死亡不过是天色渐晚那日的一团晦暗。但是她表现得太过了：当琐碎的开场二重奏的回声重又开始回响时，这次却被冰冷的钟琴声掩盖了，那些音符便开始误入歧途。乐音以平行音程相互渗透，歇斯底里地，就像一个孤独的影子咬着自己的衣袖在角落里摇晃。

---

1. 一种在欧洲管弦乐队中使用的、根据一定音阶定音的打击乐器。由一组固定在框架上的、长度不同的扁平钢条组成；在多数情况下与管弦乐队中的其他乐器一起使用，提供明快、透明的效果。

诗节再度开始，曲调却转向了空虚的别处。现在，人声从之前低沉下去的地方升上来，开始与双簧管的镜像发生冲撞。“不能把黑夜吞噬掉，必须将它溺死在永恒的光中！”歌者竭力这么去做。言辞奋力划向优雅；音乐却在优雅的对面溺亡。众人高擎着那个希望：死亡本身也许就是一道耀眼的光，其仁善超过任何人的想象。

在乐器间奏曲第四次回归时，歌曲陷入了狂乱，二十世纪开始了。管弦乐队在迷乱的狂喜中爆发了，刮起了一阵半音渐弱与渐强的风暴，让所有的中心都松动起来，只有号发出的低沉而单调的持续音才能将其锚住。

狂怒破裂开了。笛子和双簧管再次奏起开始的篇章，但钟琴尾随其后，发出丧钟一般的鸣响。一个微弱的声音唱道：“我帐里的微光熄灭了。”这些音符为其后代铺了一条必经之路：上升至光之中，逾越那屈就的弦和空洞的琴。但那首歌仍在跌跌撞撞中紧追慢赶。人声退出了，管弦的浪涌将旋律向前推进。在晚了两小节以后，歌者又重整旗鼓——嗨尔[1]！——以迎接白日欢乐的光。管弦乐队来助势了，将乐曲推向救赎。但在最后一刻，它又跌回了小调。钟琴奏出了结论，以高三个八度的音程复奏着歌者的最后一个音符，从丧恸和慰藉无法企及之处闪出光来。

十八岁时，一边听这些歌曲，一边握着克拉拉的乳房，就像从八支装的“绘儿乐”[2]彩笔升级到了六十四支的彩虹盒子。七十岁时，独自一人在这屋里，手里握着一杯尚未碰唇的威士忌，埃尔斯仍能从这些歌的灵魂深处感受到他尚未企及的自由的胚芽。

---

1. 德语中的呼语，用于欢呼、喝彩等。
2. 绘儿乐画笔创建于 1903 年，由美国宾尼和史密斯公司生产，迄今已有百年历史，备受全球美术老师及家长推崇。

为什么深不可测的悲恸会让人如此心旷神怡？“天气晴朗；别害怕。”过去的几十年间，他读过好多关于为何悲伤的音乐能让听者振奋的理论：抗体理论。避难所理论。假想敌理论。习惯化控制。马勒自己对将来有一天不得不听这些歌的那个世界表示遗憾。但这样的轮回却用超越言语的方式让埃尔斯的生活得到了解脱。

“天气晴朗；别害怕。他们只是出去了，不想再回家了。”

埃尔斯转着杯中的威士忌，把其他四首歌从头听到尾。他最喜爱的几段乐曲放完了。第二首歌，在调子和拍子，澄澈与阴郁之间游走。第三首，有着巴赫风格的三重奏奏鸣曲像极了那位母亲蹒跚的步履：“当你母亲借着烛光走进门，你总是跟在她身后，悄悄溜进来……”那首歌的结尾，放任不羁的节奏占了压倒性优势：他知道此处会感觉冰冷，但那种飞速的抬升还是让他打了个寒颤。有人想出了这些和弦。有人记得回光返照的声音。

第四首歌，辉煌的降 E 大调，总让人以为它才是整部作品中第一道真正的光芒。但在今夜，它却浸染着犹太音乐的色彩，摇摇晃晃的土风舞。“他们只是出去散步了。他们只是先走了一会儿。美好的一天。”最后的乐句攀升到了明亮的高地，音乐逃逸到话语中描述的遥远的阳光和煦的小山上，那里有两个孩童，顾不上回头看，也不会挥手。

暴风雨接踵而至。他因此患上了抑郁症，并开始独爱暴风雨了么？闪电，救护车，安全感分崩离析带来的颤栗。整个管弦乐队——在痛苦中扭曲的弓弦，在深渊中下坠的管乐——将一场风暴带到眼前。在每个小节的间奏曲中，暴风雨毫无节制地刮着：起初悄无声息，然后是四个小节，之后便是八个。人声在一波波的乐段开始处逐渐抬升——“这样的天，这样的天，这样的天”——从单音调 D 到 E 再到 G。“这暴怒，这恐怖，我永不会再让孩儿们出门！”

充满负罪感的幸存者抽打着自己。音乐让这场暴风雨驻扎在了歌者的心里，就像《彼得·格莱姆斯》[1]中的那场。那部歌剧是在他充满奇迹发现的那一年里克拉拉给他听的另一部作品。这首歌中的风暴并不是将孩子们卷走的那场；这是后来的一场狂风，在那件事过去之后许久。“我永不会再让孩儿们在这样的天气出门了。我担心他们会一去不归。可现在也用不着担心什么了。”

尽管听了五十二年，埃尔斯仍旧不明白事情为什么会这样。为什么怀疑和希望会如此心甘情愿地为那些音符打上烙印。放弃带来的极乐。极度的悲伤难以被来世的许诺一笔勾销。一首歌预言了其自身传统的下场。但是这一次从头至尾，即使在埃尔斯自己的终止式[2]到来的时候，他也再没有听到这些歌里埋藏的预言，而只听到了韶华将逝之时一度曾发现它们的记忆。那时候克拉拉轻抚着他，十八岁的风暴。

在那些歌播完以后，克拉拉一五一十地对他讲了起来：首演之后不到两年时间，马勒自己五岁的女儿玛利亚死于猩红热。他心灰意冷的妻子开始与别的男人交往。不久之后，马勒自己也死于心脏病，不过五十岁。又过了三年，一代人死去了，荒唐的帝国崩塌了，这个结局在他的音乐中早有预言……

彼得很快就知道了故事的续集：已故的玛利亚的同母异父的妹妹玛侬，也就是艾尔玛和与她一起背叛了马勒的那个男人的女儿，三十年后死于小儿麻痹症。但这个死去的妹妹后来在阿尔班·贝尔格的《小

---

1. 英国作曲家本杰明·布里顿于 1945 年根据英国诗人乔治·克雷布的诗体剧《自治市》中的一首插曲改编创作的一部经典歌剧，体现了主人公渴望群体却被无情疏离的窘境。
2. 结束乐句或乐段的和声进行公式，又称“收束”。

提琴协奏曲》[1]中复活了，这部无调性的败兴之作在令人寒心的巴赫的赞美诗调中达到了高潮。音乐模糊了预言与回忆之间的界限。

埃尔斯把自己投入到这场席卷而来的风暴中，又一次感受着那种疯狂。“孩子们被带离了我。由不得我说。”癫狂的烈风突然停了下来。音乐进入了渐弱的模式；单簧管、倍低音管和竖琴的声音渐渐消逝了。也正是在此处，克拉拉停了下来，开始轻柔地抚摸他，让他意乱神迷。他前臂的皮肤因苍老而起皱了，女孩的灵魂仿佛还紧紧握着那里。

该死的钟琴又来了，沉寂了三首歌，缄默了这么久，以致耳朵都忘记了第一首歌中的预言。孩子的玩具，丧钟，夜里的光。漆黑一片中传出的钟声；让人震动却不会惊异。这个声音让希望听起来是如此粗鄙。

“听见了吗？”克拉拉说，她的声音现在和歌者一样平静了。“一个音乐盒，托儿所的。”

音乐转而甜得发腻。顷刻间暴风雨停止了，天空无处不爽朗。歌者说：“他们在，在他们母亲房里休憩。”但是这个怪诞的音乐盒在不遗余力地说：“你做梦。”

在第一次听了那首歌之后的几年里，埃尔斯读了他能找到的一切关于《悼亡儿之歌》的故事。他甚至十分费力地去读用德语写的文章。每一次分析都坚定不移地告诉他，那最后一首歌是以来世的慰藉结尾的。但他毫不怀疑地知道并非如此。最后那几个小节里一定还有别的事情发生，要感受到它，除了聆听，别无他法。他找了许久，想找到一个人来肯定最后那首音乐盒摇篮曲里那让人挖空心思想要弄明白的

1. 阿尔班·贝尔格是二十世纪早期新维也纳乐派代表人物，1935 年受托创作《小提琴协奏曲》，以纪念马勒遗孀艾尔玛的女儿玛侬。他将巴赫的众赞歌《我心满足》（Es ist genug）写入了最后的乐章。

轻快活泼的调子。一年又一年，看过的文章堆积如山，最终，埃尔斯有了一个可能的结论：音乐只会告诉人们耐得住耳朵听的东西。

“听，”克拉拉说，“这些死亡是一切的开始。”

【马勒对布鲁诺·瓦尔特[1]说：“黑暗是我们的生命赖以维系的根基啊！”】

他让播放器收了声，打电话给他女儿。愚蠢的迷信。不过是一个简简单单的保护措施，没什么不好。太平洋海岸早三个小时。她应该已经开始卖命地工作了，为明早做准备。三天前他们交谈过。但毕竟是那会儿了。

萨拉是一位副总监，负责西北地区第二大数据挖掘公司的研究工作。她的公司解决了一个问题，即如何让广告赢得网络上的目标客户并摸透他们的心思。闲暇的时间里，她会参加标准三项全能运动。她给自己四十岁的生日礼物是去夏威夷坚持跑完两个奥林匹克距离的比赛。她是两个博物馆的董事。假期时，她作为志愿者参加了一个非政府组织，将过时的超级计算机转赠给撒哈拉以南的非洲国家。她没有结婚，甚至也说不上单身。通常只有精神不正常的人才不会被她吓怕。

埃尔斯收到了她发来的语音邮件。大半生之前的七十年代——那时候的萨拉还是个孩子，埃尔斯还是她名义上的父亲——有一次他打电话给一个朋友，听到的却是机器的应答，他慌张地挂断了电话。好几年的时间里，他总是不由自主地对着应答机的录音带大吼大叫——不断重复和拼读他的名字，或是自娱自乐地即兴表演，或是陷入惶恐

1. 德国美籍指挥家，钢琴家，擅长于指挥贝多芬、勃拉姆斯、马勒的作品，曾受马勒的指导，后因风格不一致而决裂，并曾受到纳粹的迫害而离开德国。

的缄默。可如今，如果应答的是个大活人，他才会感到惊诧。

“是爸爸。”他对着机器说，“给我回个电话。”

还没等他穿过房间走到厨房，她就把电话回过来了。

“出什么事了？”

“费德里奥，”他答道，“她死了。”

电话那头停顿了一下。在埃尔斯几十年的教书生涯中，他一直告诉自己学作曲的学生，休止符是一个作曲家的创作工具中最为强大的一件。不可忽视欢呼之前那个沉寂的间隔，那轻微而不起眼的一跃。缄默是音符所无力表现的。

“怎么会？”

“我想是中风了。还没尸检。”

“替你难过，”她说，“她是你的好伴侣。”

又一个拖长的延音，这是他唯一能让自己发出的声音。最后她问道，“你没事吧？”

“萨儿？”他努力张开嘴，“有件事我一直在考虑。谢德·阿尔博尔[1]那边正好有个空缺。”

“你打高尔夫球了？”

“是个社区，封闭式的，在学校南边。”

“封闭社区。”

“也算是一个共管的公寓。你明白吧。那边有个酒吧和一个餐馆。里面连健身房都有。”

“你想搬到养老院里去？”

“不是养老院。是个退休社区。需要时那些看护的才会过去。”

1. 原意为“绿荫地”。

“你疯了？”

“你不是说过你不希望我一个人住吗？”

“我意思是让你把后面的卧室租出去，要么就找个老伴儿，而不是搬进一个被人看管的活死人坑里去。”

“这房子里台阶太多，你不想让我跌倒，把我的老骨头摔断吧？”

“求你了。不会跌倒，也不会摔断骨头的。那些都是，就像，九十年代电视里那些耸人听闻的竞选说辞。你才七十岁，七十岁不代表什么，跟再过一个四十五岁没什么分别。”

“你还记得那时候，你不听《圣安东尼向鱼儿传教》[1]就没法睡觉么？”

“别转移话题。你不需要这么做。你还年轻着呢。身体没问题。我再给你弄条狗吧。”

“你母亲怎样了？”他问道。

“她在脸书上设了个人页面，爸，你可以上去关注她。”

“这段时间你在听什么？”他一直依赖萨拉来告诉自己在真实音乐的世界里发生的事情。

“听音乐？”她笑了。“有时间的话，我只听彭博社[2]。跟我发誓，你不会搬到别处去。”

他发了誓。

“关于费德里奥，我很难过。”她说，“她是条好狗。”

她只是出去了，他想说，不想回家了。

---

1. 出自马勒的声乐套曲《少年的魔法号角》，为作曲家 1888 到 1898 年间的作品。歌词选自德国作家阿尔宁姆与布伦塔诺合编的德国古诗集。

2. 全球商业、金融信息和财经资讯的领先提供商，由纽约市市长迈克尔·布隆伯格于 1981 年创立，目前是全球最大的财经资讯服务提供商。

“我再给你找一条。今晚就开始找。你觉得博德牧羊犬怎么样？”

他听到了她敲击键盘的声音——她已经开始搜索了，甚至还没等他道晚安。

【我一直相信，音乐可以解决一切政治问题。没想到，它会带来更多问题。】

从网上花了好几百美元购得的热循环仪正产出一些完好的聚合酶链产物。他猜不透那个四分之一套管的反应管中发生了什么：碎片分裂开来，混作一团的基质将自己结合到暴露的分子模板上，一串串脱氧核糖核酸翻倍，再翻倍，以令人难以置信的级数爆炸式膨胀着。一想起这些，他的内心便感到一种宗教式的虔诚。

关于原材料，埃尔斯主要是通过两家在线商店购得的，两年前找到它们时，他曾觉得它们简直疯狂至极。其中一家叫做“基因先生”，看上去跟那些卖便宜货的二道贩子或者卖二手车的商人没什么区别。相隔两地，他能够轻而易举地买到各色定制的物料，用不着倾家荡产。“自己做”生物：这是一个方兴未艾的家庭手工行业。一台电脑，一张信用卡，加上一点点耐心，一个人就可以定制一个活物。

最低层次的生命，无益的过剩，纯属浪费的化学信号：在他临终之前，恐怕再也见不到比这更狂野的艺术杰作了。在他忙个不停的时候，脑海中突然划过马勒曾写给背叛他的妻子艾尔玛的一封信，其中有一句话：“我们由于独处才找回我们自己，从我们到上帝仅一步之遥……”

他很晚才上床睡觉，刚刚入睡便又醒了。所幸的是，他已经不怎么需要睡眠了。第二天早上太阳升起来时，就仿佛前一天夜里什么也没有发生过一样。

【我曾经希望创造出成千上万能够逃离的作品。它们都没能逃离。这个成功了。现在你周围到处都是，有数十亿个。】

在那场仓促举行的葬礼过后的第二天上午，十一点刚过，两个身穿缀着两粒纽扣的深蓝色西服的男人出现在房子的前门，其中一个手里拿着一只人造皮革的公文包。他们看上去就像两个冒牌的“耶和华见证会”[1]信徒。拉票活动已经过去好几个月了，这一对的穿着也过于正式，不像是来搞募捐的。“一定有人在传关于彼得·埃尔斯的流言蜚语。”埃尔斯想起这句话，嘴唇不由得咧开了。直到他把门打开，看到门口那对穿着十分正经的二人组时，仍在咧嘴笑着。

他们把名片递了上来：高德博格和门多萨，联合安全工作组。高德博格用拇指搓了搓自己右手的指甲。门多萨的嘴唇边缘沾着一丁点蛋黄。

门多萨说，“我们接到警方报告，称这座房子里有人在培养细菌。”

“我明白了。”埃尔斯等着他们问问题。

高德博格拨弄了一下他的耳朵，摸到一个微型音频设备，不用眼睛看，就已经把它刷了一遍。

“是这样吗？”门多萨问。

“是的，”埃尔斯说，“的确如此。里面培养了很多细菌。”

“我们能进去吗？”高德博格问。

埃尔斯把头歪向一侧。“这是个业余爱好者的实验室。我可没偷

1. 成立于十九世纪七十年代的一个美国小教派，原来叫“守望会”，1931年改称“耶和华见证会”。其教义最大特点是反对主流基督教的圣父、圣子和圣灵三位一体的教义，讨厌偶像崇拜，拒绝向上帝以外的任何偶像致敬。

任何人的专利。”

两名特工再次要求进去。埃尔斯退在旁边，看着这对冷面人走过门梁。

看到里面那间屋子时，门多萨停了下来。“这装置是干什么用的？”

埃尔斯愣了一下。“您不了解吗？”

“我们不是科学家，埃尔斯先生。您是专家，似乎是这样。”

埃尔斯向他们展示了聚合酶链反应机。他仔细地向他们解释它的工作原理——变性和退火的循环——但特工们显然没什么兴趣听。

高德博格指了指。“那是您的离心机？”

“我用色拉搅拌机做的。我还改装了电饭煲来蒸馏水。”

“那边那个连着电线的呢？”

“那是做凝胶电泳用的。它可以……可以告诉您，您的分子有多大。”

“人的分子？”

“您的脱氧核糖核酸片段之类的。”

“您的工作涉及 DNA 吗？”

这个问题问得太直白了，埃尔斯笑了笑。“现在这东西无所不在啊。”

“这门后面是什么？”

还没等埃尔斯说出个“不”字，两位特工就已经把脚探进了他的无尘室里，把他自制的层流净化罩弄脏了。

高德博格在房间里四处走动，手里挥动着一支粗黑钢笔。“这些东西你都是从哪里弄来的？”他的声音听起来有些讶异。

埃尔斯告诉了他。一个人想要的任何东西——无论是什么——都能从某个乐于助人的五星级卖家那里搞到手。

“这东西你花了多少钱？”

“没你想象那么多。在拍卖会上，用不了花大价钱就能弄到这么多东西，真是不可思议。那都是些破产了的生物技术创业公司……宾州州立大学抛售了一批性能很好的设备，就因为它们略微过时了点。我在易趣网上只花了两百九十块钱就买到了价值三千美元的细菌培养器。信不信由你，这台低温冷柜已经算是我最大的资产了。所有东西加在一起才花了不到五千美元。”

“五千美元？”

埃尔斯耸了耸肩。“五年以前，这点钱也就是去地中海游览一圈，或者买个大屏幕电视。当然了，买反应物的钱得另算，这得看你是在哪儿买的。”

那个词让门多萨感觉有点不舒服。埃尔斯后悔不该说它了。可是他又没有违法。没什么大不了的。

“你都用些什么样的反应物？”门多萨问。

埃尔斯列举了一些。高德博格从他的公文包里取出一本便笺，笔尖在上面记录着。“你存了什么细菌？”

“这些天吗？”粘质沙雷氏菌[1]。“一种活性的，短棒状的厌氧菌。”

高德博格让他拼写一下这个词。门多萨的手指在桌上放着的一块二十四池的培养板上划了几下。

“这是个病原体？”高德博格问。

埃尔斯站着一动不动，努力让自己镇静下来。“无意冒犯，但这东西在您家厕所里到处都有。还有您浴室的水泥浆里，马桶水箱的水面上……”

1. 又称灵杆菌，一种产生鲜红色素的细菌，存在于空气和水中，可生长在动、植物性食品中。

“你不了解我妻子。”门多萨说道。

高德博格瞪了一眼他的同伴，又看了一眼埃尔斯。“它对人有害吗？”

有什么对人无害呢？

“是的，它可以让您感染。泌尿道。结膜炎。但要想用它感染自己也没那么容易。我还是个孩子的时候，他们就在实验室里用它了。在旧金山，军队也把它喷来喷去[1]。”

“什么时候有这种事？”

“记不得了。五十年前吧。”

“你不是军队。”高德博格说。埃尔斯意识到他可能遇到麻烦了。

高德博格又开始挥舞他的钢笔，仿佛那是一支激光笔。“你弄这些东西来究竟是要做什么？”

这个问题早就该问了，现在却悬而未决。墙上挂着个架子，是埃尔斯用厨房的夹具改造成的，他抬手指了指架子上那些移液管。“了解细胞生物学。这是我的嗜好。实话实说，就跟烹饪一样。”

“你是生物学家？”

埃尔斯摇摇头。

“可你却在操纵有毒有机体的 DNA？”

“我……随你怎么说吧。”

“为什么？”

正经的理由太多了，可是没有一个是眼前这两人会去相信的。埃尔斯出生那一年，甚至还没有人知道基因是如何构成的。如今，人们

1. 1950 年，美国担忧与苏联之间发生离岸攻击，进而出现细菌战，于是令其海军在旧金山进行了名为“粘质沙雷氏菌细菌”的实验，导致成千上万的人暴露在细菌的环境下，一些人出现呼吸道和泌尿道感染，甚至有死亡的病例发生。

已经开始设计它们了。在埃尔斯的大半生里，他把他的时代中最伟大的成就忽略了，那种任何人都予取予求的未来的艺术形式是他无法再活着见到的。现在，他想悄悄瞥上一眼。一个套管中有数以亿计的复杂的化学工厂：这个念头让他打了个冷战，就和当初音乐带给他的感觉一样。实验室让他感觉自己还是未亡之人，想要弄明白生命的真谛还为时未晚。

他什么也没说。高德博格拿起一支有盖培养皿。“您在哪儿学的操控微生物？”

“其实，基因学这东西并没有那么难。比学阿拉伯语容易多了。”

两位特工交换了一下眼神。高德博格停了下来，不再写写画画。

“您在哪儿学的阿拉伯语？”

“我不会说阿拉伯语，”埃尔斯说，“那只是个比……”

“那又是什么？”

高德博格指了指挂在餐厅墙上的一幅装裱起来的手绘稿页：一个个半圆顶下面整齐地围拢着许多小一点的半圆顶，看上去就像锡南[1]清真寺的圆形拱顶。每个壁龛上都装饰有流利的阿拉伯文字。

埃尔斯用两根手指按了按自己右边的太阳穴。“那是十六世纪土耳其人的一幅手稿，画的是一个旧的音乐符号体系。”

高德博格拿出他的手机，开始拍照。门多萨问，“昨天夜里您打了急救电话？”

埃尔斯点点头。

“您的狗死了？警察是不是让您打电话给动物管理局？”

---

1. 奥斯曼帝国著名建筑师，一生设计了许多清真寺、宫殿、陵墓及其他建筑；他将罗马建筑、波斯建筑和阿拉伯伊斯兰风格融为一体，形成了土耳其建筑的基本格调，被称为“伊斯兰建筑大师”。

埃尔斯紧闭双眼。

“动物管理局那里没有您打电话的记录。”

“上帝，”埃尔斯说，“您觉得是我用毒气毒死了我的狗？”

“尸体在哪儿？”门多萨问。

尸体。证据。“我把她埋在屋后面了。”

“已经告诉过你别那么做了。”

“的确。”埃尔斯没有否认。

“它们在那里面？”高德博格用下巴指了指细菌培养器。

埃尔斯考虑了一下。他挪到装置那里。“它们是无害的，只要你操作无误。”他伸手去打开那扇柜门。他也不确定自己想干什么。打开一个细胞培养瓶来闻一闻，也许吧。想证明它比多数的宠物都安全。

两个特工冲过来阻止他。门多萨把自己健硕的身躯横亘在培养器和这位贫血的七旬老作曲家之间。高德博格跟了上来。埃尔斯被控制住了。

高德博格用两只粗大的手把培养器关上。“我们要把这东西带走。”

埃尔斯站在那里，半天没弄明白他们提出的要求。

“你们是说我……？你们有什么根据吗？”

“不，”高德博格说，“我们没有。”

“这不合法吧？你们要指控我什么吗？”

“不，并没有。”

三个人都在等待。特工们没有行动。他们表现出的尊重让埃尔斯感到吃惊。他似乎有某种拒绝的力量，可这力量使用起来会是致命的。

“得插上插头。”埃尔斯说。

特工们等待着。埃尔斯用手扣住自己的后脖颈，点了点头。

高德博格和门多萨拔掉培养器的插头，将它用管道胶带裹起来，搬走了。埃尔斯站在旁边，听着一大堆培养瓶随着培养器的挪动发出叮叮当当的声音。在这两位滑稽戏临时演员把箱子运送到反恐总部之前，里面的菌落一定早就被挤碎且凌乱不堪了。

他们经过了云室碗，那个七只脚的架子上吊着十几只面目可憎的被锯短了的广口玻璃瓶，发明它的人叫做哈里·帕奇，是个过着流浪生活的圈外人。特工们把培养器放下来，特意多停留了一会儿，好让高德博格多拍几张照片。 埃尔斯轻轻拍了拍这一排“编钟”，它们发出了苦闷的微分音。这声音让人心神不宁。两位特工把培养器带出房子，搬到他们黑色轿车的后备箱前。埃尔斯也跟了出来。

“请您这几天待在家里，不要去任何地方。”门多萨告诉他。

埃尔斯站在车道上，摇了摇头。“这个世界上，我还能去哪儿？”

【帕奇谈论钢琴：“阻挡音乐获得自由的十二根黑白狱栏[1]。”我发现了一种能摆脱这些狱栏的乐器。】

他坐在餐厅的桌子旁边，惊愕得不知所措。他必须做点什么，但做什么都是徒劳的。一个念头突然划过他的脑海——给一个熟人凯瑟琳·德雷瑟打个电话，她在大学里从事宪法方面的工作。可是入室侵害并不是德雷瑟的研究领域，而且埃尔斯跟她也并非十分熟悉。他从没有因为任何事情雇过律师，甚至连离婚时也没有。打电话叫一位律师来让他有种罪恶感。

他想要控诉。可是公正只会归罪于他。高德博格和门多萨的名片上写着一座政府大楼的地址——在费城，一个普通的电子邮件地址，

---

1. 指钢琴的黑白琴键。钢琴是十二平均律制乐器。十二平均律制是世界上通用的把一组音（八度）分成十二个半音音程的律制，各相邻两律之间的振动数之比完全相等，亦称“十二等程律”。

还有一个电话号码。他没能获得任何其他信息。他让两个不速之客进了自己的家，什么也没问就轻而易举地让他们掳走了他的实验设备。

他到底陷入了多大的麻烦现在还不得而知。或许扣押只是个例行的预先警告。最好还是以不变应万变，静待事情平息。他和他精选的细菌沙雷氏菌属，就让联合安全局的人调查去吧。就让他们梳理收集到的关于他这七十年来的每一条信息，然后发现他甚至连一张超速罚单都没收到过吧。从现在开始最多九天、十天，他们就会以用一个虚假警报浪费了他们宝贵的公共资源为由来惩罚他，把他的培养器统统倒空，然后再寄送回来。

这一天已经做不成什么事了。他上个星期的工作也被糟蹋了。他走到院子里想让自己紧绷的神经放松下来，便将枯萎的水仙花摘去，又把早早开花的玉簪分开。前飘窗底下的花坛里种着大丛的“蓝天使”，他把其中的一半挪到了费德里奥的墓中央。明年春天的这个时候，那里应该就会非常漂亮了。

后来，他没法挪去更多植物了，因为再挪下去就会伤害它们；埃尔斯只好走回屋里，打开电脑。他浏览着那些自己设置过书签的“自己动手”生物网站，想看看那些研究爱好者的社区对发生这种情况有什么建议没有。一个网站提到了最近在这方面屡有对簿公堂的事情发生。上面还链接了一个民间社团，这一社团支持公民拥有进行科学实验的各种权力。

轻点几下鼠标，埃尔斯便发现了一个从蓖麻子中提取蓖麻毒蛋白的处方。由化妆品库存而产生的肉毒中毒。某个“乐善好施”的异教团体散播出来的埃博拉病毒。在网上逛了五十分钟，他简直想把自己逮捕起来。

但是所有的车库基因学网站在这一点上意见一致：一个人用不着

任何花哨的基因剪接，只需要远少于五千美元的资金就能够制造出一场可怕的瘟疫。然而，瘟疫的传播是个问题。一个个链接点下去，不一会儿，埃尔斯就陷入了那场“炭疽攻击事件”[1]之中，由于涉及那七封携带孢子病菌的信件的信息过多，个中复杂的情节让人烦乱且费解。他都已经忘记了那场梦魇——美国历史上最大的调查案件之一。该事件曾经成为美国有线电视新闻网的一等素材。

“炭疽攻击事件”让他联想起了1995年在东京地铁上发生的“沙林毒气事件”[2]。又点了两下鼠标，他便从东京降落到了宫古岛[3]的一处屋顶上，眼看着不断冲进内陆的一股股灰色水流将汽车、卡车和仓库以及公寓楼房涤荡成漂流的碎块。一整片社区被突如其来的洪流击垮并冲散了。手机视频开始摇摇晃晃，一道覆盖着泡沫的大浪瞬间将相机倾覆了，镜头变成了一片黑暗。

埃尔斯向下浏览着一长串相关视频：“最新的目击者”。“磁带捕捉到的可怕声响”。“最扣人心弦的编辑”。“幸存者讲述恐怖的情景”。有些视频剪辑被点击过上百万次，而有些却只有一两次。整整一夜，就像是这场灾难的一个巨大漩涡。

在数以百计的两分钟视频剪辑中，就在“海啸来袭的瞬间”和“日本努力抢救发电厂”之间，强大的自动排序系统竟然犯了一个最低级的错误。也有可能是管理者人为地植入了这个链接——有人跟这场天

1. 2001年美国炭疽攻击事件是一起为期数周的生物恐怖袭击。从2001年9月18日开始有人把含有炭疽杆菌的信件寄给数个新闻媒体办公室以及两名民主党参议员。此事件导致五人死亡，十七人被感染。直到2008年最主要的嫌疑人才被公布。

2. 东京地铁沙林毒气事件，是指于1995年3月20日早上于日本东京的营团地下铁（现东京地下铁）发生的恐怖袭击事件。发动恐怖袭击的人在东京地下铁三线共五列列车上发放沙林毒气，造成十三人死亡及五千五百多人受伤（而部分罪犯则于同年6月14日被日本警方通缉）。

3. 位于北纬24～25度，东经125度～126度间，地处琉球群岛西南部，先岛诸岛东部，是宫古列岛的主岛。

灾主题开的一个残酷的玩笑。地震发生的那天这个视频在网络上疯传，从那天起到现在，观看过的人次数已达到62,700,312。埃尔斯点了观看，成为了第62,700,313个。

点进去之后，房间里便回荡着一首欢快、调门正确、让人过耳不忘、散发着阳光味道的小歌。埃尔斯的屏幕上，一个十三岁大的小女孩醒过来，唱着歌去车站，和她的朋友们一起搭上一辆敞篷汽车，来到了一所位于郊区的房子，那里气氛高涨，一场中上阶层年轻人的派对正在举行。随着视频的播放，点击量又增加了一万人次。埃尔斯把歌关掉，搜寻着它的来龙去脉。网络上充斥着成千上万有关这个全球现象的夸张演绎、反响、称赞、包庇、致敬、解析，以及新闻片段。

他抬头看了看。已经过了晚餐时间，他饿得要命。

· · ·

离校园不远的那家黎巴嫩梅泽饭店门庭若市。但是在遭遇了早晨的事件以后，他正需要把自己淹没在忘我的人群里。四处传来的噪音——冰从水罐里滑出来的声音，银器和瓷器接触的声音，食客们交头接耳聊天八卦的声音——就像施托克豪森[1]用烟火试验装置写出来的一首疯狂的曲子。带着欢畅的心情喝上一杯，因为上帝接受了你的作品。

埃尔斯在靠近屋子中间的地方要了个桌子。以前玛蒂总是指摘他是一个内心张扬的人。“你就是音乐上的托马斯·默顿[2]。你就想大隐隐于‘时代广场’，边上竖一块牌子指着你，上面写‘隐士’。”

---

1. 二十世纪一位广受争议的德国作曲家，对整个战后严肃音乐的创作领域有着巨大的影响，1970年代初成为世界上最著名的先锋派作曲家；其作品涉及用电子试验手法表现世界原生态音乐，且具有玄秘主义色彩；曾由于声称“9·11事件”为“最伟大的艺术创造”而备受抨击。
2. 二十世纪最著名的基督教神秘论者之一。他相信人可以通过敛心默祷的生活与上帝沟通。默顿死于一场意外事故，当时他正在赴亚洲探究佛教和西藏喇嘛教神秘信仰的途中。

埃尔斯想着这些指摘笑了笑，一晃几十年过去了。他想象着他的妻子就坐在桌子对面，冲着他的艰难处境把头摆了摆。他们在一起没过多少年，每过一年，他们就愈发难以理解对方。他有时候还刻意取笑她的鬼神怪论，或者向她打探最近有没有什么奇闻异事发生。玛蒂曾经特别钦佩他压抑不住的做音乐的冲动；可到后来，她对此感到的就只有苦恼了。她若是见到他在车库里搞基因重组，一定会认为那是脑子彻底坏掉了。

“彼得，你不是憎恨人们，你是需要他们。你想让他们过来把你从洞穴里拖出去，让他们听你演奏。”

在将近三十岁的时候，有一次为了表现自己炉火纯青的技术，他为钢琴、单簧管、特雷门电子琴和女高音独唱写了一组玄奥的、和声部分相当大胆的联篇歌曲，用了卡夫卡的小说《中国长城建造时》中的段落。其中第三支歌是这样的：

你不必离开你的房间。
就坐在桌子边听着。
甚至不必听：
等待就行，静静地，
默默地，一个人。
这世界会自己撩起面纱。
它别无选择；
它会在你脚边旋转，狂喜不尽。

这组歌曲表演过两次，中间相隔七年之久，每一次都让仅有的十来个观众听得一头雾水。埃尔斯所写的正是这样的音乐：台上的人比下面的听众还多。九十年代后期的某个时候，在他所写的长达三个小时的历史剧《捕鸟人的罗网》经历了那场灾难之后，埃尔斯销毁了他的乐谱中众多没有备份的作品，其中就包括这一系列“长城”组歌。这些神秘的音乐如今只依稀存在于他的耳朵里了。但他还能够听得到，即便是在餐馆的喧闹声中。他已经忘记了整个组歌有多么刺耳和怪诞，它的预言有多么离奇。他后悔当初不该把它毁掉。他本可以在这个时候让那些歌曲熠熠生辉。给它们呼吸的空间。一点光；一些空气。

他举起玻璃杯，跟对面坐着的那个幽灵干了一下：“罪名成立。”吵闹的屋子里没人听见他说什么。

回到家里，他已经没有实验室来打发晚上的时光了。他打开硕大的平板电视机。那是萨拉为他的七十大寿买的，好让他跟上时代的匆匆脚步。在那块色彩鲜亮的高分辨率屏幕上，一团辐射云飘向地球上最大的城市群，正如他年轻时看过的最骇人的灾难电影里面发生的那样。

埃尔斯转到了一部关于西部野生动物的纪录片。那声道中虚无缥缈的五音阶漫谈让他有点心烦，于是他又换了频道。点了一下，他眼前出现了一群穿着细带比基尼的模特儿，用沾满泡沫的手相互拍打着。他狠狠地关上电视，发誓明天就把这东西从家里清除出去，几个月前，他去诊所看自己的失眠症时就已经答应过医生这么做了。

他床头柜上的书还翻开在前一天晚上他离开时的那一页。每天晚上，他会读到左手页最上方第一段的结尾停下来——玛多林曾经教过他不少愚蠢却有用的习惯，这是其中之一。他的生活习惯中处处都留下了他妻子的痕迹，以至于他难以置信，他们分开的时间已经是他们在一起的时间的四倍了。

埃尔斯躺在那张大床上，努力让玛多林的面庞浮现在脑海中。她的面容已经成了另一个世纪里那些欢快的练习曲中的一首，他只有把它的音程算清楚才能想起它的旋律来。

他拿起那本打开的书，又一次，又一个这样的夜晚，他努力让思绪进驻其中，开始阅读。要孕育出节奏是需要时间的。一种专注于别处的感觉让他充满了那种原始的快乐：通过他人的眼睛来观察。但是读了几段以后，一个从句忽然一转，将他的注意力带到了别处——几页之后的右手页中间，一个软绵绵的段落，里面关于一个男人和一个女人的描述意味深长：在七月的一个夜晚，他们走在波士顿的一条街上；这段描述像是一段遇到了反始记号的乐曲，被不明不白地重奏着，一次完了又来一次，他的眼睛跟着做起了闭路循环，不断碰触着右侧的页边，又返回头来重新读一遍，翻来覆去地追踪着这段文本，抽丝剥茧一般捋着那些华丽的从句，一点点调试着语序，直到他在眼前昏暗的光中重新找到线索——男人，女人，旷地边上道出遗憾事实的那个时刻——然后，他便又磕磕巴巴地重新开始这个令人头疼的循环往复的感悟之旅。

最后，不知道历经了多少次这样的重复，他梦醒了。埃尔斯盯着面前书页上的那些文字，却难以相信自己的眼睛——它们就像一列列士兵一样整齐地排列在一块阅兵场上，固若金汤，看不见男人、女人、黑夜、波士顿，也没有亲密眼神的交换，只是一位保加利亚作家在描述群体的秘密意志。

他放下书，关上灯，把头深深地埋进枕头。房间里陷入一片黑暗，他却完全清醒了。地板发出吱吱呀呀啪啪的声音，就像两军交火，火炉则像一架巨大的战争发动机在不停地振动。

【我选择了我的宿主，原因再单纯不过：它的历史是有色彩的。那就是红色。】

说到爱的泛古陆[1]，不过是留在水面之上寥寥可数的几块离散的岛屿。说到把有八百年历史的孔杜克图斯[2]当作新闻简报来听的克拉拉·莱斯顿，他所能记得的一切都可以编入一支五分钟的校歌。但正是因为她，埃尔斯才变成了一个朝圣的聆听者。在克拉拉之前，没有一首作品拥有真正能够伤害到他的力量。之后，他便能听到四处潜伏的危机了。

埃尔斯在古稀之年重又开始欣赏的作曲家——佩罗坦[3]、巴赫、马勒、贝尔格[4]、巴托克[5]、梅西安[6]、肖斯塔科维奇、布里顿[7]——是他在十九岁时克拉拉告诉他去欣赏的那些人。但在自己的创作上，从呈示部[8]直到尾声，他却完全与他们背道而驰。在埃尔斯还年轻的时候，有过那么几年，他绞尽脑汁就想写一支完美无缺的曲子，好让克拉拉一边惊愕，一边对他刮目相看。人至中年，他只想归还她一些东西，好报答她曾给予过自己的。

她没有朋友，他从来也不觉得奇怪。在他向他们渐行渐远的青春期行注目礼时，她却老早就跳了出去，一个人孤零零地走进了成人世界。有时候他不免猜测，是不是因为有什么可怕的家庭秘密才让她变得如此早熟。演出尚未开始，她早早就把人生的音乐会和与之相关的每支

---

1. 又称联合古陆，大陆漂移说所指的晚古生代时期全球所有大陆连为一体的超级大陆。
2. 十二世纪末出现的一种多声部音乐形式。
3. 十二世纪末十三世纪初一位著名的圣母院乐派作曲家。
4. 二十世纪初一位新维也纳乐派的代表人物。
5. 二十世纪最伟大的作曲家之一，匈牙利现代音乐的领袖人物。
6. 法国作曲家、风琴家及鸟类学家，被公认为二十世纪最具代表性的作曲家之一。
7. 二十世纪英国作曲家，其作品扎根于传统土壤，吸取圣咏、民歌、古典音乐素材，体裁广泛，风格各异。
8. 指主题依次在各声部作最初的陈述。

曲子的每个音符背得滚瓜烂熟了。“彼得！你一定喜欢这个。”

她报了印第安纳的一所学院，跟着史塔克[1]学习大提琴，这位先生在那里执教全美最好的管弦乐队。年轻的彼得不假思索地跟随她去了。他甚至都没想过给自己留一条退路。他要主修音乐，他的继父不给他学费；苏联的科学令这个国家的存在都受到了威胁，正如鲁尼·霍尔沃森[2]所言，所有年富力强满十八岁的青年都有义务加入这场反击之中。因此，在五十年代后期遥远的中西部地区，埃尔斯开始为一个科学学士学位而奋斗。学好数理化，不惧走天下。

大学一年级让他兴奋不已。他和四百名其他的化学学生一起坐在礼堂里，看着前面的老师在黑板上龙飞凤舞地书写着那些鬼魅般的符号，把这个世界中的世界一点点剖析开来。实验室——滴定，沉淀，离析——仿佛是在把玩一件极具个性又精妙绝伦的新乐器。物质厚厚的表象之下隐藏着数不清的秘密，等待人们去挖掘。从实验室里走出来，浑身散发着樟脑味、鱼味、麦芽味、薄荷味、麝香味、精子味、汗味和尿味，埃尔斯闻到的却是自己那令人头晕目眩的未来的味道。

他仍在学习单簧管。在第二个学期里，他战胜了诸多表演专业的学生，在顶级的大学生管弦乐团中赢得了一席之地。其他的木管演奏员们表示难以置信，他怎么会把自己的天分浪费在试管和锥形瓶上。克拉拉对他的“不务正业”只是淡然地耸耸肩。有时候，她在乐队另一边那群大提琴中间瞥见他，她温婉的微笑仿佛在等待他去发觉她早已了然于心的那些事。

在埃尔斯看来，音乐和化学就像是一对失散多年的孪生兄妹：混

1. 二十世纪美籍匈牙利大提琴家。

2. 指“柏林空运”传奇人物霍尔沃森上校。1948 年 6 月 ~ 1949 年 5 月，苏联封锁西柏林，英美两国联合救援，向西柏林空运各类生活物资。

合物与转调，鬼魅和声与谐波谱学。长聚合物的结构会令他想起繁复的韦伯恩[1]变奏曲。原子轨道奇异的概率场——杠铃形，圆环形，球形——就像是一份前卫记谱法中的图形单位。物理化学公式和复杂而神圣的曲谱一样触动他的心灵。

在上结构与分析课时，他还偷偷溜去听旁边的音乐作曲选修课。调谐赞美诗与理解和声理论给人的感觉就像代数学。他用海顿的风格和仿巴赫返始咏叹调[2]来写小步舞曲。克拉拉二十岁生日时，他以贝多芬后期所用的方式为她将“生日快乐歌”谱成了管弦乐。1961 年的新年之夜，他为她献上了自己煞费苦心制作的“小玩意”：用勃拉姆斯的间奏曲形式编曲的《你怎么样》[3]。克拉拉把这份礼物从头到尾看了一遍，笑了笑，又摇摇头，仿佛那是一件只有它的创作者才会稀罕的东西。

“唉，彼得。说你聪明吧，你还真是不明所以。来吧，咱们把它演奏一遍看看。”

他努力向克拉拉解释自己的打算。他可以在行业内找一份有保障的实验室工作，同时仍然全心全意地做音乐。但她却用那种让人恼火的不屑一顾的眼神远远地望向别处，天边那道微弯的地平线上有一个未来，她能看到，他却不能。

他们的空闲时间无时无刻不在一起度过。克拉拉给他俩找的事情是为《每日学生》写音乐评论。他们以通过字母易位构词造出的署名力推了许许多多的新唱片，仿佛他们就是亚当和夏娃，在为数不清的

1. 奥地利作曲家，新维也纳乐派代表人物之一。
2. 也称“再现咏叹调”（da capo aria），是巴洛克时期歌剧的一种写法。
3. 爵士钢琴大师奥斯卡·彼得森所组建的爵士三重奏乐团于 1960 年发行的专辑《CBC 录音室现场》中的一首爵士钢琴曲。

动物命名。他们的朋友——如果还没有因为这一对如胶似漆、离经叛道的人呕吐的话——把他们称作"受精卵"。当那些优秀分子和精英人才跑去为民权静坐抗议时，彼得和克拉拉则躲在音乐图书馆的试听室里，追随着施特劳斯[1]《最后四首歌》的旋律，施瓦尔茨科普芙[2]唱着《日暮时分》："我们走过了匮乏与悲伤，手挽着手……"

克拉拉通过查究主导着他们的发现。晚饭时埃尔斯总能收到她带来的奖励：痴狂的杰苏阿尔多[3]小情歌或是妙绝的取自十九世纪后期音诗的管乐片段。尽管彼得费尽全力去掌握她不断扩充的曲目单上的内容，克拉拉总是先他一步，找出更多的东西给他。

他们在一起大声唱着，挨得很近，嘴唇不觉间纠缠起来，唱出的音调几近失谐。那些节拍的摩擦声径直潜入了他们的大脑。他们尚未在彼此面前裸露过。但他们颅骨板中共同感受到的共鸣并不亚于任何性接触的亲密。

克拉拉知道自己的命运，并为此矢志不渝。她师从严苛的史塔克，尽管这位先生每周必让她以泪洗面，却也真的教会了她心和手腕的那些技巧，让她奏出的声音宛若天籁。

对于克拉拉而言，仅靠音乐就能够让每日的生活去伪存真。她搞不清阿登纳[4]何许人也，也不明白为什么格伦[5]就值得人们去夹道欢迎。

---

1. 理查德·施特劳斯，德国浪漫派晚期最后一位伟大的作曲家，同时又是交响诗及标题音乐领域中最伟大的作曲家。

2. 伊丽莎白·弗里德里克·施瓦尔茨科普芙女爵士，一位德国歌剧歌曲演员。她被视为二十世纪后半叶女高音领域的领军人物之一，尤擅长莫扎特和理查德·施特劳斯的歌剧演绎。

3. 意大利文艺复兴晚期杰出的作曲家、鲁特琴演奏家。

4. 康拉德·阿登纳，一位跨世纪的人物，经历了德意志帝国、魏玛共和国、第三帝国和联邦德国等四个重大历史时期。在他的领导之下，德国在政治上从一个二战战败国到重新获得主权，进而成为西方国家的一个平等伙伴，创造了德国的"经济奇迹"。

5. 格伦·古尔德，加拿大钢琴演奏家，1955年到美国公演，弹奏巴赫的作品《哥德堡变奏曲》，一举成名。

然而，《大赋格曲》[1]中几个简单的小节比一个月的头条新闻更让她觉得接近真谛。她追随音律而动的柏拉图主义使她拥有一种魄力，正是这种魄力给了她那种胜过彼得的力量。他有直觉；她有信念。这绝对说不上是什么竞争。她对他去教堂这件事只是笑而不语，然而一个个礼拜天过去，他却放弃了他的家庭信仰。她只须眉梢一扬，他就乖乖地把小平头的头发留长，并且把自己古板的衬衫脱掉，换上一件套头衫。在他大学二年级快结束时一个三月下旬的深夜，由于他总是心猿意马，她终于冲他发火了。

她让他天黑以后去约旦河的河岸上找她。他赶到那里时满心懊恼，因为他在自己的高级有机物实验室里为辨别一种未知物而苦苦探索了三个小时，却以失败而告终。她躺在潮湿的、长满草的高地上，蓝色的铅笔裙背面沾染上了那葱郁的颜色。他把头靠在她的大腿上舒展了一下，感觉疲惫难支。"简直要了我的命。"

他身上化学药品的霉味快让她的脸固化了。她用两根手指向后梳理着他的头发。"什么事？"

"所有那些。烯烃，炔烃，链烷烃……"

"彼得？"她俯下身来，贴近地上的他，她的银里拉琴项链吊坠蹭到了他的脸颊。她拽了一下他鬓角上的毛发——那是她叫他留起来的。"谁说你是个化学家？"

"这个嘛，你知道，这是我最拿手的。今晚这点挫折只是个例外。"

"你打算一辈子就干这个吗？"

他的指尖抠着冰冷的土壤。一辈子只打算做任何一件事的想法让他有种奇怪的感觉，一边是好奇，一边是惶恐。

---

1. 贝多芬晚期进行复调音乐创作时所写的一首赋格曲。

“难道你的努力只是为了取悦你父亲？”

他往边上翻滚了一下，用一只肘撑着身体。“你是说我继父？我父亲已经不在了。”

“我明白。可你明白吗？一个已不在人世的人，还有必要去讨他的欢心？”

“我并没有打算取悦谁。我选择化学，因为它是个谋生的好途径。”

他想补充：两个人也行，如果你也感兴趣。

“彼得，现在是1961年了。你是个白人大学生。你还担心自己将来没法谋生？舞蹈和婚礼乐队才去担心谋生呢。像你这样有才华的音乐家绝对不会一文不名。”

他想告诉她：化学是有意义的。它的问题总是有清白的、可复验的答案。它的谜题解起来就像是宇宙之谜。操控基本的原料，用足以提升生活品质的属性来塑成全新的材料……

可是克拉拉却看不到这里面的异彩纷呈。她的手臂环过他的胸前。“你觉得你不去做化学，化学就完了吗？”

“那你觉得如果我不去吹单簧管，就没有人去吹了？”

“单簧管？这跟单簧管有什么关系？”

她为他制定的一整套疯狂的计划成形了，在他脑袋里嗡嗡作响。他用力拍打，想把它驱赶出去。她捉住他的两只手腕，把它们摁在透着寒气的地面上。

“快把你的积木收起来吧，彼得。游戏时间结束了。你弹个响指，音乐都能从你身体里溢出来。这是天意。你没得选择。”

他坐着，把头歪向身旁这个信仰柏拉图主义的女孩，仿佛自己是那只 RCA 唱片狗[1]，而她则是那架不可思议的留声机。然后，他开始听到他们了，在天庭接待室里排队等待转世的那些灵魂：所有那些先前存在的，只有他才能孕育成形的声音。那些深层次的对称性，两年来一直吸引着他的那些化学形式与公式，演变成了纯粹的前奏。此言不虚：他一直在试图取悦某个人。但那个人却让他去拥抱另一种快乐。

他仰靠在她的大腿上，抬头看她倒着的脸。她打开她的大披巾，又重新在她肩头围好。她搭着披巾的手臂仿佛一对羽翼，夜空一般宽阔。

“你想让我写的那些东西，”他心怀侥幸地问，“究竟有多少啊？”

她俯下身子回答他。本可以从那湖中心冲出去的，他想着，一点也不难做到，可最终也没能迈出去一步。

接下来的五个星期里，他本该为期末考试而奋力拼搏的，但他选择了暗地里悄悄工作。他从实验室、教室，甚至从克拉拉那里把时间偷走；克拉拉虽有疑心，却没说出来，变得有点神经质。他以快如闪电的速写手法和敏捷、干净的笔画勾勒出音乐，就像一个孩子拿着蜡笔涂抹出一个月亮，一片混沌的树林，再添上一堆篝火，便称之为夜晚。没有时间来编配乐器了。这个作品便以最为淳朴的方式展现出来：钢琴独奏和人声。但他听到的每个乐段却是各色乐器以排山倒海般的气势演奏出来的。管乐的四处弥漫，铜管渐强的支撑，一浪又一浪的低弦向前涌来。

他的文本是完美的，那便是惠特曼《我自己的歌》的结尾[2]。那时

1. 剧院舞台油画家马克・巴罗德曾以自己捡来的流浪狗为原型画过一幅专注听留声机的小狗的油画，后来，他把这幅画卖给了美国无线电公司（RCA）作为其唱片标签，取名为“他主人的声音”（HMV）。

2. 实为惠特曼 1892 年版《我自己的歌》中第六节的结尾。

候，他们在天寒地冻的瀑布公园里野餐，那是冬天里的最后一次狂欢，克拉拉凭着记忆背诵了这个诗节。他们一起裹在一个棉质睡袋里躺着，两人之间怀抱一个装满热番茄汤的暖水瓶，他们的睫毛上落满了刚降下的新雪，她朗诵道：

> 你想这些年轻人和老人们后来怎么样了？
> 你想这些女人和孩子们后来怎么样了？
> 他们活在某处逍遥自在，
> 那最嫩的苗芽说明这世上其实并无死亡，
> 即使有，也只会引向生命，不会等到最后把它扼死，
> 且生命一出现，死亡就终止了。
>
> 一切都向前向外发展，没有什么会崩毁，
> 死亡并非任何人所想象的，没有那么不幸。

他把这些诗句反复琢磨了几天，仔细听着其中包含的声音。后来是里面的音素和重音把他引向前了。一个音符接一个音符，一个乐句接一个乐句，他又想起了雪地里的那次野餐：低悬在空中的太阳透过一棵橡树的枝桠照射下来，树影斑驳，颤抖的女孩用她戴着露指手套的大提琴家的手捧着一只暖水瓶，浅吟低唱出一句句语词来考验他；她的脸上带着些许渴望，苍白又有点顽皮，似是早已知晓那些年轻人后来的结局并怂恿那些老人引领回望。他写出的每个小节都把之前已经写好的那些推翻了，他能感受到它们，未来岁月里那些尚未成形的噪音已经将它们改变了。

埃尔斯用铅笔在空白页上写写画画，他所要做的就是聆听，然后

引导每个崭新的音符找到它们命中注定的家：“他们活在某处逍遥自在。”他可以一直写下去；他可以不为任何人写下去。他并不是在做选择：而是在发现，仿佛自己在操控一个又一个不同的试验以确定某个未知物，经过魔法般的反应变化，在他的试管底部沉淀析出一些可称量的固体。

那支歌成形了；他把他的意志力集中在了一个最紧要的点上。失去了所有牵引的恐惧，以及人生中前几次他曾有过的听《朱庇特》或误打误撞接触到马勒的那种幸福的暖流重又朝他涌来。一辆比红杉还高的载式吊车把他从躺着的满是瓦砾的涵洞中拽了出来，拖到一座灯塔的警卫室那里。放逐生命可能发生的最糟糕的情况现在看来却成了一件幸事。就安静地待着，等着，听着，世界将要敞开。

这支曲子简单至极：高音区有三连音符的佛里吉亚音阶特色，下潜时，琶音则以相反的运势发展，慢条斯理的节奏显得宏阔。每次重新进入时，变化着的音型就被拉升到更高的音域中去。这种融合逐渐收紧，变成了一种有些古色古香的东西，仿佛一位民族志学者在一个倾覆的君主国家偏僻的山区乡村里才觅得到的一支民间小曲；现在，它来到了这个颓废之都他的工作室内，闪烁着自然的和声光芒。

诚然，他也偷学了马勒一些东西：大调和小调之间的界线模糊不清。摇摆不定的关键区域在临近结尾的时候便开始脱离正轨，变得野性十足。旋转的华尔兹，渺远的铜管乐。缓升急跌，在下一个小节尚未到来之时再次爬升。所有的单独部分都有熟悉的气场。但合而为一之后，只有彼得把它写下来，它才算是诞生了。

快写到高潮部分时，彼得发现，他早已用开篇时的那些萌芽材料把它的根基打好了。源自起始三音符的那个四音符音型，拓展成了一个五音符音型，最后又流向一个稳定的、完整的、上升的七音符音型：

一切都向前发展

向前向外发展

向外发展：没有什么会崩毁……

然后就到了不断变化的最终乐句。他触摸到它时，它就在那里等着他，几乎跟他这一路预料到的一模一样。

在一间音乐练习室里的一架小钢琴上试弹这首作品时，他获得了一种完全的近乎不真实的满足。克拉拉说得对：他天生就是做这个的，即使所做的东西对于活着的人和死了的人都没有用处。把继父浪费在他身上的钱还清，干上几年枯燥乏味的工作，拿最低的工资，对着空空如也的听众席演奏，里面坐满了毫无善意和漠不关心的聆听者：彼得虚度的人生全然在他面前展开。为了庆祝自己的处女作，他大醉酩酊；他看见了未来，彻彻底底地认清了它。

经过几个星期的打磨和润色，埃尔斯认清了一切：年轻人和老人，女人和孩子，逍遥自在地活着，没有别人，只有他才能让他们鲜活起来。他毅然决然地走进了那片空虚之中，无惧无畏。甚至根本不像是经过了抉择。化学安乐地死去了。但是这种死亡跟任何人想象中的完全不同，比一个七旬老人所能够料想到的还要幸运。

学期末时，他把最新的成果拿给克拉拉看，让她吃了一惊。她坐在自己宿舍床的床脚边上，青年卡萨尔斯[1]的海报下面，一边读一边默默地点头。再抬起头时，她的眼睛已然湿润了，像是带着几分羞怯。尽管如此，她依然微笑着，像是在说“我早就料到的”。“好吧。”

1. 西班牙大提琴家，指挥家，对现代大提琴艺术的发展有重要影响。

她说。“Bravo。Encore。[1]”

【毕达哥拉斯发现了和声的数学[2]，他同样也发现了我的小虫子：粘质沙雷氏菌。它看起来就像残羹冷炙中渗出的血。】

克拉拉给他的奖赏在年终音乐会上等着他。这场音乐会是出于试图恢复冷战期间的邦交而举办的：鲍罗丁[3]、里姆斯基·科萨科夫[4]、斯特拉文斯基的《火鸟》[5]。埃尔斯无不喜欢，甚至包括那些松松垮垮的异国情调。他的耳朵不知怎么了，在那整整一个月里，无论是马肖[6]还是“米老鼠俱乐部进行曲”[7]，听上去都像是绝世之作。

在管弦乐队中演奏就像置身于联合国大会。每个声部都将其独特的音质发挥得淋漓尽致，同时又在指挥棒的指引下和合成一支令人惊异的宏阔乐篇。埃尔斯从管乐部中心他的座位处朝自己左侧望去，视线跃过他乐谱架的上沿，翻过指挥，瞥见了克拉拉的侧影——第二把椅子上，她的大提琴依偎在她黑色长演出裙的凹处，白色的真丝上衣随着乐器的震动和呼吸勾勒出她胸脯的曲线。演奏中的她仿佛一只惆怅的火鸟，她优雅的颈项紧贴着乐器的指板，握弓的手臂向一旁运出，

---

1. 意为“很好，请继续”。Bravo 用于表示对别人所做之事的赞赏，尤其用在演出完毕时对台上的演员发出喝彩；encore 同样用于演出完毕后，观众由于十分欣赏精彩的演出，希望演员能够返场再表演一个节目，常音译为“安可”。
2. 古希腊哲学家、数学家毕达哥拉斯发现了琴弦定律，即在给定张力作用下，一根给定弦的频率与其长度成反比；音程之比越简单，和声越和谐。
3. 俄国作曲家，同时也是化学家。他是十九世纪末俄国主要的民族音乐作曲家之一。
4. 十九世纪俄国现代音乐之父，曾为海军军官和海军军乐队指挥，培养了许多日后的俄国著名作曲家。
5. 斯特拉文斯基是十九世纪末二十世纪初美籍俄国作曲家、指挥家和钢琴家、西方现代派音乐的重要人物。《火鸟》是令其成名的芭蕾舞剧，作于 1909–1910 年，取材自俄罗斯神话。
6. 纪尧姆·德·马肖，中世纪作曲家，诗人。
7. 美国广播公司（ABC）于 1955 至 1959 年间播出的卡通电视节目《米老鼠俱乐部》的主题曲。

在空中划出八个无穷大的轨迹。当富有冲击力的节拍引出了魔王卡茨之舞时，克拉拉从她的肩头向后看去，恰好捕捉到他投来的目光。仿佛被深深地刻进了他面前的谱表中那些音符的符头里，那天夜里晚些时候，当音乐结束之后，埃尔斯才明白了等待他的是怎样的舞蹈。

在那一刻之前，他们在一起都做了些什么？光与热的青春。离经叛道的罪，与他们的教养格格不入，埃尔斯被自己狡黠的情欲惊得目瞪口呆，随之而来的一种路德宗[1]的罪恶感又将他击垮。但那是“新边疆”政策[2]刚推出不久的日子。他自己的女儿到了十六岁时也会傻笑着去做更加叛逆的事情。时光转到2011年，即便是一个在自己的社交网络页面上刷着公众关注度的懂得自重的十三岁少女，也不会把它当作“性”来看待了。

音乐会结束后，埃尔斯在管弦乐队的排练室里见到了克拉拉，她正把她的大提琴放进琴盒里。她那向往自由的灵魂仍沉浸在方才的俄罗斯音乐之中，她的脸绯红着，甚至无法开口讲话。这一夜的计划在两张秘而不宣的脸上已经再明显不过了，彼得似乎也已经猜到，当他们两人悄悄潜入她的宿舍，去跟她那个家境富有的室友借她的甲壳虫汽车时，一定会被宿管人捉到，并且留下来质询。他们不知要去哪里。克拉拉十分随意地坐在汽车里，身上还穿着音乐会上的演出服，两只脚高高地翘在仪表盘上，仿佛身子已经摆脱了地球的引力，灵魂在等待着命运的裁决。彼得握着方向盘的双手不住地发抖。他们的车子开出城，来到了采石场。他们把车停在一片茂密松树林前面的出石区，

---

1. 以马丁·路德（1483–1546）的宗教思想为依据的各教会团体之统称，因其教义核心为“因信称义”，故又称“信义宗”。
2. 二十世纪六十年代初，为了应对经济增长缓慢，贫困问题严重，黑人运动高涨的国内形势以及世界其他主要国家迅猛发展的势头，时任美国总统肯尼迪提出了该政策。

下车走进沉沉的夜色。

地上的落叶和杂物把克拉拉绊了一下，她只好把高跟鞋脱下来拎着。待走进小灌木丛深处，她摇晃着倒在他的臂弯里，小声说道："该入正题了。"他的耳孔感受到了这几个字，紧接着便是她的舌尖。

她把埃尔斯拉到地面上躺下，那块地铺满了六英寸厚的苏格兰松针。她把她的黑色百褶演出裙撩到腰间，跨坐在他身上，把真丝上衣解开，长发垂坠下来，如一拢波提切利纱线一般将他罩在里面。她俯下身时发出一种少有的、尖锐的呻吟声，似在享受这偷欢带来的狂喜；后来的四十年里，他用尽各种方法，尝试过各种不同的器乐组合，想要重现这声音。她抓住他的肩膀，把它们压在松针上面，似在威逼利诱：我们可了解彼此？他把手铐在她的脖子上，让她看着他。他点了点头。

正当她纠缠于他的时候，一道亮光抵在了他的太阳穴上。他觉得自己可能中风了，但他并未在意。接着又有两束光袭来，埃尔斯这才警觉起来。那白色变成了高光束探照灯的强光，整片树林都被照亮了。在松树林的远端，两名警察正透过那里停着的甲壳虫汽车的窗户向内探视。

他的腿抽搐起来；他想把她推开。但是还没等他挣扎着站起身去投降，就又被她重新压回到了地上。她的眼神狂躁又有些迷离。她的嘴唇动了动。一种宛如纤弱之音的犯罪感从二人之间生发出来。"别动。"

一名警官喊了一声，两声："有人吗？"埃尔斯又开始扭动，克拉拉把他死死压住。

"别。动。"

一束光从他们旁边的草中间打过来。被克拉拉压在身下的埃尔斯松弛了下来。他的皮肤能听到她浑身上下的脉动。这会儿，她终于开始颤栗了，她缄默的唇开启了，埃尔斯的心扑通扑通跳了几下，这才意识到她在瑟瑟发抖。探照灯把黑暗的小树林照了个遍。有个声音又喊了一遍，不过听上去已经远了。警察最终还是放弃了，他们退回到警车中，驶离了那里。彼得和克拉拉躺在夜晚树林里冰凉的地面上，仿佛与死神擦肩而过一般。万木在他们漆黑的周遭哗哗作响，却又未言一物。

【淌血的面包让推罗城下屡屡受挫的亚历山大军队[1]重整旗鼓，一举成功。】

十八个月过去了：三部短篇室内乐作品和两部小的声乐套曲。一个年轻男子挤进学生报社外面的电话亭里。他的口袋里揣着一封花了两个星期才寄到他手中的航空信件，纸是蓝色半透明的薄纸，已经皱巴巴的了。这个世界刚刚躲过了一劫[2]，让人心惊胆战。一张空中侦察照片显示，在一个穷困潦倒的热带岛屿上部署着核弹基地：彼得·埃尔斯却有着别样的忧虑。

信纸上面是两行娟秀讨巧的手迹。“彼得，亲爱的。请不要觉得我在这‘可爱的英格兰’[3]岛变得荒淫了，不过生活真的变得好复杂。”

他等到午夜刚过再打电话过去，因为那个时段的长途费便宜一些。地球的另一边已是清晨。宿舍里没有电话，他只能攥着一把硬币来这

1. 欧洲历史上最伟大的军事天才、马其顿帝国最富盛名的征服者亚历山大大帝于公元前 332 年包围了推罗城，受到了推罗人的激烈抵抗，耗时七个月仍未拿下城池。传说后来有马其顿的士兵发现面包中有血流出，军队中的预言家便借此言称这是即将破城的好兆头。亚历山大的军队大受鼓舞，一举夺城。
2. 指 1962 年美、苏两国之间爆发的使人类濒临核战争威胁的古巴导弹危机，该事件被看作是冷战的顶峰和转折点。
3. 英国作曲家爱德华·杰曼于 1902 年所写的一部两幕喜歌剧，描写了伊丽莎白女王一世宫廷中的故事。该剧半个世纪后在英国重新受到追捧。

个公共电话亭打电话。从冷清的校园街道来看，关于核弹的话题已经过去了。空气寒冷得刺骨，他脱掉手套去拨号时，赤裸的手都快被冻在金属电话拨号盘上了。

她回答的声音就像女中音，有点发闷，并且有所延迟，这声音通过穿越大西洋的电缆不远万里才来到他这里。“彼得？”

他冲着话筒大声吼叫，他自己的回声附和着他，就像轮唱曲中的齐唱。

从第一腔开始，这便是个可怕的错误。他们交谈起来就像两个下着四狂象棋[1]的人。他要求她澄清，然后对她的澄清加以说明，再对她的说明加以注释。他的二十五分硬币以惊人的速度投入电话机的硬币槽中，他听见自己好像说了：“首先，我没有大吼。”

一个星期的租金搭进去了，两个，三个，他还是弄不明白这个漫不经心的女人在对他说什么，也搞不懂如果没有那个紧要而唯一的听者在，一个分文不值的作曲主修文凭和一个化学副修文凭拿来有什么用。他问她是不是有什么变了，她回答：没有。

“这么说一切都结束了，玩完了？”

她的沉默仿佛在说，哪怕早点结束也比他想象的要好。

背景中有音乐在播放，从她的立体声音响里传出来，从地球另一边那所中世纪学院回廊中她那间石头小屋里传出来。马勒。早餐时的马勒；虽然她不肯承认，他知道她有伴了。又一双听者的耳朵，跟当初的他俩一样如饥似渴。

然而，即便是在当下，在这个被冰霜封闭着的电话亭里，外面是地狱般的严寒，头顶的路灯投射出氤氲如蒸汽般的光，他仍想起了几

1. 奇幻小说家邓萨尼勋爵在 1942 年推出的国际象棋变体；白方以将死黑王为胜；黑方以消灭所有敌棋为胜。

段旋律——以他自己的脑力和心力永远都无法觅得的珠玉佳作。他用肿胀的、泛灰色的手指去摸索那张信纸。他想要在脑海中这场音乐会完毕之后，立即在上面画出一段助记符，来帮助自己找回这些声音。

“就是说以前都是骗人的，”他说，“什么也不代表。”

回声将她的声音变成了急板。“彼得，这一天总会来的。这样也好，对我们俩都好。”

“那就是我说对了。”

“别这么情绪化。我们会再见面的。生活并不总是——”

他试了两次才把听筒挂回到电话机上。他的手指绵软无力，几乎无法拽开电话亭的门，把自己放出去。他跌跌撞撞地出了电话亭，开始往回走，那条路结满了黑色的滑溜溜的冰，路上空不见人影。冰冻的夜晚用寒气抵着他僵硬的脊梁骨。他呼出一口气，空气随即在他的上嘴唇冻结了。他又吸了一口气，空气钻到他的肺壁上结成了晶。他只须走六个街区。走了两个以后，他想：我真的遇上麻烦了。他想着要不要敲一下最近的房子的门。但估计还没等人家让他进去，他就已经冻死了。

他走回自己的公寓，试图用冻僵的手去开门。他的四肢都冻伤了，进去之后，他的脸早已经麻木了。连触到冰冷的自来水都感觉像是火烧一般。他的背因为不断地打冷战而扭得生疼。他爬到床上，在那里蜷缩了十六个小时。

再起床之后，他便一头扎进工作中去。没什么能够拯救他，只有写一部新的作品——明丽、残酷、无法绕过的作品。

在这之后的五十年里，他会告诉所有问他的人，音乐并不指向什么意义。它本身就是意义。所有那些年中，在五十四部作品里，从长笛独奏和录音小曲到完整的管弦乐和五段式合唱曲，他的音乐总是围绕着同一个鲜明的特色来谱写：奋勇直前的波浪屡遇险阻，有时候形影相吊，在希望的基调和虚无的无调性之间踟蹰不定。

我们不会睡着，但都会改变，一刹那，眨眼间。“我们会再见面的。”但你永远不会知道什么时候。听着那圆滑而含糊的腔调，一切皆有可能的承诺，耳朵已经快得到自由了。

【不可思议的《博尔塞纳的弥撒》[1]，1264年：一个堕落的神父在圣餐仪式中亲眼见到主持的血滴到他的袍子上。他重拾了信仰。】

夜很短，睡眠断断续续，埃尔斯少得可怜的睡意对他毫无用处。在他那些最不堪的组曲般的梦里，他还在为肖斯塔科维奇《第三弦乐四重奏》[2]的公审进行辩护。法庭指控该作品为精英主义大唱赞歌，不负责任，形式主义，充满了故弄玄虚的厌世情结。埃尔斯竭力向法官们证明这作品有多么丰富，其恢弘是多么令人战栗。可是法庭却把他说的这些加进了它的罪状。

后来，检察官又把案子的矛头指向了埃尔斯本人。他写信给克拉拉和玛蒂，信里埃尔斯坦白，他喜欢某些类型的音乐，因为大多数人都觉得它们毫无价值而且丑陋。他眼睁睁看着案子对他越来越不利，来自整个网络的陪审员们都报以蔑视的态度，并且投来羞辱的眼光。这个梦像一双大手，差点把埃尔斯扼死，他醒来时大口喘着气。他发

1. 1263年，在博尔塞纳发生了一件“奇迹”：一位神父对圣餐面包和酒变成耶稣肉体和血的说法表示怀疑，后来他在一次做弥撒的时候亲眼看见鲜血从圣体饼里流出；第二年，便依此设立了“基督圣体节”。

2. 原苏联最重要的作曲家肖斯塔科维奇于二战后的1946年效法贝多芬所作。作品中充满了犹太音乐元素和情节。在战后苏联民族主义兴盛，反犹太主义重生的大背景下，该作品和作曲家本人后来遭到苏联领导人日丹诺夫的批判。

现躺在自己被搜查过的房子里，即使这样，也令他感到一种安慰。

联合安全工作组：一个联邦机构。这个国家已经有六七年没有出现过真正的威胁了。一座乡村大学城里一间厨房实验室的一个退休老头儿竟成了他们的心腹大患。

他撑着自己的身体，颤颤巍巍地摇下床。在浴室里，他决定还是打听打听。他会给他法律部的那个同事发一封电子邮件。保险起见：他会去她的办公室，把来龙去脉摊开说清楚。然后，他会打门多萨和高德博格留给他的那张名片上的电话，开始平息整件事情的风波。处理这些繁文缛节不需要太多东西，一只动物的耐心，一个圣徒的天真，足够了。这二者他都装得来，反正只是暂时的。

但首先，还是少不了他的周一仪式：去水晶溪公园走上一圈，再回来吃几口蓝莓煎饼。然后，他可以打几通电话，再去谢德·阿尔博尔上他上午十点钟的课；每周他都会去那里授课，内容是二十世纪的标志性事件——他的学生们自己都已经老得快成标志了。

埃尔斯这一辈子直到很晚才意识到，自己能保持专注的时间就是日出之前那段时间。迄今为止，他最伟大的艺术便是在邻居们睡醒之前走上两个小时。挪动双腿让他感到欢喜。如果年轻时的自己能早点发现这个好习惯，他可能早就积累了一大摞有趣的、激动人心的创作，不但取悦了自己，更能给他人带去快乐。他匆匆穿上他的运动服——宽松的灰色画匠裤和栗色的华夫格衬衫——和以往一样，一个人怡然自得地喝了杯茶。尔后，他从后门的挂钩上取下菲亚特汽车的钥匙，叫了声狗的名字。狗没有应声。

开一英里车，步行健身三英里，美国人这种大大咧咧的生活方式毫无逻辑可言。他把车停到水晶溪公园时，黎明前的天空已开始泛出桃色。有一个正在经历成年阵痛的女孩在碎石环路上慢跑。野花覆盖了地面，它们的颜色在清晨的微光中显得十分柔和。白色的雪花莲、黄色的乌头和遍地有点发靛蓝色的番红花旁边还零星散布着一些小花；虽然几十年来，每年春天都能见到它们，埃尔斯却说不出它们的名字。早晨的空气闻起来甜得发腻。

他一走起路来，昨天那场梦魇就变得不那么可怕了，他心里也有底了。现在他看高德博格和门多萨像极了《丁丁历险记》里那一对戴着圆顶礼帽的装模作样的孪生督察。他落在了那个慢跑的女人后面一百码的距离，这才开始迈着他自己的小步子走向“帕纳塞斯”[1]。每走出几步，他就不自觉地往边上寻找费德里奥，仿佛那只狗又不知跑去了哪里。

这座公园仿若一幅十七世纪的风景画。除了那个慢跑的女人，没什么能让他将其与现世联系起来。她穿着运动文胸和短裤，似乎是用某种发亮的、有环境感知功能的材质做成的。她跑步的姿态就像是在上一堂活生生的解剖课。在埃尔斯那个年代，如果镇子上有个女人胆敢穿成这样出门，一定会因扰乱社会公德而被抓起来。在埃尔斯眼中，她的楚楚动人有些异乎寻常。幸运的是，他已经不会再心动了。

当他到达中央样带那里时，她恰好超了他一圈。他便又把步子调快了些，慢跑着跟在她身后。一个七旬老头儿追着一个几乎裸身的女孩儿跑过一片林中的空草地：这是只有巴洛克式的神话歌剧才会去讲述的情景。他眼前那个闪亮的形体再次将他甩开，不觑所有的怠惰、迷乱、无聊的想象，以及隐喻。

白色的线从她手臂的臂带处一直延伸到她的耳朵里。慢跑和便携式点唱机：从磁带进入数字解码时代之后的绝佳音乐搭配。一千零一

---

1. 帕纳塞斯山，位于希腊中部，邻科林斯湾，古时被认为是太阳神和文艺女神们的灵地。

夜不间断播放的曲子，都装在一个火柴盒般的金属盒子里面。等这个女孩到了埃尔斯这把年纪，意念控制的播放器就可以植入人的听觉皮层了。那将为时已晚，因为整个国家的人都已经变成聋子了。

在埃尔斯看来，马勒一定会喜欢 MP3 播放器的，因为这东西能表演没完没了的夜场歌舞。他写的那些充溢着酒馆音乐和舞曲调子的交响乐，足可以列出一张粗俗的播放列表。第五号《悼亡儿之歌》就像一个被挖空了的机械音乐盒，《大地之歌》[1]的灵感则源自中国的古典文学。真正的作曲家不会害怕最新最畅销的音乐。他们会利用它。但是一年一百五十万首新歌该如何利用呢？

有一次，埃尔斯花了一个月的时间用剃须刀片把四分之一英寸的卷盘磁带切割开来，再把它们拼接在一起。他给一台计算机编了程，用概率函数和马尔科夫链[2]来生成一首弦乐五重奏的曲子。他在这个慢跑女孩的年龄时，一度认为数字技术将能够把音乐艺术从音乐厅的活地狱中拯救出来。如今，连音乐厅本身也需要拯救了。

他在硕大的树干底下游走，大树的树枝像一张张漫天大网将晨曦罩住。这好几百棵树当初是同时来到公园的，如今，如同有一支舒缓的音乐伴着，它们也要一起慢慢地离开这里了。每一阵疾风都会刮倒一个巨人。待到埃尔斯也搬出他居住那一带时，这座公园就完全会是另一番光景了——阳光和煦，却无足轻重。

眼前的女神却与树木格格不入。她的柔膝利落地抬起放下，如同一对活塞。橄榄色的肢体上渗出点点细小的汗珠。透过一棵棵树，埃

1. 由马勒创作于 1908 年，作品采用了李白、孟浩然、王维等唐代诗人所写的七首中国唐诗的德文版为歌词，这在西洋音乐史上是绝无仅有的。
2. 因俄罗斯数学家安德烈・马尔可夫（1856 — 1922）而得名，是数学中具有马尔可夫性质的离散事件随机过程。该过程中，在给定当前知识或信息的情况下，过去（即当前以前的历史状态）与预测将来（即当前以后的未来状态）是无关的。

尔斯瞥见她的侧影。她的脸庞坚毅但不露声色，仿佛全神贯注于未来这一两个小时的愉悦。她折回头，往他身后的小路跑过来；从他身旁借过时说了声“谢谢”，声音明亮，又有点机械。

她的耳塞中传出尖细而明快的基调强节奏音乐，这声音一路随她而去。埃尔斯弄不清楚她钟情于哪一种品味。这个公园，这些早早开放的春花，这从伊甸园里偷来的六十度[1]的空气，皆因有了她而变成无形的乐器奏出华彩，除了她，没人能听得到。

她在他前面沿着小路跑下去，右手不时地伸过去抓一下臂带，好像是在弹一支难度不小的肖邦交叉手练习曲。埃尔斯恍然大悟，她是在跳过一些歌曲。

南面有片池塘，在它树木繁茂的岸边，春季迁徙而来的候鸟已经开始在那里集结了。埃尔斯数了数它们鸣叫的声音，但数到大概第十一声时便再也数不清了。摆脱一切人类桎梏的新奇乐声：他穷极一生想要找到的东西竟一直都在这里，可以自由地聆听。

在他左边，一只乌鸦远远地在一棵枯瘦的松树上发出呱呱的叫声。近处，有些小东西开始发出啭鸣：藏在暗地里的独唱者在把旋律重新演绎，仿佛在人类的耳朵还没有诞生的几百万年以前它们就一直是这么做的。埃尔斯小跑着，脚步在这周遭清晨合唱的喧闹中变得轻快起来。慢跑的女孩穿过一片空地后又出现了，仍在一次次执行着她冷血的判决。平均每隔半分钟她就进行一次角色切换——在私设法庭的法官和陪审团之间。每跑几步远她便会给“现在播放”定罪，把它丢进历史的垃圾箱里去。

她的播放器中一定包含了成千上万贴满了艺术家、年份、类型，

---

1. 华氏度，约等于摄氏十六度。

以及用户评价的歌曲。轻点几下菜单，她就成了自己欲望主权国的文化部长。但她允许通过的试唱者数量还不及她拒绝过的二十分之一。又过了四分之一英里，埃尔斯才想起这个解释来：洗牌——蒙特卡洛[1]这座城市的标志性游戏，它使得音乐发生了不可逆的改变。她飞速地浏览着几千首曲子，就像一个参加随机速配的相亲者。那些歌像狂野的洪水一般，一波又一波地漫过她——她却在享受这种与生俱来的不讲逻辑的混搭权力。

她绕过公园的东南角，朝着中学跑去；她像进化的造物主一样，只轻轻一弹，那些曲子就烟消云散了。她在寻找什么东西，一种完美的声音药品。这个药箱像个无底洞：四十年代大乐队的笑气、花哨流行曲调的海波威士忌[2]、朋克海洛因、技术狂热、一大包香烟似的民谣、唱颂巴利经文[3]时仿佛吸食印度大麻一般的迷幻、加了咖啡因的卡纳提克[4]拉格[5]、散发淡淡可卡因味道的探戈……

播放器里填满了她的个人收藏，随机播放又把好几十首歌挨个剔除出来等待处决。也没准那天早上她正在移动宽频上冲浪——第三代、第四代、第五代，或者说不清她跑步时用上了第几代技术。远在这个星球另一端的服务器群正把一亿首存储好的音乐声轨塞进她的血压袖带中，却没有一首适合的。品味所做的工作就是让疯狂的人类创造的资源种子缩小到一个可控的水平。但是欲望永远都对品位不屑一顾。

---

1. 地中海小国摩纳哥著名的赌城。shuffle 在英文中除了“洗牌”之意以外，还可以指歌曲的随机播放。
2. 也称“高杯”酒，是一种用威士忌或白兰地加苏打水或姜汁汽水混合而成，放入高玻璃杯中加冰饮用的酒。
3. 古代印度一种语言，佛陀时代摩揭陀国一带的大众语。今已不通用，但是靠佛经保存了下来，是锡兰（今斯里兰卡）、缅甸、泰国等地方的佛教圣典及其注疏等所用的语言。
4. 印度古典音乐的一种形式。
5. 印度教的一种传统曲调。

一个人需要听多少首歌？再一首。下一首新的。

【所有那些假的细菌血都是一种色素，被称为灵菌红素。来自prodigiosus[1]这个词——奇怪的，引人注目的，令人称奇的——一个奇迹。】

太阳已经升起来了，邻居们正从梦中醒来。从一个街区之外传来汽车轮子在沥青上摩擦发出的沉闷声音。埃尔斯绕过公园的西南角，穿过一座仿都铎式建筑房子的车道，有一个穿海蓝色运动裤和T恤的男人正把两只水星太空舱大小的塑料垃圾桶放在路边；他的T恤上印着——重力：不仅是个好概念[2]。男人冲埃尔斯招手，好像他们彼此认识一样。埃尔斯怕自己真的认识对方，便也挥了一下手。

他会去网上看看自己能发现什么。或许可以打“公民自由联盟”[3]的热线。高德博格和门多萨没有正当理由。他的权利一定受到了侵犯。

女神又从他身后跑了过来，她的步调配合着细薄的白线中传过的最新节拍。一段可以治疗忧郁症的波斯塔[4]即兴创作。一曲乌克兰葬礼上的哀乐。每支创作曲子都在她的随机播放队列中等待着，等待着它们十秒钟一次的轮换。

在她从身旁闪过的时候，埃尔斯踏进了草坪。在他头顶的树枝间，鸟儿的鸣叫仍然飘荡在空气中。看看天。放下，放下，捡起，捡起。

---

1. 该词为拉丁语。
2. 飞行员中流行的有戏谑意味的规则之一：记住，重力不仅仅是一个好的概念。它是法律，而且不会废除。
3. 一个非营利性组织，成立于1920年，旨在为公民提供其使命范畴内的法律援助；成立八十多年来，一直致力于维护美国公民的言论自由、宗教自由以及隐私权等基本权利。
4. 一种长颈、细腰的波斯弦乐器。

有何乐事，有何乐事，乐事，乐事，乐事你怎么不来找我？凌乱而跳跃的节奏在埃尔斯为它们画的每一条小节线左右蹦来蹦去。如果用任何宏大的制导规则将这些节奏连在一起，埃尔斯这个过于粗糙、活得太久的生物就没法听到它了。这种喧闹就像是当地的联合中学在用大喇叭播放用“车库乐队”[1]软件编写的歌。这里没有谁嫌吵。活泼、急促而发亮的噪声向他泼过来。

喧哗中突然出现一声简讯。三个强音符降落到一个大调三和弦中，然后又以一个带附点的节奏即兴重复着这个主调：

唆，米，哆－哆－哆－哆－哆－哆－哆……

一个比孩子的拳头还小的小东西将一个响亮的和音插入进来，如果还是个小孩的莫扎特在这儿，他会把它随意地演奏出来，再加进一段迷宫般的洛可可变奏曲中。埃尔斯扫了一眼树上，这个小捣蛋躲了起来。也许是鸟儿从一个弹琴的孩子那儿窃取过来的，或者是听到了从夏日里的一辆敞篷车里飘出来的音符。鸟儿是喜欢模仿的动物。莫扎特的宠物椋鸟就喜欢主人 G 大调钢琴协奏曲 k.543[2] 的主题。澳大利亚的琴鸟能模仿照相机的快门声、汽车报警器声，甚至链锯的声音，它们的模仿完美到能够以假乱真。

两声轻快的转音之后，那鸟儿又发出另一声下降的琶音，就像一个炫技的贝多芬冲着观众来了一个这样的音：

---

1. 一款由苹果公司编写的数码音乐创作软件，它使得业余爱好者能更容易地制作音乐。
2. 莫扎特第十七钢琴协奏曲，G 大调 K453，完成于 1784 年 4 月初，同年 6 月 13 日在德普林克的浦雷亚府首演。

发咪哆－哆－哆－哆－哆－哆－哆……

那鸟也许正在啁啾着“尤里卡”[1]，或者用它的喙衔着一根小树枝在泥土上勾画着一个圈。二十世纪的音乐都败给了这样一个看法，即全音阶[2]是武断的，也是穷途末路的，正是这样一些毁灭性叙述导致了两次世界大战。一切都无关紧要，除非找到一种新的语言。现在，这个带羽毛的家伙坐在树枝上，一边唱着自己的三和音，一边取笑他。进化有其最深层次的需求，几千万年以前便是这样。

女神吓了他一跳；他没想到这么快就又被她超了一圈。她看到他停了下来站在树下，累瘫了一般。她把白色的线从耳朵里拽出来。

“你还好吗？”她带着浓重的鼻音，混着英美腔的口音说明她是从费城来的。

埃尔斯指了指。那鸟儿用完美的措辞替他回答了。女神眉梢一沉，嘴唇动了一下。

“白喉带鹀！”她的嘴巴张得大大的，嗓门里发出清晰而响亮的女低音。破萨姆皮博迪－皮博迪－皮博迪……[3]

那鸟儿回应了她；模仿者笑了。

“谢谢你。”埃尔斯说，“我还真没听说过这个。”

“噢，天。我可喜欢这鸟儿了。每年春天都在这儿等他。”

她退了两步，抬起脚后跟，好像并没打算多做逗留。

“等等。”埃尔斯说。上了年纪的唯一好处：可以问任何事

1. 据说是古希腊学者阿基米德根据比重原理测出希罗王王冠所含黄金的纯度时所发出的惊叹语，意为“我明白了！”

2. 即完全以全音关系排列的音阶，它是现代乐派作曲理论之一，前身是勋伯格提出的“十二平均律原则”，即在音乐中忽略音级关系，使十二个音都成为主音。

3. 白喉带鹀发出的一种类似人类语言的鸣叫声。

情而不至于吓着谁。他抬起两只手，分别指向两只耳朵。“你在听什么？”

她本可以跑开，不多说一个字。但年轻人知道，人们的生活今后将永远暴露在众目睽睽之下，他们也乐此不疲。她听过的音乐的名字无疑会自动发送到她的社交网页上，她想拦都拦不住。

耳塞在她的肩头挂着，像一只受伤的竹节虫。她把它们捏在指间。

“我在分检一些新东西。作了标记以后听。”

“我觉得你是不是也应该建个‘尽快’的标签？”

她皱了皱眉。歌声从树上传来。萨姆又在练习一个新的三和音。女孩一高兴竟分了神，忘记了回答问题。

她再把目光移下来时，埃尔斯咧嘴笑了笑。“既然你听得到那个，为什么还去听别的东西呢？”

女神笑了笑，并未会意。

“你的声音很美。”埃尔斯说。他想说：值得在每个春天守候。

慢跑者的脸因愉悦而变红了。“谢谢。”

她挪了挪，准备离开。埃尔斯渴望把她留住。浮士德的临终之言：你真美啊，留一下吧。[1]但是在那之后的这些天里，他想要对所有的事情说这句话。她微笑了一下，把耳塞重新放回耳朵，挥了下手，又抬头看了看树梢间那隐藏起来的发声者。然后，她转身回到慢跑的小径上，像那个沮丧的清晨埃尔斯认为理所当然的所有其他东西一样，永远地消失了。

---

1. 浮士德是歌德的巨著《浮士德》中的悲剧主人公。这句话是小说结尾时浮士德的临终遗言；当魔鬼要带走其灵魂之时，天使赶来驱走魔鬼，将浮士德接到了天上。

【灵菌红素能杀死真菌、原生动物，还有细菌。它们甚至能治愈癌症。它们的红代表着纯粹的可能性。】

1963年，在那所从印第安纳乡村的旷野上不断产出演奏家的巨大的音乐工厂里，埃尔斯待了最后一个月。整整一个冬天，他都在跟着卡罗尔·科帕茨学习；现在是春天了，他作为大学生的最后一个五月。老调调的科帕茨：去过阿根廷的波兰人，文化巨人年代那些老派恐怖分子的其中一个——他们在战争中死去，又在美洲得以重生，他们是一种失传艺术的忠实守护者。据埃尔斯所知，科帕茨已经有二十年未在公众面前弹奏过一个音符了。此人似乎已经对音乐不以为意了，尽管他懂音乐比大多数人懂呼吸还要多。

埃尔斯坐在位于老音乐楼一角的导师的办公室里。卡罗尔·科帕茨小屋里的每个地方，包括那架小钢琴上，都摞着高高的破破烂烂的旧书和纸张、散开的乐谱、早就跟自己的硬纸套筒分家了的唱片，黄铜质的湿婆舞王像[1]、坏掉的班多纽[2]手风琴、没有弦的乌得琴[3]、好几盘忘了吃的三明治，还有一幅加了框的照片，上面有个称得上英俊的年轻人正在被斯特拉文斯基[4]用硕大的手掌指挥着，科帕茨大概从没想过要把它挂起来。这一堆堆杂物中显出几条过道来，从门延伸到书桌前，从书桌前延伸到钢琴前，又从钢琴前延伸到有脉纹的双人皮革沙发前——通常，那些作曲专业的学生会瑟瑟发抖地坐在那里接受每周

1. 湿婆是印度教三大神之一“毁灭之神”，前身是印度河文明时代的生殖之神“兽主”和吠陀风暴之神“鲁陀罗”，兼具生殖与毁灭、创造与破坏双重性格，呈现各种奇谲怪诞的不同相貌。

2. 十九世纪德国人发明的一种风琴乐器，原先用来演奏宗教音乐，后被引进南美洲，变成了演奏当地民间音乐的重要乐器。

3. 中东及非洲东部及北部使用的一种传统弦乐器，有“中东乐器之王”之称。

4. 美籍俄国作曲家、指挥家，西方现代派音乐的重要人物。

一次的训斥。

每隔七天，彼得·埃尔斯会把自己用稚嫩的心所写出来的最好的作品拿给这个男人看。科帕茨坐在那里看着埃尔斯交来的东西，一言不发。然后，他会把那些谱子扔还给他，嘴里说："车太多，没警察管着；光见了山峰，没看见山谷。"那之后的好几天里，埃尔斯都会记恨这个人,他一番油嘴滑舌就轻易否定了自己的心血。但一个月之后，他又会变得心悦诚服。

埃尔斯今天交来的是一首带着些古怪色彩的钢琴独奏曲。它听起来既新鲜又奇特,还很年轻,符合一切艺术的特质。这是一首敞开心扉、孤注一掷的作品，交织着理性和爱的热望。

教授刚看了第一个音节就一脸苦相。"这写的是啥玩意儿？"

那是一段紧凑的半音阶乐句，里面用尽了西方音乐十二个可用的音符，用了两遍。这个想法是埃尔斯从亨利·考埃尔[1]那里偷学的，考埃尔大概是从斯克里亚宾[2]那里偷学的，而斯克里亚宾大概也是从某位前人那里偷师的。

"去钢琴那儿。"科帕茨命令道。彼得照做。他也许是个刚加入革命的人，但还算听话。

"弹一下。"

埃尔斯伸出一根手指。"哪个……？"

这个流亡的老头儿用一只灰白的手捂住双眼，仿佛那个种族屠杀的世纪仍旧让他苦不堪言，他逃到哪里都没用。

彼得按下一个键。

"谢谢。"他的导师说道，终于发了点慈悲："你听到了什么？"

---

1. 二十世纪美国作曲家、钢琴家、先锋派音乐家。
2. 十九世纪末二十世纪初俄罗斯作曲家、钢琴家，一位交响乐作曲家和钢琴音乐的大师。

“C？”彼得试着答道。他的大脑拼命搜索着正确答案。“C2。大 C。[1]”

“对，对。”科帕茨大叫着。“还有什么？再来！”

彼得一脸茫然，他又敲了那个音符。

“怎么样？圣母。听听吧。”

埃尔斯敲着那个键。他不明白。那也许是夜间的雾号[2]。也许是他童年卧室里会唱歌的暖气片。也许是第一本书《平均律钢琴曲集》[3]第一支前奏的第一个音符。他又敲了一下，这次更加用力，但什么也没说。

他的老师垂下头，为文明的暴殄天物而痛苦呻吟。“用心听，”他恳求道。“听进去别出来。”

埃尔斯照做。这个建筑里的供暖循环已经关闭了，停止运行之后，似乎能听到里面的声音。他听到两个人在歇斯底里地争吵。下面的大厅里，有人在连贯地弹奏《悲怆奏鸣曲》[4]中的慢板。也有人生硬地挤出了《埃尔加大提琴协奏曲》[5]的四个小节，最终把它拉得像激浪派[6]的玩意儿。一个女高音以快速的半音发出尖叫和低吼，像是晕船的卡通提示。有个听起来像是大纸板箱的东西每六秒钟撞击一次砖墙。外面，有一对年轻夫妇在用闷声的西班牙语谈情说爱。几个街区之外，一声汽笛鸣响，似在昭示某人悲怆的一生。在这样的氛围中，卡罗尔·科帕茨蜷缩着趴在他的桌子上，以手掩面，沉浸在忧伤的音乐中。

---

1. 分别指钢琴键盘上的大字二组 C 和大字组 C。
2. 航海上用于对船只发出浓雾信号。
3. 巴赫于 1722 年编写的著作，是对新的音调系统的大力推广。作者在其中精心创作了前奏曲和赋格曲，也可视作演奏家的系统性练习曲。
4. 即贝多芬的 C 小调第八钢琴奏鸣曲，作品号 13。
5. 作品号 85，是英国作曲家爱德华·埃尔加最后一部值得称道的作品，作于“一战”之后的阴霾中。
6. 二十世纪六十年代初出现在欧美的一个松散的国际性艺术组织，致力于从音乐精神中诞生的前卫艺术。

埃尔斯没有理会他，仍然听着。他专注于自己一直敲击的那个音，直到它分裂为两个。显然，还有些别的东西，因为他已经不再认为那里听无可听了。

“我还听到了 C3。”

他准备接受蹂躏。但他的老师却洋洋得意地叫了起来，“谢谢。可能你的耳朵不怎么灵了。还有什么？”

刚缓和下来的心又慌张起来。这游戏肯定还没结束。但是，现在彼得能够听到八度 C 上面的 G 了，一个完美的五度音程像一道金光刺破乌云，他被逼着说了出来。

“继续。”流亡过的波兰人命令道。现在，这个游戏慢慢变得明朗了。那个完美的五度音程之上是一个完美的四度音程。埃尔斯以前从没把这个事实当回事：在任何一个音调之上游走都会找到它的两倍、三倍，以及更多的整数倍。

那张地图他已了然于胸；他知道那里——海洋深处——那里有怎样的岛屿。他屏住呼吸，聚精会神。不久，他觉得自己能够听到原始 C 之上有 C，C 上有 G，G 上又有 C，在他耳朵里发出鬼魅般的声音。他说自己听到了这么多，便向老师瞥去，想获得赞许。科帕茨用弯曲的手指在空中随意地画了道弧线：不要停下来。

在更高处，那里隐藏一个大三度，然后是一个小一度，再往上，便是整个的谐音列了。埃尔斯知道这个序列；他可以泰然自若地去撒谎。但他自己的生活才刚刚起步，理想主义的毒还没从他身体里肃清。所以他不会说出自己根本没有听到的音。

埃尔斯渐渐明白了，即便是一个刚出生的婴儿也一定能感觉到悬念和转变，从这个隐藏的音高序列中得出的延伸音，那是耳朵在不知不觉中觉察出来的。一两个节拍以后，他就有点想变节了；也许谐和法则根本就不是由随意的约定所强加的一种束缚。他更用力地按下琴键。楼下大厅里正为掌握技艺而刻苦练习的学生演奏的声音被压住了。他费力地想把第三个单音调 C 上面那个高高在上的 E 找出来。但是他听的时间愈长，那个音高反而愈加消失在荧光灯吵人的嗡嗡声之中。

"E,"科帕茨一边沉思，一边奚落道。"还有个 G。上头还有个降 B。"彼得不知道这个老头儿是在说他真的听到了那些音高，还是像个高能物理学家一样，只是在推断它们理论上的存在。无论能否听到，它们都存在：半音音阶中的每个音高。悦耳的稳定音和令人崩溃的聒噪声，无所不包的调色板，从撩人的诱惑到葬礼的弥撒，彼得拼尽全力也听不到任何别的东西，除了那些基音。

科帕茨把左手伸到空中，手里攥着埃尔斯作的曲谱。他用晃动着的右手的手指拍打着它。"你着急什么？干嘛一下子弹那么多小音符？就一个 C，完了再说。"

趁老师没注意到，彼得瞪了他一眼。老头儿正忙着向后梳理自己的头发，那一头银发就像一群怒气冲冲去参加全民公决的人。他往自己那把破旧的包豪斯[1]椅子里沉了沉，指挥道："现在，来个升 C。"

钟声响起，课终于结束了；这钟声在彼得·埃尔斯听起来就像是"特里斯坦"和弦[2]。他把他这本疯子般的钢琴前奏曲曲谱丢到了音乐楼后面那个绿色的大垃圾车里，可怜的乐谱不得不和一堆板墙废料、一张破桌子，还有好几捆办公废纸为伍了。他回到自己宿舍的小窝里，又开始埋头苦干起来。在中心后面，有一对用大喇叭开道、前呼后拥

1. 二十世纪二三十年代的一所德国工艺美术学校，以公开和教授独特的设计理念和方法而闻名。

2. 德国作曲家瓦格纳在其反映著名爱情悲剧的歌剧《特里斯坦与伊索尔德》中所编写的和弦，该技法体现出暗淡、郁闷和焦虑不安的极富个性的情绪。

的游行队伍穿过了邓恩牧场。那些呼吁公正的声音在他的耳朵听来，仿佛一群热情洋溢的民众在高声唱着，请求管弦乐队给他们伴奏。

他工作到很晚，把自己以往风格中那些哗众取宠的东西统统去掉了。他让电话铃一直响着，那带着毛刺的声音变成了一大盘由不同音高拼成的冰甜点。有人敲门他也不管，那敲门声就像是定音鼓发出的声响。那个星期刚刚发行的两张唱片发出的闷闷的、让人愉悦的声音从他的煤渣砖墙另一边渗透过来，在那之后的几十年里，那两张风格迥异的集子将会重塑世界，并让怀旧之情慢慢苏醒。他听到那些声音所感受到的，和当年德彪西[1]第一次听到甘美兰乐队[2]的演奏时所感受到的别无二致。

他桌子抽屉的吱吱声变成了一支音诗，宿舍门转轴的动静就像英雄男高音那样高亢。简言之，埃尔斯的音乐令人吃惊地返璞归真了。可是两个月后，他又回到了那个晦涩难懂的自己，那堂课的效果消失了，也不妨说是隐身了，化成了他的耳朵再也听不到的一组弦外之音。

【1906 年，为了检验细菌是否能通过空气传播，M · H · 戈登用沙雷氏菌漱了口，并在下议院里大声诵读莎士比亚。】

在回去的路上，埃尔斯坐在他的菲亚特车里，很想打开收音机听听，但他克制住了。并非由于里面的新闻还让他担惊受怕：在世界末日来临之前，我们很早就已经习惯它了。但是到家的车程只有五分钟，

1. 十九世纪末、二十世纪初在欧洲音乐界颇具影响的法国作曲家、革新家，同时也是近代“印象主义”音乐的鼻祖，对欧美各国的音乐产生了深远的影响。
2. 印度尼西亚共和国历史最悠久的一种民族乐器，是传统印度尼西亚锣鼓合奏乐团的总称。德彪西在 1889 年的世界博览会上听到了一支爪哇甘美兰乐队的演出，后来将其特色应用到了自己的作品中。

他听到的任何消息，无论是利比亚禁飞区还是福岛辐射云，他的大脑都没法用来做进一步的雾化治疗。两年前，他第一次在无意中读到关于慢性聚焦障碍的报道，他怎么也记不起来是在哪里读到的了。从那以后，他便努力不去接触任何短于十五分钟剂量的新闻。

长达三十八年的纵向研究的结果让他不寒而栗：两位研究者——其中一位已经去世——花了一万三千天去蒙蔽那些不厌其烦的受试人群。该研究说不上讲究，却十分严苛。但它得出的数据是残酷而不容置疑的。四十多年来，就纳入人口统计的每个北美人而言，他们的“持续注意力集中间隔”平均约丧失了三分之一。两位研究人员——埃尔斯记不得他们的名字了——记录下了人们在排除分神、专注于完成简单工作方面出现的显著衰退。这个国家的集体专注度就这么中枪了。在维持一种思想或者追逐一个不太遥远的短期目标方面，仅仅与几年前模拟存在日渐衰微的那些日子相比，人们的持久度也大不如从前了。

之后，慢性聚焦障碍的症状便开始慢慢出现。浮游植物和鱼类种群的瓦解，以及蜜蜂蜂巢、臭虫和网虫、肥胖和致命流感：生活中充斥着太多的混乱，对其中任何一种的关注都无法超过短短几分钟。但是这项研究深深触动了埃尔斯，就像那天他第一次看到通过世界上最大的搜索引擎的一百个最重要的术语列表那样。之后不久，他便开始拒绝将任何一种声音当做背景来聆听。

沉默中，他驱车朝家的方向驶去。还没拐到林登街上，他就看见一片骚动的景象。他首先想到的是自己隔壁的邻居可能又心脏病发作了。两辆米色无窗的厢式货车停在埃尔斯家的车道上。一辆轿车卧在它们旁边的林荫路上。黄色的警戒带围了个奇怪的几何图形，将他的房子严密地隔离起来。上面那几个重复的，全大写字母的黑体字——**禁止通行**——仿佛在风中发出呜呜的声音。

几个戴白色头罩和穿生化防护服的男人正从他家的前门往外搬运仪器。三个身着职业装的人在协助指挥交通。高德博格站在水泥台阶顶端，在一台移动设备上刷着什么。透过房屋的间隔，能看到另有两个穿着生化服的人正在埃尔斯家后院的远角上刨着费德里奥的墓。

埃尔斯把车停在路边，双手狠狠地砸了一下方向盘。此情此景就像一个令人咋舌的欧洲歌剧团在上演《鲍里斯·戈都诺夫》[1]的最后一幕。身上套着蓬松的白色宇航服的人们将他的物品堆进一个个存储箱里，在上面贴上标签，拍照，又把箱子置于货车后部。他们戴着笨重的头罩和手套，却非常熟练地搬运着，像熟悉生物危害的养蜂人一般。一个戴着头罩的搬运小工手里正玩着埃尔斯的数字实验天平。另一个则紧紧地抱着埃尔斯的电脑机箱，仿佛他刚从火灾中救出一个婴儿来。前面的草坪上搁着一箱子实验室玻璃器皿。箱子上有一个密封起来的两加仑封口塑料袋，埃尔斯那些十六世纪阿拉伯音乐的印刷曲谱被放在里面。

这支队伍四处走动着，要将他的房屋夷为平地，好像在上演一出恶作剧版的电视真人秀。埃尔斯想要冲出汽车，大声呵斥这些入侵者。可是，他却欲言又止，只是迷茫地坐在那里看着眼前的一幕幕发生。街道对面那位中年空服员站在她自家的院子里用手机拍着照片，一个穿着西服的男人走过来制止了她。一声如获至宝的喊叫从后院的挖掘处传来。埃尔斯蜷缩进他汽车的座位里，遮住自己的脸。当身穿套装的那个男人返回屋子时，埃尔斯悄悄地把他的菲亚特车从路边溜出来，重新开回到开放的街道上。

他必须想一想。他一直向左转弯，开车在附近的街区绕着圈。房

1. 俄国作曲家 M.P. 穆索尔斯基创作的四幕歌剧，作于 1868–1874 年，描写了十七世纪俄国的宫廷动荡。

子里一片狼藉的景象在他的大脑中出现了：CD 盒子散落一地，书被翻得乱七八糟，扔得随处都是，云室碗都被打破了，实验室设备和化学品被装进上百个贴了标签的袋子里全部没收。照片和纸张，还有那些未完成的作品的草稿，所有的一切都被这个白衣部队搜了个底朝天。

四个弯之后，他又小心翼翼地转回了泰勒街，向林登街驶去。隔着半个街区，他看见有个穿防护服的人正在他家的屋顶上将一根杆子伸进房子的烟囱里。另一个人则在一辆卡车后部用一台手持型仪表测试着密封袋里的样品。后院里，两名男子从他前妻做的被子上刮下一些泥土，把它收集在样品瓶中。他们脚下放着一个十加仑的塑料存储箱，里面装着一块沾着烂泥的黄褐色东西。费德里奥。

埃尔斯在街角的停车标志附近徘徊。他需要时间。自己并没有犯法。高德博格和门多萨也没有因任何缘由起诉他。他们只是告诉他要保持密切联系。他需要一个小时冷静下来，把事情理清楚。菲亚特载着他直接通过路口，继续向前行驶。

他漫无目的地开着车。为了赶走大脑中的杂念，他打开了收音机。一位获得艾美奖[1]的男演员在他前妻的阿斯彭[2]公寓内绑架了她作为人质。埃尔斯发现自己已经来到了校园西部的边缘。他可以停下车去找凯瑟琳·德雷瑟，进行一些法律咨询。但她只会告诉他，应该把自己的命运交到那些正在无缘无故捣毁他的家的势力分子的手中。

他的右方隐隐露出大学城的商业区，于是他拐了进去。学生们在他的车前鱼贯而过，就像电视游戏中最前面那几关里的活靶子。整条街都飘荡着油炸食品的难闻气味。从前一天晚上到现在他还没吃过东西。他把车停在一个停车计时器旁，上面显示还有四十分钟，一瞬间，

1. 美国电视界的最高奖项，地位如同奥斯卡奖之于电影界和格莱美奖之于音乐界一样重要。
2. 位于美国中西部的科罗拉多州，西临洛矶山脉，以滑雪场而著称，是富人聚居区和度假胜地。

他觉得今天是他的幸运日。

在一家连锁咖啡店的一个角落里，他坐下来，开始慢条斯理地享用自己的早餐：一杯起泡杏仁乳，还有一块硕大的蓝莓松糕。紧张不安让他浑身冒汗，格子衬衣都透出汗臭味儿。整个房间里都是些交谈着的人，一股浓重的、不可抗拒的欲望气息扑面而来，让人昏昏欲睡。唱片的纹道里有三个音高在循环往复——基音、小三度，以及三全音——一位歌者用多变而无规律的节奏把一些咄咄逼人而带有隐喻的言语吟唱出来。

最好的办法是去自首。他那些被没收的物品会证明他的清白。但联合安全工作组的侦探们掌握了他的笔记本，里面充满了他们对细菌改造的想象。他们还掌握了他的电脑，以及里面的缓存和浏览历史。从现在起不出几个小时，他们就能发现他前一天下午访问过的那些网站——蓖麻毒素配方，还有炭疽热。

外面的街道阳光照耀，可是，看着熟悉的校园他却觉得陌生和紧张。学生们穿着短裤和短袖衬衫，边发短信息边从他周围转过去，连头都不抬一下，他们裸露的四肢张扬着热情洋溢的文身。埃尔斯选择了通向音乐楼的那条斜道。一位小个头的小提琴教授从对面朝他走来，朝他招了下手，此人十分健谈，对谁都是一脸和善的颜色。准是疯了才跑到这里来；他转过身逃走了。

他急匆匆地回到自己的车上，开车来到校园另一边的一台自动提款机前。免下车提款机的屏幕上出现了好几个选项，让他感到危机四伏。埃尔斯取了两百美元。这笔交易在多长时间以后可以被追踪到？烟色玻璃后面有个摄像头在瞪着他，他理了一下自己垂到眉心的头发。

他开车来到三个街区以外的公共图书馆。这个时候的图书馆人不多，只有几个带着小孩子的母亲，其他的退休人员，还有几个无家可归的人。他在靠近一层期刊室的一间小阅览室里安顿下来，想让自己冷静一下。两个月以前，在同一个地方，他读了某本杂志上一篇关于新《爱国者法案》[1]规定的文章。里面谈到，政府在没有明确证据的情况下可以限制公民。关于这篇报道，他所能记得的就只是这半句话了，“排除嫌疑前受控”。

再过几个小时，这个新闻就会曝光。埃尔斯又去了二层的书库。他站在生命科学的书架前，手指拂过一本本书的书脊，盘点着自他变得痴迷开始的这两年来自己检索过的题目。参与苏联生物武器计划的顶级科学家所写的一本回忆录。一部关于瘟疫的社会史。一本名为《逃离进化》的书。只须敲几下键盘进入相应的数据库，调查员就能发现彼得·埃尔斯在过去十年间读过的能够作为其定罪依据的每一本书。

他不由得哀叹了一声。他发出的声音吓到了坐在楼梯顶旁边咨询台后面的一位病怏怏的、长着一双舞蹈家的手的馆员。

“没事吧？”

“没事。”埃尔斯说，“不好意思。”

他回到车里，又开了起来。沿着林登街往前开时，他隔着两个半街区就看到了当地新闻频道的汽车。惊慌失措中他又向左拐，开到了泰勒街上。“犯罪现场”逐渐消失在他的尾迹中。

【研究人员在医院里喷洒沙雷氏菌，以便研究细菌的漂移。生物学学生用它来冲洗，以便通过触觉来观察它的行踪。】

---

1. 2001年10月26日由美国总统乔治·沃克·布什签署颁布的国会法案，延伸了恐怖主义的定义，包括国内恐怖主义，扩大了警察机关可管理的活动范围。该法案由于涉及公民隐私而颇受争议。

克拉拉曾经告诉过他，马勒把《第五交响曲》[1]中的《小柔板》的手稿送给了年轻的艾尔玛·辛德勒，没有做出任何解释。艾尔玛又把它送还了回来，上面写着"好的"。几周后他们便结婚了。彼得和克拉拉本来也应该是这样。可是后来克拉拉去了牛津，以全额奖学金攻读音乐，在那里，她很快就搭上了一个男子三重唱，相比起他们来，彼得的成就俨然属于小儿科。

马勒求爱的寓言还剩下一部分，克拉拉并未对埃尔斯提起过。他的音乐陷入真正的绝望是在艾尔玛投入他的生活之后。战斗，谎言，背叛，死亡。《宇宙告诉我什么》[2]，等等，外界对他这些不成熟的歌曲和交响乐的所有艰涩的肯定，都令他陷入了无可救药的苦痛。阿多诺[3]称马勒为 ein schlechter Jasager：一个可怜的只会说"是"的人。艾尔玛一进入他的生活，两人便开始无情地相互指摘，马勒除了一再说那个字以外再也做不了什么，他的信念和目标变得越来越模糊。年轻的彼得不断地聆听他的音乐，追溯着他身不由己的堕落，那是他可怜而绝望地说"是"也无法拯救的。

【几十年间军队一直在用沙雷氏菌测试生物武器：旧金山、纽约地铁、基韦斯特[4]。只是我成了罪魁祸首。】

埃尔斯自己连一个值得说出口的"是"都没有，直到那个午夜过

---

1. 即贝多芬著名的《命运》交响曲。
2. 马勒的《第三交响曲》，D 小调，作于 1893–1896 年，表现的是马勒的自然观。其首演在评论界毁誉参半，某些评论者甚至因为《第三交响曲》的庞大而困扰不安。
3. 二十世纪德国哲学家、社会学家、音乐理论家，法兰克福学派第一代的主要代表人物，社会批判理论的理论奠基者。
4. 美国本土最南端的城市，位于佛罗里达半岛南端以南约九十六公里的基韦斯特岛上。

后，他站在那个电话亭里，向另一个大陆上的一位陌生人发出恳求，硬币已经冻在他手心里了。克拉拉离开后，真正的音乐才得以到来。这是歌剧里的人们与神秘的访客所进行的那些晦涩难解的交谈之一。在那个有着四英尺长秀发的女人将彼得弃于荒芜的中西部，让他一人过活之时，他奇特而充满活力的创作才开始变得好似病毒一般一发不可收拾。

这些作品中的每一件都是一条讯息，指向那个如今已然如同路人的女人。“一切都向前向外发展，没什么会崩毁。”哪怕他寄出的手稿中有一份被寄回，哪怕上面只用铅笔批注了一个感叹号，两天之后埃尔斯也会出现在希斯罗机场[1]，耳边仍回荡着跨大西洋航班美妙的噪音，准备去拥抱克拉拉将在他面前炫示的任何一种希望。

可事实是，他只身一人去了那片大草原上的小“达姆施塔特”[2]城，在那里开辟了一片新天地。1960 年代早期的香槟 - 厄本那[3]：I–80 前卫派众多“小岛”中的一个，一块变异音乐旋律的滋生地，四面种植着数百英里的玉米、大豆，栖居着宗教虔诚的美国人。在这个地方再上六年学再合适不过了。一个黄金时期就要在这样一片适合开拓的荒野上爆发了。那些教授作曲的著名的开拓者——希勒和伊萨克森、约翰斯顿、加伯罗、布林、哈姆、马尔蒂拉诺、坦尼、比彻姆——一边编写着新的规则，一边又把它们毁掉。声名狼藉的现代艺术节和美国第一台电声装置让整个景象变成了一场精彩绝伦的派对。数学咒语和带电粒子引力：埃尔斯还没进城就已经认识了这个地方。

---

1. 伦敦最主要的联外机场，也是全英国乃至全世界最繁忙的机场之一。
2. 德国中西部黑森州著名的科技文化城市，设在该市的国际音乐研究所是欧洲最重要的音乐机构，以研究现代音乐著称。此处是将主人公开拓事业的土地与这座城市进行类比。
3. 美国伊利诺伊州中东部的一座双子星城市，是以伊利诺伊大学在当地的分校为基础发展起来的一座小城。

一望无际的玉米田边遍布着自然形成的边区村落，给人的感觉仿佛一个新维也纳。成为研究生的头五天，埃尔斯遇见了许多作曲家，比他前二十二年人生里所遇到的还要多。一夜间，他的耳朵放肆起来，突然对近来让自己感到害怕的那些东西变得贪婪了。他加入一个研究波斯达斯塔[1]的聆听小组。他参与关于音乐和信息理论的谈话。还有音乐与社会契约。音乐和生理学。

然后是教育。在修二十世纪形式分析课程的第十六周，他因为前天晚上巴伯《隐士之歌》[2]的演出争得面红耳赤。整个班级都在对他起哄。不知所措的埃尔斯向教授求助。

“那是部伟大的作品，您不觉得吗？”

那个男人强忍住自己想笑的冲动，向四下里找了找有没有隐藏起来的摄像头。“当然，如果你还没有挖掘出美。”

埃尔斯坐在一群人中间，感到自己被羞辱了。在研究生墨菲邀请众人聚会喝酒期间，他气冲冲地跑去跟那个人理论，可是没人支持他。接下来的一周里，他从音乐图书馆里借了一张《隐士之歌》的唱片来听，发现里面的内容既陈腐又平淡无奇。

在那个学期的晚些时候，他从托马斯·曼[3]那里了解到这样一个事实：艺术是场战斗，一场让人精疲力竭的斗争。要长久地保持健康绝无可能。音乐不是学习如何去爱的课程，而是学习舍弃什么以及何时舍弃的课程。即使是最杰出的作品，在关于品味的无休无止的战争中，

1. 传统波斯艺术音乐的一种音乐模式体系，通常与西方的音乐理论进行比照。
2. 作者塞缪尔·巴伯是二十世纪中叶最受世界乐坛尊敬的美国作曲家之一，新浪漫主义音乐的伟大实践者。其创作于巅峰期的声乐套曲《隐士之歌》使他成为了二十世纪“无与伦比的艺术歌曲作曲家”。
3. 德国二十世纪最著名的现实主义作家和人道主义者，1929年度获得诺贝尔文学奖。他受叔本华和尼采的哲学思想影响，被看作德国十九世纪后半期社会发展的艺术缩影。

最终也难免意外而亡。

这种观念折磨着埃尔斯。他胡思乱想要不要退学。他躺在床上，一直到中午，盘算着回东部去找一份打扫卫生或者递送邮件的工作。他也可以重新捡起自己的化学专业来。但是彷徨无助的他又回到了校园。除了彷徨之外，他也需要听一听那群起哄的人究竟都在听些什么。

十一月下旬，他仍然在听那门形式分析课；那位教授在卡特[1]《管弦乐变奏曲》的背景音乐中手舞足蹈，埃尔斯盯着他的尖头皮鞋发呆。教室的门突然推开了。一名学音乐理论的高年级博士生闯进来，大声喊道："他们杀了他！他们杀了他！"作曲最古老的法则：重复一切。这位信使的脸就像一张尚未冲洗好的一次成像照片，他的右手在空中比划着奇怪的动作，做着诺斯替[2]教徒般的手势。"总统，"他说，"他的脑袋被射穿了！[3]"

有人惊呼："上帝啊。"埃尔斯望向那位教授，想看看他的反应，可是对方的脸已经因恐惧而抽搐了。坐在埃尔斯后面的一个女生开始抽噎，就像一台发动不起来的引擎。有人说，"找台收音机来！"有人把胳膊搭在埃尔斯的肩上，摆出一副不合时宜的无辜姿态。刚入行的作曲家脑袋里闪过一个念头——三分恐惧，一分紧张——仿佛其中的一分已经把它大声讲了出来：现在，为所欲为吧。这地方已经彻底乱套了。

---

1. 二十世纪美国当代古典音乐作曲家和评论家。《管弦乐变奏曲》是其于 1955 年受路易斯维尔交响乐团的委托创作完成的。

2. 诺斯替教派起源于约公元一世纪地中海东部沿岸流行的许多神秘主义教派，比基督教略早，认为物质和肉体都是罪恶的，只有领悟神秘的"诺斯"（希腊文 gnosis，意为"真知"、"灵知"、"直觉"），才能使灵魂得救，曾被早期的基督教视为"异端"。

3. 指 1963 年 11 月 22 日中午美国第 35 任总统约翰·菲茨杰拉德·肯尼迪遭遇枪击身亡的事件。

【你身上携带的菌细胞数量大约是你自己的人体细胞的十倍。离开了它们的基因，你根本活不了。】

那个圣诞节短暂休息之后，埃尔斯再回到学校时，带回了一部单乐章的八重奏作品——大提琴、小提琴、中提琴、单簧管、长笛、圆号、小号和长号。未知时代的音乐。这部作品从一开始就饱含热忱乃至虔诚，但当他一点点将它充实起来时，有些事情却出乎意料。他发现必须赋予那些乐行以更大的空间、更多的戏剧性，以及更强的热和光。这东西魔性的一面展露出来了，就像当初他哥哥强迫他去听的那些没头没脑的电动摇滚颂歌一样。

他召集了几名研究生演奏员，好言好语哄他们一遍又一遍地排演，最后才做出一份满意的带子来。他觉得这部作品足够硬了，一定能够赢得青睐，哪怕是在院系里那些最不可一世的教授看来——那些人会一连几天把自己锁进实验用的音乐室里，在严苛和追求形式完美方面，他们甚至比校园北边的那些科学家有过之而无不及。

为了不忘自己“弑亲”的罪过，埃尔斯选定了马修·马蒂森。此人成长于莱克赫斯特的一个工薪家庭。他总是穿一件飞行员夹克，留着三天未刮的胡茬，戴着像是被切碎了的波洛克[1]帆布画一般的松垮领带游手好闲。这个男人像极了一个有着暗能量的托钵僧[2]，人未满四十四，可他的音乐却已经在十几个国家演出过了；在埃尔斯看来，他就是未来圣像破坏主义博物馆里的一尊习作半身像。他最近的力作

1. 二十世纪美国画家，抽象表现主义绘画大师。其创作不作事先规划，作画没有固定位置，喜欢在画布四周随意走动，以反复的无意识的动作画成复杂难辨、线条错乱的网，人称“行动绘画”。

2. 践行伊斯兰教神秘主义派别苏非派苦行主义的僧人，以生活上的极简和极贫著称。

是为艺术名家合唱团而作的一部二十五分钟的复调高音调语音合唱作品，来自这句话："就算如此，那又怎样？"

马蒂森邀请埃尔斯去他家里听那首八重奏。一个真正的作曲家的家：不像真的。走在房子前面的步行通道上，埃尔斯被那松散的、杂草丛生的石板路绊了两次。

两人的交流从晚间八点钟开始，中间没有休息，直到次日凌晨一点钟。在那针锋相对、你来我往的五个小时里，埃尔斯发现自己是在捍卫一种他从未曾想象需要任何人去捍卫的音乐理念。

埃尔斯和他身旁那位反叛的侍僧一样喜欢争论。有一次，就应该将哪三首钢琴协奏曲带到核辐射避难所里来度过浩劫这个话题，他和克拉拉两人争执了整整一夜。但是跟马蒂森的争执却更像一场战争。对方一上来就展开了凌厉的攻势，不仅攻击八重奏本身，就连埃尔斯认为理所当然的所有基础都被他攻击了。他说埃尔斯很可怜，只知道躲在一首观众离开演奏厅就会哼唱的曲子后面。既然那些拍子那么普通，连跳绳都比它复杂，既然那些和弦进行得那么让人心动，干嘛不索性送一张能讨好他们的圣诞卡？

两人在前厅里争论不休。那里几乎没什么陈设，除了三把厚木板做成的椅子以外——那些椅子是瑞典人为人体模特做的。窗子边上的一张小茶几上放着一个玻璃鱼缸，里面装着许多钴蓝色的珠子。屋子中央有一个铁艺立方体，一条细长的玻璃冲浪板靠在上面，一张咖啡桌从没见过咖啡，更别提杂志了。一个壁架从一面墙上伸出来，上面坐着一个用螺栓、垫圈和螺母做成的雕像，感觉像是一位工程师将一头大象升级而成的。几幅用新闻纸打印出来的无框画用胶带粘在墙上——由伊利诺伊的超大主机生成的几束放射状黑线。三年后，美国的每个孩子都会用他们的玩具呼吸描记器来绘制类似的网状图。

一连几个小时，埃尔斯和马蒂森都在为基本原理而争论不休，主人从头到尾都没给他未来的徒弟弄点吃的或者喝的。这位学生将自己的理论坚持了好大一会儿。但最后，埃尔斯终于被赶进了一个死胡同，他投降了。

“音乐难道不是为了打动听众而存在的吗？”

马蒂森笑了笑。“不。音乐是为了唤醒听众而存在的。是为了打破我们所有现有的习惯。”

“包括传统？”

“真正的作曲家创造自己的传统。”

“这么说来古斯塔夫·马勒不算是一个真正的作曲家喽？”

马蒂森盯着空屋子的天花板，用他指关节的背面抚摸着自己的胡茬。关于这个问题，他思考了四十五秒钟——埃尔斯八重奏诙谐曲长度的一半。

“的确如此。我不得不说，古斯塔夫·马勒并不算一个真正的作曲家。也许称他为一个写歌的人更合适。他太陷入自己的过去难以自拔了。”

已经很晚了。埃尔斯抹了抹嘴，没有说话。他在听那些东西，从遥远的地方飘来的旋律，微弱而顽固，有点像电音。

“如果你过来跟着我学，”马蒂森说，“你的第一部作品就是关于我这条街尽头那块停车标志的。”

埃尔斯环顾着这间空荡荡的房间。白色石膏墙反射着纸灯发出的光，将它弯曲成一个立体派的花束。他聆听着自己的未来，听了很久。然后他转过身去，眯着眼睛看他的下一位老师。“好吧。不过，我想用 C 调来写。”

【生活只不过是相互感染。每个感染信息都会改变被它感染的信息。】

彼得和马修·马蒂森之间的战争持续了好几年，毫无希望通过尊敬得以平息。他们不仅因为埃尔斯稚嫩的心灵而争论，还因为整个音乐计划而争执。一周接一周，埃尔斯试图找回过去那些大胆的创作，让它们再露狰狞。可他的导师却每周都把他写的练习曲当作无病呻吟的东西给否定掉。

埃尔斯敢于写出的最狂野的东西在马蒂森看来仍然是平淡无奇的。后来，连马蒂森对于新鲜感的不断指摘也开始变得索然无味了。不过，埃尔斯却也从这些轰响的碰撞中学到了关于理论与和声的很多东西，尽管马蒂森对这些玩意儿早已经不屑一顾了。埃尔斯还知道了许多关于人类耳朵的事情，它能听见什么，听不见什么。但最重要的是，他学会了如何将艺术变成武器。

埃尔斯成长了；他越挫越勇了。最后，马蒂森将他推向那片嶙峋地带，它终于向他展开了冰冷而壮阔的一面。就像一个商人某个周五发现自己可能会喜欢装扮成女人的样子，跑去镇子另一边那个黑暗的地窖俱乐部里寻欢作乐，彼得·埃尔斯一边拥抱他的惶恐，一边激动异常地认识到，他终于可以为所欲为了。

多年来，从勋伯格和斯特拉文斯基之中选择一直是他的心病。直到 1966 年，两人听上去还都那么老旧而古怪。欧洲战后的命运、美国的流行民谣、磁带、广告小曲、扭曲的微分音音乐[1]，这些统统在一起交织碰撞，好似一锅大杂烩。可是，选择越多，埃尔斯就越为

1. 小于半音的音程被称为微分音，用微分音作成的曲子叫微分音音乐。

究竟应该忠于哪种形式来做音乐而感到发愁。他是一天夜里在一个校园酒吧里体会到这一点的，点唱机里迪伦[1]在哀嚎着“荒凉的街道”[2]，那首歌是对老矿工联盟[3]盟歌的改写：“每个人都在叫喊，‘你是哪一边的？’”

至于为什么要选择，他找不到任何实际的理由。不过，他现在明白了——虽然已晚得离谱——社会的尊卑秩序是如何运作的。那些位于高端的人把控了所有的话语权。那些十二音制的形式主义者获得了所有的威望。全国各地关于作曲的博士生项目层出不穷，要想通过竞争获得资助，就需要一个纯净如物理学的系统。这样一来，埃尔斯所面临的情势就变得清晰了：是选择光芒四射还是严谨内敛，有条不紊还是打动人心。

就像一位瑞士外交信使，埃尔斯努力在两个阵营间徘徊游走。但争论双方却说：请宣布立场，否则所有人都会鄙视你。很快，埃尔斯就因为这争论而激动起来。

他能在那场革命的清晨还活着纯属侥幸。又一次，音乐有了理由去拥护，有了乌托邦去憧憬，有了偶像值得去毁坏。要开始入门，不必非要回到十四世纪新艺术[4]伊始或者十八世纪末快板奏鸣曲主题展开之时。

随处都可以开始，予取予求。周六的一天，彼得在珠儿超市[5]的一

1. 鲍勃·迪伦，二十世纪一位有重要影响力的美国唱作人、民谣歌手、音乐家、诗人，被广泛认为是美国六十年代反叛文化的代言人。

2. 出自鲍勃·迪伦 1965 年 8 月的专辑《重返 61 号公路》。该摇滚乐歌词古怪冗长，令人费解，其中影射了多种社会现象及文化符号，被认为与艾略特的名诗《荒原》有异曲同工之妙。

3. 成立于 1890 年的北美劳工联盟，以代表煤矿工人最为著名。

4. 原文为意大利语“Ars Nova”，为十四世纪，即中世纪晚期意大利和法国音乐作品形成的新风格，节奏和曲调灵活多变。

5. 珠儿·奥斯科超市是总部位于美国伊利诺伊州芝加哥郊区的一家连锁超市。

排冰柜前从一堆冷冻快餐中挑拣着能吃的东西，他每周就靠这些填饱肚子了。他听到旁边有个小女孩——顶多十岁的年纪，穿着粉红色的短裤，带花朵图案的大罩衫，平底人字拖——嘴里哼着小曲；存放棒冰的冰柜门开着，冷气从里面扑出来，像是在给她沐浴一般。埃尔斯听着，觉得这曲子仿若天籁之音演绎的《圣母玛利亚颂》。在接下来的两个月里，狂热的他把这个女孩哼的曲子改编成了一首二十分钟的作品——《痴狂》，有室内管弦乐版，女高音版，还有四个卷盘磁带录音机版。那个单调片段中的六个音高，它们结合又重组，放慢，加速，倒置，翻转，叠加在一起，衍生出进一步的节奏，又如变戏法一般演变出一波波轮唱赞美诗，最后终于升华成为一部幻想曲。

马蒂森斥责说这部作品完成得过于造作。约翰斯顿喜欢里面那种艺术大师的范儿，但他希望能有更多一些摆脱了司空见惯的和声配置的东西。希勒觉得它很迷人，但还不够成熟。而布林则想知道，这样的音乐在多大程度上能够促进一个更加公正的社会。

埃尔斯默默地忍受老师们的苛责，回去后精雕细琢，决定雪耻。他花了好几个晚上泡在电子工作室里，跟泰勒明电子琴磨合，拼接磁带环，学习如何去编程。计算机能够使人成功塑造出任何音高、振幅、音色，以及音长，并将这些东西组合成太空时代早期的声纹。但正是这种无所不能让埃尔斯感到难过。他向往的是凡间乐器那种质朴而有分量的自由。

他悄悄地回顾了那些早期大师们已经穷尽的词汇，在其中寻找着遗失的线索，努力想知道他们是如何费尽心力，让想象中的灵魂从肉体中生发出来的。部分的他仍然禁不住相信，让音乐魅力重生的关键就在于回到未来。

【毕加索：“艺术是危险的。艺术是不贞洁的。”艾灵顿[1]：“当艺术不再危险时，你也就不再需要它了。”】

那些年里他身边也有过女人，一个脆弱而多疑，另一个开朗却吵闹。她们都有自己的音乐，尽管她们都不是克拉拉。彼得对后者的感觉如今只是憎恨，这让他内心已经没有一丁点余地再去想别的需求了。风趣的男人倒也有一些，但这些朋友一个个像是狂想家，他们意识形态的寿命似乎也就是一两个月那么长。最重要的是他不断进步的技艺，这是一个男孩能够想得到的最棒的化学组合了。

在疯狂而严酷的冷战逻辑的影响下，作曲使他得以置身东南亚的丛林之外。亚洲那些大理石建筑里的人们发誓要在每一场可能的傀儡战争[2]中击败共产党：田径、象棋、用来展示的建筑，甚至是高雅文化。这就意味着作曲专业的学生可以延期入伍。美国国务院和中央情报局甚至将埃尔斯同僚中那些佼佼者送到泰国、阿根廷、土耳其，以及其他有争端的世界热点地区去开音乐会。

在研究生院的第一年，埃尔斯坐在伊利诺伊大学学生活动中心的一间电视房里，周围挤满了叽叽喳喳的学生，他们盯着固定在墙上的一台笨重的、带着兔子耳朵般天线的、模糊不清的黑白电视机，里面的“甲壳虫”乐队正在“埃德·沙利文秀”[3]上作表演，他们那富有感

1. 爱德华·肯尼迪·艾灵顿，二十世纪美国著名作曲家、钢琴家、乐队队长。他把无意义的声音引入爵士乐，是爵士乐重要的创新人物，同时还是首位将爵士乐元素、即兴演奏与传统音乐形式相结合的作曲家。

2. 某些大国间为了自己的利益，想要发动战争，但同时又不想过分卷入战争，于是便扶植其他国家或组织为了其利益而挑起的战争。

3. 美国娱乐作家兼电视节目主持人，他因主持综艺节目《埃德·沙利文秀》而闻名。该节目从1948年开始一直播放到1971年，是美国电视史上播放时间最久的综艺节目之一，并曾邀请过如猫王、甲壳虫乐队等知名艺人上节目。

染力的七和音让整个房间都为之躁动。等到他开始准备自己的博士作品选辑时，那股强烈的抄袭之风已将他刮得晕头转向了。每个人都在偷别人的东西："披头四"[1]演绎的《帕伯军士》[2]剽窃了斯托克豪森[3]的音乐。安德里森[4]和贝里奥[5]对列侬和麦卡特尼[6]进行了重新编排。欢快的数月里，各色高低旋律，或内敛或外放，或粗浅或繁复，都以合成复调的形式彼此交融在一起。但到了埃尔斯永远离开学校那一年，那些大神们却在伦敦的屋顶上摸摸索索，努力想回家，但他们再也回不去了。

三年里，彼得都住在西厄本那一个廉价的研究生住所里，那是一座又大又旧的足可追溯到上个世纪的老式美国哥特式建筑，它被分为几个独立的单元,每个单元里有自己的逃生梯,前廊上竖着十几只邮箱,就像警察局里一队等待被指认的嫌疑犯。1966 年的那个秋天，在这幢房子里，他的室友们把他绑在一把高背椅上，强行喂给他加入大麻烘焙出来的布朗尼蛋糕，逼他不停地听音乐，甚至一连听上好几天。他们先给他听的是《平均律钢琴曲集》。彼得脑子里迸发出数不清的万花筒似的线条，就像皮拉内西[7]绘出的迷宫里那些纠结的楼梯一般。不可名状的弧线从音乐的洪流中跳出来,孤注一掷地抛洒着自己的生命。那些独立的线条忽而交织，忽而碰撞，纷纷叠加在一起，衍生出更多

1. 即"甲壳虫"乐队。
2. 全名为《帕伯军士孤独之心俱乐部乐队》，是"甲壳虫"乐队发行于 1967 年 6 月 1 日的第 8 张录音室专辑，乐队在概念、声音、创作、封面艺术和录音室技术上做出了非凡的突破。
3. 二十世纪德国最伟大的前卫作曲家、钢琴家、指挥家、音乐学家，曾广受争议，对整个战后严肃音乐创作领域有着巨大的影响。
4. 荷兰著名作曲家和钢琴家，曾获得格文美尔古典作曲大奖。
5. 二战后意大利最重要的作曲家，喜欢运用流行音乐的语汇，并借用其他作曲家的音乐片断或模仿他们的风格特征。
6. "甲壳虫"乐队四位成员中最重要的两位灵魂人物。
7. 十八世纪意大利雕刻家和建筑师，以蚀刻和雕刻现代罗马以及古代遗迹而成名。

闻所未闻的旋律，曲调中包含着不同类型的其他曲调，或是把填字游戏暗示一样神秘的曲调掩埋起来，又将它们的解码钥匙藏在另一个似是而非的线索之中。让人眼花缭乱的幻象令他错愕——仿佛是时光神圣杰作的两分钟。

“谁演奏的？”他突然急促地喊起来，差点让他周围的人发了疯。

当得知是古尔德时他感到很失望。“古尔德[1]那些复调我总是听，都听遍了。让我听一下里赫特[2]吧。”

即使里赫特用踏板加了不少装饰音，那神秘的幻象仍在。

大麻让他在那幻象中又游历了六次，尽管他非常小心地想记下些什么，但那些东西最终都幻灭了。幻药让人所有的狂喜都被密封在吸食者大脑中那个锁定的房间里，当他清醒后，这一切就变成了一个笑话。埃尔斯所追逐的东西更让人叹服，那个先验的、共享的、持久的奇迹顷刻间便向整个屋子的人倾泻下来。

在那之后一个夏天的夜晚，服了一克半的古巴光盖伞[3]，埃尔斯觉得自己浮到了空中，他被一股思绪推动着穿过一片田野，里面飘着宣称自己是纯净生命的丝雨，就那样晃晃悠悠飘到了这世界的边界之外一个更深更远的地方。星星仿佛在用璀璨的语言说话，他听得一清二楚，太奇妙了。那片田野是纯粹的音乐，挣脱束缚的《朱庇特》，那个永无止境、推陈出新的《彼刻》系列里的一篇，若不是被“此时”无情地摆布了，他的大脑便可以栖居在里头了。

---

1. 加拿大二十世纪最具精神魅力的钢琴演奏家之一。他演绎的巴赫《哥德堡变奏曲》已成为音乐史上的瑰宝。
2. 有德国血统的乌克兰钢琴家，被公认为是二十世纪最伟大的钢琴大师之一。
3. 墨西哥印地安人传统食用的一种毒菌，称之为“神之肉”。由于毒素的作用，一般食后不久精神便极度愉快，狂欢乱舞，同时出现稀奇古怪、形形色色的幻觉。

【音乐杀过的人比沙雷氏菌杀过的更多。】

巴比特[1]对着全国人评论道："谁在乎你听不听？"他的宣言引起了广泛关注，吸引的读者比他音乐的听众还多。音乐能洞悉事物。它有自己不断拓展的工具，一点不比化学少。如果你想深入进去，看看全程风光，你就必须去学习这种语言。

那些日子里一个十分令人困惑的问题是，还有多少人认为努力做音乐是值得的。听众们在昏暗的黑箱剧场里坐上好几个小时去听一大堆深奥难解的哔哔啵啵声。即便是在伊利诺伊州南部，也满是这样的人，他们穿着条纹棉布衬衫，蓄着爱达荷州形状的鬓角，头脑聪明，精力充沛，对潮流敏感，有独创精神，他们最接近发现美国的新声音。

在这花开正浓的时节，一个音乐老顽童来到了小镇上。他走进那片玉米荒地里，就像使徒保罗[2]浪迹在路司得[3]的郊野上。埃尔斯得以与约翰·凯奇相见要感谢《易经》。不过，机遇本来就是冥冥之中的安排，只是人们尚未察觉罢了。老顽童自己也这样写道：每一样存在的事物莫不与其他事物相关。

但是后来有许多次，那人又用许多方式写道，"我没什么可说的，我已经在说了。"

【音乐是流经耳朵的意识。没有什么比有意识更可怕了。】

---

1. 米尔顿·巴比特，美国当代作曲家，二十世纪六十年代因在《高保真 48 度》杂志上发表题为《谁在乎你听不听！》的评论文章而引起对当代作曲家及其作品的广泛争议。

2.《圣经》中的人物，他被基督教史学家公认为对早期基督教会发展贡献最大的使徒，可称为基督教的第一个神学家。保罗是第一个去外邦传播福音的基督徒，是世界上第一位穿梭外交家。

3. 小亚细亚中南部的一个城市，是保罗和巴拿巴首次传道之行所到地之一。

他想回家，脱掉他散步时穿的衣服，洗个澡，再吃午餐。但那些拿着照相机的人把他的房子围了个水泄不通，实验室技术人员也正在给他的狗验尸，看看有无生物体毒素。到下午，他的脸就会充斥于当地新闻了。在彼得·埃尔斯的一生中，声望二字从来跟他无缘。现在，他只要开车回家，挥挥手臂，就会成为全美国最出名的在世作曲家。

埃尔斯满脑子全是噪音。他漫无目的地开着车，目光不时转到后视镜上。平日里买日用品的那一排零售店晃入他的眼帘。他拐了进去。那几家熟悉的商店组合在一起，就像一部轻喜歌剧的布景一般：晒黑沙龙、减肥诊所、“盒中牙医”[1]、“靓甲”、“爱玛特”[2]。

埃尔斯坐在停着的车里，手放在腋下。最终，他还是把他的电话从汽车仪表板上的储物箱里抽了出来。萨拉让他发誓，一定在那个地方备一部电话，以防路上可能发生不测。然而，她却忘了让他承诺，一定要给它充好电。绿颜色电话的按钮无动于衷；屏幕的黑色方框中映出他的脸。他在后座上的一堆书和CD唱片里翻找着车载适配器，但他显然不够走运。

有个模样像航天飞机的货车驶进了他旁边的位置。它的脚踏板达到了菲亚特车窗中部的位置。波浪般的冲击重低音穿过两辆车的外壳，就像在他身上缠了振动按摩腰带一样让他的身体震颤着。所有这些能震碎玻璃的亚文化都是围绕着声音的暴力发展而来的：分贝大战，标榜能用声波让女人的头发飞舞的视频网站。疯狂的代价就是耳聋：任何作曲家都不得不羡慕这样的便宜事。

货车的引擎忽然熄火了，让人震颤的声波也停了下来，突然间没

1. 一款牙齿护理工具组合。
2. 一家遍布美国的眼镜商店。

了声音，整个停车场好像都摇晃了一下。一个三十岁左右，留着短发，穿着工作衫、卡其裤和条带帮拖鞋的男人走了出来，眼睛直勾勾盯着一份购物单，朝超市里走去。他看上去就像那些寡廉鲜耻的家庭血汗工厂的一位老主顾，埃尔斯早年还曾帮那些铺子搞过策划。

埃尔斯看了一下仪表板上的时钟，心里一惊。此刻，谢德·阿尔博尔社区的大公共休息室里有八个半截身子已经入土的人正聚集在那里，手里攥着记事本，等着他们的老师过去给他们上这个季度的第九节音乐鉴赏课。《二十世纪标志事件》。上帝知道他不去是有苦衷的。如果他的学生们今夜里睡觉时会一命呜呼，就算他们没上这个星期的古典音乐和关于二战的课，他们也会通过期末考试的。

零售店外的林荫车道上立着一座电话亭——里面的电话早已不翼而飞——几年前就已经废弃了。这个国家的公用电话体系已全然没落了。他想着要不要在超市里可怜巴巴地跟别人讨个手机用一下。想想早晨时的境遇，这么做也不大明智。

他得找一位律师。他需要写一份说明材料进行辩护，一份能够为那些本无恶意现在却被当做犯罪的实验进行辩护的材料，同时为自己开脱。

他发动汽车，准备去那个已经设了关卡的退休社区。如果那里已经有人听到这个消息并且报了警，那也没什么可逃避的了。至少，该干什么就去干什么，该尽怎样的义务就尽怎样的义务，谱子上怎么印的，那就怎么来吧。

【要感激那些仍在伤害你的。不和谐也是一种美，它还未来得及被熟稔毁灭。】

埃尔斯站在谢德·阿尔博尔社区珊瑚色的大厅里，面前是弧形的问事台。他觉得自己像做了贼一样鬼鬼祟祟，脉搏快得像急板，仿佛自己胸前就贴着一张悬赏通告。但是前台的接待员还是像对待一位老朋友那样跟他打招呼。

他横穿过接待区，每经过一个带着徽章的员工时他的心跳就加快一次。一个身形如同字母 f 的女人从他身前硬生生地插了过去。另一个人手里拎着一只装在针织吊袋里的小氧气瓶，跳着与他擦肩而过。这个地方似乎有一种恩索尔[1]笔下的嘉年华会的气氛，而埃尔斯只不过是那怪诞的游行队伍中的一个哑剧演员而已。肌肉被地心引力拉扯得松松垮垮的，静脉凸出的肢体推着用格子呢包裹的铝制步行器，毫无血色的脸上点缀着片片老人斑，笑起来的褶皱能藏得下勺子柄，花里胡哨的高尔夫衫领子上面是青筋暴露的脖颈，一个个脑壳顶上只剩下皮包骨头：看到他们，就好像看到了一颗颗活化石，给人的震撼丝毫不亚于小孩子平生第一次见到下雪。

埃尔斯的学生们正在大公共休息室里等着他。其中两个坐在假壁炉旁边的高背靠椅上，用一叠印着名画的闪示卡片互相测试对方的记忆力，像西西里的码头工人一样嘴里骂骂咧咧。其他六个坐在肾形中央桌侧边的沙发里，乐此不疲地谈论着关于树木是否造成污染的话题。他们穿着亮色的运动服和冒牌的耐克训练鞋——像是在参加一个内陆游轮参观日。他们称自己是“棉签”。两头是白的，中间一根签子。

埃尔斯一进来，这群人立刻活跃起来。“你迟到了。”有人说。“等不及啦。”另一个说，“今天要讲什么火车事故吗？”

埃尔斯靠在镶着鹅卵石的墙上喘着粗气。这个太过暖和的房间里

1. 十九世纪晚期一位比利时前卫派画家，同时也是二十世纪初期推动印象主义发展的一位重要人物。他对嘉年华会，即狂欢节的主题情有独钟，创作过许多与之相关的作品。

满是花香洗手液那难闻的味道。三氯生：添加在数以百计的消费品中的抗菌剂，可能致癌的物质，细菌超级种族的繁殖堆。但没人把那个实验室关掉。

“你怎么啦？”丽莎·基恩问。

埃尔斯耸耸肩，他还穿着他的画匠裤子和格子衬衫。他们之前见到过的他哪怕最随意的时候也穿着牛津扣角领的衬衫。“不好意思。今天早上我过得有点……不一般。”

他们没太在意他的道歉。似乎他们中还没有人知道发生了什么事。沙发后面的一台平板电视中，一个著名的空想家、通奸者、侵占公款将其品牌传播到全国各地的罪犯，正在言辞激烈地抨击一位总统候选人，那阵势就像在用针猛戳一个巫毒娃娃的耻骨，以此来取悦那三千万观众。下一波的当地新闻就要在午间播出。埃尔斯这才反应过来。

“咱们是不是……？”他用手冲着电视屏幕做了一个拧旋钮的动作，尽管北半球的电视机在好多年前就已经不用旋钮这种东西了。威廉姆·博克以前是一位陶瓷工程师，他从双人沙发上跳起来，戳了一下开关，把电视关上了。

埃尔斯的目光越过硕大的飘窗，落在窗外的一行松树上。他立刻明显地感觉到，自己像是隐入了一部中欧寓言体小说之中；许多年前，克拉拉总是鞭策他去读那些东西。那些书一直让他又爱又怕，因为读了之后就有一种在爱和濒死之间挣扎的感觉。他环顾了一下房间里他那些已成老朽的同伴，在生命所剩无几的时刻里，他们还在搜寻着文化陪葬品。当下活得畅快，也就不在乎何处是终点站了。

“今早真是见鬼了。我竟然把自己锁在了门外头。更糟的是，我大概把笔记也锁家里了。我们另找时间好吗？”

房间里涌起一阵失望的嘟囔声。像是短笛和拨奏小提琴的声音。

“你不在乎我们了？”

“把自己锁外面了？那就该在我们这儿订房间了。”

“大伙儿已经来了，”丽莎·基恩说，“就随便给我们讲讲吧。不讲课上的内容也行。”

他们并不是真的需要音乐。可这些身板真的离枯朽不远了，身体日渐衰老，原来笔直的脊背会突然再也挺不起来，他们需要更为严肃的声音。埃尔斯参加过无数上城社区的音乐会，每次他都见到同样的场面：下面的观众全是老年人。整个音乐厅是一片白花花的海洋。多年来，他都以为这些不可救药的人是来自另一个时代的幸存者，靠文化推行计划培育起来的孩子，早期无线电时代注定了这样的事情。时光荏苒，一波老人走了，又有更多的老人来到他们的位置。那渐渐变得糊涂的脑子里是否产生了什么想法，节拍的某种变化让它对三分钟的歌曲感到了厌倦？老人们是否认为，只有古典音乐才能给人以临终前的安慰，让他们在最后一刻得到宽恕？

“很抱歉，”他说，“我连一张光盘也没带来。我把它们堆在客厅里了，在我那一摞讲稿上面。”

已退休的临床理疗师克拉乌迪雅·科尔曼——正是她说服埃尔斯来做这份临时教学工作的——把自己肥硕的身体从椅子上拔起来，径直走到他站的地方，从她的印加单肩包里抽出一个小黑匣子。她手里拿着这个武器一样的东西，像是要对他发射激光似的。他接了过去，摆弄了一下，把它打开；八个人齐刷刷地看着他，他们来此的目的都是为了进一步体验一门冗长不堪、濒临灭绝的艺术带给他们的冒险。

埃尔斯盯着手里那个小小的黑色方匣子。它就像动作电影中的雷管，上面有一个按钮。他按下去，屏幕上出现了一个人物，在一艘小划艇之中，四周笼罩着白色，附近是一大片裸露的岩层，上面覆盖着苍松翠柏。

奇迹再次被他的指尖掌控着。所有录制好的音乐——时间跨度足有千年——都依偎在他掌心。埃尔斯望着眼前这群等待他上课的古董般的学生。他想告诉他们，联合安全工作组的人正在找他麻烦，他真的必须走了。目光撤回来，他拨弄了一下屏幕。他看到又有两个菜单闪过，一条耐心的提示和一个袖珍拇指键盘出现了。

埃尔斯按照大致的时间顺序，给这些人讲过上世纪里那些里程碑事件，虽然他已不再相信它们的连贯性。从德彪西到马勒，从马勒到勋伯格，他为他们一一介绍，显露出仍然潜藏在这个孩子身体里的父母的基因。他讲述了《春之祭》[1]首次公演时曾引起的骚乱。他为他们演奏过《月光下的彼埃罗》[2]，那些月光照耀下的深渊旁的窃窃私语。他带他们了解一战。他引领他们穿越狂乱的二三十年代，未来主义[3]和自由不谐和，艾维斯[4]和瓦雷兹[5]，多调性和音簇，以及为回归一个已经永远遗失的音乐传统而不时做出的尝试。每个星期，他那几个拥趸都会坚持回到课堂来想了解更多的知识。

这些学生们跟着他上课，就好像在追一部老的周六系列片——《宝林历险记》[6]——是吉是凶不到最后一刻绝不知道。随着课程的

1. 美籍俄罗斯作曲家斯特拉文斯基创作的一部芭蕾舞剧，在音乐、节奏、和声等诸多方面都与古典主义音乐切断了联系。该剧于1913年在法国香榭里榭大街巴黎剧院首演时，曾引起了一场大骚动，遭到了口哨、嘘声、议论声，甚至恶意凌辱的侵袭。

2. 犹太裔美籍奥地利作曲家阿诺德·勋伯格的作品，为朗诵唱和室内乐合奏而作，作于1912年，其素材来自比利时象征主义诗人阿尔伯特·吉罗的同名长篇叙事诗。

3. 现代文艺思潮之一，1909年由意大利的马里内蒂倡始，以尼采、柏格森哲学为根据，认为未来的艺术应具有“现代感觉”并主张表现艺术家进行创作时的所谓“心境的并发性”。

4. 二十世纪美国现代主义作曲家。

5. 二十世纪美籍法国现代主义作曲家，以实验性精神探索了新的音乐表现手段，尤其在电子音乐领域有先导性的影响力。

6. 美国环球影业最早于1914年拍摄的一部无声冒险喜剧电影系列，后被多次翻拍成有声版本。

展开，埃尔斯发现自己在欺骗，在弄虚作假。他择优挑选了证据，和国家航空航天局所做的如出一辙，他们把自己制作的金唱片送到了数十亿光年以外的太空中，想要给地球的邻居们留下一个美好的初印象。就这样，他的课程介绍到了他自己出生的那一年。今天，他想给他们听一首能够证明灾难可能比任何人想象的都要幸运的曲子。科尔曼递给他一根与房间里的扬声器底座相连的电线。“来吧，别把大伙儿晾在这儿了。”

埃尔斯在搜索框中输入：F-O-R。

每次敲击按键都会蹦出一个下拉列表，猜测着他的意图。列表的顶部是最有可能的选项：《为你哀嚎》。《甜蜜复仇的三声欢呼》。《我们知道的一切》。列表底部：没有底部。

他又输入了几个字母：T-H-E。缩小了范围的列表仍然没有尽头。《邪恶世界永无休》。《为此刻而歌》。《第一次》。

埃尔斯键入：E-N-D。这个看似无底洞的列表把范围缩小到了几十个可能的选项上。《终结》。《等待终结》。《迎接世界末日》。再输入两个字母——O-F——在下拉列表的中间，它终于出现了，有十几个不同的演出版本：《时光终结四重奏》[1]。

【我音乐全部的想法就是凿通永远，穿过“当下”这面墙。】

1940 年春天的最后一天。纳粹蜂拥进入法国。刚刚通过摇摇欲坠的马其诺防线，德国国防军就抓获了三位逃进树林里的音乐家。亨利·阿

1. 法国作曲家奥利维埃·梅西安于 1940 年被关进德国纳粹集中营期间所作的一首不同寻常的作品，由小提琴、单簧管、大提琴和钢琴合奏完成。

科卡，一个在阿尔及利亚出生的托洛茨基主义[1]犹太人，在被捕时手里还紧握着他的单簧管。艾蒂安·帕斯奎尔，一个著名大提琴家和从前的神童，没有作出任何抵抗就投降了。第三位，风琴演奏家和作曲家奥利维尔·梅西安，一个弱视的观鸟人和宗教神秘主义者，一个能用耳朵听到颜色的人，只匆匆忙忙地把几样必需品装进了他的背包：拉威尔[2]、斯特拉文斯基、贝格和巴赫这些人的口袋曲谱。

几天前，三个法国人还在凡尔登[3]要塞的军乐队里演奏。现在，他们在敌人枪口的胁迫下和数百名其他被捕者一起，被赶往南锡[4]附近等待处决。他们走了好几天，没吃没喝。好几次，帕斯奎尔都由于饥饿而昏厥。热心慷慨而又处事冷静的阿科卡把这位大提琴家搀扶起来，和他一起艰难前行。

最终，这些囚犯走到了一个院子里，德国人在那里给他们分发水喝。俘虏中有些人起了争斗。一群绝望的人为了能痛饮几口而大打出手。单簧管演奏家发现梅西安坐得远远的，背对着他们在读一张乐谱。

“瞧，”作曲家说道，“他们为了几滴水也能打起来。”

阿科卡是个实用主义者。“我们必须找些容器来，他们才好把水分开。”

德国人把他们的俘虏包围起来，强迫他们继续前进。最后，这一列人到达了一片开阔地，里面有一个用刺铁丝网圈起来的围场。在夏日的大雨中，三位音乐家和其他数百人一起不知所措地挤来挤去。他

1. 马克思主义革命传统的延续，源于俄国十月革命的主要领导人列昂·托洛茨基，主张工人阶级先锋的马克思主义理论，反对斯大林主义和社会民主主义。

2. 十九世纪到二十世纪法国音乐家。创作初期深受象征主义诗歌的影响，后来又受到印象主义音乐和美术的影响。

3. 法国东北部洛林大区的一座小城市。该城多次参与了欧洲历史的演进，欧洲要塞，有“巴黎钥匙”之称。

4. 法国东北部城市。

们的国家沦落了。整个法国军队或是溃散，或是被俘，或是被歼灭。

雨停了。一天过去了。又一天。无事可做，只能在默然的天空下等待。作曲家为从被占领的要塞里抢救出来的单簧管演奏家作了一支独奏曲。阿科卡站在一群囚犯中间即兴演奏了它。大提琴手帕斯奎尔充当了人体乐谱架。《深渊鸟》[1]这支曲子的灵感来自于梅西安黎明时分的军表，一天中的第一声鸟鸣会在此时幻化为一个清晨的管弦乐队。它经历了这段俘虏时光。

亨利·阿科卡是一个脾气温厚的乐天派，当他想停下来去小憩一会儿时，会说："现在，我要去练习了。"但是这支曲子让他困惑不已。长得难以置信的渐强音，躁动的自由节奏：跟他听过的任何音乐截然不同。六年前，阿科卡曾获得过巴黎音乐学院的最高奖。他也曾在法国国家广播管弦乐团供职多年。但这支曲子却是他遇到过的最为棘手的作品。

"恐怕我永远也奏不出这曲子了。"阿科卡嘟囔着。

"别这么想，你一定能。"梅西安告诉他，"你能领会的。"

在他们排练的同时，法国沦陷了。印着巨大纳粹十字标记的旗子从凯旋门上垂下来。希特勒从一辆梅赛德斯车上跳下来，在巴黎歌剧院宽大的阶梯上一溜小跑——这是他私人巴黎之行的第一站。

在这片被圈起来的围场里，在一片星空底下，几位音乐家待了三个星期。在耻辱性的休战协议签订以后，他们被用船运往斯塔格拉八甲——这座集中营坐落在西里西亚的格尔利茨和莫耶斯小镇外一块五

1.《时光终结四重奏》的第三乐章。

公顷的土地上。在那里，这三个人和其余三万名囚犯一起被扒去衣服进行消毒处理。一个端着冲锋枪的士兵想把作曲家的背包收走充公。光着身子的梅西安奋力争取才得以保住。

法国溃败的速度就连德国人也感到吃惊。面对潮水一样涌来的数万名俘虏，斯塔格拉八甲集中营只能收留其中的一小部分。大多数人都住在帐篷里；三位音乐家还算幸运，他们在简陋的营房里找到了栖身之所，那里至少有厕所，还有土制的炉灶。食物非常稀缺：人造咖啡当做早餐，一碗水一般的清汤当做午餐，晚餐是一片黑面包和一小块黄油。大提琴家帕斯奎尔得到了一份厨房里的工作，于是有机会偷些残羹剩饭出来和他的伙伴们分享。可在他旁边工作的那个男人却因为偷了三个土豆而被枪毙了。

梅西安夜里睡觉时感到头晕，肚子饿得要死。饥饿难当让他的视觉中出现了彩虹般的景象，里面跳跃着斑斓的色彩：喷涌而出的巨大的蓝橘色岩浆，闪亮的耀斑仿佛来自另一个星球。醒来时又要面对饥饿和乏味、苍白而毫无意义的工作。

另一名囚犯占了阿科卡的双层床铺：一个叫做让·勒·布莱尔的冷酷的非战主义者。五月份当法军陷入恐慌并且土崩瓦解的时候，他就在前线。他艰难地撤到了敦刻尔克[1]，一艘渔船把他救到了英格兰。勒·布莱尔又从那里返回了巴黎，不巧又遭遇了另一波劫难，最后的溃败。阿科卡给他的新室友讲了讲集中营里的生活，还把这位小提琴手介绍给了他的朋友们。勒·布莱尔回忆起来，自己在巴黎音乐学院那段日子就曾认识梅西安。这样一来，三重奏也就变成了四重奏。

斯塔拉格八甲的几万名囚犯把他们的书集中在一起，建了一个小

---

1. 法国北部港市，1940 年 5 月 29 至 6 月 4 日，英军三十三万多人在德军的炮火下从此地撤回本国。

图书馆。他们组建了一个爵士乐队和一个小型管弦乐团。他们还办了一份报纸，取名为 Le Lumignon——《烛光》。每个故事在审查后都被删减得七零八落，尽管如此，写作仍然使那些让人不堪忍受的无聊的日子变得好打发了一些。

音乐家们消瘦了，头发牙齿也脱落了。梅西安的手指生了冻疮，肿胀起来。阿科卡觉得自己受够了，决定逃跑。他设计了一条从警卫身边溜走的路线。他悄悄地把必需的供给积攒起来，还想办法弄了个指南针。他告诉作曲家，一切都已准备就绪，只等第二天采取行动了。

“不，”梅西安说，“我要留下来，上帝让我待在这儿。”阿科卡听闻此言泄了气，放弃了自己的计划。

德国人把帕斯奎尔送去斯切戈姆采石场工作。但是，一位集中营的管理员认出了这位大提琴家就是著名的《帕斯奎尔三重奏》的作者，因此减轻了他的工作量。其他几位音乐家也得到了多一点的食物，任务也相应减少了一些。战争就是战争，但对于德国人而言，音乐也就是音乐。

集中营的其中一位长官卡尔·阿尔伯特·布吕尔不时地把额外的面包偷偷塞给梅西安。豪普特曼·布吕尔想尽一切办法弄来没使用过的乐谱纸，上面印着崭新的五线谱：都是从战争的骚乱中抢救出来的。他把纸、铅笔和橡皮擦交到梅西安的手上。谁晓得他为什么这么做？负罪感？同情？纯属好奇？他想听听他的敌人还没来得及写出来的音乐。他想知道，一个像梅西安这样的人能够给这么个鬼地方带来怎样的声音。

布吕尔免除了梅西安所有的工作，让他单独居住。他还在营房门前安排了一名警卫以防止别人打扰这位音乐家。梅西安原本觉得自己这辈子再也作不了曲了，可是这下子又中了声音和旋律的魔咒。他不需要任何其他东西——除了音符，一点点把它们累加起来，一个模糊的整体就逐渐成形了。夏日消隐了，秋天随之来了又去，空空的几页纸上开始填满东西：一支超脱所有季节的四重奏。

声音从梅西安那些贫瘠的梦里打着旋流出来。法国的沦落，纳粹的胜利，集中营生存的恐怖，这一切他都有深刻的感触。一个八部分的构思成形了——用小提琴、单簧管、大提琴和钢琴来透析这场浩劫，消弭束缚的韵律，充满虹一般的色彩。

梅西安根据记忆，对他在另一段时光中——战争之前——所写的两支曲子进行了再创作。他将记忆中未来的声音加入其中。就在这座集中营里，在已变成一片焦土的欧洲的中央，音符从他的内心流淌出来，就像约翰了悟了光的创造物：

> 我又看见另有一位大力的天使从天降下，披着云彩，头上有虹，脸面像日头……我所看见的那踏海踏地的天使向天举起右手来，指着那创造天和天上之物，地和地上之物，海和海中之物，直活到永永远远的，起誓说，不再有时日了……[1]

阿科卡的单簧管是集中营里一件高雅的器物。几位指挥官搜集了一把廉价小提琴和一架坏掉的立式钢琴，琴键塌了下去，经常不能够恢复原位。数百名囚犯为帕斯奎尔集体募捐了六十五马克，让他买一把大提琴。两名武装警卫带着他来到格尔利茨市中心的一家商店，他在那儿找了一把破旧的大提琴和弓。那天晚上帕斯奎尔把它带回营地，囚犯们把他团团围住。他为他们演奏了巴赫的独奏曲，《动物狂欢节》

1. 摘自《圣经·新约·启示录》第十章《天使与小书卷》。该段译文选自《圣经》中文和合本与英文新国际版（中国基督教两会 2007 年版），未作改动。

中的“天鹅”主题，《可爱的小丑》——他能记得的一切。那些对音乐毫不关心的犯人让他没完没了地演奏了一整夜。

四重奏组在营地的厕所里进行了排练。每天晚上六点钟，他们做完工作后就聚在一起，练上四个小时。冬天来了，来势汹汹；温度骤降到零下二十五摄氏度。疲劳、营养不良和严寒让犯人们一个接一个死去。但是德国人给了四个音乐家木柴好让他们生火，使手指暖和一些。

梅西安指导其余人游历他所创造的世界。这支曲子对他们而言太难了；甚至连大师级的帕斯奎尔也觉得苦不堪言。梅西安用钢琴给他们演示，但错综复杂的节奏让几位演奏家无所适从。这音乐是梅西安试图逃离韵律的桎梏所做的努力，他要摆脱沉重缓慢的心跳的怦怦声，还有时钟的嘀嗒声。他用乐谱上那些参差不齐的线来对抗当下，为时光画上句点。

用来逃离的工具五花八门：希腊韵脚——长短长三音节音步以及长长短格。北印度的音律。向前读和向后读都一样的有节奏的回文。斯特拉文斯基跳跃感很强的切分法。中世纪的等同节奏——循环中包含巨大的韵律循环。韵律会不时地一起消散，呼唤鸟儿的自由。

但这几位演奏家却飞不起来。他们平时演奏的都是些能够轻松驯服的寻常节拍，现在遇到了如此自由奔放的音乐，他们便难以适从了。那些急速的合奏片段，还有那些狂野的渐强音，都让他们感到头疼不已。“只要你还能吹奏，就盯住音符别放松。”梅西安说道。“把声音放出来。”他想要高得出奇的音调，还有蛮不讲理的发散的急奏。他在乐谱上作出这样的演奏提示：infiniment lent，extatique——无限缓慢，欣喜若狂。他想要一种声音，有弓奏不出的那种轻柔。他想要每一种能够从木头中解析出来的色彩，从冰冷的呐喊到狂烈的沉默；他一定要让每一个躁动的节奏趋于完美。破旧的小提琴，六十五马克的大提琴，琴键粘滞的跑调的钢琴，靠在火炉边上被烤化了的单簧管：他们必须用这些乐器合奏出天使之音，让天国之城所有的微光都散发出来。

演奏家们用冻僵了的手指排练着。两个月里，他们一遍又一遍地重复着同样的不可能完成的段落。他们就这样凑在一起为这支狂热的音乐努力了许久；当冬天降临到西里西亚，集中营在一片死亡之中为他们盖上毯子之时，四个人都蜕变了。他们的技巧上升到了一个新的境界。性情平和的不可知论者、悲观的无神论者、救世主式的天主教徒，还有身为犹太人的托洛茨基分子，他们在一间监狱的浴室里，借着昏暗的灯光，潜心钻研着这支难以驾驭的作品，并一起聚精会神地用动听的鸟鸣给战争以回答。

集中营为他们的首演印制了宣传单：

斯塔拉格八甲，格尔利茨
《时光终结四重奏》首次试听会
作者：奥利维尔·梅西安
1941年1月15日[1]

指挥官甚至违反规定，特批被隔离的囚犯们去听这场演出。远离绞肉机似的战争前线，远离狼群的围攻，远离荒漠中的摇摆出击，远离伦敦的炮火连天，远离其等级让人类震惊的愈演愈烈的机械式屠杀，在囚禁之地的这个角落里，有件事情正在悄然发生。下个世界登场亮相。

这一天就这样开始了，和之前的数百天没什么不同。黎明时分的

1. 此段原文为法语。

人造咖啡早餐。意识朦朦胧胧地干一早上安排的工作。午餐吃了卷心菜汤，整个下午被强迫去做更为繁重的工作。晚餐又是一杯人造咖啡、一片面包和一点点白乳酪。没有信使来凿开这座永恒的坟墓。

音乐会六点开始，在 27 号营房，这里被当做集中营里一个粗陋的剧场。半米深的雪像是给地面铺上了好几层毯子，屋顶也被埋了起来。狂风卷着雪片刮过营房门前。昏暗的房间里人满为患，几百名不同国籍的犯人挤在里面，他们来自不同的阶层，有不同的职业——医生、牧师、商人、劳工、农民……一些人之前从未听过室内乐。

观众们身上裹着灰黑色的外套，在长凳上挤作一堆。房间里涌动着一团团呼出的冷气，营养匮乏的人们身穿浸着油渍的破烂衣服。从他们腐败的肠道里向外散发出阵阵臭气。在这样寒冷彻骨的夜里，营房里维持的仅有的热度就来自于这些羸弱不堪的身体。年迈体衰的人坐在担架上从病院区抬了过来。酷爱音乐的德国军官坐在他们早已预订好的前排座位上。

四位演奏家穿着破旧的夹克衫和深绿色的捷克制服，曳着步子走上临时为他们搭建的舞台。他们脚上的木屐是营地里唯一能让他们的脚在五十分钟内不被冻僵的鞋子了。梅西安走上前来；他的衣服松松垮垮的。他向听众们介绍他们将要听到的音乐。他解释了里面的八个乐章，其中六个乐章分别对应造物的六天，然后是休息日，以及最后审判日。他谈到了颜色和形式、鸟类、“启示录”[1]，以及其中带有节奏的语言的奥秘。他讲起一切过去和将来都将终结，无限将会开启的那个时刻。

犯人们坐在长凳上咳嗽着，扭动着。一张张僵硬的脸变得充满狐

1. 基督教《圣经·新约》的末卷。

疑。没人知道眼前这个夸夸其谈的人到底在说些什么。帕斯奎尔抚摸着他的大提琴。勒·布莱尔小心地握着他的小提琴。阿科卡把单簧管放在自己膝头，望着他的同伴们，脸上挂着小丑似的最后的微笑。

讲解结束，音乐家们拿起自己的乐器，水晶般的礼拜仪式开始。两只鸟开始唱出一支黎明前的歌，早在人类时代之前它们就已经这么唱了。单簧管演绎着一只画眉，而小提琴则化身为一只夜莺。大提琴在一个十五音符鬼魅般的泛音循环上滑行，钢琴则以十七值的一个节奏往复着，这个节奏被划分成一个二十九和弦的音型。这个涡流一般的太阳系将要花费四个小时才能展开其巢状绕转的完整环道。但这个乐章仅仅持续了两分半钟——两个无限之间的狭小裂缝。

“微光般的声音，”梅西安的作品注释中这样写道。“高举的树木中遗失的颤音的光晕……天堂里和睦的静寂。”但是，还没等那些一头雾水的犯人们弄明白他们听到的是什么，上午就已经结束了。

天使随之出现，一只脚踩在地上，一只踩进海里，前来宣告时光的终结。明亮的、摧毁一切的和弦，一组叠合的弦音。小提琴和大提琴水乳交融，从这营地起漫步开去，直到想象的尽头。钢琴仿佛是倾泻而下的和弦瀑布。喧闹的奏鸣短曲回归了，让听众为之一惊。没人说得清台上这四位演奏家究竟想要表达什么。

音乐飘过茫然的听众，透过冰雪覆盖的营房，飞向将这座集中营牢牢封锁的最后一道铁丝网之外。乐章结束，终于有人发出一阵咳嗽声。不知所云的听众们在长凳上挪了挪，就这样，第三乐章又开始了。这部分是从许久以前阿科卡在南锡附近空阔的田地里即兴演奏的那支单簧管独奏幻想曲改编而来的。深渊里的鸟儿。“深渊即是时光，”梅西安解释说，“它既疲惫又阴郁。鸟儿与时光截然相反。他们是我们对光，对星辰，对彩虹，以及对激励人心的歌曲的向往。”

曾在一家壁纸工厂乐队中演奏的单簧管手现在正将自己融入未来进行演奏。 他的乐器发出啁啾声和颤音。从沉寂到破碎，他的声音逐渐增强，仿佛一阵空袭警报在发布最后的警告。演奏这支曲子要求有惊人的控制力。它甚至也对听众提出了更高的要求，在煤气灯之下，他们分化成了两类人群，一类人听到了逃脱，另一类人只听得了乏味。

第四乐章是一个音乐盒似的三重奏，持续了九十秒。就像是战争之前的片刻轻松，也像是战争之后一场无忧无虑的嬉闹，尽管在那个时期文明所面临的最大危机仍是裙摆长度[1]。永恒也是同样，需要有其插曲。

今夜有炸弹在英格兰南部落下。托布鲁克[2]四周被一道封锁线紧紧包围起来。遍布北非的野蛮的坦克大战被黑暗延迟，停止了数小时。在柏林，向西北两小时的车程，希特勒的团队一直工作到深夜，坚定了入侵南斯拉夫和希腊的计划。但是在这里，斯塔拉格八甲的 27 号营房，梅西安狂热的梦才做了一半，大提琴飞旋出属于自己的旋律。在大提琴营造的绵延不休而孜孜不倦的变调波浪中，这样的旋律翩翩起舞。每一个跳跃的和弦都赋予了这段二重奏以崭新的色彩。

在别处，这一乐章都只会持续八分钟。然而在这里，在这样一个房缘漏风、窗子结冰的营房，里面挤满了将要待上好几年，甚而可能要葬身于此再也想不起家乡模样的人，两个游弋的和弦会让它们之间的拍子连续几个小时都流离失所。对于一些人而言，他们感受到的那些乐句的脉动虽像一片阴影，却比他们被囚禁的苦恼多了几分活的气

1. 经济学中的“裙摆理论”是二十世纪二十年代由美国经济学家乔治·泰勒提出的，该理论认为：当经济繁荣时，女性会倾向于穿着相对较短的裙子以炫耀自己昂贵的呢绒长袜；相反，当经济萧条时，女性则倾向于穿着相对较长的裙子，以掩盖她们买不起丝袜的尴尬。
2. 北非国家利比亚东北部港市。1941 年 4 月 10 日开始，二战中轴心国的军队包围了盟军在托布鲁克的部队。该围城战一直持续了二百四十天。

息。对于另一些人，那是他们以后再也寻不到的极乐。

在那鞋盒子一般的舞台上，演奏四人组继续深入，奉上了“狂怒之舞，为七只小号而作”。参差不齐的齐奏生发出震颤的韵律，围绕着这样的韵律，所有四件乐器相互追逐，像在玩一个愈发激烈的空中挥鞭游戏。“石头般的音乐，”梅西安说，“强大的花岗岩般的声音；钢铁般不可抗拒的乐章，紫色狂怒的巨大岩块，冰冷的沉醉。”

天使回归了，在云朵和彩虹中手忙脚乱。在此之前，这部作品中有些内容已经让人喜形于色了，但没有什么比得上当下的狂喜。对于梅西安：“我经历了虚幻，带着极大的欣喜将自己置身于一场斗争；迂回渐进地突破并找到超越人类的声音和色彩。这火之剑，蓝橙色的熔岩，突如其来的群星……！”

在“结尾”的结尾，临近结束之时，钢琴的律动之上飘来小提琴的独奏。经过层层抽丝剥茧，音乐停驻在其本质上面，战火洗礼后的纯净。天堂钥匙——E 大调和弦的一片微光云之外，小提琴暗示着在死亡将一切全都带走之后一个人还能拥有的全部东西。小提琴上升着；钢琴随之律动，朝着人类耐心和听觉之外的某种最终的固定形式爬升。这溢美之声飘荡到更高处，达到了 C 小调，它穿过一片模糊的减增和弦的冰冻雷区，上升到了另一个 E 大调，尔后在它之上又跨越了一个八度。超脱了键盘和指板的边缘，这迷幻之音回望了一眼在这寒冷的夜里诀别的尘世，时光就此作罢。

最后几个音符消弭在冰冷的空气中，一切就此停止了。这群走也走不开的听众沉默地坐在那里。沉默、敬畏和愤怒、困惑和欢乐，一切听起来都没有差别。掌声终于响了起来。穿着木屐和深绿色捷克制服的囚犯们跌落回凡间，尴尬地鞠了个躬。“后来，”勒·布莱尔几十年之后回忆道，“人们对于这东西讨论颇多，但都无果而终，没人把它弄明白。”

· · ·

这次首演之后过了二十天，斯塔拉格八甲集中营中的一千五百名波兰犹太人被集中起来赶往卢布林[1]进行处决。阿科卡穿的法国制服救了他一命。两个星期后，梅西安、帕斯奎尔和阿科卡试图带着军官布吕尔为他们伪造的证件登上一艘护航船——他们的演奏会得以举办，多亏了这位长官。一位德国军官拦住了阿科卡：他是犹太人。单簧管手把裤子脱下，希望他那马马虎虎完成的割礼[2]能让他看起来像个非犹太人。军官抓了他，把他送回了集中营。

三月，阿尔及利亚出生的阿科卡冒充阿拉伯人混进了一个被运出集中营的小组。他最终来到了布列塔尼[3]的迪南。随后他又被送上了另一列向东行进的运输火车。夜里，他从行进的火车上跳了下来，怀里仍然揣着他的单簧管。他想方设法在维希[4]穿过了到马赛的分界线。在那里，他收到了从他父亲手里传来的一张字条；字条是从另一列行驶的火车的车窗扔出来的：“我走了，目的地未知。”

勒·布莱尔是于 1941 年逃出集中营的；他手上拿着的文书盖有官方模样的印章，可那实际上是用马铃薯刻出来的。逃出后不久，小提琴手便一蹶不振了。他放弃了自己的音乐生涯，并改名为让·拉尼尔。他开始了自己的新生活，摆脱了那段他自己根本不以为意的过去的困扰。他开启了一段辉煌的演艺生涯，其中包括在战时经典电影《天

---

1. 波兰东部城市。
2. 起源于犹太教，有两千多年的历史；该仪式原是犹太人履行与上帝之立约、确定其犹太人身份、进入婚姻许可范围的一种标志。男子的割礼是将其外生殖器的包皮割下。二战期间德国纳粹曾凭借这一特征来判断对方是否为犹太人以便进行屠杀。
3. 法国西部的一个地区。
4. 法国阿列省管辖下的一个城镇。从 1940 年到 1944 年间，它是第二次世界大战时被纳粹德国扶植的维希法国政权的实际首都。

堂的孩子》中饰演一个角色。至于1941年1月15日那晚与之同台的另外几个人，在那之后他与他们便形同陌路了。他在八十多岁时得了中风，因此产生了幻觉，总是认为战争仍未结束，自己被德国人追杀，躲在一个很深的地窖里，动也不敢动。让·拉尼尔，出生时名叫勒·布莱尔，死时仍是一名战争的囚徒。

帕斯奎尔返回了被占领的巴黎，在那里他第一次演出了《时光终结四重奏》。从那以后，这部作品他演奏了无数遍，创造了自己漫长而卓越的职业生涯。临终之时，他的皮夹里还保留着一张褪了色的卡片：

> 斯塔拉格八甲，格尔利茨
>
> 《时光终结四重奏》首次试听会
>
> 作者：奥利维尔·梅西安
>
> 1941年1月15日

这张宣传卡片的背面有梅西安题写的文字，提醒大提琴家要注意节奏、调式、彩虹，还有通往来世的桥梁。

梅西安透过这场斗争听到了超越一切世俗政治的声音。终其一生，他都在寻找超凡脱俗的和声音乐和天籁般的节奏。但是没有一部作品能够赢得比这部《四重奏》更多的听众。有时候他还会遇见帕斯奎尔和阿科卡。数十年后，布吕尔长官去巴黎时想要拜访他，却被守门人拒之门外，说梅西安不想见他。布吕尔离开了，内心难以平静。过了些时候，梅西安想联系当初给了自己纸和铅笔，冒着巨大的风险替他伪造文书让他脱身的这个德国人。但是布吕尔那时候已经联系不上了。

“如果说我是出于什么目的而写了这支四重奏，”梅西安后来写道，“那就是从冰雪、战争、囚禁，以及我自己中逃离出来。我最大的收获便是，或许我是那三十万名囚犯中唯一不是囚犯的人。”

1941 年 1 月的那个夜晚他写道：“我从未被听众报以如此巨大的关注。”

【最好的音乐告诉你：你是不朽的。但是不朽意味着今天，或许明天。即便再幸运不过，也无非是从现在起的一年以后。】

那年冬天的斯塔拉格音乐会之后过了八天，彼得·埃尔斯出生了。在七十年的大半生中，这支曲子他听了不下百遍。他听着它变老，每次听都能发现一些不同之处。这支永远比他大一周零一天的曲子，从一个难以捉摸的谜变成了一个令他崇敬的经典。在他大学时候的一堂课上，一位教授把它称为战时最有影响力的三部作品之一。上研究生时，他的一圈朋友理所当然地把它当做一件始终在那里但须避免去碰触的东西，就像大调音阶的音高——遗失在传说和敬仰中的音乐，太过经典而少有人接触。

【凯奇：“写作、演奏或是听音乐，靠这些什么也实现不了。”听见它或是错过一切——即便是听力所及范围内的东西。】

在这个危急时刻，凭着自己的记忆，用在去费城政府取证实验室的路上封在一个塑料袋里的笔记，埃尔斯把这个故事告诉给了他的学生们。他听到自己讲述的声音出奇的平静，完全没有受到清晨事件的影响，就像一个冷静从容的罪犯，在凶案发生五分钟之后便迅速混进一场日场音乐会之中，希冀着里面有空调和爆米花。逮捕他的原因很简单：恐怖分子，在向垂死人群讲授关于死亡音乐的终身学习课程之时被捕。

他告诉他的学生们这部作品有五十分钟那么长。克拉乌迪雅·科尔曼嘘了一声。“这个年龄？我连系鞋带也得花五十分钟。”

“我给你个建议吧。”威尔·博克告诉她，“用‘维可牢’魔术贴。”

埃尔斯没有对他们说，联邦特工可能会过来逮捕他，不等音乐放完，中途就会把他带走。他按下手机屏幕上的播放键，开始行使自己最后一次自由聆听的权力。

水晶般的“祈祷文”穿过人群，如同一波流感波及了整个日托中心。克里斯·谢尔德是一家披萨店的老板，平时喜欢在谢德中心的立式钢琴上演奏“迷人的节奏”和“有人爱我”[1]，他会用绷直的食指戳完其中最后几个音符；此刻，他抓着面前的会议桌，下巴紧绷着，像是在细细咀嚼一团难以消化的食物。

阳光如透过棱镜一般散射在杏仁色的天花板上。尼龙摩擦的嗖嗖声和闷声的抱怨传过大厅。一个银灰色头发的脑袋挤进公共休息室的双开门，听了一小会儿，傻笑了一声，又撤了出去。

弗雷德·巴罗尼曾是一名财务计划师，并非心甘情愿地被迫退了休，他来上课的目的是不希望自己太早患上痴呆症；听到这激情澎湃的乐声，他瞟了埃尔斯一眼，露出害怕的眼神：没有我也要继续。把我留在这儿，路边，飘落的雪中。

播放到插曲的时候，波莱特·黑韦戴恩以手掩面。前一年，她的长子在公路中间被一辆迎面而来的卡车撞死了。一个月后，她丈夫在床上坐起来，说自己头疼，而后也死了。现在她把脸埋着，听着这曲折变幻的音乐，仿佛这音乐揭开了众人期盼已久的三重彩。

1. 二十世纪初美国百老汇舞台和好莱坞著名作曲家乔治·格什温于1924年所写的两首流行歌曲。

声音填满了屋子，一切都不真实：雨拍打着公寓的屋顶。一个女孩坐在摇曳的秋千上。战时的一个舞厅里棉裙发出的沙沙声。风吹过内布拉斯加[1]的麦田。一块石头坠落井底，上面系着一个遗忘许久的心愿。十一月间橱柜里的蟋蟀。

丽莎·基恩在埃尔斯即兴讲解期间就在忙着做笔记，这会儿，她一边听着音乐，一边仍在记着。这周他们上课讲到拉威尔的时候，那个曾经是修女的初中理科老师对大家坦诚地说，音乐是她的“北朝鲜”——一个神秘莫测的国家，怎么也不肯给她“签证”。从这普普通通的所谓“杰作”中她能听出来的东西不比一个人能从一堆湿透的纸箱中看到的更多。她不想面对那种神志恍惚的状态，因为对于许多人而言让他们的生活变得可以承受的东西，她却完全听不到。

聆听了这位曾经的修女道出的心声，埃尔斯想告诉她：不要从这里——故事的结尾处开始，而要回过头从第一次听到的和声开始，让通往天边的所有道路都畅通无阻。但是想到埃尔斯和她自己衰败的那个世纪里的音乐，基恩却怎么也记不下去了。因此她坐在那里，把她的钢笔在那页纸上画来画去，仿佛一个朝圣者在朝着孔波斯特拉[2]艰难地行进。

她的手因为一抹突然浮现的色彩停住了。她扬起头。是的，埃尔斯在指引她。他启发她：别去听任何其他的东西，除了那些巨大的紫色狂怒的岩块，那冰冷的沉醉。又过了片刻，基恩的钢笔重新开始刷刷地写了。

威廉姆·博克凝视着厚玻璃窗外面，有一只灰松鼠绕着一棵五针松的树干螺旋式地爬了上去。关于二十世纪音乐灵魂之争在这位前陶

1. 美国中西部的一个州。
2. 位于西班牙西北部的加利西亚，是欧洲第一条文化之路“朝圣者之路”的终点。

瓷工程师看来更像是一个解闷用的冗长而无聊的滑稽故事。他歪着头，听着梅西安的音乐，仿佛它来自某个星系边缘上的荒僻恒星系统中一颗遥远却好客的行星上的一个边境殖民地，它也许出自某一本《惊奇故事》[1]，那本杂志曾是他童年时的通俗版《圣经》。

克拉乌迪雅·科尔曼缩着脖子听音乐，一只手像一把冰钳似的抵着太阳穴。尽管她有风湿性关节炎，已经无法再拉琴了，但她仍在自己谢德公寓梳妆台下面一个破旧的箱子里保存着一把小提琴。在“柏林墙”[2]建起的三天前，她全家人驾车向西穿过柏林塞巴斯蒂安大街和海涅大街的交口；当时，他父亲开一辆欧宝舰长P1[3]型号的车子，而她就坐在车的后座上，把怀里抱着的那件乐器放在自己膝头。

退休使她的人萎缩了，现在的她看起来就像个精瘦的小学徒。她曾是埃尔斯的理疗师——后来犯了个愚蠢的错误便不再是了。他们之间有过一段暧昧关系，但没有维持多久；两人却一起悔恨了很长时间。谁也说不清人至中年时他们的关系发生那样的错误转变应该怪谁。后来，他们——这两个文化的“惯犯”——有时候会在校园里的音乐会上不期而遇。有一次，在音乐厅的休息室里，他站在她身边；幕间休息的十分钟里她抽了三支烟，想把静脉里注满尼古丁，好让自己在全是拉赫玛尼诺夫[4]的下半场里不至于睡着。“你不烦吗？”她问道，“偌大的场子，里面演奏的作品十之八九都是二十五个作曲家里的某一个写的？”

---

1. 美国知名科幻杂志，1926年由美国科幻杂志之父雨果·根斯巴克创刊。
2. 德国首都柏林在第二次世界大战以后被分割为东柏林与西柏林，东德为了阻止自己的人民投向西德，于1961年开始沿着边界在己方的领土上建起一道围墙，将西柏林整个包围起来。“柏林墙”的建立是二战以后德国分裂和冷战的重要标志性建筑。1989年11月9日，屹立了二十八年的柏林墙倒塌，1990年两德重归统一。
3. 美国通用汽车公司在欧洲的子公司欧宝于1958年生产的一款豪华汽车。
4. 二十世纪俄罗斯重要的古典音乐作曲家、钢琴家、指挥家。

“我能习惯，只要这二十五个人没错。”

她用力抽了口烟，像是把燃烧的空气都吸了进去，然后对他的愚蠢摇了摇头。但她也想改掉自己的老毛病，怎奈人到暮年，死灰复燃。她热爱的音乐本该在1945年那场柏林爱乐乐团的音乐会上就死掉的：贝多芬、布鲁克纳[1]，还有布伦希尔特[2]的祭品，炸弹雨点般地落下，希特勒青年团[3]分发着氰化物。那天下午，五岁的克拉乌迪雅躲在两个街区之外自家的钢琴底下——她习惯把它当做防空洞了——听她父亲演奏胡梅尔[4]的作品18号《幻想曲》。现在，她听着这支《四重奏》，指尖按着自己的脑壳边缘，露出一副好似刚刚发现自己有工作要做却没有余下足够的时间去做的表情。五十分钟的时间，太阳投下来的能量足够人类文明支撑一年之久。六千人死亡；一万三千人出生。一百天的视频以及一千万张照片被上传到网络。一百二十亿封邮件被发出去，其中百分之八十是垃圾邮件。其中有十几封包含恐怖计划，有真实的，也有异想天开的。天使来了，又再次掠过——一个小时内的永恒。

最后的《颂歌》流淌出来——舒缓的小提琴爬升，越过梯顶——老人们一个个沉醉在自己听到的音乐里，心随着上扬的旋律而驰骋。这些人俨然一个非法教派，教堂地下室里召开的一场嗜酒者互诫会[5]，一个研习小组为死亡突击测验而进行的准备。

---

1. 十九世纪奥地利作曲家、管风琴演奏者和音乐教育家。
2. 北欧英雄传说《沃尔松格传》和冰岛史诗《埃达》中的女武神。她以同样的名字出现在日耳曼史诗故事《尼伯龙根之歌》和理查德·瓦格纳的歌剧《尼伯龙根的指环》中。
3. 全称为武装党卫军第12“希特勒青年团”装甲师，是德军中一支特殊的部队，其士兵全部由1926年出生的“希特勒青年团”志愿者组成。
4. 十八世纪末十九世纪初奥地利最伟大的作曲家和钢琴家之一。
5. 又名戒酒匿名会(简称AA)，1935年6月10日创建于美国，是一个人人同舟共济的团体，所有成员通过相互交流经验、相互支持和相互鼓励而协起手来，解决他们共同存在的问题，并帮助更多的人从嗜酒中毒中解脱出来。

音乐爬升进入了虚无，终结了。埃尔斯关掉手机，抬起头来。他的家被上面写着“禁止穿越”的黄色警戒带包围了。他本该直接把车开到离家半英里远的警察总局去自首的，现在却梦游似的穿过了镇子来上这堂课。

“好啦，”他开口了。但是有人嘘了一声让他不要说话。

丽莎·基恩举起一只手。“我们可不可以……？”波莱特·黑韦戴恩用三根手指压在她嘴唇上，仿佛一种陈年而无心的残忍偷袭了她。谢尔德把头摇得像探照灯。每个人都因自己的选择而矜持着，沉默着，又过了一会儿。

工程师博克第一个开口说话了。“鬼扯。这就五十分钟了？我现在知道怎么让我剩下这点寿命翻倍了。”

似乎没人想让埃尔斯讲更多了。这一个小时里最好的部分他们没做什么，只是拿来聆听了。现在，他们并不需要做什么，只要慢慢浮出水面，小心不要得了减压病。

八个人都站在那里，努力摆脱令他们昏厥的魔咒——老人们早就很擅长掩饰这个了。他们对着彼此咧嘴笑笑：我们究竟听了些什么东西？接着便尽情交谈起来，完全是一场首演之后的热烈气氛。

谢尔德和基恩站在咖啡壶旁边，像一对大学生那样讨论着。博克和巴罗尼已经朝自助餐厅的方向走去了，他们像风车那样转着自己的胳膊；克拉乌迪雅·科尔曼轻轻蹭了一下埃尔斯的肩膀。“不给我们留作业了？”

她的话让埃尔斯清醒过来。他对还没走出太远的几个人喊道：“听着——下周的课可能要取消了。”他指了指自己的左手腕，那里已经十五年没戴过手表了。“要是你们没收到我的消息，那准是我太忙了。”

【或者（还是凯奇）“作为一个忠实的经验接收器，头脑会失去改进创造和功能的欲望。”】

1967年末，冬天一个星期五的晚上，彼得坐在一辆借来的二手小客车的副驾驶座位上，内心有点狂乱，因为那场“偶然”音乐演出八点就开始了——已经过了十五分钟——而他和聪明的玛多林·科尔两人对斯托克展览馆在什么地方一无所知。他们要找的是一个“学院派”建筑[1]的动物表演场，有桶形穹窿，红砖砌成，以前用作屠宰场，大概在学校南部，圆形谷仓方向。但他们找不到类似这样的一个地方。

“也许纯粹是凯奇编造出来的，”玛蒂说，“他一向如此，不是吗？叫什么‘禅公案’[2]？”

埃尔斯从自己的手指缝里向外撇了一眼。“刚才那儿有个停车标志，我确信。”他低声埋怨道。

“没问题！”小客车转弯的时候，玛蒂转过身冲着身旁的他，在他的肱二头肌上捏了捏算作安抚，“没问题！”

仅仅数周之前，这个从北方来的自信果敢而又博学多才的女孩降临到了埃尔斯的生活中央，他的生活便如同一部跳切的电影，一下子从黑白跳到荧光色。昨天夜里，在她的床——那块崭新的大陆上——她伏在他身上；担心被人取笑的她用手捧着他的脸，像一个外科大夫将一道伤口放在一架放大镜下面观察着。她睨视着他，柔声细语地问：“怎么啦，作曲家先生？有何不对？”从自己的面部肌肉后面，他能

1. 又称“布杂派”，始于十七世纪后期的法国“皇家建筑研究会”，外观装饰豪华、繁复。巴黎歌剧院和纽约中央火车站是典型的“布杂”学院派建筑。

2. 佛教禅宗祖师、大德在接引参禅学徒时所作的禅宗式问答，或某些具有特殊启迪作用的动作。

感觉到她为何发笑——开阔未知的前景，折磨人心的好奇，还有，该怎么说呢？这种明亮而恍惚的感觉——他发现也许自己的人生终于迎来了真正的伴侣。

“我很高兴。”他告诉她。

“你听上去有点惊讶。”

“你的耳朵真灵。”

黑暗中她握住他的手。“这几根指头，你都用它们来做什么？”

“什么？”

她演示给他看，用食指在拇指的指肚上敲出节奏。

“哦，这个……习惯性紧张。”

“你看起来就像一尊佛在跳马德拉舞[1]。”

他已经多年没有做这个动作了，自从克拉拉离开之后。他甚至没有意识到，从那个时候起，他便重新开始了。这轻微的拍子——最微小的作品，就这么倏然出现，充盈着他的未来。

“我在唱。”

“作曲家先生，”她说着，爬到他身上。“您想唱点什么吗？”

是的。他想唱的都与她有关。她顽皮的小嘴一撅，他一整年的恐惧便烟消云散了。她帮他走出自身的束缚，投入周围更广阔的天地，去参与一场世界范围的寻物游戏。她妙不可言；她的达观和可靠足以将两人牵在一起。

一个天寒地冻的十一月夜晚，玛蒂驾驶着她的小客车行驶在漆黑的校园边缘；车上载着的功放和电缆属于她唱歌的那支乐队——一支

1. 印度宗教舞蹈中手部的复杂动作。

名叫“垂直微笑”的迷幻摇滚五重唱乐队。她在冰雪覆盖的路面上行驶，就像驾着一艘单座的冰上滑行船穿过自己儿时明尼苏达州那些冰封的湖泊。她一边喘气，一边嘴里不停地哼着飞鸟乐队《8英里高》[1]那张专辑里的B面歌曲：《为何》。

她下意识地唱着这支曲调，仿佛潜意识中那个“我”在浅吟一首性感撩人的玫瑰经[2]。她的喃喃细语诱惑了他，让他拼命咬住了那个钩子。六个星期前，埃尔斯在史密斯大厅的告示板上钉了一张三乘五寸的卡片。“寻找一位嗓音清凉的女高音视唱四首有难度的新歌。要敢于挑战新奇之作。”玛多林·科尔是唯一回应他的人。她在约定的时间出现在练习室里，对自己的吸引力信心满满：五英尺四的身高，留着内卷的齐肩发，穿着条绿色的丝绒迷你短裙。他们一起按照用铅笔涂写的曲谱视唱了他的作品。彼得卖力地为她伴奏，而玛蒂·科尔每唱几个小节就停下来说，我怀疑人声可能做不到这个。不大一会儿，那份乐谱就被涂改得乱七八糟了，读起来就好像在做古生物学研究。她说起话来十分诙谐，很逗人乐。她的女高音细腻温暖，但是对于他博尔赫斯[3]式的歌曲而言有点过于缥缈而且太像帕帕基娜[4]。他想要的是一副既抒情又富有戏剧性的歌喉，哪怕花腔女高音也行。但不管是怎样的嗓音，能来唱他的作品，他就已经很感激了。两人你来我往，在一起磨合了两个小时；他关心的是他的作品，而她不关心别的，只在乎披萨和啤酒的承诺能否兑现。当练到第四首歌结尾时，她坐在钢

1. 美国二十世纪六十年代的一支重要的乡村摇滚乐队。《8英里高》是其于1966年发行的专辑，由于其中包含宣扬毒品的内容而一度遭到抵制。
2. 正式名称为《圣母圣咏》，于十五世纪由罗马主教的圣座正式颁布，天主教徒用于敬礼圣母玛利亚的祷文。
3. 二十世纪阿根廷著名诗人、小说家、散文家兼翻译家，被誉为“作家中的考古学家”。
4. 莫扎特的杰出歌剧《魔笛》中王子的捕鸟人帕帕基诺的恋人。

琴凳旁边，开心地皱着眉头；几年后，他把她当时那副表情称作“蛙脸”。

“好吧。”

“什么好吧？”

“好吧，你觉得怎么样？”

这个问题她考虑了许久。

“相当怪异。”

她只给了他这个——一个委婉的中止合作的回复，他们之间的关系本该就此了结的。如果不是因为答应了请她吃披萨喝啤酒，他会送她出去，出于工作关系道声谢，以后再也不见她。半小时以后，他们一边等着自己深盘烘烤的蘑菇，一边对当地音乐界的社会等级好好品评了一番，然后，她自得其乐旁若无人地哼起小曲儿来，眼睛扫视着人头攒动的房间，审视着那里的男人们。她哼了一小段四小节的段落，不断反复着；她不假思索地哼唱的这个乐段恰恰来自于彼得的第三支博尔赫斯歌曲，那段突兀而诗意的宣言：

他不为后代工作，
也不为上帝工作，
上帝的文学偏好
他基本不知道。

彼得写这几首歌并非为了谁，只是为了永恒，但不可否认，他也想让四年前跑去大西洋对岸并把他抛弃的那个女人懊悔一下；然而现在，他只想把耳朵贴上眼前这个更加温暖的女人的锁骨，听一听她身体里面究竟有什么，让她这样愉快地哼唱。

“一会儿有事做？”他问。

“没准儿。”她答道，嘴里满是融化了的菠萝伏洛干酪。“多大一会儿？”

两个星期里他们四处漫步，走过色彩斑斓的树木，走进庄稼收割后的田野。十月里最后几日绚烂如夏花的天气映衬着明媚清朗的天空，埃尔斯觉得自己所在的这个镇子有一种从未有过的美丽惬意。玛蒂·科尔把自己梦寐以求却异想天开的计划告诉给他。

“知道什么才算是圆满的旅行？领着一群朋友去克罗温县[1]我老家去放牧，我家有五十英亩农场。那儿的沙子多得吓人，不过你可以种小红莓。有农舍，谷仓。鸡笼改造了可以过冬。白天干农活儿，晚上在橡树下玩儿音乐！”

听着她的天方夜谭，埃尔斯直摇头。“你朋友不少？”

她笑了，觉得他很逗。“你呢，作曲家先生？从没做过白日梦？”

但是埃尔斯真没做过，他只是在利盖蒂[2]之前就写过他那首用微复调技法创作的二十声部的《安魂曲》。

当他滔滔不绝地讲和声结构理论时，玛蒂无奈地做了个斗鸡眼。她不想去讨论音乐，只想做音乐。但是在她面前，埃尔斯情不自禁。他把自己悄悄记在工作手册中的每一点构想都讲给她听。她不以为意地笑笑，嘴里说着刺激他的话，手指在手心里微微颤动。“那就说说看，人才，见识一下你搞了点什么。”

她向他展示了自己最近完成的一件艺术品：一张比他俩加起来都大的被子，上面的图案是碧蓝色和赭石色的风车状星系。她把鼻尖向上扬了扬。“我十二岁时跟我还没结婚的舅母学的。有点像老女人的嗜好，对么？”

---

1. 美国明尼苏达州中部的一个县。
2. 当代匈牙利古典音乐先锋派作曲家。

这有点像变魔术：化腐朽为神奇，化平庸为艺术。埃尔斯用手指在这繁复的图案上抚摸着，掠过上面的卫星、恒星，和行星。“有什么含义吗？”

与玛蒂共度的夜晚松弛而有趣。只消几个简单的步骤，她就让彼得了解了她兴奋的节奏。他们一起移动到她的木棉床垫上，像一只八条腿的动物。埃尔斯所有那些情欲的碎片一起涌来，就像童年时他毫不费力就奏出的莫扎特的《朱庇特》所预言的那支赋格曲。这些年里头一回，克拉拉做出决绝地离开他这个决定让他感到了一种常人无法想象的幸运。并非出于刻意，他告诉玛蒂・科尔一个完全属于他自己的“潘排箫”[1]式的梦。他俩同床共枕——那是他们讨论所有问题的最佳方式。“我想写出能够改变听众的音乐来。”

“怎么改变？”

“让他们超越自己的个人品味。让他们跟自己以外的东西交汇。”他把一只胳膊抬到半空中，让他的情人想去够却又够不着。“听起来很疯狂？”

她也把手伸了上去，把他高高在上向下勾着的手拽了回来，落在她胸脯上。“疯不疯狂由你。”

“我不太明白你的意思。”

“那几十万个和平抗议者，是要把‘五角大楼’[2]撬起来？”

“好吧。”埃尔斯说，“明白了，是很疯狂。”

“不！”她把他的手指使劲儿握着，直到他脸上的肌肉抽搐起来。

1. 根据古希腊传说，最早的乐器是牧神潘赐给人类的。潘是一位出色的音乐家，用芦笛吹奏出美妙的曲子，经常吸引山林中的仙女倾听。他遇到山林水泽女神绪任克斯，便爱上了她。女神见他样貌丑陋，于是便逃跑，被保护神隐入水中变成芦苇。潘神无奈，便用芦苇做成排箫吹奏以自娱。

2. 即美国国防部所在地，位于首都华盛顿特区。

"要是他们真想那么干，他们早就做到了。科学就是建立在奇奇怪怪的想法之上的。"

他翻了个身，用两只胳膊兜住她下落的臀部。"接着讲，"他跟她说，"我听着呢。"

【凯奇又说："写音乐的目的是什么？……有目的的无目的或是无目的的演奏。"】

四周后，埃尔斯和这个喜欢哼小曲的女人在黑夜里驾车踏雪而行，搜寻着一个他们找也找不到的建筑，这个晚上的狂欢他们已经迟到了。他们知道方向，但中西部人给他们指出的方向更让人迷茫：北，南，东，西。"左"和"右"恐怕过于简单。似乎这个一望无垠的如笛卡尔平面般的大草原上的每一个农民都一样，他们的脑子都被磁化了。玛蒂永远都是自己世界里的一名观光客，她在方向盘后面手舞足蹈，兴奋地冒泡。她驾驶的车子就像一支狗拉的雪橇，让埃尔斯觉得自己不大可能活着见到自己的二十七岁。

他说的话她的耳朵都听见了，一个字也没落下。她扭头看了一下，稳了稳他的手肘，冲他笑了。小客车朝一旁歪着向前驶去，把迎面而来的一辆小汽车逼到了路边。

"你担心迟到了就见不到那个引用《易经》回答记者问题的人？"

"我不想错过任何东西。"

一个星期之前，在学生会的一次聚会上，埃尔斯听到凯奇对一个焦躁不安的作曲家说，"如果你想让创作安安分分听你使唤，那是你的问题，与我无关。"好吧：罪名成立。创作非常需要秩序。在埃尔斯眼里，这就是作曲的真谛。但是凯奇关于创作的想法与众不同，埃尔斯很想去了解一下。

三个月以前，在“凯奇的预置钢琴[1]协奏曲”演出中，埃尔斯看见这位钢琴家爬到乐器底下，用一把木槌在上面猛敲。观众中有人开始尖叫。一位德高望重的音乐学院教授的遗孀冲上台去，开始往独奏者身上扔椅子。警察赶来把这位寡妇拖走时，她嘴里还在大喊：“女生们，先生们，这可不是儿戏！”但是埃尔斯身边的每个人都只是一边窃笑一边鼓掌，确信这个滑稽的插曲一定是正在上演的这部作品的一部分。

“在那儿！”埃尔斯惊叫着指向黑暗中聚在一起的一群人，他们聚集在光瀑下一座外表贴着斑纹砖的建筑物周围。那就是斯托克展览馆。那天下午，那里面全部都是绵羊，它们被赶着通过一个裁判观礼台前面的一块环形场地。今夜，这里会举办一场“音乐马戏”表演，一场由“偶然”大师呈现的华丽的多媒体演出；这位大师在最近半年里一直致力于将这个政府赠予的大学完完全全、彻彻底底地引向地狱。

玛蒂小心地把小客车停进一个停车位。当他们走出来时，展览馆早已经人声鼎沸了，即使在半个街区外也能听得到。他们很费力地挤到人头攒动的门口；那扇门每次打开的时候，里面就会窜出电闪雷鸣。一群又一群满脸惶惑的人从里面涌出来，摇着头，用手掌按住自己的耳朵，嘴里不干不净地骂着一些新词儿。

里面的景象像极了但丁笔下的地狱。那块洞穴般的椭圆形场地被光的瀑布笼罩着，里面随处都是野生动物般生猛的人。乐队、舞者和演员在贯穿整个空间的平台上表演着。在下面的展位上，观众们把家畜鉴定台围了个水泄不通，他们接踵摩肩，你推我搡，退却着，畏缩着，面对这场毁灭式的狂欢，有人咧嘴大笑，有人破口大骂，有人呵欠连天，

1. 指凯奇在钢琴的弦之间夹上异物来创造新的音色，以此打破所有传统作曲技法、所有标准乐器及其标准演奏法为“音乐”所做的既成限定的一种做法。

有人惊声尖叫，也有人暴躁不安。他们漂移在一个巨大的顺时针方向的漩涡中，就像麦加那些伊斯兰圣徒绕着克尔白[1]转圈，他们也绕着展位中央一座橡皮管和铅管组成的塔转着，并且在上头轮番敲打。

玛蒂紧紧抓着彼得的胳膊。他把她拉进怀里，一起投入到这场狂欢盛宴中。在他们头顶的钢桁架上，一圈圈千奇百怪的气球飘浮着，有的像小感叹号，也有的像逆风而行的贡多拉[2]。一个老头儿从他俩身边挤了过去，仿佛故意贴得那么紧，还冲着玛蒂和埃尔斯笑了一下，好像藏着个天大的秘密。一声巨大的咆哮在他们附近响起。埃尔斯他们好不容易找到了发出这声响的位置，可那咆哮声又朝着更远的下游漂走了。一条异常兴奋的澳大利亚卡尔比犬来回乱窜，像是要将这群不听话的人类赶到一起去。

在一个用管子搭起来的脚手架上，一位身着红色天鹅绒长袍的女歌手正试图用一支孤单的二重唱与几英尺之外的台子上那位舞者交流。他们传递给彼此的所有信号都被随之而来的山呼海啸般的噪音淹没了。不远处有一个弦乐四重奏组正如拉锯般奏出雾化了似的信息，仿佛在自娱自乐。一个稍远一些的台子上爆发出低沉的吼叫声。埃尔斯转过脸来，看见一个凶神恶煞的人在用一根长笛向空中狠狠地挥砍，像是在威胁要杀掉某个人。

玛蒂指了指：展览馆另一边的高墙上，一张巨大的面孔重复变幻着表情，从怒目而视到发出癫狂的笑，就像一个阴郁的“老大哥”[3]或者一个诙谐版的大人物。电影循环播放着，埃尔斯盯着上面的无缝切换，

1. 建于麦加清真寺内的方形石造殿堂，内有供教徒膜拜的黑色圣石。
2. 意大利威尼斯独有的一种游览船，两头翘起，有六个座位，船夫站在船尾。
3. 乔治·奥威尔小说《1984》中虚构的人物，作为专制国家的独裁者，他利用现代化的设备监视民众的一举一动。二十世纪九十年代末，荷兰推出了一档根据这个人物而设计的真人秀节目，之后风靡世界。

连着看了三遍、四遍、五遍。埃尔斯脑袋里没有任何变化，只是一直回想着那位老顽童喋喋不休的话："如果一个东西听了两分钟觉得很无聊，再听四分钟。如果仍是无聊，再听八分钟。十六分钟。三十二分钟。最后你会发现，它变得一点也不无聊了。"但是埃尔斯从来也没听过八分钟，更别提十六分钟了。玛蒂这会儿更加兴奋了，拽着他往那漩涡深处走去。

他们摸索着，就像一位教堂牧师和他的妻子偶然间发现了教区里一直秘密举行的地下狂欢会。他们碰巧遇到了三个音乐学院的同事，一个是电影俱乐部的熟人，另两个是玛蒂公寓里的邻居，她们看上去像着了魔似的，一个劲地傻笑。一个跟玛蒂在合唱团里共事的女低音从背后拍了他们一下。他们把头歪着靠近她听她说话。她指着旋转人流头顶的台子上那些舞者大声说："那个是克劳德·基普尼斯！那个是卡洛琳·布朗！"

"他们是谁？"埃尔斯也喊着问。

女低音耸耸肩。"名人！"

拥挤的地面上遍布着流星般的弧光灯，孩子们在里面大喊大叫，对着落下的气球一通乱击。有几个惊魂未定的人孤单地躲在椭圆形家畜围栅后面的看台里，用手掩住耳朵。埃尔斯也有点想逃离这个地方。但他野性的一面又坚持让他留在这里。

埃尔斯吸进身体里的狂野味道仿佛在将一种黑漆漆、黏糊糊的东西注入他的血管里。如果这东西是音乐，那么他迷失了。如果这是作曲，那么他一直努力写出来的东西就都错了。"音乐马戏"表演：凯奇最新发明的一种将噪音诠释为音乐的方法——用音乐本初的名字。但是在这场精神病聚会似的狂欢盛宴中，埃尔斯恐怕自己一辈子也回忆不起来，为什么这样的想法曾经那么令他心驰神往。这个夜晚试图将所有的信仰从他身上剥去，将他拖入纯粹的感官体验中，那里没有欲念，只有单纯的聆听。

可是，聆听什么呢？毁灭的前夜。突如其来的空袭警报。埃尔斯自己那老旧又可笑的志趣被炸得粉碎的声音。振聋发聩的自由。

不久，凯奇出现在二十英尺远的地方：在人流里漂着，借了根火柴把自己的烟点着，跟一位观众闲聊了几句。埃尔斯之前也在近处见过他，但从没离得这么近。他拉着玛蒂要朝那位始作俑者靠过去，准备接受一番真正的血雨腥风。可是在他们的右前方，一个大佬模样的人不慌不忙地抄了他们的近路。这是个令人敬畏的女人，埃尔斯曾悄悄溜进去听的每一场日耳曼室内乐演奏会她都参加过；她要跟今晚的罪魁祸首直接对垒。她用洪亮的大嗓门冲战战兢兢的作曲家吼叫着，仿佛抛硬币决定的结果是由她来表演下一个马戏节目。

“凯奇先生，您是个骗子吧？”

凯奇眉头一紧，他盯着手里的香烟看了一下，又掉转视线望向周围那些频闪灯，有许多漂浮着的气球从那里弹开。他的脸舒展开了，像是放下了什么事情。“不。”

他把那根烟丢到展览厅的地板上，用一根脚趾头把它捻灭。动作透着点宗教意味。只见他笑着穿过人群，倒退着登上一个表演台，加入了那上面的一个五重奏，那几个人正在把水倒入不同大小的碗里并敲打它们，一个精心制作的钢琴纸卷[1]给了他们时间提示。埃尔斯站在台子前面，看着那个歌舞伎般的人指手画脚地模仿着他们敲击盛满液体的碗。片刻，在他新大脑皮层的纵深处，他能够听到那些沉默的碗发出的每一个清亮的音了。

---

1. 自动钢琴上用孔眼记录音乐的乐谱卷。

一张脸摩挲着他的耳垂。他的脖子到肩膀麻酥酥的，像是有电流通过。是玛蒂，她发出猫喘一样的声音，“够了没？”

他转过来看着她。“开玩笑？刚有点感觉。”

她朝四周那片混乱的情景挥了挥手，嘴唇露出一抹沼泽般的微笑。她大喊了一句，可她喊的话没传出多远就散失在一片汪洋之中。他往前挪一步，她便又喊了一次。“我看得差不多了，彼得。你呢？”

喊声也是一种音乐。她站在那里，头歪着，冲着四周那些骗人的鬼把戏咧嘴笑了。她伊丽莎白罩衫下乳房的丘体和紧臀牛仔裤顶部包裹的沟壑应该就是他想要找的一切“偶然”。可是，这里依然有一些他难以放下的东西。他的双手在编一些手语进行即兴创作。他需要再多听一会儿。她耸耸肩，用手指在他身上弹了弹，问他还能不能走回去，然后拉着他破旧的短夹克的翻领，揽进自己怀里，亲吻他。他们身旁站着的那位七十岁的老人点着头，似在回忆着什么。

【你不必离开你的房间。甚至不必听。等着就好。这世界会自己撩起面纱。它别无选择。】

时间变得虚无了。他的耳朵不断膨胀。埃尔斯默默地站在那里，时间越久，那音乐就越被撕扯开来。他的听觉现在变得敏锐了，能够从周围嘈杂的声音中抽丝剥茧了。迪克西兰爵士[1]长号。用一把无品的芬德[2]贝斯演奏的降调挽歌低音。一支经过迷幻摇滚改编的“把我的手

1. 一种将新奥尔良爵士与经典爵士混合在一起的爵士风格，也曾被称为“芝加哥爵士”，因为它是从芝加哥周围发展起来的。

2. 一家老牌的美国乐器生产厂商。

杖递给我”[1]，背景是没完没了的敲打铅管雕塑的声音。普契尼[2]扭捏地模仿了马修·马蒂森的一首宣泄式的电子乐排列作品，使“挑衅中产阶级”[3]这个老掉牙的口号在眼前癫狂的欣快症[4]氛围中显得彬彬有礼。又是艾夫斯[5]和他无所不在的游行乐队。

几个小时过去了。已是午夜，但前来欢闹的人们并没有离去的意思。在那高高的舞台侧翼上，有什么东西吸引了他的眼球：一个男人自己坐下来，开始指挥。他精准地挥动着手臂来暗示下面的人群，就像彼得小时候一边听着父亲那张托斯卡尼尼[6]的唱片一边假模假样地指挥那般。埃尔斯知道这个人，尽管素未谋面。理查德·邦纳，戏剧艺术博士研究生，比埃尔斯高三个年级。他的出名源于他导演了上一季那场精神错乱版的《仲夏夜之梦》，他把舞台设在了一个老人的家里；还有，就是他穿得像个1850年前后孟加拉国民步兵团[7]的印度兵似的去夸德大草坪上参加一个和平集会。

那根无形的指挥棒落下。指挥将手指卷曲，示意声音渐强。得到提示的人们开始照做。埃尔斯观察着台上台下的表演，那位独自掌控这奇特景观的乐队指挥发现自己被人盯着看，于是转过去看着这个观察他的人。邦纳的手像两把玩具手枪一样指着埃尔斯咔哒了一下，就

---

1. 由非洲裔美国音乐家詹姆斯·阿兰·布兰德于1880年所写的一首民谣歌曲。
2. 意大利歌剧作曲家，十九世纪末至欧战前真实主义歌剧流派的代表人物之一。
3. 原文为法语。这是十九世纪后期法国颓废主义诗人波德莱尔、马拉美和兰波等人为表达对社会的不满却又无力反抗所产生的苦闷彷徨情绪而提出的一个战斗口号。
4. 精神病学名词，以过度感觉欣快和对庄严、高贵的错觉为特点，病人的感情呈现出一种病态高涨的状态。
5. 查理·艾夫斯，现代主义作曲家，二十世纪第一批享有国际盛誉的美国音乐家之一；其大部分音乐在其生前均被忽略，作品在许多年间也未被演奏过。
6. 二十世纪意大利指挥家，是最有才华和要求最严格的音乐指挥之一，指挥时激情四射，毫不浮华造作。
7. 1857年印度起义之前东印度公司孟加拉军队组织的一部分。

像“鼠帮乐队”[1]的某位歌手在拉斯维加斯的金沙赌场里演出。然后，他向埃尔斯挥手，示意让他到台上来，和他一起完成这个现场的即兴表演。

埃尔斯靠过去的时候，理查德·邦纳跳到他跟前，抓住他的手。“彼得·埃尔斯。太意外了！你觉得呢？咱们来过把瘾怎样？”

埃尔斯拘谨地笑了一下，不置可否。乐队指挥拍了拍身后升起来的墩子，坐了下去。埃尔斯坐到了他指定的位置。在世界尽头那高高的大看台上，他们坐着，看着。邦纳的手情不自禁地在空中划来划去指挥着，还时不时地冒出一番歪理邪说。

在这“偶然”展示会的一片嘈杂声中，这个男人所说的话埃尔斯只能听清楚四分之一。“在铺路石下面，海滩那儿！伙计，你能见着他娘的杰森一家[2]！你知道谁把那些气象气球放出来的？沙努特空军基地[3]。你知道沙努特还在往世界那边的丛林扔什么东西？不，你当然不会知道。你根本不关心这事儿，对吧？跟我扯扯你的古董信仰。有人在你家客厅里被炸烂了，可你想的只是怎么把那个好看不中用的花瓶赶紧做完。”

说这些话的时候，理查德·邦纳不断地从浑身上下的口袋里翻出甜食来舔着吃。用蜡纸包着的压碎了的燕麦曲奇饼干。紫粉色盒子里的“好又多”甘草糖[4]。他把这些零食摇得像啾啾查理[5]小火车头似的，然后拿给埃尔斯吃；埃尔斯发现自己居然真的饿极了。他们坐着，一

---

1. 二十世纪五、六十年代活跃在美国舞台上的演唱组合，没有固定的成员，人数也不定。“鼠帮”专指彻夜狂欢豪饮，成天忙于追求金发美女的摇摆乐歌手。
2. 美国上世纪六十年代的一部动画片，杰森一家住在未来世界，那里有喷气背包、隐形传送装置和水下城市，人类寿命很长。
3. 美国一个已退役的空军设施基地，位于伊利诺伊州香槟，建于 1917 年，退役于 1993 年。
4. 一家成立于 1893 年的美国最早的品牌糖果生产商，1996 年起为好时食品公司收购经营。
5. 美国二十世纪三十年代开始出版的一系列儿童连环画读本《勇敢的小火车头》中的卡通形象。

边大嚼着糖果，一边看着眼前狂欢的景象，仿佛几百万年以前就认识彼此了一样。

邦纳长舒一口气，透出一种终于回家了的人才有的满足。“跟永久的未来打个招呼吧。你会喜欢这个鬼东西的。”

“是吗？”埃尔斯问。

“当然啦，宝贝儿，这可是艺术。”

“艺术是共和体制，不是暴民统治。”

“那可一定得让艺术知道哈？为了它好。”

派对临近尾声，埃尔斯发觉自己越来越认真了。他仍在奋力攻击。好像他和眼前这家伙穷极一生都在进行这场搏斗。

“人们无法忍受太多的无政府状态。他们需要典范。重复。有意义的设计。”

“人们？人们只会对时代亦步亦趋。我是说，看看你吧，伙计！”

埃尔斯的确如此：长袖涡纹衬衫，绿色短夹克，棕色灯芯绒喇叭裤。和常人无异。而邦纳呢，一身黑色牛仔和皮装，埃尔斯把这类人叫小痞子。

“你们不能把人变得看起来像精神病。”埃尔斯坚持说。

“噢，拜托！”邦纳点了点他，“我刚才还看见你在底下一副陶醉的样子呢。现在午夜都过了，你怎么还在这儿呢？”

“这甚至连一部作品都称不上。这只是个死胡同。一个标新立异、没生命力的东西。”

邦纳粗阔的右眉向上一挺，弯成了一道卡通拱门。“伙计。标新立异是我们唯一的希望。工业国家有一个最大的问题，就是空闲时间太多。当然，赶不上那些穿着黑丝绸睡衣、财产共有的亚洲人那么多。”

“今夜过后就结束了。过了也就完了。”

邦纳把大块的“好又多”扔进嘴里。“你开玩笑吧！他们每年都会把这个搬上舞台，就跟《俄克拉荷马》[1]或《旋转木马》[2]一样。半个世纪以后，在时髦的伦敦博物馆里，人们看了它还会止不住地想起从前。”

埃尔斯突然陷入了沉默。他和这个奇特的男人都深入了一个新的国度，未来不可预知。他想要去驯服的是哪种音乐？斯托克展览馆，一潭死水般的镇子，试验中的整个国家，都陷入了赤裸裸的摩登狂躁之中。不过这种过度的混乱并不会伤害到他。他能够活下去，偷也能从中偷点东西出来，写一首自己都还弄不懂意思的时髦的新歌。

在不谐和音的持续折磨下，他变得博大起来了。上千名聒噪的观光者融聚成一个单一有机体，又化为一个单一细胞，一分钟内在它的细胞器间传送着数以百万计的化学信号。我们太过依赖有序，而对可能性视而不见。生命永不会终结。最微小的声音，即便是沉默，里面所包含的信息也是大脑无法全然抓住的。努力，为了永远，不为任何人。

邦纳说的话猛然间将埃尔斯从恍惚中拉了出来。“知道这东西最厉害的地方？人们怎么想并不重要。全地球人都可以叫它欺诈。但那个人始终是自由的。”

凌晨两点左右，他们和其他的滞留者一起被请出了斯托克展览馆，此时，这场“音乐马戏”表演的组织者们已经开始拆除舞台了，好在八点前能将这个地方腾空，然后把那些牛重新牵回到展位上去，让下一代农业科学家——未来真正的主人——可以继续研究怎样用烤冻牛肉饼来维持这个贪婪无度的国家。

---

1. 百老汇 1943 年推出的音乐剧，也是第一个运用了音乐和舞蹈来刻画人物和发展故事的音乐剧，因此被称为首部有剧情的音乐剧。
2. 百老汇 1945 年推出的另一部音乐剧，作者同为理查德·罗杰斯与奥斯卡·哈默斯坦二世等人。

邦纳和埃尔斯，两个被赶进中西部仲冬天气里的人，在打着旋刮过的刺骨的冷风中穿过校园走着回去，他们耳朵里不断有木槌敲击玻璃碗的声响。两人相谈甚欢，也顾不上走起路来歪歪扭扭，步履蹒跚，就像两个醉汉。他们在一个有路灯的街角站住，邦纳卖力地解释着自己的观点，还不时地在埃尔斯胸前戳一下以示强调。埃尔斯对邦纳讲了自己有关作曲的新想法，包括他还没在玛蒂身上尝试过的一个细节。他想摆脱老一套的标准和声观念，用不同的循环音高组区来创作向前发展的进行式，而又不至于落入十二音阶体系的呆板形式中去。

“听你的，大师。你就是个该死的中间派，说的就是你。承认吧。把你的安全带系好了，宝贝儿。哪一边都会把你的屁股蛋子碰得黑紫烂青。”

埃尔斯跟理查德·邦纳谈了谈玛蒂，他那勇猛的辛巴达[1]女高音就藏在那个小小的理想主义者的身体里。他又提到他的博尔赫斯歌曲，他和玛蒂准备在新一年里为那些作品举办一场独唱会。邦纳这才来了精神。

“我来编舞。”这几个字吞云吐雾般从邦纳嘴里飘了出来。

“这是个声乐套曲，”埃尔斯说，“她只是……唱而已。”

“你需要一个编舞。星期一把曲谱给我。”

埃尔斯觉得自己宿醉未醒，虽滴酒未沾却昏昏沉沉的。在玛蒂的公寓外面他跟邦纳告了别。他们握了握手，邦纳抓着他的手，拇指紧紧地扣住，仿佛二人间达成了什么和平协议似的。“你必须来者不拒。”

“你是个该死的外星人吧？”埃尔斯对这位指挥家说，“从外太

---

1. 古代阿拉伯民间故事集《一千零一夜》中著名的航海家英雄。

空来。承认吧。”

邦纳热情地点点头，跟他找到的新伙伴拥抱，道晚安。

埃尔斯避开一层平台中间的一坨猫粪，小心翼翼地爬上玛蒂大学公社的楼梯。她已经进入了梦乡，在她最美的被子底下，那上面有太阳和星辰。他把她叫醒，兴奋地诉说着已经听得见的未来。

“是你呀，”睡眼惺忪的“小少妇”说着。她把头发在胸前捋了捋。“几点了？”

是时候去争取这奇迹之年带来的所有自由了。玛蒂起初比较迟钝，但仍是不断尝试——她想满足他的需要，如此充沛而强烈，在这里，就在黎明前的几个小时里。他们刚刚冲刺完毕，她就又沉沉地睡过去了。他躺在那里，两条胳膊搂着她，想象着那充满了令人惊异的新事物的未来，心狂烈地激荡着希望和憧憬。

周六的清晨降临了，一小节一小节地落在他身上。

当阳光倾泻到玛蒂手工做的窗帘上时，他起身穿好衣服，走出门，穿过夸德大草坪，去大学城，在那里吃了一顿早餐。咖啡、甜甜圈、两个桔子，还有一份《伊利诺伊日报》。头版上闪现出的大标题感觉真的像是一个短暂的群体幻觉事件：“音乐马戏演出震撼斯托克展馆”。在其下方有一个小一些的标题，写着“约翰逊呼吁光荣和平”[1]。

他把他喜欢的早餐带回去给那个刚刚还在兴头上的女人。她睁开眼睛，看见他伏在她的学生床铺上，她咧嘴一笑，伸出胳膊绕过他的脖子。一首老民谣划过他的脑海——后来，他花了三十多年才将那首歌改编成变奏曲：这是多么奇异的爱啊，我的魂灵？

1. 内容有关时任美国总统约翰逊于 1966 年阵亡将士纪念日期间就越南战争向全国发表的一份公告。

【帕奇：“我向南走去，走向轻轻吹着口哨的那个神……我‘选择忍受’的那个地方已被我甩在身后很远了。”】

在谢德·阿尔博尔椭圆形前厅里的一张凳子上，他坐在克拉乌迪雅旁边。没几天活头的那些人正在附近几处地方栽种花木，空气中一团团授花粉的虫子让这里闻起来四季如春。埃尔斯从前的治疗师，晚年的逗乐伙伴，现在正对着他扮怪相。“你在跟农场里的动物一起过吗？”

“对不起，我运动服的味儿。”

“这么大汗淋漓的，一定有原因吧。”

他抹了一把自己的脸。“我好像惹上了一点麻烦。”

她歪着头看他。这样一个男人会惹上什么麻烦？不计后果的老古董。喝醉了就滔滔不绝。行板中能奏出急板来。

他把自己早上的遭遇告诉了她。他嘴里说出来的这些事实，就像他曾制造出的任何声音一样让人难以置信。

她摇了摇头。“你的房子被他们搜查了？”

一小队人身着的生化防护服，包围他家草坪的黄色警戒线：都是些怪异的发明。特工已经在暗查某人了。某个危险的人。

“警察查封了你的房子，你却跑过来教你的课。”

“你们都在等我。我也无处可去。”

“我不明白。实验室设备？是一些奇特的化学装置？”

他想告诉她：一个单细胞，里面有着令人惊异的同步序列，那样奏出的音符能让《B小调弥撒曲》[1]听起来就像跳绳的声音，轻松又有

1. 巴赫在生前完成的五部弥撒曲中规模最大，也是最优秀的一部。

节奏。

“你到底做了什么？”

他一直在试图提取一系列 DNA，有五千个碱基对[1]那么长，是按照规格从一个网站上订购的，他要把它拼接进一个细菌质粒[2]中。

“了解生命。”他说。

克拉乌迪雅直勾勾地盯着，仿佛大厅里她对面那位长得好似一根指针的九十多岁的老人从床底下抽出了一箱子希特勒青年团德国少女联盟[3]的徽章。

“为什么这么做，彼得？”当初还假装是他的治疗师的时候，她就经常问他这个问题。

为什么写那些别人都不愿听的音乐？“它让我脱离困境。”

“别掩饰了。你做了什么？”

据埃尔斯所知，那个毫无意义的串将会一直待在细菌的历史库中，静静地待在那里，无声无息。就像绝顶的概念艺术，它会被冷落，市场上数以百万计的交易视而不见。如果走运的话，在细胞分裂期间，被强行植入的信息将能够赶在生命体的列车发觉这个不速之客并把它赶下车之前，就完成好几代的自我复制。也有可能它会被就此接受，带着经默许的任性，永远地搭乘下去。

“没什么。”埃尔斯说。就当是作曲吧。“概念验证。”

“什么概念？”

现在似乎已经不重要了。

---

1. 形成 DNA、RNA 单体以及编码遗传信息的化学结构。
2. 一类存在于细菌和真菌细胞中独立于核区 DNA 而自主复制的共价、闭合、环状双链 DNA 分子。
3. 纳粹德国希特勒青年团的青年女性分支组织，成员年龄在十四至十八岁之间，组建于 1933 年，是纳粹德国唯一的女性青年组织。

“你是恐怖分子吗？”

他的脑袋抽搐了一下。克拉乌迪雅在评估他。“说啊，你是吗？”

他把头扭开。“哦，也许吧。”

“是谁教你修改细胞的？”

“有配方，我只是照做。”

“你从哪儿学到那么多才去——”

“我旁听了一门课。读了四本教科书。看了五十小时的教学视频。这些都再明白不过了。非常简单，说出来都没人会相信。”

仿佛是上辈子的事了，他记得自己跟一位政府特工说：“比学阿拉伯语简单。”

“那么你……做多久了？”

他把头低下来。“我是两年前开始的。我没有……没别的事做。偶然读到了一篇文章，是关于 DIY[1] 生物运动的。我无法相信业余人士也能在自家车库里更改基因组。”

“我不相信人们能在自己的地下室里繁殖毒蛇。但是我觉得自己并没有产生冲动要加入他们。”

他不能告诉她：他已经错过了自己的天职。科学本应该成为职业，而音乐应该只当作嗜好的。他经历了生物技术这门全新艺术的诞生。他本可以过一种有用的生活，献身于这个时代真正的创新事业。当前的基因组学正在探索如何读懂不可名状的美的这种曲谱。埃尔斯只想听一听，趁着他帐篷里的灯还未熄灭。

科尔曼凝视着他，几年前他付钱给她请她来帮自己消除莫名焦虑的那个时候，她也曾这样看着他。“你是不是疯了？”

---

1. 即自己动手做。

“我脑子里跳出了那个想法。”

“你不觉得当局会有些坐立不安，好像无限接近了‘圣战珍妮’[1]的老巢？”

“我并没在想‘圣战’，那时候。”

科尔曼叹了口气，用手掌捂住眼窝。“彼得——你怎么就不能安安分分的，跟我们其他人一样？为什么不继续教好你的书呢？”

看见她瘦骨嶙峋的、颤巍巍的胳膊，埃尔斯意识到：她得了帕金森症。十八个月来，他每周都会见到她，却从来没有留意过这件事。一直以来，除了《春之祭》[2]和《月迷彼埃罗》[3]以外，他们没聊过其他的话题。

“我要抽根烟。”科尔曼说，“十五分钟前我就该抽了。”

“你抽烟了？从什么时候起开始抽的？”

“别唠叨。我戒了二十年，就因为答应过自己过了七十五岁就可以重新开始抽。”

科尔曼点了支烟，狠狠地吸了一大口。他们沉默地坐着，一阵微风吹来，撩动了他们的头发。头顶的蓝天上，一道航迹云缓缓掠过，留下越来越浅的纱线状痕迹。她从嘴里呵出一口烟来，叹了口气。

“他们搜了你的房子，却让你跑掉了。是不是一群饭桶？”

“要是在一个星期里其他几天，他们就抓住我了。可今天是周一，我通常在黎明前就出门了。”

“他们会不会认为……？”她盯着自己的手指甲，像是要从上面

---

1. 美国政府于2009年抓获的一名美籍女性“基地组织”恐怖分子，“圣战珍妮”是其网络代号。
2. 美籍俄罗斯音乐家斯特拉文斯基的芭蕾舞剧，被英国古典音乐杂志评选为对西方音乐历史影响最大的五十部作品之首。
3. 表现主义音乐大师勋伯格于1912年完成的一首室内声乐套曲。

读懂模糊的铭文。“你逃跑了，事情就变得更麻烦了。”

她的话让他吃了一惊。他并没有逃跑。他只是坐在一个封闭的退休社区里，等到风平浪静了，再回家去冲个澡。

“工作组的人说，他们不会以任何名义起诉我。”

“你认为他们对你的担保现在无效了？”

“没有人给过我担保。”

他有两种选择：去自首，像无论在何种情况下，那些有嫌疑的恐怖分子都应该主动交待的那样，然后被依法拘留；或者偷偷消失几天，等联邦调查局的人发现他没有什么不轨行为，和全国上下成千上万别的在车库工作的遗传工程师所做的事情没什么差别。等到了周五，这场“消防演习”就该结束了。

他把自己的想法对克拉乌迪雅和盘托出。

“你最好还是签个供状吧。要不然以后别想有好日子过了，他们会给你留个教训的。”

“我又没犯什么法。他们不会浪费时间在一个无关紧要的只喜欢看日落的人身上。因为他们还要去追查真正的恐怖分子的网络。”

克拉乌迪雅捻了捻她手里的香烟，盯着燃着的烟屁股，一脸紧绷的表情，又摇了摇头。

“不对么？”他问道。

她的手在空气中比划了一下，指了指近在眼前的威胁。“对不起，你不在的时候，这个国家发生了很多事。”

他把视线移向那片菜园，有一群老态龙钟的家伙正在为种植西红柿和南瓜收拾土壤。要让自己相信收获的时候自己还能出现在那里，这真的需要极大的勇气。

科尔曼把点燃的香烟对着他挥了挥，就像挥着一根激光笔。他想起来了，为什么他们不是一对夫妻。

“如今简直是风声鹤唳。因为六十年代说过要炸掉歌剧院之类的话，布列兹[1]被瑞士扣留了。约翰·亚当斯[2]告诉英国广播公司他的名字列入了黑名单，每次他飞行的时候当局都会来骚扰他。”

“你在开玩笑吧。为什么？”

“因为‘克林霍弗’事件[3]。”

埃尔斯忍不住想笑：约翰·亚当斯这个名字，竟被列入暴乱分子名单。一个讽刺接一个讽刺，就好比一个手摇玩具太阳系中的卫星。他曾经在哥伦比亚参加过一个小组讨论。那时他还是一个三十七岁的冥顽不化的煽动者，声称具有颠覆性是作曲家们道义上的责任。他还宣扬，最好的音乐通常都会构成威胁。如今，他早已没有了做出这番宣言时的豪气。不过，当听到一位作曲家被政府列入监视名单这样的新闻时，他的皮肤还是会感到刺痛。

“亚当斯，”埃尔斯说，“绝妙的音乐啊。他写过不少超凡脱俗的作品。他会活下去的。”

克拉乌迪雅停下来，不再跟她那根香烟的最后一毫米亲昵了。“活下去？”

她的声音里夹着嘲讽的语调。和声复杂、节奏繁琐的音乐？你干脆用玛雅象形文字写一部医学悬疑小说好了。

她对他摆摆手，像教皇撤回了一个祝福，接着又讲了一起在奥尔巴尼发生的恐怖主义逮捕事件——在一起导弹售卖案件中，所有的导

---

1. 法国作曲家、指挥家，二十世纪音乐与文化领域最重要的人物之一，曾拜梅西安为师，随他学习和声。
2. 美国当代古典音乐作曲家，简约主义音乐的代表人物之一。
3. 一位有残疾的犹太裔美国电器制造商，于 1985 年被劫持了游轮的巴勒斯坦恐怖分子杀害并扔下船。此事件曾于 1990 年被搬上银屏。

弹都属于联邦调查局，而所有的恐怖分子都受到了贿赂来购买它们。埃尔斯并没有用心听。他心里翻来覆去地想着，艺术——亚当斯的一件杰作——可能仍旧是危险的。和亚当斯受到骚扰一样，被国土安全部追捕这件事给他安了一个莫须有的罪名。就在这一刻，有人正在梳理关于彼得·埃尔斯的档案来查找线索，搜查他的乐谱，看他是否写过什么惊动联合保安部队的音乐。

他想起来了。他写过这么个东西：他那部悲剧性的历史戏剧，《捕鸟人的罗网》[1]。

“我觉得我应该消失，”他说，“消失几天。给他们些时间来收拾我的衣服。”

她脸上的表情让他觉得浑身冰冷。埃尔斯摸了摸鼻子，又试了试。“只不过……我就差没戴上手铐了。”

科尔曼用她的鞋底把烟踩灭，把烟蒂滑进她的后兜里去。她在她那带条纹的印加大书包里摸索了一番，把智能手机取了出来。

“这么一来，我想我就成了共犯。”她把手机递给他，挥了挥手，像是在跟它告别，“里面有个地图之类的东西。知道你在哪儿。我给你个地址吧。”

他拿着手机翻弄了一下。他滑动手机屏幕，按了几下，用拇指输着字——费德里奥以前就是这么唱歌的。他又把地图软件调出来。刚才的音乐盒现在变成了一个罗盘针，浮在宾夕法尼亚州，纳克斯科荷曼，谢德·阿尔博尔这个地点上方。她口述了一个地址，他跟着键入。一条细细的绿线出现了，从指针处一直延伸出屏幕。

克拉乌迪雅·科尔曼用手掌根猛拍了一下她的额头。“坏了。你

1. 语出《圣经·诗篇》第九章。

还需要充电器。”

她站起身，蹒跚着走向公寓里面。在自动玻璃门那里，她转过身来。“别想溜掉。”

【帕奇还说：“我在所有关于我的声音中听到了音乐，尝试把它记下来……”我所做的一切，也不过如此。】

他捧着这块四英寸大的屏幕。在邮票般的地图旁边，几条驾车路线说明已经展开；对于一个七十岁老头儿的眼睛而言，上面的字太小了，读起来很困难。他把目光抬起来，望向菜地。六十多岁时，他就感觉空气里老有嗡嗡的声音，就像耳鸣，这一度折磨得他很痛苦，恨不能去寻求安乐死。一个低颤音分裂成两个，一个小二度。音程变得如金属般生硬刺耳。过了一会儿，那些音高落回到了谐音里去。

声音在继续，仿佛小人国里的空袭。新的和弦被压入更加刺耳的音程中——一个降三度，几乎拓宽成一个三全音——泽纳基斯[1]或路西尔[2]式的冷艳作品，就像崩溃了的耶利米[3]在荒野里哀嚎，想找到一个出口。天空般辽阔的颤音向空气中注满了声音的花粉，就像一支星际宇宙飞船舰队的引擎那样，每一个有一片香草威化饼干那么大。无论远近，空气中随处都充盈着这种声音，比蝗虫或蝉的声音更甜。蝙蝠不会在大白天发出尖叫，鸟儿也不会齐声歌唱。某种丰富而隐形的东西在演奏和声，埃尔斯又做了一回学生。

1. 希腊现当代作曲家、建筑师，参加过二战中的希腊抵抗运动以及后来的希腊内战，在战场上面部负伤毁容，一只眼睛失明，曾师从梅西安。他以先锋派作曲家知名，音乐创作受到“偶然”音乐和电子音乐等现代音乐理念的影响。

2. 美国当代实验音乐和音响设备作曲家，致力于声学现象和听觉研究。

3.《圣经》中犹大国灭国前最黑暗时的一位先知，被称作“流泪的先知”。

四个谢德的居民从那道滑动的玻璃门内走出来，威廉姆·博克就在其中。见到自己的老师，这位陶瓷工程师停下来听着。“乖乖！什么玩意儿？”

几个人议论纷纷，但都没说出个所以然。远处，孩子们吹着他们的玩具口哨，风把树枝刮得咔哒作响，装在电线杆上的电力变压器发出嘶嘶的声音，椋鸟在低语，屋顶上有通风设备，几英里之外一个学校的足球场上有一支军乐队在演奏，奏出的乐曲传过来，听上去十分缥缈。

穿着园艺服的丽莎·基恩看见了他们——这群老年“快闪族”[1]正站在步行通道上，仰头望天，不知道在瞅什么。

“青蛙，”她对他们说，“是树蛙。在唱歌给彼此听呢。”

两栖动物的即兴表演，用一种不和谐合唱的奇特方式相互取乐：对于埃尔斯而言，这比他自己的人生还要离谱。

“我说不出来具体什么种类，”基恩说。“光这几段里就有二十几种方言呢。”

埃尔斯问：“它们在说什么？”

“噢：没什么特别的。又凉又湿。我们活着。来这里吧。再唱点什么呢？”

音乐根本无法打动这个女人。埃尔斯闭上眼睛，抄录着空气里裹挟的来自一段时光的和声，那时候，从很远的地方传递一段信息仍可谓人生壮举。听这个：听“这个”。

“它们这样有多久了？”

“哦，不知道。一亿年？”

---

1. 指一群互不相识的人，通过因特网相约在指定的时间和地点集合，然后一起做出一些无意义的动作，例如拍手掌、喊口号；最早起源于2003年5月美国纽约的曼哈顿。

“不。我是说……今年，有多久了？”

这位前本笃会[1]修士计算了一下。“过去一个月每天早晨都有，断断续续的。”

博克说：“别磨蹭了！”

又过了一分钟，这个奇观渐渐消失了，这群人漫步走向班车。不一会儿，便只剩下基恩和埃尔斯，还有一个走起路来像一只折翼的鹰一样的驼背男人留下来，继续追寻那个刺耳的小夜曲。

最后，科尔曼回来了，拎着一个电源适配器。“噢，天。又怎么啦？”

埃尔斯指了指树的方向传来的时有时无的声音。科尔曼把脸一沉。

“哈——又是啥东西？真聒噪。”

“是树蛙。”基恩说。

埃尔斯感到吃惊：这位前修女竟然会迷恋上这个交互分析治疗师。

“好吧，”科尔曼缓和了一下，“树蛙。我们干嘛要了解这个……？”

丽莎·基恩蹭了蹭科尔曼的小臂，冲她挤眉弄眼地笑了笑。两栖动物不会再继续烦扰任何人了。她摆摆手，走下步行道，朝着她那块翻耕过的土地走去。

克拉乌迪雅把适配器递给埃尔斯。“你把它搞明白了。就按里面的‘声音’提示去做，就算你怀疑她是错的。她指的路可能很费解，但那‘声音’总归比你高明。”

埃尔斯说：“你能告诉我，我要去哪儿吗？”

“我儿子的小木屋，在阿利根尼山脉。他和他的死党们常去那儿瞎混。皮肤经常被有毒的植物划破。还互相从头皮上拔除扁虱——那东西有传染性。都是跟他父亲学的。”

1. 天主教的一个隐修会，又译为本尼狄克派，公元529年由意大利人圣本笃在意大利中部的卡西诺山所创。

“我不能住在你儿子的房子里。”

“他们还喜欢在那儿做些别的疯狂事儿。这会儿四个人正举着他们的大砍刀开路要穿越印尼呢。你应该见见我那几个孙子。都是牛生长激素[1]闹的。”

“你不想被联邦政府……”

科尔曼啧了一下舌头，把手指摆得像一个小雨刷。“行了。后门上面的椽子里有一个废弃的黄蜂窝，钥匙就在里面藏着。我记得那里应该有一部电话，你找找看。要是遇到了麻烦，按一下上面的小按钮，然后输入‘我’。”

“我不能拿你的电话。”

“我还有另外两部呢。”

“可是你的邮件，你的音乐，你的网络怎么办？”

“这五个月以来我一直想戒掉这东西。你就当是帮我个忙，除掉我的瘾头吧。”她在凳子上挺直身子，好像在证明自己又变年轻了。“嘿！你听。听见了吗？小爬虫，在唱歌！”

埃尔斯盯着放在自己膝头的那个电子设备看了看。“你为什么这样帮我？我是说，想想……”

“你闭上嘴，拿去用就是了。以前没完没了的就够烦了。这会儿就别废话了。”

“我会还给你的。这个周末就还。”

她挥手让他走。“好吧。等你到了小屋，冲个澡，权当帮我个忙。”

他站起身，抬腿朝停车场走去，慢慢走远了。他扭头望向科尔曼。

---

1. 动物脑垂体分泌的内源性激素。1993 年，美国食品和药物管理局允许在奶牛中使用重组牛生长激素，以提高牛奶产量。但时至今日，国际和美国社会对使用该激素生产的牛奶对人体是否有害仍有争议。

她把右手放在眼睛上面挡太阳。

“谢谢你？”她问。

他没明白她说的话。“谢什么？”

她把一个拇指弯起来，指向入口处。

“今天。那玩意儿我听了不下十几遍，从来没听懂过。直到今天早上。”

【“我的文化再也唤不回来了。它们走远了，成双成对了，就像魔法师徒弟的扫帚。”】

理查德·邦纳借鉴了埃尔斯那四部博尔赫斯文本的艺术设定，将它们改成了天马行空的戏剧。他让玛蒂和整个乐队——号、双簧管、大提琴、钢琴，和打击乐器——全都从头来过。起初，埃尔斯试图阻挠他的破坏。排练期间，他就站在他的新朋友旁边，将那些不务实的地方一一指出。可是，邦纳视现实主义为可笑的玩偶。“试试这个吧。”每隔几分钟他就会这么说；如果埃尔斯或者玛蒂或者别的演奏者表示反对，他——德克萨斯一位暴躁的福音传道者的高大的儿子——就会反唇相讥，“做这么个小实验，你们会死吗？”

理查德莫名其妙地向玛蒂献殷勤，让她把思想放开。埃尔斯不买他的账；他希望自己活力满满、会巧手缝被子的女朋友不要受到这个狂躁男人的蛊惑。但是玛蒂对邦纳却是来者不拒。他给她买的珠宝都是艳俗的洛可可式的，正常人根本不会让这些东西碰触自己的身体：一个黄铜做的条形襟针，上面有一个涂了漆的壁虎头盖骨。一个用死蝉做成的搭扣。率真的玛蒂饶有兴趣地把它们戴在身上。

“瞧瞧！”理查德说，“你就像个热辣的维斯塔贞女[1]。”

但她也并非没有自己的底线。有一次，理查德试图让她像个机器人那样走路，玛蒂一把揪住他的麂皮衬衫，用拳头紧紧握住他的衣料，问他，“你想要的是这个？我可以拿它来做点有趣的东西。”

每次排练的时候理查德都会发放些小道具：第三首歌期间让演奏者们佩戴的防毒面具。用来在空中挥舞的马来皮影。还有克林巴琴[2]，他让埃尔斯把它写进打击乐的部分。埃尔斯只能祈祷，演员们的耐心能像“救世军”[3]的财产那样用也用不完。

每天夜里，其他演员早已去了墨菲酒吧，邦纳却把埃尔斯留下来陪自己一起继续修修改改。其实他有许多别的事要做——论文、戏剧演出，或许还有自己的私生活，埃尔斯却看不出这些来。然而，对于这个他自愿参与的项目——一场别人的毕业演奏会——他却表现出了极大的热情。埃尔斯怀疑他是不是对兴奋药丸上了瘾。可是理查德并不需要安非他命这样的药。他不知疲惫地奔忙，似乎受了身体里那些恶魔的驱使——地狱之火中的父亲，自杀的母亲，皮质癫痫发作的妹妹——仿佛费再多的气力也赶不走他们。

邦纳关于那些“博尔赫斯歌曲”的编排需要用到戏装、一大群十六毫米的放映机，还有舞蹈。只有他自己才能明白这些活动的部件怎么才能组合在一起。理查德对玛蒂说明了他想让她做的事情——歇斯底里地胡敲乱打。他还演示了一番；他的笨拙跟撒了欢的快感相似，让埃尔斯不忍卒视。

---

1. 罗马神话中终身奉献给女灶神维斯塔，并在她的庙里守卫圣火的贞女。
2. 非洲班图人的一种乐器。
3. 于1865年成立于英国，是一个以军队形式作为其架构和行政方针，并以基督教作为信仰的国际性宗教及慈善公益组织，以街头布道和慈善活动、社会服务著称。

听了这位编舞指导怪异的要求，玛蒂惊得说不出话来。“我做不到。”

“你能。这很简单。”

“这么干我会像个傻子。”

“你会像是天人下凡。瞧好吧。”

埃尔斯坐在空空的剧院里，眼看着他的歌曲被演绎得像死亡一样陌生。玛蒂甩着臂膀，斜着肩，俨然一副小丑模样。埃尔斯想要保护这个鲁钝的、被别人“暗算”了的女高音，去扭转她的命运——她本不该遭到这样的摆布。但她不需要保护。这场游戏既已至此，她想要勇敢地迎接命运的挑战。

在邦纳眼里，玛多林·科尔每一次笨拙的下蹲都堪称艺术。这个男人就是停不下编舞这件事。他站在那个苦不堪言的五重奏面前，左手紧握右手肘，用两根指头按住自己的发际线，一副皮笑肉不笑的表情，好像所有的历史都不过是一个冗长杂乱的笑话，而他现在才把笑点抖出来。他瞄一眼乐谱，瞟了瞟那些他要去迫害的人，然后便猛扑过去。

打击乐手挖苦着邦纳的胡闹行为；钢琴手只是一笑了之。另外三位则扬言要退出。邦纳压制住了他们。

“你们打算就坐在那儿，让一把扫帚抵着括约肌，脚连动都不敢动弹一下？你们都忘了音乐是打哪儿来的吧？‘乐章’指的就是‘运动’[1]你们知道吗？”

他不停地咆哮着，几位音乐家只好开始一边演奏一边跳舞。

这部作品仿佛一架原定飞往巴黎的航班，最终却发现自己被劫持开往了哈瓦那。但是到了十二月，埃尔斯对这场闹剧的窘迫转化成了

1. 英文中“乐章”和“运动”都是 movement 这个单词。

兴奋。他按照邦纳对这出无比混乱的戏剧提出的更多的要求对乐谱进行了扩展。这部学术味颇浓的作品开始变得有血有肉了。这对冤家——相互推搡，相互刺激，相互超越——共同把作品提升到了一个新的高度。

争斗：当然。动不动就发火和愠怒。他们在一起不知道多少个小时，除了压力，就是怄气。但是理查德连战争都能转化成有创造力的字谜游戏。

一个冰冷的夜晚，这对合作伙伴正穿过黑漆漆的夸德草坪；几个小时的排练让他们精疲力竭，但是，两人共同培育的奇花异果就要问世，这又令他们倍感欣慰。理查德在草坪中间长长的斜道上停下来，双手在空中挥舞。“见到你那条可怜的小鱼在大海大洋里畅游，感觉如何？”

埃尔斯在他身旁停住。“你那通穷瞎折腾找到了些章法，感觉又如何？”

舞蹈编剧伸长脖子望着天上的凸月。“大师。你不觉得，我们在一起合作得很好吗？要我说，生活里面一半的问题都可以迎刃而解，只要咱们俩有一个人长着阴道。”

埃尔斯退了一小步。他的靴子在踩过的雪上滑了一下，要不是邦纳抓住了他的胳膊肘，他就已经滑倒了。邦纳在埃尔斯的后脑壳上掴了一巴掌，幸灾乐祸地大笑起来。

“噢，滚开吧！别那么看我，伙计。你是不是有啥毛病？”

理查德满不在乎地指挥着这个二人队伍继续前行。他们走着，一直没有说话，理查德似乎乐在其中，走出几十米远的时候，他又开始揶揄埃尔斯了。“大师，听着。我真高兴，为你高兴。她有感觉。不可思议的感觉。我确信。”

之后他又忙活起来了——博尔赫斯、布莱希特，以及如何将无穷大搬上那个局促的小舞台的新计划。

【忧郁中自有欢乐，听到最黯淡的曲调，又发现自己与之何等契合，那是一种深深的愉悦。】

演出定在一月下旬，彼得·埃尔斯二十七岁生日的前一天。邦纳的恶名对这件事有利。玛蒂的“垂直微笑”乐队的乐手们过来看他们乐队主唱的表演。彼得那些作曲家朋友也来了，他们想来看看他们的竞争对手玩什么花样。马蒂森坐在那里，靠近大厅的前面，想一睹自己是如何失望的。消息已不胫而走，说一堆病人正从精神病院出逃。他们正朝一座体面的房子袭来。

房间里的人越来越多，邦纳在右侧过道中间靠前的位置占了一个座位。待到演奏者们来到舞台中间接受礼节性的掌声时，理查德便撤到了大厅后面埃尔斯坐着的那个地方。号开始吹出踉踉跄跄的节奏，大提琴也附和了这个姿态，然后是双簧管。当这三个乐器在玩他们的患者拖延游戏时，穿着灰色束腰长袍的玛多林从右侧的过道悄无声息地走了上去——戴着壁虎头骨胸针，头发里别着蝉尸发卡的她俨然一个克娄巴特拉[1]。她缓缓走向舞台，突然又停了下来，仿佛畏缩了一般，向后退了，退回到邦纳特意空出来的椅子旁。观众困惑不解，但乐队仍在演奏。

棘轮木块哒哒地送出延迟的主题；这个主题在大提琴、号和双簧管奏出的刺耳的平行音程中循环往复。玛蒂从座位上起身，踉跄着想朝舞台走去，但她犹豫了，似乎再次怯场了，便又坐了回去。观众们嗤笑着，神经也随之紧绷起来。

1. 埃及托勒密王朝的末代女王，为恺撒和安东尼的情人，俗称“埃及艳后”。

钢琴敲醒了畏缩不前的旋律，打破了僵硬的气氛。五台乐器齐发，奏出的音符汇成一条溪流。玛蒂从她的座位上冲了出去，把自己毫不情愿的身体硬生生拽上台阶，来到舞台中央，猛然间把心一横，唱道：

事实啊，事实啊，

事实就是……

事实就是我们不羁地过活

可以虚掷的光阴都去虚掷……[1]

一个音高组以强拍的形式转成了亚弗里吉亚——一个古老的教会调式。乐器均以极快的速度回旋进入密致的织体。紧接着，投光灯也来点燃气氛——大厅两侧的墙上投下两束光柱，给台上的歌手披上了彩色的外衣。玛蒂调动她音域的最底部咏出一段连音唱词，听起来诡异得像是一座古墓里的地道。

内心深处或许我们都知道……我们会长生不死。

唱到“长生不死”的时候，钢琴和发了狂似的手铃用一串响亮的加强和弦音将旋律陡然提升。

三个奏出优美音调的乐器爬升至琶音陡峭的峰顶，尔后戛然而止。投光灯暗了下去。声音在晦暗的大厅里消隐了。玛蒂尴尬的眼神越过观众们的脑袋示意了一下。她紧握的双手和绝望的目光使得屋子里半数的人转过头去看。接着，在号和双簧管的极弱音之上，她迂回地唱

1. 玛蒂此处及后面的唱词均出自博尔赫斯的小说《小径分岔的花园》。

出减七度的四个音调：

知道或迟……

或迟或早……

或迟，或迟或早……

或早……或早……或早……

投光灯再次射出耀眼的光芒，一轮录制好的交互吟唱的声音随之响起。不断有影像投射在音乐厅的墙上，这些延时的图像仿佛一列悲壮的队伍，从被爱迪生施以电刑的大象[1]一直到爱德华·怀特[2]——他的身体被一条二十五英尺长的脐带一般的保险绳栓在他的“双子星”号飞船上，下方是辽远的蓝色的地球。钢琴师将他的前臂伸过键盘，作波浪起伏状。号、双簧管和大提琴合奏出一段小二度音程，打击乐手则用两根套着海绵的木槌敲击着一面悬起来的中国镲。玛蒂一动不动地站在那里，在刚才那个唱段末尾的基础上升高了三个音级，用她音域中央一个固定的音调开始吟咏：

或迟或早，所有人会把所有事情做，一切都会明了。

那晚的观众里都有谁？穿着扎染无领长袖衬衫，蓄着鞋刷般胡须的文化人类学学生。一个准备从事廉价出售平板货车上的打折家具的

---

1. 托马斯·爱迪生于 1903 年 1 月 4 日给一头大象实施了电刑，目的是为了向世人证明交流电的危险性，以维护其之前所推广的直流电的应用。

2. 第一个进行太空行走的美国人，执行过“双子星 4 号”以及“阿波罗 1 号”的太空任务；1967 年 1 月 27 日在飞行前的地面试验中因火灾事故不幸与另外两名宇航员一同丧生。

文献学博士。一个长头发、杏眼圆睁的女人——家里浴室的墙上挂着"Desiderata"[1]，每天夜里都会醒来，坚信她对自己做过的事情仍心驰神往。退了休的社会科学家，他们坚信消费者民主还有十年的活头，顶多。一个满脑子像是装满了打火机油的煽动者，最终却在芝加哥期货交易所里谋得了一个席位。一名德国唯心主义的学究，他相信宇宙开始了解自身了。一位大气科学家，关心着这个地球会不会像温水里的青蛙那样被煮死。一位人种音乐学家，在接下来的四十年里，他会努力去证明人们对音乐的每一种定义都是错误的。总而言之，那一百名观众的子孙后代有一天将会无所不知并将长生不死。

第一首歌结束了；观众们咳嗽的咳嗽，走动的走动。埃尔斯周围的座位上传来咯咯笑的声音。他左边的一个女人向她的同伴倚过去，手里比划着一个曲柄绕圈的动作。埃尔斯转向理查德。邦纳的脸熠熠发光。他一边像情节剧里的反派角色一样喋喋不休，一边摩拳擦掌，对这场只有艺术才能带来的狂虐盛宴意犹未尽。还剩下三首歌，埃尔斯的左臂每隔十秒钟就会出现一阵热辣辣的止血带疼痛[2]，让他又麻又难受。

第二首歌里有两个创意：一个加了附点的长短格跳跃节奏，就像一台失衡的节拍器，往复的间隔并不相同，以及一个延留音[3]的循环，总是与其他的延留音纠缠在一起，难以摆脱。玛蒂活动了一下肩膀，在被向后拉的同时，身体向前倾探，在原地摆动，仿佛被困在了另一副躯壳之中。

---

1. 拉丁文，意为"所欲之事"，原为美国作家马克思·埃哈曼于 1927 年所写的一首有关人生哲理的散文诗，后被广泛用于基督教的祷告文。
2. 医疗中应用止血带时，如果充气压力过大，时间过久，就可能出现该现象，令病人出冷汗，烦躁不安，难以忍受。
3. 前一个和弦的音延续到下一个不同的和弦内构成的外音。

时间是一条河，卷我而去，

她唱道，口中发出的音列仿佛圣歌一般流淌着。尔后长乐句的唱词答道：

但我就是这条河。

每当演奏者们停下来，各式各样的彩色球体就会呈一道道慢弧从他们头顶掠过。上面有许多影像——被拉伸和压扁的时钟，示波器里悸动的正弦波、原子核、旋转的星系。音列返回头，变了调，倒转过来了。

时间是只猛虎，把我吞噬。

尔后的作答轻快似抒情曲：

但我就是这猛虎。

在第三个插部中，那些影像撒在音乐家们身上，落在后墙上：比夫拉[1]的叛军、底特律的骚乱[2]、岘港[3]的轰炸机，还有年轻的格瓦

---

1. 尼日利亚的一个地区，1967 年到 1970 年在这里发生了尼日利亚内战，虽然最终以尼日利亚政府的胜利告终，但给这个国家带来了巨大的创伤。
2. 发生于 1967 年的底特律骚乱是从 7 月 23 日早上开始的，当时警方扫荡一间位于第十二街和克莱尔蒙特街交界的无牌照酒吧，支持者及旁观市民与警方发生冲突，并进一步演变成美国历史上死亡人数最多的暴动事件之一。
3. 越南第二大港口城市，历史上战略地位十分重要，二十世纪六十年代越战期间曾被美国扩建成海、空军基地。

拉[1]——他几个月前才刚刚去世。玛蒂努力控制住自己颤抖的肢体，继续唱着，似乎除了她自己，没人能听得到。

时间是一团烈火把我燃尽。但我就是那团烈火。

循环的延留音隐却了。鬼魅般的影像在遁入黯黑之前，定格于一帧正在沉没的巨轮。观众们又是一阵咳嗽和走动，还有些人纷纷看表。埃尔斯只想赶紧溜走，找个地方把自己埋起来，不要醒来才好。

接着是诙谐曲的闹剧。玛蒂的唱词中说既不为子孙也不为上帝工作，因为上帝的艺术品味无人知晓。几位演奏者每人都拿到了一张八音符的谱表，上面标记着埃尔斯所熟悉的各个种类的对位法。歌手和演奏者们将那些乖张荒诞的噱头演绎至高潮；他们一气之下都扬言离开这个舞台，却又都为了完成这终止音节纷纷转回身来。

听着听着，埃尔斯听懂了所有的谎言。他的创作是为了未来的爱，为了他几乎可以看到的一个理想的倾听者的爱。他看到了自己可以如何去拓展音乐，让它更为奇异，更为强大，更为冷酷，更为广博和坦荡，只要这音乐会一结束他就可以去做这些事情。

可是一阵微风吹过最后一首歌，天空后的潜质变得一览无余了。玛蒂打起精神来，仿佛是在安排一场自己的葬礼，最终与之前的三次爆发和解了。所有的舞蹈都停下了，后面的墙上挂着一幅黑白照片，照片上的几颗硅藻只有区区几微米宽，它们的石英外壁上有着一如哥特式大教堂尖顶的刻痕。在钢琴的律动之上，大提琴和号叠加出一个

---

1. 切・瓦格拉，阿根廷的马克思主义革命家、游击队领导人、军事理论家、政治家及古巴革命的核心人物，曾经与卡斯特罗并肩作战；去世后成为了反主流文化的普遍象征以及全球流行文化的标志。

并不入时的怀想曲调，似是伪装而成的舒曼《月夜》[1]的开篇。一个蓝色的气球跃入视野，玛蒂以舒缓、阶梯式上升的音型唱了出来：

我们为了艺术而生……

玛蒂徐徐唱出这个乐句的那一刻，埃尔斯明白了，她已成为他的挚爱，和他自己的生命一样宝贵。仿佛有一对利爪紧紧抓住了他的肋骨，他感到一种近乎恐慌的快感。他需要知道这个女人将如何吐露心扉。他需要写出能够融入她世界的音乐，就像田野上覆盖的冰霜。他们会一起度过余生，慢慢变老，病入膏肓，一起在迷惘中死去。

她将乐句进一步推向了另一个纯四度：

我们为了回忆而生……

他的胳膊被人抓住了。是理查德。埃尔斯转过来，那个男人仍然把脸冲着舞台，好像忘了在过去的两天里他已经把这首带着曲调的预言听了二十多遍。

钢琴家在演奏某个固定音型时戛然而止，他站起身，突然离开了舞台。玛蒂伸出手，手心向上，但没能拦住他。剩下的乐队成员们不断地翻动着乐谱，上面的一些音符在第一首歌曲开始的时候被某个乐段的延迟所耽搁，现在它们终于得以现身了。号的演奏者也像忘了谱似的；他站起身，晃悠悠地走上前去，从舞台的前沿爬下去，走进观众之中。玛蒂看着他，摸着自己的脸颊，却无法叫他回头。她一边困

---

1. 一首具有典型的舒曼式浪漫主义风格的曲子，作于 1840 年，是作曲家为德国浪漫派诗人艾兴多尔夫的诗篇所谱的十二首曲子中的一首。

惑着，一边继续唱道：

我们为了诗歌而生……

余下的三人变得异常和谐。双簧管吹奏者把她的双簧管放到乐谱架上，离开了。大提琴手带着一股无畏的劲头继续演奏了一段时间，音型是从巴赫的 D 小调组曲升上来的，打击乐手用宽音域木琴的声音衬托着他。尔后，大提琴手也终于忍受不了这令人崩溃的情势了，他也放下了自己的乐器，踏上通向出口的走廊。陷入沉思的玛蒂竟然没能注意到。她孤零零地站在台上，身边只剩下打击乐手还在手忙脚乱地敲着木块。

又或许……

玛蒂一边唱，一边对这让人混乱的曲调摇着头，慢慢后退，手臂蜷着，像是在风中瑟缩：

又或许我们为了遗忘而生。

打击乐手将最后一个附点音符敲进他的木块。舞台暗了下来，大厅的观众们用了足足五秒的时间才意识到，作品已经演绎完毕。在掌声响起之前，埃尔斯听到附近有个男中音低声说："骗子。"

掌声从远远的地方传来。几位音乐家重又聚在一起准备谢幕。玛蒂把手搭在眼上，向黑暗中望去，想找到那位"始作俑者"，但除了黑影什么也没看到。邦纳猛地拽了一把埃尔斯，把他拉起来；埃尔斯有好几次都快把自己的脑袋埋到脚踝中间了，就像一只喝水的玩具鸭。埃尔斯扭过脸来看着他的朋友，看他将如何面对观众的冷嘲热讽。

人们从埃尔斯身后朝他走来，想见识一下这个人怎会这样胆大妄为。他们想离得近些，看看他是不是已经快要抱头鼠窜了。有人把胳膊绕过埃尔斯的肩膀说，“真不赖。”有人说，“很有趣儿。”有人说，“无论如何，我喜欢。”埃尔斯一一谢过，咧嘴笑笑，点点头，他的视线里空无一人。

一个穿着已经过时了几十年的华达呢西服的秃顶男人悄无声息地走了过去，有气无力地道了声“谢谢”。埃尔斯伸出手，可这个男人却把自己的手缩着，好像那双手有什么缺陷似的。“我很少能够听到，”他低声说道，“有什么东西能这样……”他往后退着，以闪躲来表达感激之情。

一个貌似被废黜的皇亲国戚的六英尺高的女人从后面挤着他的肩膀挪了过来。埃尔斯转了一下身，听那女人用带西班牙口音的英语问，“刚才那曲子本来是怎么样的？”

大厅里的人群慢慢散去，周围有些滞留的人在搔首弄姿，相互勾引。埃尔斯笑着对这位高贵女人说，“本来有二十四分钟。”

她眼里有亮光闪了一下。“感觉不止呢。”说着，她便隐入了缓缓移动的人流中。

马蒂森不知从哪个阴暗的角落里闪出来了。他用两根手指向埃尔斯敬了个礼。“瞧他们抓狂的样子，都是你害的。”这是他的导师给过他的最大褒奖了。

透过人皆散去的房间，埃尔斯看到邦纳坐在第一排空空的座位上，盯着那个被遗弃的舞台。埃尔斯走过去在他旁边的座位上坐下，理查德连头都没有转一下。

“为遗忘而生，”理查德用古怪而单调的声音说。“现在呢，怎么样？”

埃尔斯坐在那儿把他的指肚当作响板来敲。“我们再去别处演吧。布卢明顿。海德公园。安阿伯。”

“再说吧。”邦纳说，拒绝的语气。最近一个多月以来积攒的狂热已经消退，变成了一种纯粹的焦虑。他目不转睛地盯着面前放映的一卷卷看不见的单盘影片。

“满意了？”埃尔斯问。

“什么？”

“我说，你是不是满意了？”

“我是说，你说什么？”

在邦纳的脑壳深处，有一片宽广而人迹罕至的天空与地平线相连，一场暴风雨般的狂欢又在那里酝酿了。大厅里的人已经散尽。最后，作曲家站起身说，“再见吧。”

理查德点点头，却像是在想着别的问题。

埃尔斯赶过去见玛蒂，她正在外面的门厅里和三位音乐家在一起。她的脸涨得通红，身体不自主地晃动着，似乎还在为自己虽饱受苛责却活了下来而感到讶异。

“也好，”埃尔斯出现的时候，她说，“总算经历过了！”

“她是想说，”双簧管吹奏者说，“‘再也不上当了！’”

“我喜欢你写的东西，”大提琴手对埃尔斯说，“不过，我还是觉得要是没有‘消防演习’的话会更好。”

双簧管吹奏者笑了。“你知道斯特拉文斯基在《月迷彼埃罗》首演时说了什么吗？‘我希望那位女士能闭上嘴巴，这样我才能听得到音乐。’”

这群人就音乐的灵魂是什么这个话题争论了一会儿，似乎所有的演奏家在出去抽雪茄喝啤酒之前都会这么做。钢琴家和号手已经在墨菲酒吧里了，比大伙儿早了半瓶酒的时间。打击乐手在埃尔斯肩膀上拍了几下。

“玩会儿去。你俩也来吧？”

玛蒂看了看埃尔斯，他推辞了。“你介意我去吗？”她问。

“我能不能说两句话你再去？”

“去那儿等着你啊。”打击乐手隔着埃尔斯冲玛蒂喊话，他和另外两人一道走开了。

“挺好的，彼得，”玛蒂说，“那些歌挺有意思。我听出了新东西，即便今晚也一样。”

埃尔斯帮她把她的鹿皮长外套穿好，从她身后紧紧握住她的臂膀。“你真不像凡人。”

她的身子软了下来，退入他怀里。“是吗？”

“你像个异星人。玛多林。我爱你。”

她缩了缩脖子，微笑着应道，“你爱的是那些歌儿吧。”

“今晚让我看到了不一样的你。我以前不知道你身上藏着那些东西。”

“不，”她避开他的目光，说道，“那是演出而已。”

“咱们结婚吧。一起生活。”

她品味着这如乐音般让油布地板都能铭记的话语，仿佛有人在耳边哼唱，疯狂却悄无声息。

“去一个我们都从没去过的地方。搭一个我们自己的小窝。每天晚上读给彼此听。相濡以沫。”

她的话他一一照做。探索美利坚。将生活的零碎布头拼成华美的被面。把“五角大楼”撬起来。

她对他的提议摇了摇头，脸上的表情就像第四首歌的结尾处她摆出的那样。她用测谎仪的夹子钳住他的手腕，盯着他的眼睛看。

“出去走走吧。”

雪纷纷扬扬落下，把两个膝盖被雪没过的游荡者融为一体。他们走了许久，平静地聊着天，平静到用心灵感应就能感知对方。午夜时分，彼得·埃尔斯如冰块般融化在爱人的床上，一种他从未感受过的憧憬涨得他胸口疼。他二十七岁了，服兵役岁数太大，他准备结婚了。音乐让他的未来清澈而美好，他只需要拿出本子准备听写就够了。

两周后他们在厄本那的法庭公证结了婚。理查德·邦纳是他们唯一的合法见证人。后来他们的家人因为这件事气愤不已。他们只是不需要别的什么人听到这个承诺。

玛蒂自己用杏黄色的塔夫绸做了条裙子穿，上面别了一朵兰花，所花的钱差不多是彼得一周的津贴。彼得身着麻纱和灯芯绒料子的衣服。理查德则和平常一样穿着黑色皮革装；埃尔斯在法院的卫生间里干呕，他在那儿陪着他。

“要是我没猜错的话，”邦纳一边说话，一边扶着埃尔斯的脑袋，以防他撞到水龙头上，“你准是怯场了。”

埃尔斯只剩下虚弱的呻吟了。

“有什么好害怕的？你肯定连她光着身子的样子都见过了。”

“噢，天哪。理查德。要是我并不适合她呢？要是这场婚姻本来就是错的呢？”

“准没错[1]，大师。”

1. 原文为德语。

“要是我毁了这个女人的生活呢？”

“哦，那就糟了！尤其是，如果你发了誓要尽你所能永远对她好。”

“理查德，我在做什么啊？”

“你在跨出一大步，彼得。你人生里的第一次。这是多美好的事啊。”

邦纳用一张纸巾把埃尔斯衣领上的小污点擦去，然后搀扶着这个有气无力的人走向法庭大厅；旁边有几个嫌犯身穿蓝色连衣裤，腕上戴着手铐，正被押往自己的审讯室。玛蒂在法庭外面抓住他的手，用力晃他。“没事的，彼得。真的没事！”整个仪式期间她都显得神采奕奕，法官嘴里每说一个字，她都忍不住傻笑一番。后来，在大街上，理查德用一只裹着粉色丝带的银色卡祖笛为他们吹奏了一支小夜曲。巴赫的《醒来吧》[1]：在埃尔斯看来，这是一首很好听的曲子，人们可以一边听，一边做各种事情。

【即使最没有威胁的曲调也能比你多活几代人的时间。了解这一点也是件趣事。】

那一年仿佛一首用偶然写成的交响曲。一连串粗俗的夜总会滑稽戏。一盒双碟装的打击乐专辑，里面那些野性十足的音乐会让人产生迷幻的感觉。一天下午，在教完了耳听训练课之后，埃尔斯听说了“越南新年”这回事。不久之后，约翰逊的炸弹就投到了那块土地上。

邦纳指挥了一出疯狂的、快速版的《人与超人》[2]，埃尔斯配的乐。

1. 巴赫作品第140号《康塔塔》，全名为《醒来吧，一个声音在高喊》。故事出自《马太福音》第二十五章，讲述了十个少女拿着灯半夜去迎接新郎的故事。

2. 萧伯纳于1901至1902年间根据欧洲流传已久的唐璜传说所写的一部哲理爱情喜剧。

但是他的疯狂跟晚间的新闻比起来就不值一提了：国王被杀了[1]。暴乱在每一座城市里蔓延。哥伦比亚接管。巴黎之战。华盛顿广场上的“复活之城”[2]。沃霍尔[3]被枪击。肯尼迪遇害。

邦纳在一个校园酒吧里被捕了，起因是他声称为了和平而站在一张桌子上往一个啤酒杯里撒尿。埃尔斯和玛蒂将他保释了出来。

在雅皮士们蓄意攻击证券交易所，苏联镇压“布拉格之春”[4]之时，埃尔斯根据《你需要的就是爱》[5]作了三十六首风格各异的变奏曲，从马肖[6]到辟斯顿[7]。他和邦纳一起在史密斯音乐厅前面演奏了一支《爱的变奏曲》中的欢迎曲，那个大厅门楣的横饰带上雕刻着巴赫、贝多芬、海顿和帕莱斯特里那的头像。一百名表演者从头到尾经历了一场无间断的摔跤表演。

这里有大事发生。世界蛋[8]就要被敲开了。埃尔斯的音乐也要被敲开了，努力诉说正在发生的事情。他和邦纳在伊利诺伊学生中心的庭院里为“征兵卡交还日”组织了一场现场歌舞表演。他们编排了一场

1. 二十世纪六十年代中期，由于非暴力革命策略的失效，西方世界发生了一系列激进的以暴力为手段的抗议事件，目的是结束越战，为黑人争取权益，进行社会改革等等。此段中所提到的新闻事件均以此为背景。
2. 1968 年 5 月 21 日，数千名穷人为了争取经济公平，在华盛顿广场上搭建起临时帐篷，宣布建立起一座“城市”，该“城市”维持了六周的时间。
3. 安迪·沃霍尔被誉为二十世纪艺术界最有名的人物之一，波普艺术的倡导者和领袖。1968 年 3 月，他遭到一名身为极右分子的随行人员的枪击，后幸免于难。
4. 1968 年 1 月 5 日捷克斯洛伐克国内开始的一场政治民主化运动，直到当年 8 月 20 日苏联及华约成员国武装入侵捷克才告终。
5. “甲壳虫乐队”的约翰·列侬于 1967 年创作发行的一首单曲。
6. 法国中世纪作曲家、诗人及“新艺术”的主要实践者之一。
7. 二十世纪美国作曲家、音乐理论家。
8. 又称“宇宙蛋”，是许多文化中创世神话的一个母题；基本都是说，世界和宇宙的源头是一个“蛋”，聚集了一切时空质能，孕育着物质世界的一切，后来通过某种形式的破裂而产生宇宙和世界的纪元。

艾斯勒 – 维尔[1]扮装秀，取名为“我是自己的陌生人”。新年前夜，邦纳非要将这对老伉俪叫出来，在南部农场深处的星空下吃一顿野餐。三个人坐在坚冷如铁的土地上，吃着冰凉的扁豆、沙丁鱼芹菜，还有冷冻夹馅面包。

“这顿饭只有疯子和圣徒才配吃，”邦纳声明道，语气中有种奥林匹亚神的孤傲。他向后倚靠在自己的手肘上。“咱这样的朋友上哪儿找去？”

水汽从他们的嘴里冒出来；他们搂抱在一起，为即将过去的一年举杯庆祝。玛蒂把香槟倒进纸锥里。邦纳坚持要碰杯。起泡的香槟从软塌塌的笛状纸锥里溢出来，洒落在冰封的土地上。

“让过去长眠。”理查德举起杯。

“让未来苏醒。”埃尔斯说。

“活在美丽的当下。”玛蒂补充道，尽管他们已经站起身准备离去了。

一个纸板箱被风吹过冰雪覆盖的田野，朝他们飞过来。他们捡了它，当作一副三人雪橇，乘着它滑下那个两百英里的地段——只有那一段在地质特征上勉强可称作小山。邦纳把纸箱撕成三块，给每人发了一块。

“拿着吧。五十年后，我们在这儿重聚，就在这山顶上。”

玛蒂笑道，“先把你们的手表对好了再说。”

回家的路上，埃尔斯顶着严寒，手里攥着自己那块纸板，夹在自己的爱妻和那个浪荡不羁的朋友中间，他脑海里回荡着一支曲子，那音乐就像舒曼说他陷入疯狂之境时曾听到过的——“一件能产生辉煌

1. 分别指二十世纪奥地利作曲家，德意志民主共和国国歌的作者汉斯·艾斯勒和德国天才作曲家科特·维尔。

共鸣的乐器，类似的声音在地球上从没听到过。”那些和声丰富而有质感，引向一个即兴的那波里六和弦[1]，一个重被发现的朴素序列；那段旋律听起来竟是那样不可动摇，他甚至能够感觉到，当他再坐下来，铺开一张崭新的五线谱纸时，它一定还原封不动地在那里等着他。

可是，当彼得在新年那天醒来时，他却再也记不起来了，甚至连自己听到过那支曲子也不记得了。几天后，等他真的拿起笔铺开纸时，他已经无法将它记录下来了。剩下的只是一个模糊的轮廓，一个空洞的音乐外壳，似乎蕴含着某种不可思议的东西，却捉摸不到。

【我一直最喜欢为听其他调频的人所写的那些曲子。】

那年春末的时候，他们还是一个三人组，一起在圆顶大礼堂里漫步；那个洞穴般的放射状大蘑菇里存放着兽笼和培土机，虽然乱糟糟的，却也给他们带去许多乐趣。7架加大的大键琴[2]好似在跟50台单声道磁带机决斗，208盒“福传”[3]语言生成的磁带播放着莫扎特、贝多芬、肖邦、舒曼、戈特沙尔克[4]、布索尼[5]，还有勋伯格的音乐，它们都被切分成很短的基因块，然后随机重组。邦纳和埃尔斯夫妇穿着荧光工作裤——它们被免费发放给一脸惶惑的参观者——瞠目结舌地盯着一个巨石阵环一般的聚乙烯屏幕，好几十台投影仪在上面播放着数以千计的幻灯片和电影。外面，48幅更为硕大的屏幕绕过这座建筑四分之一英里的周长。它们把整个庞大的架构变成了一个发动中的飞碟，好像它来到

1. 文艺复兴时期产生的非常重要和弦之一，并广泛用于那波里市，以此得名。
2. 一种盛行于十六至十八世纪间的键盘乐器，其外观与平台式钢琴类似，但发声原理不同。
3. 世界上最早出现的计算机高级程序设计语言，被广泛应用于科学和工程计算领域。
4. 十九世纪美国钢琴家及作曲家。
5. 十九世纪末二十世纪初意大利钢琴家、作曲家。

地球是为了加点油，再听点银河系这滩死水中少有的摇滚乐。

一群群的人们在中央舞台上露营，从他们的锅里飘出食物的味道。有人懒洋洋地躺在那里，有人四处闲逛。那是音乐，埃尔斯不断地提醒自己。那是历经一千年的探索最后得到的音乐。

“够了，”玛蒂说，“我脑袋都要爆了。”

邦纳把手掌在空气中翻来翻去，好像有几个看不见的月亮被他杂耍于手掌间。

“要是能多几个钱，我们也能做出这个来。”

但这场秀还是出乎埃尔斯的意料之外。凯奇、希勒，还有那制作 HPSCHD[1] 的信徒大军已经在自由之路上越走越远了。他们拒绝将定论强加给任何听者。作曲已不再是目标；重要的只是意识，这个若隐若现、似是而非的现在，一头扎入未经粉饰雕琢的现象中。这种气魄埃尔斯永远都学不来。或者，至少二十八岁的他是这样想的。

玛蒂在飞碟形建筑周围一边闲逛一边笑。她停下来去捡那些没人要的碎布头，用来做一些有趣的织料。彼得紧跟在自己兴高采烈的妻子后面。过去的二十个月中，埃尔斯每个月都会带她去看一场古怪异常的表演，像是给她办了一张月票似的。她从不简简单单地说喜欢或不喜欢；他喜欢这样的她，因为那样纯粹的感性表述与聆听并没有任何关系。她对千奇百怪的人类欲望充满了敬畏，这也让彼得自己重新做了一回自己生活的旁观者。他走上前去，伴在她身旁；理查德离开他们去买一张海报，价钱据说是根据《易经》算出来的。

玛蒂怡然自得地哼着小曲，那是她无意间听到的莫扎特写的一个

1. 由美国先锋派作曲家约翰·凯奇和理查伦·希勒尔创造的一种作曲方式，将大键琴的乐声和计算机生成的声音合成一体。

小调。莫扎特，就是他在两个世纪前发明了音乐骰子游戏[1]。

“彼得。”她说道，眼睛望向一边，看着一张蟹状星云的幻灯片。她嘴唇一动，他就知道她要说什么。这几天来她身上有种微妙的变化，一种难以言说的兴奋似乎正在等待这个时刻。还可能是别的什么事呢？对她而言，没什么事能让她对他保守这么长时间的秘密了。

“彼得？我有了。”

他停下来听着，听见了，在一片喧嚣之上，听见了一个微弱却高亢的声音。

“彼得？”

“真的？”

她把手掌一摊，耸了耸肩，对他笑了。

“什么时候？”

“我不知道。十二月吧？能查出来。彼得？别担心。这是好事。这是好事！没什么问题。人之常情。”

他猛然打断她，表示反对。“不，不是……不可能吧。我们俩？你不是在开玩笑？”

她站在那儿，努力忍住不去笑他；他的眼睛睁得像外星人一样。过了一会儿，理查德找到他们的时候，他们还是这个样子。

“笑气？”邦纳问，“他们是不是投放了笑气？”

HPSCHD 播放了差不多五个小时。有几千人过来凑热闹。两个月后，人类在月球上漫步了。又过了四个星期，近五十万人聚集在纽约

---

1. 一种在十八、十九世纪于欧洲流行的游戏，用掷骰子之类的方式来生成一段音乐。莫扎特于 1793 年也写过一部《骰子华尔兹》，与二十世纪凯奇等人创造的随机音乐思潮有相似之处。

州北部的一个农场里，享受了为期一周的雨、泥泞，还有音乐[1]。此时，三个人已经不在厄本那－香槟了——埃尔斯夫妇去了波士顿，玛蒂在那里的一所精英初级中学找了一份教唱歌的工作；邦纳则去了曼哈顿，在一些实验剧场又脏又乱的环境里干着各种没有报酬的活儿。

入冬的第一天，埃尔斯迎来了女儿的降生：会打嗝，会咯咯傻笑，会耍脾气，会放声大笑，也会哭哭啼啼；他把她的小脚捏在指间，惊讶得舍不得放下。这个完美无瑕、安静不下来的小生命——自鸣得意，自娱自乐——是他认为最不可思议的存在；在他眼里，她是一个纯粹的奇迹，没有任何东西能够与之相提并论。

【你想这些年轻人和老人们后来怎么样了？
女人们又怎么样了？】

埃尔斯按照那个“声音”的提示行进。她指示他去做的他照做了，在克拉里恩县里茫然地绕了二十分钟。她给他的小装置与两万两千英里高空中的一组三个地球同步卫星取得了联系，通过它们用三角测量的方法对地面上埃尔斯所在的位置进行了定位。它扫描分析了一个八百万英里道路的数字化数据库，尔后从那里把埃尔斯带到这地球上他想去的一个地方。服从机器导航，这是一种相当幼稚的享受。将近黄昏的时候，“声音”的导航工作完毕，把他带到了科尔曼夏日农舍的小门廊前面。

如克拉乌迪雅所言，那个被遗弃的蜂巢悬在屋子右上方。埃尔斯

---

1. 1969 年 8 月，在美国社会内外矛盾突出的大背景下，几个年轻人在纽约州北部的伍德斯托克小镇举办了一场以“和平、反战、博爱、平等”为主题的音乐节，规模和阵容史无前例；伍德斯托克音乐节现已发展为世界上最负盛名的系列性摇滚音乐节。

从中取出钥匙，开门走进房间，一股原始而浓烈的自然和度假气息扑鼻而来。小屋四面是雪松板的墙壁，散发着怀旧味道，屋内配置有加了衬垫的五十年代的松木家具。整幢房子给人一种仓促撤离的感觉。足球衫和高科技运动鞋四处散落。有几处灯都还亮着，埃尔斯走过去把它们一一关掉，然后坐下来，想让自己稍稍平静一下。

他在食物柜里发现了果仁和谷物，在冰箱的保鲜储藏格中还放着十来个苹果。他给自己拿了一瓶手指湖[1]夏敦埃[2]葡萄酒喝，还拿了几块冷藏的磅饼[3]吃。厨房后面有个杂物间，里面放着洗衣机。他把他的画匠裤、华夫格衬衫，还有带着汗馊味儿的内衣统统脱掉。然后，他站在乡村质朴的浴室里洗淋浴。他光着身子，耷拉着脑袋，像被烫过了一样，等着辩白。

吃饱喝足，清洗干净，他别无所需了，只想睡上一觉。可他总也睡不着。于是，他起来去翻弄屋子里他的"施主"们留下的那些物品——虽然他根本不认识他们——想分散一些注意力。数不清的杂志——旧的《史密森尼》[4]和《户外》，还有些其他的期数散乱的特刊。看起来，随便一串单词都能够贴上"杂志"这个标签，比如，《不是你的老爷钟杂志》，《能量平衡全息腕带杂志》，还有的东西只有非常专业的特定群体才会对它产生兴趣。

读这些东西不太现实。埃尔斯所擅长的仅音乐而已。前厅的几个架子上堆着三打唱片盒子——自驾游时路上听的音乐，它们被遗弃在这个度假屋里，丢在几副破旧的巴棋戏[5]和几本发霉的智力测验书旁边。

---

1. 美国纽约州西北部的一个多湖泊地区，湖泊疏散排布的形状似手指。
2. 原产于法国的一种著名白葡萄酒。
3. 一种蛋糕，因用一磅黄油、一磅糖和一磅面粉制成而得名。
4. 美国的老牌博物馆和研究中心组织史密森尼学会发行的官方期刊。
5. 一种以贝壳为骰子的四人游戏。

几张裂了口的专辑，埃拉·菲茨杰拉德[1]的“灵韵歌集”、“明日巨星”、“音速青春”、“涅槃”和“珍珠果酱”，为数不多的几张情绪摇滚，“照办”、杰斯[2]、“脏弹”、“敲击”，以及“暴力反抗机器”的几张专辑。曾经有一段时间，不断衍生出的众多音乐类型让埃尔斯觉得自己被逼到了墙角里，畏畏缩缩，只好举着《庄严弥撒》[3]当盾牌。现在他想要的是警觉和愤怒的梦，风格和发散性，这种东西带来的更多是一些冷酷无情的新鲜感，这是这个慢慢衰老的年轻产业尚能给予的。

他找到一张碟，乐队的名字叫“炭疽”[4]，刹那间觉得仿佛有个真正的生物恐怖分子为了栽赃给他才把它放在那儿的。他在小屋里四下看了看，想找个东西把它播放出来。在厨房里，他找到了一个九十年代的手提音响。他把光碟滑进槽里，按键咔哒一声，他便被一波空袭警报所包围，仿佛在宣告世界末日来临。架子鼓奏出驱动马达的鼓点，与吉他和贝斯用高超的技艺奏出的平行乐段保持互动。歌曲好像一个从多重终身监禁中释放出来的重刑犯演唱的。旋律明快的马谢特琴[5]声力透埃尔斯的皮肤。用不着费力去想象，他就能看见一座六万人的体育场，所有的人都挥舞着荧光棒，一起被一阵能量巨大的狂风骤雨所裹挟。那音乐说，你只有一次机会活个痛快，唯一的犯罪就是畏缩不前将其浪费。

多年以前，埃尔斯发誓要逃离“不艺术”[6]，听遍所有能听的音乐。

---

1. 美国歌手，被公认为二十世纪最重要的爵士乐歌手之一，并被誉为“爵士乐第一夫人”。
2. 即著名美国嘻哈歌手、唱片制作人 Jay-Z。
3. 指贝多芬晚期创作的《D 大调庄严弥撒》大型交响曲，被他自己明确称为“最伟大的作品”，创作于 1819–1823 年。
4. 1981 年 6 月成立于纽约的一支重金属乐队，善于将硬核朋克的速度、狂暴与重金属的卓越的吉他技法和演唱结合在一起。
5. 一种葡萄牙四弦小吉他琴。
6. 二十世纪五十年代末，美国曾兴起过一场激进前卫的反艺术运动，其发起者的目的是为了反对当时社会中盲目乐观的消费至上主义。

他望着窗外，目光越过砾石铺成的车道，穿过一排白桦树和一大片已消失不见的北方阔叶林的残迹，听着这场离奇好笑的可毁灭世界的“大决战”。这支乐队在埃尔斯的半生中一直存在，始终迎合着人们脑细胞中根深蒂固的对混乱和自由的渴盼。他在猜想，在这个爱好户外运动的中产家庭里，哪一位才是这张唱片的主人。应该不是妈妈，尽管就音乐这件事情而言，你永远不可能知道每个人想要的究竟是什么。

这首歌就像一只动力十足的电钻，不断地重复着它的主调音。它的目的并不是让人惊异；前四个小节里定下的调式逐渐将曲子带入了一场汹涌的风暴之中。可是两分钟以后，它就用关系小调生发出一种错觉，它在这拍击摇滚的节奏之上漂浮着，仅仅几个音符之后，埃尔斯就觉得这个混乱无序、无法无天的乐队已经把肖邦的 E 小调前奏曲《幻象》扔进了水泥搅拌机里，就好像嘎嘎小姐[1]唱着《平均律钢琴曲集》。

埃尔斯按下暂停键，但肖邦的音乐仍在响着。四个小节，结尾处的声部切换导引有点变化莫测，又以一种哀恸的无限循环的方式回到自身——仿佛一个带着凄美乐性的片段，预示着颞叶癫痫[2]即将发作。但是这声音来自这屋子里的某处。他找遍了三个不同的房间才找到它：克拉乌迪雅的智能手机。正是它把他带到这里来的。

手机屏幕上显出几个字：“克拉乌迪雅·科，来电。”他按下接听图标，把手中这个“世界的门户”举到耳边。

“新闻里全是你。”科尔曼说道，本来是嘲讽的语气，听起来却不免惶恐。

“是啊。”埃尔斯说，“今早我看见新闻报道车了。”

---

1. 即 Lady Gaga，美国当代著名流行女歌手、词曲创作者、演员、慈善家。
2. 主要发生于青年人，症状有兴奋、烦躁不安、狂怒、惊惧、幻觉、攻击行为和自杀意念等。

今早。不可能。

克拉乌迪雅说："你上谷歌自己搜吧。视频都已经上传啦。"

毫不意外。"退休的音乐教授从恐怖袭击现场逃离"。"沃拉塔学院的官员表达了失望和恐慌"。

"还有什么？"埃尔斯问，"你听起来……"

"你的细菌。你告诉过我它们是无害的。"

他脑海中有什么东西恍惚了一下。"我是说那些东西在普通情况下没有危险。"

小屋像是突然被突击队袭击了一般，从厨房的方向。埃尔斯把电话放下，迎着入侵的方向走过去。他刚才已经按下了手提音响的暂停键，暂停却偏偏在这一刻选择了到时释放。他想找弹出键，却没能找到，一阵疾风骤雨般的音乐冲击波击中了他。于是，他只好猛地把电源线从墙上拽下来，然后走回卧室去，重新拿起电话。

"回来了，对不起。"

"你搞什么鬼？"

"是你孙子的音乐。"

"哈。我们完蛋了，对吗？"

"我的细菌怎么了？"埃尔斯问。

"整个阿拉巴马州的医院总共有十九个人感染了你那些玩意儿。疾病防治中心说死了九个人。"

一段长时间的休止，随着一秒一秒过去，这缄默愈加恐怖起来。

"我的菌株？阿拉巴马？"

科尔曼从另一块屏幕上读着："沙雷氏菌。是其中一种，对吧？"

埃尔斯无话可说，只得承认。

"联邦调查局想找你谈谈。"

“可是……这一点都说不通啊。联邦调查局告诉媒体我培养的是什么细菌了？”

但是，他用不着提醒：如今每个人都是媒体。一旦出了什么事，每个人都会一清二楚。

“那些新闻记者觉得我……？他们没那么傻吧。那些病人怎么可能全在输静脉点滴？”

“自己谷歌一下。”克拉乌迪雅对他说，“联邦调查局正在查这个，我敢肯定。”

“天啊。”埃尔斯说。

“有什么再打给我。他们不可能追到我的电话上，对吧？”

“你的电话，”他说，“用了肖邦的曲子？”

“怎么说呢？它对我有些意义。我的葬礼上也放它吧，行吗？”

他答应了。但他不知道一个得了慢性注意力紊乱症的听者能不能耐着性子把它听完。

【一个朋友说：“这是我听到过的最怪异的歌。”你是逃出来的还是奔过去的？】

他走出去，来到小屋后面一片枫树林边上，在那里坐下来，脑袋勾下来盯着手里的智能装置。黑暗中，一道孤零零的白色光柱在他脸上扫过，他读着上面的报道。十九个阿拉巴马人染病，九人死亡。每年，十万个美国人中有九人死于医院内感染——比车祸和谋杀造成的死亡加起来还要多。迷恋数据的公众大概从来不会太在意这件事。可是他却把事故变成了一件足以令人恐慌的事。

所有感染的病人的确都接触了导液管。所有的六家医院都位于大伯明翰区[1]内。他们的静脉点滴袋都来自同一供应商。这种情况的缘由，或者是有人不小心污染了这一批次的产品，或者是美国再次陷入了围困。正常情况下，大多数人都会发现这个异常。可是情况再也不会正常了。

埃尔斯的目光在屏幕上移动着，周遭的黑暗包围着这个唯一的亮点。他搜索了一下自己的名字，找到了学生对他教学的评分，他最近一次在布鲁塞尔进行的已被遗忘了的室内交响乐演出，还有关于1993年那场《捕鸟人的罗网》首演的喋喋不休的争论。他搜索了一下“阿拉巴马疾病爆发”，找到的消息是，从一个正在融化的冻土层覆盖着的巨大的甲烷屋形盖下向大气中喷射出了数量庞大的温室气体，这气体会加速该释放过程。

记者们纷纷猜测，为何一个已退休的助理音乐教授会一直在自己的私室里操控人类病原体。邻居们也证实了他是个安静有礼貌的人，尽管有一位邻居描述时说他比较冷漠，还有一位提到了偶尔从他的房子里传出来的不成调的声音。联合安全工作组对于正在进行的调查无可奉告，但只要是关于彼得·埃尔斯下落的信息，他们都有兴趣知道。

喜歌剧变成了严肃剧。他没别的选择。他必须回家去解释清楚，只要能让这个神经质的国家远离脱轨的危险。但是，尽管他已经跟高德博格和门多萨解释过了，他们仍旧没放过他。现在，阿拉巴马州那些被感染的人们证明了他们是正确的。威胁再一次保全了已风雨飘摇的民主。埃尔斯让群体想象力紧张兴奋了一番，就为了这个，他也难逃惩罚。一百码以外的地方，邻居家小屋的一扇扇窗子透过茂密的枫

1. 以美国阿拉巴马州伯明翰市为中心的一片未设建制的、人口普查规定的联合居民区。

树林投来琥珀色的光芒。四面八方的灌木丛中回响着一声声呼喊和警报，仿佛一首动物版的《转瞬即逝的映像》[1]。失魂落魄的潜逃让埃尔斯身心疲惫，他在树下的折叠躺椅上睡着了。智能手机的屏幕暗了下来，进入待机，尔后从他手中滑了下来。夜里的某个时刻，他醒了，意识到自己身在何处之后，他恍恍惚惚地走回屋里，倒在一张柔软的床上。将近黎明的时候，在做了一夜全是关于流行病的梦之后，他又听到了E小调前奏曲的音乐声。但直到第二天早晨——这个灿烂、温暖而又一尘不染的早晨就好像造物的第一天——他才找到掉落在草坪上的手机，仿佛是从天上掉下来的。

【没有安全；只有遗忘。】

即使记忆逐渐衰微，在波士顿的那些年依然生动而鲜活地留在他的脑海里。埃尔斯和玛蒂开着一辆17英尺长的“友好”[2]拖车——车上装载着他们两个人的所有家当——穿越俄亥俄州和宾夕法尼亚州去往他们位于芬斯[3]的一居室公寓。他们头顶着一张大号的床垫爬上楼梯。埃尔斯担心着他怀有身孕的妻子，每上几个台阶就让她停下来休息一下。她却笑他过于多虑。“彼得，我只是怀孕了，没有残废。”事实上，是共筑爱巢的兴奋之情让她周身充满了迎接三人生活的能量。

对于玛蒂而言，坐地铁在家和“布鲁克林的新晨”之间往来是件轻轻松松的事；她供职的这所以崇尚自由为特色的私立学校是仿照尼

1. 俄罗斯作家普罗科夫斯基在1915–1917年间创作的一部作品，包含二十首短小清新的小曲。
2. “友好”（U–Haul）是一家美国货车租赁公司，习惯于搬家的美国人喜欢租赁其车辆自己开车搬运物品。
3. 位于马萨诸塞州波士顿的一个公共绿地公园。

尔的夏山学校[1]创立的。满脑子空想的校董事之所以雇了她，是因为她在面试的时候称，浸淫在音乐之中能够让每一个孩子都变得有创造力。劳动节[2]来临的时候，她的肚子已经显出来了。她那几位思想开明的雇主故意装作吃惊不已。

在肚子一天天变大的过程中，玛蒂任职初中音乐老师，教孩子们如何改进不和谐的合唱，如何用奥尔夫乐器[3]投入音乐的自由王国；埃尔斯却打着零工。他做私人家教，教授单簧管课程。他也受雇于人，做着音乐记录员的工作。他还给《环球报》写音乐会评论，五十美元一篇。

晚上，他们守着一台很小的黑白电视机——两根天线上裹着锡纸——一起看好莱坞三十年代的经典老电影。玛蒂缝着被子，彼得翻着乐谱，电视里的巴里摩尔[4]对特利尔碧[5]说，“啊，美人儿，我天造的爱！只有斯文加利，他自言自语……”

万圣节过后的一个星期，他找到了一份自己连做梦都意想不到的工作：在一座美术馆当保安；那座美术馆过了芬威球场[6]再走半英里就到了，是加德纳夫人[7]模仿威尼斯宫殿建造而成。他走去那里用不了几分钟。他们花钱雇他，让他整日站在西班牙回廊里，哥特式的房间里，

---

1. 1921 年由教育家尼尔创办，位于英格兰东萨佛郡的里斯敦村。夏山学校施行的是民主的或称自由的教育方式，因实行因材施教的教育方法被誉为“最富人性化的快乐学校”。
2. 指美国自己设立的劳动节，在 9 月的第一个星期一，放假一天，以示对劳工的尊重。
3. 二十世纪德国作曲家、杰出的音乐教育家卡尔·奥尔夫为了使学生们亲自参与奏乐而制造出的一套可以合奏用的以打击方式为主的小乐队编制乐器，现已闻名全世界。
4. 好莱坞著名男演员，1882 年 2 月 14 日生于纽约市，在舞台剧和电影方面有诸多佳作。
5. 指好莱坞 1931 年出品的电影《斯文加利》（Svengali）的女主角，该电影是众多以杜莫里哀的著名小说《软毡帽》（Trilby，或译《特利尔碧》）为蓝本改编的作品之一。
6. 波士顿最富盛名的棒球队“红袜队”的主场，和著名的纽约“洋基队”的主场齐名。
7. 伊莎贝拉·斯图尔特·加德纳是十九世纪末二十世纪初一位美国艺术品收藏家、慈善家和首屈一指的女性艺术投资人，在波士顿建立了伊莎贝拉·斯图尔特·加德纳博物馆。她本人最喜爱意大利的威尼斯，经常在那里逗留。

或者中国式的凉廊里一动不动；这样一来，他便可以一边守护那些画作，一边在脑子里写他的音乐。日复一日默默地冥想对他在音乐方面所取得的进展影响巨大，不亚于他上研究生的那些年。十年来，他始终在为寻找各种复杂精致的形式而忙碌。如今，他开始听到一条溪流——纯粹、豁达，而又坚定——在他脚下潺潺流淌。

他用一个下午又一个下午的时间逗留在维米尔[1]的画作《音乐会》前面，聆听着画面里那三个静止不动的人所演奏的静寂的和声。低着的头，蜷曲的手指跃动如波浪，引出一串凝固的音乐，没有别的听众，只有这个遥远未来的他。很快，那些演奏者也会永远消失不见。

理查德·邦纳时不时地从自己用作家庭办公的非法阁楼里写信过来。有几次他甚至打电话过来，尽管长途电话费令人咋舌。他总是那样，要么为了新计划而喜不自胜，要么就随时准备按下按钮，让全人类都蒸发掉。有一次，他给埃尔斯派了一个适合他的小活儿——有人请他为一家画廊的特别展出写一支两分钟的伴奏曲。这工作没有报酬，却是埃尔斯第一次为城区活动出一份力。

十二月到了，一场大雪让波士顿随之陷入瘫痪。玛蒂的身体已经很笨重了；她走路时步履蹒跚，把手里的地球仪夹在凸出的胯上。临产那一天，本来有车的邻居却找不见了。彼得不得已跑到大街上，拦下一辆过路的别克车，请求车主载他们去医院。

小婴儿萨拉来到了这个世界，带着赤裸裸的惊奇。两人在他们被冰雪围困的小窝里手忙脚乱。一对夫妻弓着腰，看这个迷你的小生灵在哭着，一哭就是一个小时。埃尔斯两个月里没有再写音乐，只是围着尿片和小摇篮转，在那个小东西后背上轻轻拍着，帮她打奶嗝。他

1. 约翰内斯·维米尔是十七世纪荷兰杰出的风俗画家，与梵高、伦勃朗合称为荷兰三大画家，代表作有《戴珍珠耳环的少女》等。

的女儿一会儿哭，一会儿咯咯笑，这正是他想要的音乐会。玛蒂懒洋洋地在公寓里躺着，被催眠了一般，这个小寄生虫让她失去了自由，变成了一个没脑子的宿主。除了生活，三个人什么都没做。哪怕是在夜深人静之时被拽醒，埃尔斯也仍觉得这样的生活比任何艺术都来得好。六个星期——那是他人生中过得最充实的一段时间。但这只是序曲，几个简单的小节后就结束了。到了华盛顿诞辰日[1]那天，玛蒂又回到了“新晨”学校去指挥合唱队。

彼得从博物馆请了假，回到家抚养他的小女婴。每天晚上玛蒂下班回到家想逗萨拉时，埃尔斯都会拦住她。“小心点，你吓着她了。先去洗手！”

“小海参”学会了蠕动，用软绵绵的四肢在地板上把自己移来移去。她的嘴唇嘟嘟着，发出呼呼的声音，就像她尚在娘胎之时她的母亲嘴里哼哼的那样。彼得把她放进绑在胸前的婴儿袋中，带着她到处走动。他一天到晚对着她唱。每天晚上，他都唱歌哄她入睡，而她也跟着一起唱，唱到某些音的时候，好像他们都飘浮到了空中。“十字霜糖面包”[2]，还有“小可爱蜘蛛”[3]。除此以外，一个人还需要什么别的音乐吗？

从一开始，她就是自己的造物主。她什么都吃。如果有什么不能吃，那只是为了考验她的意志。萨拉也从来都没有挫败感。她是个天生的指挥家，世界就是她的管弦乐队。她用她的食指把巨人般的大人们指挥得团团转：你，过这儿来！我，要去那儿！生活是一个谜，在谜底揭晓之前一直都变幻莫测，但这个小婴儿的脑袋里早已经一清二楚了。

---

1. 又名“总统日”，是美国的十个法定节日之一，定在每年二月的第三个星期一。
2. 一首英文儿歌。“十字霜糖面包”是英国人在耶稣受难日这一天一定要吃的一种传统食物。
3. 另一首英文儿歌。

她的父母发现这个专横的冯·卡拉扬[1]式的游戏十分有趣，但重复好几百次就不行了。他们精疲力竭，甚至害怕起来。一个艰难的晚上，在经历了两个小时史诗般的睡前消耗战之后，彼得和玛蒂累得瘫靠在一起，成了两具动不了的僵尸。空气里飘着跟婴儿有关的难闻气味——呕吐物，还有滑石粉。彼得盯着带裂缝的石膏天花板，仿佛那是一种他读不懂的交替记数系统。

“她故意的。”

玛蒂费力地把身体挪回床上。“她还真有能耐。”

“把我玩儿得像一把斯特拉德[2]。”

“我也是。她怎么会学得那么快？”

“瞧瞧咱俩。记得那会儿，世界上最难的事也不过是写一份资助申请吧？”

玛蒂叹了口气，她的女高音早就黯淡下去了。“不是你希望的那种生活，对不对？”

“不是，”彼得同意，但有点惊讶。“比我想要的多多了。”

【“我的几盏灯被阵阵微风吹灭。为了将它们重新燃起，我忘却了所有别的事情。”（泰戈尔）】

他又开始写音乐了。开始时每天胡乱画上几笔，之后写一个主旋律，再后来写上几个小节。几个月后，他为一个合奏组写了一支短小的幽默曲。在他远离音乐待在家里当父亲的那段日子里，他的音乐变了。

---

1. 二十世纪奥地利著名指挥家、键盘乐器演奏家和导演。
2. 全名为安东尼奥·斯特拉迪瓦里，十七、十八世纪意大利提琴制作大师。由他制作的小提琴如今是世界上最有名气的价值连城的乐器。

他那些小技巧和鲜明的个人特质得到了软化，也更包容了。他坐在卧室角落里的电钢琴前面工作，女儿在墙的另一边玩耍，在她的小木琴上敲着，模仿着他，唱着婴儿期那些没有调的调子。

他一走过去来到她的房间，她就乐开了花，用小木槌在亮闪闪的金属键盘上一通乱敲。

“你说什么，我的萨莉小熊？”

听到这个名字，她更高兴了，敲得也更起劲儿了。那些键发出清脆的声音——红、紫、海绿。

“那是什么？再说一次！”

她尖叫着，用力击打彩虹键盘上所有的键。

“等等。我明白了！你是说……”

他握住她抓木槌的小手。他们一起按照那个神奇的顺序去碰触琴键。他唱了出来。

“从前有个女孩叫萨——拉！”

她大笑，把自己的手挣脱出来，敲了敲她刚才听到的那几个音的琴键。

“生活在她的幸福小——家！”

她很努力地跟着哼哼，每找到一个琴键就猛击一下。

“未来一不小心就来——啦！”

是的，她发出尖锐的声音：就是它。我想说的就是这个。

他走回他的卧室，坐回自己的键盘前面，去整理从她那里偷来的那些虽不连贯却有着深层渊源的发－都－嗖－拉片段。她东倒西歪地走进来，想要帮他，敲他的键盘。“不，亲爱的。”他说，“这曲子是爸爸的。”此言差矣，真的。所有一切都是她的。

一天结束的时候，他写了一个新的催眠曲的开头，正好在哄她睡觉时试一试。她是唯一听到过这支曲子的人。这种东西还有谁会去听呢？对于数以亿计的电台音乐爱好者而言，它太野性了，而对于少数想要在音乐方面精益求精的人而言，它又只能带给他们肤浅的愉悦。

可是挡不住他女儿喜欢，除了她，他不需要别的听众。萨拉是他的实验对象，他想看看，一双从小就一直听着快乐声音的耳朵究竟能听到什么。他唱出的旋律婉转起来了，她一边听一边嗤嗤笑。她那快乐洋溢的小脸时而一皱，似有些许困惑。现在轮到她问他了："你在说什么？"但这只是夏日夜晚的音乐而已，碰巧有一段节奏欢快的风琴声穿过"芬威"上空，从棒球场上飘进窗户，球棒击球的当啷声，远处鼎沸的人声传过来就像窃窃私语，还有这段催眠曲，让眼睛圆睁的女孩儿用尖笑声释放童年被压抑的快乐。

公寓外面的世界里，有天然气管道，疯狂蔓延的通货膨胀，再次走向毁灭之门的中东。但在公寓里面，他们的日子过得真像一出出戏剧。咳嗽。发烧。跌倒时碰在咖啡桌上，她的牙齿咬破了自己的下嘴唇。就在两年前，他还在想如何写出可以改变音乐本质的音乐。如今，他一心只想让他的女儿不要成长得太快，变化得太多。

推着萨拉的婴儿车穿过"胜利菜园"[1]，埃尔斯清晰地感到了自己二十几岁时的狂妄自大，这让他感到害怕。他一辈子都想象不出为什么他当初要申请"浮士德"全额奖学金。多年来，他一直都在努力写一些折磨人心而又让人敬畏的东西，仿佛唯有艰难困苦之事才能耐人寻味。现在他才明白，这世界需要的不过是一支简单的摇篮曲，简单到每天晚上能够哄一个两岁的孩子停下她没完没了的折腾，安然地睡

1. "一战"和"二战"期间美国、英国、加拿大、澳大利亚和德国等国家始兴的在自己的私人住所外和公共公园里开辟的蔬菜水果园，目的是为了减轻战时的食物供给压力。波士顿的"胜利菜园"位于"芬威"球场附近。

上八个小时就足够了。

在艺术博物馆附近的运动场上，萨拉站在那里，仰起脖子唱着“这位老先生”[1]。她嘴里唱出的词含糊不清，节奏不够稳定，旋律也只比她的蜡笔涂鸦强那么一点点。但是在埃尔斯看来，那位老先生就像神一般活灵活现。反叛本身只是一时时兴，和别的流行之物一样不堪一击。裙摆高高低低，但当下总是自信满满：裁缝的图样就被它捏在手中。彼得二十几岁时做过的事情——运动，无法无天的实验，疯了似的爬到路障上面去——现在看来都只是愤青之举，有点像自己女儿白天怎么也不肯午睡。谁又能说得清当前那些搞学术的人在维护些什么呢？埃尔斯已经离开太久了，不可能知道。但他知道冷酷一定抵不过温暖，形式一定会让位于情感，这是肯定的，就像导音永远都会向基音倾斜那样肯定。音乐就像裁衣，都是拿整块布料裁的？傻子才会信。所以，那个皇帝永远都会赤条条的，和洗澡时的萨拉没有区别——光着身子，一边扑腾水花，一边大声唱着现编的童谣。

这女孩儿爱上了音乐。早上四点钟，她就开始兴奋地练声了。四点半，她开始唱莫扎特的C大调奏鸣曲，虽然结结巴巴，但感情充沛，让她的父亲如痴如醉。她为他演奏，用简易的“乐器”：用橡胶淋浴软管做成的小号。用橡皮筋绑在一起的燕麦片盒子。

玩这个游戏每回都有固定的规矩，她从来都不厌其烦。

“我说的是什么，爸爸？”她一边问，一边用自己的每根手指狠敲钢琴的琴键。

他听着。“你在说，‘好吧，妈妈，我吃蔬菜。’”

“好嘞！”玛蒂在厨房里喊。

1. 创作于二十世纪初的一首英文儿歌。

“才不对！”萨拉喊道，又重新开始怒气冲冲地弹奏。

“猜到了！你在说，‘我累了，想上床睡觉了。’”

“错！”她说。“再猜！”她弹出的调子变得比埃尔斯写过的最狂暴的曲子还要狂暴。

“等等，”他说着，把脑袋歪过去听。“继续弹。快猜到了。你在说，‘大家都爱我，生活多美好！’”

音乐忽然乱了阵脚，变得有些难为情了。她把脸转向一边，小嘴嘟哝着，像是在害羞地说“就算是吧”。

在芬斯公寓度过的五年时间快得就像那首《一分钟圆舞曲》[1]。他那些伊利诺伊的研究生同学都已经进了美国各个大学的音乐实验室。他聆听着他们如格言般精准的录音带，研究着他们费尽心思写出来的乐谱。用音乐来抵抗对他而言仍是有价值的。尼克松，无休无止的战争，无线电广播里充斥的乏味的自恋和销售商的广告短歌，比起以往来，如今有了更多诸如此类的东西要去抵抗。但他只是听，并没有去附和。

一天夜里，家里的女士们都睡着了，他在厨房里一边啜饮一杯奶油核桃，一边弓下身子听着收音机。他听到了那鬼魅般的哀号：克拉姆[2]为电子弦乐四重奏而作的《黑天使》[3]。来自黑暗之地的十三幅图画，蛮荒而又绮丽，一个纯粹为了制造心灵冲动而生的均衡体系。那些声音来自另一个星系。无限的声音可能性在埃尔斯面前铺开，让他动弹

1. 也叫《瞬间圆舞曲》或《小狗圆舞曲》，曲长只有一分多钟，据传为肖邦根据身边的小狗追逐自己尾巴团团转的有趣动作而作。

2. 乔治·克拉姆，二十世纪后半叶美国最著名的作曲家，当代学院派作曲家的代表，在音色与音响上有自己独到的见解和追求。

3. 乔治·克拉姆于 1970 年创作的作品，用电声与弦乐四重奏相结合，深刻表现其象征主义哲学，刻画出现代人生活的心理特征。

不得。他甚至想不起来他“想要”往哪里挪动，如果他能动的话。

紧接着第二天夜里——仿佛天堂里的调音师在戏弄他——他又听了乔治·罗奇伯格[1]的《第三弦乐四重奏》。罗奇伯格，一个死板的序列主义作曲家，写出的作品散发着一股抒情和声的迂腐味道，简直是在赤裸裸地模仿贝多芬、马勒和勃拉姆斯。就像一个异教徒在主持上帝赐福仪式：一个严肃作曲家举手投降，背叛了过去几百年来的传统，陷入浮华之中难以自拔。

但是：这样的堕落需要多大的勇气！那漂亮华丽的尾声让埃尔斯为之一叹。这让他想起了旧时那些备受责难的乐事来，为何遭到批评他倒记不得了。这作品说好听点是幼稚，说难听点是平淡无奇。但很奇怪，朗朗上口。

后来，播音员解释道：罗奇伯格的小儿子是死于脑瘤的。这样一来，他听到的陈旧的曲调也就完全在情理之中了。而真正的谜团是，罗奇伯格在这样的情况下竟然还能写出东西来。如果自己的女儿，就在卧室墙的另一边熟睡的女儿有什么三长两短，对于埃尔斯而言，作曲这件事就会永远终结了。

音乐远离了他。仅就这座城市而言，每个星期都会有层出不穷、令人耳目一新的创意曲目在查尔斯河[2]两岸的不同演出地点展开首演。在远处听，很难分清在那里吟唱的是文人雅客还是放荡不羁的文化流浪者。埃尔斯已经不需要再费那个脑筋了；他跟自己的女儿手拉着手，一起漫步在“芬斯”公寓的玫瑰花圃中，用他们的密语不停交流着——

1. 当代美国著名作曲家，新浪漫主义音乐的重要代表人物。
2. 波士顿的灵魂之河，将波士顿市区和著名的剑桥大学城（哈佛大学和麻省理工学院所在地）分隔开来。

这个自然而然生发出来的新发明是一个全新领域，他们是其中的一对亲密伙伴。

“咱们来做点什么吧。”他对她说。

“做什么？”她问。

他从地上的泥土里捡起一朵掉落的花。“咱们就做一朵没人知道的玫瑰花。”

她把小嘴一噘，嘴唇就像一条鼻涕虫。“那是什么啊？”

“好东西。”

“怎么个好法？”她一边说，脸上的表情似乎已经在猜测了。

“又好又慢的。”他提议。

“不，”她纠正，“又好又快的。”

“好吧。又好又快。以前从来没有过的。你先开始吧。”

她唱了一点点。他加了几个音符。他们一边走一边创作，这一天就用来写歌了。到家之后，他们用键盘把这首作品完成了。

这成了他们不厌其烦的游戏。咱们来做点什么吧。做什么？好东西。怎么个好法？又好又暴躁？不：又好又温柔。好得像棵树。好得就像一只鸟。

一天晚上晚餐时，听着父女俩神神叨叨地胡言乱语，玛蒂边笑边嗔怪他们。

“你俩这几天怎么回事？背着我藏了什么秘密？”

“什么秘密？”埃尔斯重复这几个字，让他的女儿又亢奋起来。

萨拉把一根手指举起来，表示附和。她歪了歪头，“好秘密！”

玛蒂捶了他俩一下。“行！你俩就串通一气吧。”

“嫉妒了？”埃尔斯问。

玛蒂站起身来收拾盘子。“当我没问。”

这下子萨拉着急了：“不，妈妈！我告诉你。我们在做东西。”

“做什么东西？”

“歌。谁也不知道的歌。”

圣诞节过后的那天，他在那棵挂满了爆米花串和纸质饰品的小蓝叶云杉树底下找见了小女孩，她正在地板上摆弄她的新字母积木。她把它们以不同的间距摆开，调整一下，再调整一下，直到每一块都变得完美。

埃尔斯看了一会儿，却破解不了其中的密码。“熊囡？你在做什么？”

“这是我们的歌啊，”她告诉他，“看。”

她向他演示自己的体系是如何运作的。木块的间距，乐谱线上高高低低的音符，颜色就像她木琴的琴键：这就是她发明的记谱法。为遥远的未来写下的秘密，不是写给任何人的，或是写给任何想听的人的。埃尔斯忍不住盯着看——积木、乐谱、女孩。这音乐的创造者，就在数十个月之前，还只不过是隐藏在一个单一细胞里的那些序列。

【我想让音乐成为庸俗的解药。就这样，我成了一名恐怖分子。】

“我们需要大一点的地方，”玛蒂说，“她都六岁了，不能总睡在一个壁橱间里了。”

毋庸置疑。不过对于埃尔斯而言，从他们的公寓搬出去，搭着地铁绿线[1]前往库利治·康勒，到一个更大的地方去住，就好像某人犯了天条被天使用利剑押解着逐出伊甸园。

萨拉开始去“新晨”学校上学了，玛蒂如今已是那里的艺术总监助理。缝被子的嗜好她早就放下了。埃尔斯又回到艺术馆去做兼职。他揽了更多誊抄的活儿，每次花上几个星期的时间去转写或听记别人的乐谱，一个音节一个音节地记录下来，转换成为干净、完美的五线谱系统。他爱这份工作，像一条变色龙变换着迥异的色彩。

但是到了晚上，在布鲁克莱恩公寓客房中隔出来的一间办公室里，埃尔斯才开始创作他三年来第一首真正意义上的作品。午夜已过，他仍在修修改改，一会儿心潮澎湃，一会儿又灵感全无。几个星期以后，一种新的风格成形了，一种他开始慢慢听才听得到的风格。只是这风格一点也不新鲜。他记得大概十年前，在校园玉米地中央那块黑暗冰冻的土地上，他就跟理查德·邦纳描述过。

他跟玛蒂讨论了曲子的框架——一首为钢琴、单簧管、特雷门琴和女高音写的作品，歌词来源于卡夫卡的《中国长城建造时》。这支曲子包含了由固定音程决定的变化着的节奏片段区，不断地循环变调。那些音程逐渐达到一个不谐和音的峰值，尔后舒缓下来，平静地收尾。虽没有固定的音调，但音乐的模进仍能将听者的耳朵推过一波又一波的期待和惊喜。方法上感觉是在向前推进，既不倾向于浪漫的沉醉，也不倾向于乏味的算法，既不侧重对过往的把握，也不侧重对进步的推崇，而是选择了它们之间的一条中间道路。

“长城”盖起来了，一块石头摞着一块石头。他用他们四十四键的小电子钢琴为玛蒂弹奏了其中的乐段，想让她视唱一下。即便是对

1. 波士顿轻轨（地铁）系统中最古老的一条线路，可追溯到 1897 年，也是美国全国范围内最为繁忙的一条线路。

于一副好几年来一直没怎么打开来唱的歌喉，这也不算是件难事。若能在坎布里奇[1]或者肯莫尔[2]的某个现代音乐演出场所中掀起一阵热潮，定会十足有趣。他们只须再找另外两个演奏者；彼得可以自己承担单簧管的部分。

你不必离开你的房间。
就坐在桌子边听着。

甚至不必听：
等待就行，静静地，
默默地，一个人。

这世界会自己撩起面纱。
它别无选择；它会在你脚边旋转，狂喜不尽。

玛蒂点点头，对他的讲解表示认可。她对他铤而走险却能巧妙地化解报以微笑。她眼睛里闪烁着记忆的火花，想起不算太久之前他们二人一同发起的那些已成历史的运动。恍惚间，她的面庞好像还是那个喜欢哼歌的女孩子的脸，只要他吩咐，那个小听差就会照办，任何事情都不管不顾。但是当他们把谱子通读下来之后，她便又恢复了“新晨”学校艺术总监助理的身份。

“这太赶了，彼得。我希望能多些时间来熟悉。”

---

1. 美国马萨诸塞州城市，和波士顿仅一河之隔，是哈佛大学和麻省理工学院所在地，也称“剑桥市”。
2. 波士顿芬威球场附近的一片区域。

他联系了新英格兰音乐学院[1]的一群思想前卫的古典爵士乐手，他们把这部作品安排在一个晚间于布朗音乐大厅进行演出。听众是寥寥几个乐此不疲经常来听这类首演的人；他们就是渴望听到一些人类的大脑无法制造出来的惊世骇俗的东西。首演那天夜里，玛蒂退缩了。"我们不能带一个才六岁大的孩子来听一场两个小时的前卫音乐会。这会毁了她的。"

"为什么要把她跟其他人区别对待？"彼得问。

他的妻子想微笑，却笑不出来。"对不起，"她说，"我们让她听录音带吧。以后。"

"好吧，"他回答，"来日方长。"

"祝我好运吧，"在出门之前，他对女儿说。

"不！"萨拉说，"不带我，就没有好运！"

作品的演出过程比彼得预想的要好。实际上，坐在观众席里的他听到有那么片刻的时间，单簧管摆脱了特雷门琴的扰动，在同一时间以其优雅释放出令他惊异的声线。他听得到所有那些闪亮的交叉关系，钢琴飞旋似的模进，仿佛要跳出那个体系去体察世界。激进而笃定；仿佛要力挽狂澜。尔后，女高音强势介入，潮水一般将气势恢弘的强拍卷走。顷刻间，有东西涌动出来：好东西。好而自由。好而生长。世界就在他脚边。

观众中的序列主义音乐家们在自鸣得意地笑。推崇偶然音乐的人们却流露出迷惑而难堪的表情。而在不属于那两个阵营的人当中，有两三个则……嗯，只能说是被感动了。后来，一个裹着黑色长织巾、凶神恶煞的、红头发的瘦女人堵住了他，要跟他说话，她的眼睛里像

---

1. 位于波士顿的一所以音乐为主的专科学院，建立于一八六七年，是美国境内历史最悠久的独立音乐学院。

有火在燃烧。

“这东西讲的是孤立，对吗？冷漠的力量。”

她就像一个让人感官爆炸的吸血鬼，觊觎着任何能奉献温暖血液的东西。埃尔斯的大脑向他身体的各个部分发出紧急信号：胡言乱语，目瞪口呆，五体投地。他害怕了，因为这样的女人想要什么东西都不足为奇，任何作曲家都别想逃脱，更别提他了。

“音乐并非要‘讲’什么东西，”他说，“它‘就是’那个东西。”

她的脸皱紧了，还没等埃尔斯把这件事说清楚，她就退了回去，接着又拦住特雷门琴的演奏者，向他要一张小样。

彼得回到家，带回来几个电话号码，还有未来音乐会的演出日期，他甚至还得到了一个音乐学院的院长送给他的名片，对方答应考虑委任他一个职位，虽然只是口头的。他给玛蒂看了看。“带着名片的音乐家。就像带着汽车钥匙的小孩子。”

萨拉跳起来，去抓那张小纸片。“我要这个！”

他跟他的女儿玩了一会儿，故意逗她，然后才把名片给她。无论如何，他不需要这东西。

玛蒂把一只手放在彼得的胸脯上，让他舒缓下来。他快飘起来了，这是真的。不过，今晚他得到的成人的关注的确比他离校后这么长时间以来所得到的都多。想来让人震惊，他本该得到多少这样的关注！在他的大脑皮层中萌发的一个意念，他莫名其妙地忘记了的一个古老预言。

虽然女儿不乐意，玛蒂还是从她手中把那位院长的名片拿了回来。她仔细看了看，兴奋不已。但她并没有哼起歌来。

“你觉得他们会对你有意思吗？”

一拍，两拍，他恍惚了一下才明白她想说什么。她的意思是：

一个真正的工作。她没有埋怨过他。她不需要这么做。自从萨拉上了学前班，他便开始在他们居住的工人合作公寓里全身心地投入工作。没人能够理解，除非你去数一数，他面对着那一摞无情的空白稿纸目不转睛地盯着多少个小时，多么吃力地在画着五线谱的纸上把那些音符一个个地推导出来，努力地找回自己快要淡忘的、没人能懂的语言，即使他能够理出其中的语法。雨过天晴了，现在，他的妻子再没有理由把他花费的那些时间当成是一种昂贵而自我放纵的玻璃珠游戏了。

【总想着调式是徒劳无益的。音乐，一时毫无意义的音乐，会消融掉你所有的顾虑。】

树木、绵延的丘陵、数小时斑驳的灯火，以及储有食物的小屋，这一切都让他产生了错觉，忘记了自己是一名通缉犯。第二天早上，他漫无目的地走进那片国家森林，发现自己不经意间走上了一条小径，小径傍着一条微涨的溪水。树木仍在发叶，溪流穿过多沙的裸露岩层，流出一片闲散的色彩。

沿着小径走出三英里，猛然间他又意识到了自己的处境有多严峻。他想象着自己将要面临的指控。妨碍联邦调查。逃避逮捕。培养已知病原体。沉迷于用专利制造精神错乱。即便他已出走，调查人员还是会把他们贴了标签的那些盛有生物危害品的袋子翻个底朝天，寻找其中是否有跟多起医院死亡病例有关的蛛丝马迹。闹剧、灾难和政府机构：这些足可以攒成一出戏，成为他逃难故事的续集。

他在一根腐烂的、长满了青苔和真菌的原木上坐下来。他的周围全是正在吐绿的阔叶树，树底下是去年落下的深棕色叶子铺成的一层厚厚的毯子。小溪冲刷着它布满岩石的河床，发出的声音就像埃尔斯有一次在用计算机改造过的卡带磁轨上做出来的效果。

一对年轻夫妇沿着小径走过来，鬼鬼祟祟地招了下手。他们朝四下张望，仿佛沉浸于一种因为在这个工作日里偷闲而感到的罪恶快感之中。当他们的高科技外套消失在灌木丛中时，埃尔斯被一种巨大的空虚占据了。他感到自己单薄得透亮，就像一尊卧佛身上的金箔，快要撑不住，要剥落下来了。

他站起身，踉踉跄跄地按原路返回。这片林子绝对说不上荒凉。大片大片的铁杉、橡树、山毛榉和松树混杂在一起，一路延伸到海滨区域,完全保留在近处的只有少数几片与人同龄的野樱桃林和枫树林。脚下这一薄薄的表层土壤是归公众所有的，但地下矿产权把持在私人手中。钻探已经再次开始——水力压裂，页岩提取——用越来越巧妙的方法采集以往难以企及的燃料。

当他走进小屋，肖邦的序曲迎接了他。等他找见手机，声音已经没了。屏幕上显示有三个未接来电，都是克拉乌迪雅打来的，她没有发来信息。他的手指在回拨键上方犹豫着要不要按下去。可是，无论局势有怎样的进展，他都无力应付。

他把他女儿的号码敲了进去。按键发出哔哔的声音——一个复古的声音游戏——这旧时的双频按键音曾经让年幼的萨拉兴奋不已。在布鲁克莱恩住的时候，他经常用电话键盘弄出些调子来逗她笑，没料到有一次他发明的一支滑稽的吉格舞曲直接拨通了警局的紧急服务。也许数十年前误拨的那个报警电话如今还静静地沉睡在某个古老警局的数据库里。时光回溯至十八世纪，即便早在那个时代，也有不少作曲家没有留下任何记录，除了自己在洗礼簿上的登记。连贝多芬都没有出生证明。可是埃尔斯的印迹已经传遍了天下。三百年后的人们可以轻而易举地知道他从网上买了哪一场《浪子的历程》[1]。他只想听听萨拉的声音。他们上一次谈话时，他的房子还在，他还是清白的自己。他人生中最大的危机便是为爱犬的葬礼选择音乐。从那时候起，他的大脑就一直像一堆胡乱叠加在一起的和弦，什么也分不清了。跟自己头脑灵光的女儿通两分钟的话会帮助他清醒一些。

拨到萨拉号码的第六位数字时，他的手指停了下来。他把电话关了，放了下来。据他有限的了解，爱国者立法早已取消了对搜查和扣押的限制[2]。如果说联合安全工作组为他布下了天罗地网，他们一定会监听他女儿的通话。

埃尔斯打开手机上的浏览器，又开始搜索。对他名字的点击量正像病毒一样疯狂地增长。沃拉塔学院院长承诺会全力支持调查，并呼吁彼得·埃尔斯尽快自首以配合讯问。埃尔斯购买定制 DNA 的在线网站声称，他曾向他们出示过大学实验室的采购编号。纯属谎言：只要有一张信用卡，任何人无论想买什么都能买得到。

从彼得·埃尔斯家搜出来的好几本书里都链接了一个有关流行病菌培养的博客。《好细菌》、《坏细菌》、《瘟疫与人类》。有人从他藏书室里的上千本书中挑出了这几个书名，只为了达到耸人听闻的效果。高德博格、门多萨，还有朋友们都在出卖他。政府恨不得当众把他绞死。

他在科尔曼的手机里敲入了几个词——埃尔斯、沙雷氏菌、纳克斯科荷曼——又过了好一会儿，他才明白过来，他每敲一次按键都会永远生成多重的服务器日志，联邦调查局可以对其进行梳理——他们

1. 美籍俄罗斯作曲家斯特拉文斯基的一部三幕歌剧，创作于 1948–1951 年。

2. 美国在 9·11 事件发生之后，通过了以牺牲公民自由为代价的《爱国者法案》，行政部门获得了之前宪法没有赋予他们的权力，如以国家安全的名义进行搜查和扣押。

不需要多少理由就能这么做，不需要比他们用来袭击他的房子用到的理由更多。东边的某个地方——马里兰或是弗吉尼亚——以及西边的某处——在离萨拉不远的湾区——有几幢四四方方的白色建筑，多层的混凝土楼房，没有窗户，那里的人们在工作站中发出荧光的小隔间里窃听着这个世界上所有可疑的搜索，监视着源源不断涌来的热词，他们的单子上现在就包含了“埃尔斯”、“沙雷氏菌”，以及“纳克斯科荷曼”。那些日志会记录下发送查询的机器。查询机器有全球定位系统追踪功能。如果说克拉乌迪雅的手机能把埃尔斯带到这个小屋里来，它一定也能把联邦调查局的人引到这里。

埃尔斯把手里的智能手机关掉，推到早餐桌的另一边。他紧闭双眼，仿佛能够看到一队身着生化防护服的人正在将科尔曼的林中小屋夷为平地。

【听得到的旋律是美好的，但更美好的是那些听不到的。】

埃尔斯架子上的书的确隐含着一段秘密的历史，但它是超过任何政府的能力所能控制的。当他发现了其中秘而不宣的证据后，所有对人类事务所做的标准描述都变得滑稽可笑且像是自娱自乐了。贸易、技术、民族、迁移、工业：整个这出戏的音乐竟是由地球上五个千的十次方的处于变异中的微生物所谱成的。

一年的阅读让埃尔斯彻悟了。是细菌决定了战争，刺激了发展，消灭了帝国。是它们支配着谁饱暖，谁挨饿，谁会变得富有，以及谁会堕入疾病丛生的贫民窟里去。任何一个十岁大孩子的嘴里都寄生着这个星球上人类数量两倍多的虫子。任何的人体都要依赖十倍于人类细胞数量的细菌细胞以及百倍于人类基因数量的细菌基因。是微生物如谱曲一般将人类的 DNA 形式有机地协调起来，并调节着人类的新陈代谢。它们就是我们居住于其中的生态系统。就连我们去跳舞的时候，都是它们在发号施令。

一个关于生命真实量表[1]的课程告诉埃尔斯：人类在这场对抗感染的纯洁之战中会一败涂地。现在，这场竞赛在一道道屏障后面陷入了绝境，被各种能够想象到的菌株的非法入侵者和潜伏的杀手细胞重重包围。两个世纪以来，人类一直梦想着一个无菌的世界；最近几年，人们甚至自欺欺人地认为科学已经击败了侵略者。如今，感染已经兵临城下，在被镇压之后又卷土重来。多重耐药的有毒菌株已经起来造反，就像愤怒的殖民地居民将一举攻破帝国前哨的阻拦。细菌和圣战分子——两个传播当下恐慌的噩梦竟然以埃尔斯无法全然理解的一种方式竞相降临到了他身上。

报道彼得·埃尔斯的藏书室被搜查的那些网站中没有一家提到他的物品中还有其他书籍——那些在过去的一百年间曾鼓动对公众进行全面“攻击”的作战手册。布列兹的《取向》。勋伯格的《和声学》。梅西安的《我的音乐语言技术》。那场冲突早就结束了，为之付出的努力对任何人而言都无足轻重了，除了对死去的人。当身体正在被来自四面八方的看不见的菌体围攻之时，还用得着去担忧像灵魂一样缥缈的东西吗？

【任何一部音乐作品，无论多么高雅，都可以变成一部独一无二的流俗之作，知道了这个很伤人吧？】

---

1. 一种测量工具，它试图确定主观的、有时是抽象的概念的定量化测量程序，对事物的特性变量可以用不同的规则分配数字，因此形成了不同测量水平的测量量表，又称为测量尺度。

一阵敲门声，是理查德·邦纳，他一走进布鲁克莱恩公寓的门槛，这公寓立刻变得像是中产阶级的玩偶之家了。

“晚饭吃什么？”

彼得站在那儿惊得说不出话来。突然，他的手紧紧抓住了眼前这个如幽灵般出现的人。“上帝啊，理查德！你怎么会在这儿？”

“说你不爱我了，我立马就走。”

还没等埃尔斯为他闪身，这位编舞指导已经如一阵风似的刮了进去。用最简洁的方式寒暄之后，邦纳便开始跟女主人开起不正经的玩笑来，又去拽她女儿的小发辫，让她像只小海豹那样叫喊；他一边指摘墙上的艺术品，一边把那些二手家具挪来挪去，好让它们看起来更加顺眼。

一看到自己的老朋友，埃尔斯立刻来了精神，变得红光满面。夏令营从天而降，上千个迫切的计划在向他招手。新的十年来了，尽管迟来了好几年。理查德就在这儿；有理查德在身边，没什么事不敢做的。

玛蒂想发脾气，但她还是疲惫地笑了笑。“你怎么不声不响就来了。要知道我就给你做顿好饭了。”

邦纳用自己的额头抵了一下她的。“别人想你往东走，你偏往西去。创造的‘二号原则’。”

“那‘一号’又是什么？”埃尔斯问道，自甘沦为这个爱出风头的人的配角。

“别人想你往西走，你偏往东去。”

过了一小会儿，在随意饮了几杯杜松子汽酒后，这位舞台导演把每个人都打扮了一番——给彼得穿了件无业游民穿的无尾礼服，给玛蒂披了条羽毛长巾，还给小女孩套上了鳄鱼芭蕾舞小短裙。他让萨拉把她那架早就嫌小了的玩具钢琴搬过来。“准备好了？《星星变奏曲》。

尽情去弹，就像没有明天了那样去弹。我来唱！”这个二人组把他们丢失的优雅用分贝数弥补了回来。萨拉拼命敲着象牙白色的塑料琴键，笑得像个死亡女妖。

他们又坐下来吃没吃完的饭。理查德没完没了地说着，说得都喘了起来。他给眼前这几位新英格兰的“乡巴佬”好好上了一课，让他们了解了一下最近几年整个曼哈顿都流行过什么。萨拉听得睁大了眼睛，连饭都不吃了。她坐着，手里的叉子还没送到嘴边，就停在那里，盯着这个嘴巴像小号似的，头发乱糟糟的信使，听着他用那些他们闻所未闻的事情把他们寒酸的小屋填得满满当当的。

玛蒂提议吃完饭后出去走走，但理查德冲她摆了摆手。他的双肩背包里装满了别的诱惑人的东西——卷式卡带、尚未完成的手稿、草图，还有密码一般的记谱符号。他把埃尔斯拉到转角桌子边上，开始对作曲家进行再教育。

他演奏了特里·赖利略带西海岸狂野风情的作品，《C音》。吉布森、格拉斯、莱许，还有杨：在埃尔斯疏于关注的时候，一个流派就这么形成了[1]。萨拉咯咯笑着，闭着眼睛在客厅中央旋转，在这好似致幻药一般的催眠曲中恍惚入迷。正在洗盘子的玛蒂把手头的活儿停了好一会儿，听着正在演奏的曲子，她的眉毛扬了起来。没完没了了啊？她外表看起来像是个一本正经的女教师。但女教师是她用来谋生的身份。以前的女高音，曾经敢去挑战任何曲子的那个女人，现在撇嘴笑着，摇了摇头。

理查德倚靠在沙发上休息，陷入了沉醉的状态。“你听出来了，对吧？”

---

1. 乔恩·吉布森、菲利普·格拉斯、特里·赖利、史蒂夫·赖克，以及拉·蒙特·杨是二十世纪六十年代简约主义乐派的主要代表人物。

“无聊？”埃尔斯大胆地说。平淡无奇的琶音，毫无谐和的趣味，不断循环往复。像嗑了药的车尔尼[1]。

“五十年来第一场真正的音乐革命。”

埃尔斯歪了下头，耸了耸肩。但他继续听着。如果一个东西两分钟后仍是无聊，再听四分钟。如果四分钟后同样，再听八分钟。音乐永远都不是他想象中的那样。为什么偏要现在表现得规规矩矩的？

他们听着，仿佛这个世界都迷失了。他们又回到了在学校那段时光，所有生命本源的发现仍旧摆在他们面前。这音乐让时间变幻无常，像一轮阴晴圆缺的月亮。

玛蒂迅速走过去，一把将正在听音乐的女儿从小地毯上抱了起来：“对不起，先生们，我们该睡觉了。”

“不，先生们，”萨拉喊起来，“我们继续听！”

“去吧。”理查德对着两位女士说。他用手示意了一下那个专横的洛可可小卷毛。“去睡吧！睡了就不会再烦我们了。”

玛蒂踢了一下他的小腿，两个男人只好收住音乐。母亲把女儿卷走了，去她的卧室里给她讲这个晚上最后一个故事。男人们动也没动一下，仍留在他们的临时工作室里。曲谱做出来了，两个老搭档继续在灯下窃窃私语，女士们都安然入睡之后，他们仍在挑灯夜战。

邦纳说：纽约城出大事了。这个城市快完蛋了。到处都是无家可归的人。连基本的社会架构都要土崩瓦解了。但市中心的演出市场却从没这么繁荣过。就跟坟头上刷刷长出来的毒蘑菇差不多。

理查德推销员似的说辞听起来就像一座极简抽象派的冰川。这位导演遇见了一位“天仙姐姐”，她从中央公园西大道上一座公寓楼高

---

1. 卡尔·车尔尼，奥地利作曲家、钢琴家、音乐教育家，贝多芬最得意的学生。

高的窗子里探出头，把一些现钞扔给了下面的他。邦纳有一出街头戏，里面有一百个身着普通工作服的志愿舞蹈者，他们排列开来，就像被种在中城[1]一块四四方方的地带上那样，在上下班高峰期间，他们每隔一段时间会同步地变成“雕像”，就像小孩子玩“木头人”游戏那样。那位女士正是被这个演出震撼到了。这出游击芭蕾舞剧连演三天，最终收场的时候也没有任何阐释，可是城里的人们早就开始对它议论纷纷了。

这位“天仙姐姐”当时从她位于西五十七大街的基金会办公室的十楼窗口往下看，恰巧看到了好几十个人突然变成静止的化石。这一幕让她浑身起了鸡皮疙瘩，仿佛感受到了她在艺术中一直苦苦追寻的共同的命运。她被深深打动了，不单是因为这些行为艺术本身，更是由于完成这样一件作者不详、转瞬即逝、近乎不起眼的作品背后要做的工作。她打了三十多个电话才找到这出很有挑衅意味的舞蹈剧的疯狂的作者。

“现在，她又把钱扔给我，要我把它拍成电影！”

埃尔斯摇摇头。“拍成电影？那不是把它的初衷都毁掉了？”

可是邦纳根本没什么初衷。他纯粹就是精力旺盛，就是喜欢恶作剧似的摆弄些新奇的玩意儿，当这些都消失的时候，就会有一种无底洞般的绝望感，他仍然坚持称这个为“工作”。

两个男人边走边聊那个不切实际的想法，一路走到了贝肯街。他们往城里走，往芬斯公寓的方向走去。邦纳构想了一个计划，从四十层楼的每扇窗户上往外吊一架带长聚焦镜头的摄像机，让那些镜头对着下面的街道推进拉远。他需要一份曲谱，同样也能按照要求推进拉

---

1. 商业区和住宅区的中间地区，下城与上城之间，在曼哈顿指十四街以北到五十九街为止。

远。他想要里面的结构层层叠叠的，错综复杂，与器乐配置相互连锁，每一件乐器记录在一个单独的轨道上，以便整部作品可以收放自如，随心所欲地加以控制，每个部分潮起潮落，分裂消失，尔后再次涌出，变得浑然一体。

“听起来挺酷，”埃尔斯说。“可你为什么不去找纽约那些搞极简主义的家伙为你写？”

在马萨诸塞州收费高速路的高架桥上，邦纳突然僵住了，像一尊雕像。

“滚你的，少扯淡。”

埃尔斯往后一缩，惊得不知所措。他花了几年时间才明白这个显而易见的事实：理查德·邦纳脸皮太薄，像个孩子。对那些批评他的人他根本不为所动，反而迎着他们的攻击茁壮成长——越恶毒的攻击越不怕。但是一个朋友的话却可能让这个男人受一辈子的伤，别人甚至连他有多愤怒都不知道。

“我恰巧有几个点子，”埃尔斯脑筋一转，说道，“几个可能管用的漂亮点子。”

邦纳又开始继续往前走。“我们不需要漂亮，大师。我们需要音乐。”

“都试试看吧。为安全起见。”

“安全会置你于死地，你懂。”

“我明白。创造的第三条原则。”

黎明前一个小时，他们回到了家。埃尔斯在沙发上给理查德铺了一个小床铺。这位舞台指导睡得很死，一家人用完早餐去学校时，他还没醒。待到玛蒂再回到家时，他已经离开，在回去的火车上了。

【任何的流俗之作，无论有多么随意，都藏着一部杰作，知道这

个会好受些吗？你需要做的只是选对演奏者。】

关于那一夜的二人谈话，埃尔斯还能记得些什么？

“这才叫大方。”他告诉妻子。面前是一盘子吃剩下的漫不经心做出来的炖菜。他们坐在摇摇晃晃的漆着绿漆的桌子旁边，桌子有一条腿短，用多佛尔节俭版的爱默生的《论自然》[1]那本书垫在下面。“一千块。你能相信吗？”

她的目光越过酒被喝干了的玻璃杯落在他身上；便宜的杯子，杯口有一点伤痕。她的表情在说：真的假的？那表情在说：别跟我吹牛了。

“当然啦，我得去那边待上一段时间。排练，录音。”

“彼得。”她说。声音有点苍老，又有点疲倦。

彼得转向他的女儿。“嘿，熊囡，弹点什么好吗？来一首你的新作品《小宇宙》怎么样？”萨拉乐不可支，一阵风似的跑到另一个房间，去摸她的立式钢琴——机灵，可爱，青春期的前奏。

玛蒂截住他凝视的目光。“我们不能这么过下去了。你得找份工作。”

“工作？四年里我换了六份工作。我不是正在挣……”

“得找个全职的，彼得。你得有职业。”

他透过窗户望着黄昏时分的街区，仿佛威胁是从外面的世界透射进来的。“我有职业。”

玛蒂端详着自己的双手。“你有女儿。”

这句话激怒了他。“我是个好父亲。”

她把手指伸进自己的头发里捋了几下。她也不想这么做。此时，

1. 十九世纪美国思想家、文学家，诗人，生于波士顿；1836 年出版处女作《论自然》。

或是接近此时，埃尔斯突然觉察到，他已经有一年多没有听到她哼歌了。

她走到水槽边，把从三个旧货店淘来的锅碗瓢盆放进去。

“听着，”埃尔斯说，“是真有这笔钱。纽约的一个高端项目。”

玛蒂的叹息声弥散在升腾的蒸汽里。“你去调钢琴，每个小时挣得更多。”

他费力地回想上次见她缝被子是什么时候。一曲用调式逆向音阶调谐的罗马尼亚民间小调从另一个房间传来。这曲子在彼得听来就像在宣告自己美好憧憬的必然结局。或许，他是应该靠调钢琴谋生了。

“这只是个开始，”他告诉妻子，语气缓和下来，不再抵抗了，“如果电影上映了……就可以……”

女人还在洗盘子。并没有缓和。

“玛蒂，他会付我……”

“真就这么简单？彼得？”她转过来把脸冲着他。“一千美元？减掉去纽约的通勤费？火车票、吃饭、订房间……？”

这支曲子听起来如何？两把轻乐器，双簧管和号，它们奏出的音符透过打开的窗户，缓缓地流到秋日空荡荡的院子里。一对父母，他们把声音尽量压低，以免这首粗糙的歌曲打扰到正在隔壁房间里叮叮当当的小女孩。

彼得的话生硬无比。那些话离开他嘴唇的时候，他品味了一下，有一种要出事的强烈味道。“你从没喜欢过他，对吗？”

他觉得自己在绕弯子。创造的第一条原则：别人想你往西走，你偏往东去。但是玛蒂并没有掩饰她的惊奇，而是显露得明明白白。

“谁——理查德？装腔作势谁能比得过他？他沽的名，钓的誉，很快都能实现了。”

“我真不敢相信你会说出这种话来。这个男人是我们最亲密的朋友啊。”

“问题不在于理查德。你已经……你这个样子都多长时间了？你写了那么多短曲，可是加起来也就被演奏过五次。”

他的手像敲木琴一样敲着。他把手伸过桌子想去拉她的手，却突然停下了。两个小节，没做任何动作。

“现在有人委任我了，我能做些实质的东西了。这就是我们一直牺牲换来的啊。一个爆发的机会。”

“爆发？”她大声笑道，声音尖到了高音 A，“彼得，这只是实验音乐。玩儿完了。没人会听。他们从来也不听。”

“那你是什么意思？你要我全都放弃掉？”

她的头用力晃了晃，晃完了，他才明白她在摇头。她的嘴唇摆出一个僵死的微笑。“长大吧，彼得。”

她眼睁睁看着自己被这个现实的世界当作了人质，她不能陪他玩下去了。抚养一个孩子令她不得不硬起心肠，变得务实起来。与她的任何一个需求相比，他的需求看起来就像幼稚的幻想。

小女孩慢慢地走进来，身子弓着，偷偷摸摸的。她拉起他的双手。“爸爸，我们能做点什么吗？”

做什么？他本应该说。但他没有，只是说，“稍等一下，亲爱的。”她只好回到起居室里，用力地敲琴键。

玛蒂站在水槽边说，“别的作曲家做什么，你也可以照着做啊。找一份大学的工作。暑假的时候……”她转过身来，把手抬着，让手上的洗碗水滴落下来。“你爱写什么音乐就写什么吧。”

从另一个房间里传来的民谣曲弹到一半时戛然而止。埃尔斯用手罩住自己的耳朵，然后是鼻子。他在自己做的面罩里艰难呼吸。尔后，他用手指搓着自己的前额。

“也行。”他让步了，“不过，我的简历上得多写几首作品。再多几场演出。手头这支电影曲能让我更有竞争力。”

“竞争力！你连试都没试过。过去六年里，你应聘过几个职位？”

他觉得没有必要回答。他陷入了一种心境，一半是惶恐，一半是平静。他思来想去，想起了凯奇说过的一句话：“我们如今的诗意便是意识到我们一无所有。因此无所不欢。”但这句话救不了他。

“你在怕什么，彼得？”

成败。群体智慧。懂得他的音符能够让除他以外的那些人从中听到什么。

客厅里发生了灾难：萨拉用戴着露指手套的手横跨了四个八度，在键盘上砸出童谣的节奏。玛蒂一个熟练的转换步，变身为超级妈妈，滑进客厅。“嘿，嘿，嘿。你在干什么，小姑娘？”

“我在弹曲子，可根本没人听！”

没人听也不错，彼得·埃尔斯想告诉自己女儿。创造的第四条原则。孩子，无论在哪儿，没有一个观众：只要无人聆听，你就是安全的。不止安全，你还是自由的。

【存在另一个世界，它是满足的。只是它被裹挟在这个世界里了。】

他不能留在小屋里了。如果联合工作组的人在这里找到了他，他们会毫不犹豫地把这儿变成一片废墟。科尔曼就会被卷入他的噩梦。在洗脱罪名之前，她也有可能被控制——另一个藏匿起来的纳克斯科荷曼潜伏杀手。

在这里的最后一天晚上，埃尔斯睡在他从未谋面的救助者的床上。

他刻意避开网络，也不接听所有克拉乌迪雅打来的电话。不能再给他们留下任何蛛丝马迹了。第二天早上，他随便吃了点东西，当作最后一顿早餐，开始清点自己余下的物品。他还有半箱汽油，身上的衣服，克拉乌迪雅的智能手机，当然，现在他已经不敢再去碰它了。钱包里还有被搜捕的那天早上从取款机里提出来的二百美元。

如果他再次使用信用卡或者从自动提款机里提取更多的钱，他们就会查出他所处的方位。他的每一笔交易都会直接变成可以搜索到的媒体信息——就像一张电子音乐曲谱的一部分，只是这曲谱过于发散，任何听者都无法听全。

他坐进自己的菲亚特车，把车开上州际公路，朝着纳克斯科荷曼的方向往回开。来到市郊，他沿着熟悉的州道分岔路继续往前开，一直开到自己的房子东北方向二十英里的地方。那里有一家免下车银行分理处，是他过去经常光顾的，他在那里又取出五百美元——提款机最多只允许提这么多。隔着一扇烟色玻璃窗，一只摄像头将他摄入了一支短片，除了他的菲亚特车发出的偷偷摸摸的发动机声之外，再没有别的声响。

这段数字“帕萨卡里亚舞”由好几千帧画面组成，不断增殖的信息组成许多数据包，然后以一种他根本不想去了解的方式传播开来。他没有什么周密的计划：不断地跑路，尽可能不留下太多的印迹。他把提款机吐出来的一叠现金装进口袋，看了一眼旁边那几个黑洞洞的镜头，然后又钻进菲亚特车上了路。

在离开银行两个街区的地方，他停下来给车加油。他用卡付了钱，是他的导航设备把他带到这个街区来的。您需要打印的收据吗？不，谢谢。然后他又把车开回到 I–80 西公路上。蜿蜒的高速路上，他显得形单影只。他开了许久，脑袋里一片空白，就像一只被贴了追踪标签的濒危动物。

下午，在快要回到他在阿勒格尼的藏身处的时候，他把车开下州际公路，开进了一家便利中心。他又加了一次油，这次用的是现金。监控摄像机似乎比信用卡数据库更难搜索。商店里的气味让他饿得发晕。在饱和脂肪和玉米糖浆食品的过道上他找到一个存有欧米伽不饱和脂肪酸和抗氧化剂的货架，像是被遗弃了一样，摆在那里无人问津。他把它们囤了起来，心里有种莫名的兴奋，仿佛正在逃离现实去过一个被耽搁许久的假期，国家公园护照[1]上正等着盖章。在载货汽车停车场的角落里，他用四分钟的时间打发了一餐饭。

在 I–79 号公路的十字路口，埃尔斯恍惚了一下，好似作了几秒钟的禅定，之后，他把车朝南开去。他跟着路标一路向匹兹堡行进，冥冥中像有什么在牵引着他。下班高峰不断拥堵的车流把他困在里面。最后，他只好停下，打开收音机来听。

电台频道里充斥着狂热的声音，舞曲的声音，还有愤怒的声音。埃尔斯刻意回避了音乐，选择了浅白的谈话节目来听。可就连一波波的谈话对他而言也变得不知所云了。两个智库经济学家写了一本书，主张废除教育部。一位国会女议员把环保局比作基地组织。一个叫做“新民兵”的公民行动小组的发言人扬言，如果总统的法西斯独裁卫生健康法案不被废止的话，他们就要实施报复。他的耳朵里回荡着几段硬拼在一起的独白，就像来自 1975 年的一部实验广播剧作品。

当他进入西弗吉尼亚州北部那片狭长区域时，手有点发抖了。太阳已经下山，饥饿毫不讲理地袭来，他的身体又有些不听使唤了。暮色中，他来到了东俄亥俄的某处，把车停在一个休息站内。他从自动

1. 国家公园护照是美国国家公园系统推出的一个纪念册，类似于护照的形式，可供在绝大多数的国家公园景点收集印章和纪念帖。

贩卖机里买了些吃的当作晚餐，把车子的驾驶座位放倒睡下，又从行李箱里翻出一件雨披盖在身上来保暖。说是睡觉，其实不过是断断续续、似睡非睡地打了几个盹而已。朦胧之中，他被裹在一团噪音里——有十八个车轮的大拖车与地面的摩擦声，吸血鬼一般的清洁工们已备好工具即将发动第二天的攻击——它们交织成一阵阵怪异的和声，好似幽灵发出来的。刚过四点钟，他就醒了，耳朵里听见潘德列茨基[1]的《广岛挽歌》[2]，他有二十年没有听到这支曲子了。

太阳照着他的背，清晨冗长而平淡。双份咖啡，甜面包圈，收音机里的早间新闻给他补充了点能量，继续驾车通过哥伦布[3]。开罗的科普特教徒[4]与穆斯林结成的脆弱联盟分崩离析了，就在几天前，他们还在相互保护对方，共同对抗政府的警察。一个二十五岁的韩国青年因为母亲唠叨他玩电脑游戏把母亲打死了，然后继续玩了几个小时，还把游戏花费记在那个死去的女人的银行账户上。

接近中午的时候，车子开到了一个叫做“小维也纳”的小镇外面；在被调频广播的嘈杂声折磨了一早上，自己的慢性聚焦障碍都快要发作的时候，埃尔斯听到收音机里传出了自己的名字。疲惫和营养不良不会导致幻听。一名宾夕法尼亚州的大学教授正在被通缉，警方需要就由于细菌感染而致九名美国人丧生的事件对其进行讯问。仿佛是为了展示其中一个对他不利的证据，音乐从车子的五个喇叭里倾泻而出。十二个小节的男中音咏叹调：

1. 波兰当代古典音乐作曲家、指挥家，曾是二十世纪先锋派音乐的代表人物之一。
2. 作于1960年，此曲是潘德列茨基最著名的作品之一，也是他的成名作，属于相当激进的作品。
3. 美国俄亥俄州中部城市及该州首府。
4. 埃及的基督教徒，是埃及的少数民族之一。

没什么比恐怖更美丽，

比耶稣再临[1]更加恐怖。

所有高高在上的都要被拉下来……

《捕鸟人的罗网》第二幕：莱顿的约翰，新耶路撒冷的国王，达到了他疯狂的权力顶点[2]。埃尔斯所知道的唯一一张唱片，十八年里它一直被压在他那好几个衣柜中的一个纸箱的箱底。几个好胜的记者找出了同样的唱片，从中发现了可以归罪于他的片段。这首音乐早就被人淡忘了，只有极少数人还在听。现在，它迎来了它迟到的广播首秀，听者是成千上万的听众中最心惊胆战的那个。

十八年过去了，理查德的剧本——那部对里尔克[3]和以赛亚[4]的模仿之作——让埃尔斯畏缩了。但是歌者对基本主题进行了拓展，听起来理直气壮，甚至肆无忌惮。一段美好的旋律就是一个奇迹，一个生灵所有意外的必然性都蕴含在其中。一种奇特的感受让埃尔斯觉得暖融融的，他花了好一会儿才把它的名字想出来：骄傲。

管弦乐编曲让他在州际公路上的阴霾一扫而光——八十个人一起吹拉弹奏，还有个疯子似的人物在那里歌颂恐怖之美。这曲调明显是在煽动暴力，让埃尔斯觉得自己正在被押往公众舆论法庭的绞刑架。它竟以当代歌剧的形式上了调频广播：足可见橙色威胁等级[5]有多么强大。

---

1. 在基督教末世论中指耶稣基督将从神的国回到人世间。
2. 十六世纪欧洲宗教改革时期的激进派再洗礼派于 1534 年夺取了德国城镇明斯特，宣称那里是“新耶路撒冷”；其领袖是一个裁缝的私生子，即约翰，一名来自荷兰莱顿的再洗礼派领袖，他宣称自己是耶路撒冷的国王大卫王的继承人。
3. 十九世纪末二十世纪初奥地利诗人。
4. 《圣经》人物。通常被人认为是写作先知中最伟大的一位。
5. “9 · 11”事件后，美国建立了一套五级国家威胁预警系统，用绿、蓝、黄、橙、红五种颜色分别代表从低到高的五种恐怖威胁程度。

在十二秒钟——广播中一段很长的时间——之后，咏叹调渐渐淡出。新闻继续报道关于黑市药物阿得拉[1]的事，它已经席卷了美国各个高中学校。埃尔斯把收音机关掉。他的手在方向盘上不住地抖动。突然间，古稀之年的他竟陷入了险恶之境。他松开自己踩着油门的脚。一个长着狮鬃般头发的女人坐在一辆沃尔沃车里，边打电话边把车子变道超过了他。一辆突然加速的福特“远征”从她后面突然超出；两个一头蓬乱黄毛的男孩儿坐在后座上，在超车的一瞬间，他们比划着下流的手势。一辆大篷车紧接着从旁边开过，车上的每个人都扭头呆呆地看着这个头发花白的阻碍交通的老人。埃尔斯低头看了一眼他的速度计。车速已经减至四十八迈。只要有一个公路警察，只要他查查这个开得过慢的车的牌照，他就完了。“宣扬恐怖美丽的人，落网了。”

纯粹出于意识，他又把车加速到六十二迈。他再次打开收音机，在频道里搜索着流行曲调。他一直不停地开，直到油快耗光了。在一个载货汽车停车场，他买了几块用保鲜膜包装的三明治存起来。然后，他又向前推进，穿过印第安纳州，进入了东伊利诺伊。他把车停在厄本那－香槟北部边缘的一个路边汽车旅馆，在那里过夜；在离那里不到十英里的地方，当初他遇到了他的妻子，有了自己的女儿，还结交了那个全世界最独特的男人，他的想法至今还在影响着他。

如果要挑个地方被捕的话，再找不到比这里更合适的了。

【听听内在的声音：绝大多数生命的体量只有我们自身的百万分之一。】

---

1. 一种治疗注意力缺失 / 多动症的药，被一些父母用来增强孩子的学习专注度；但该药为上瘾性药物，有多种副作用。

他每天夜里都在为理查德写曲子。先是电影配乐，之后是为一个尖利而动人心魄的人声戏剧作品配定调的打击乐器伴奏，这作品从来都没被搬到村公寓[1]外面演出过。到了这个时候，埃尔斯每隔几周就要南下去纽约一趟。玛蒂从来没试图拦着他；毕竟，她是他妻子。但她拒绝开车送他去汽车站。“拿着你的宝贝车钥匙，彼得。爱去哪儿就去哪儿吧。”

在家中，他伏在电钢琴上工作，头戴耳机，对这个世界充耳不闻。萨拉在隔壁房间里把地板跺得咚咚响，她在嫉妒他正努力想要赋予生命的东西。有一次，她去找他，对他说，“咱们来做点什么吧。”

“爸爸要……”爸爸回答。

“不！”她喊道，“好东西！”

“怎么个好法？”

“像一朵没人知道的玫瑰那么好。”

他们试了一下，可是玫瑰并不理睬。

又有一天晚上，玛蒂也来到他身边，带着一个任务来的。

她走进他的书房，比上研究生时的那个她还要温柔小心，她的手指甲在他背上轻轻划着。她瞥了一眼他正在写的曲谱，莞尔一笑，过去几个月来两人之间的小摩擦暂时都被抛到了脑后。“为我写一支歌吧。”她说。

她是想说：写一首能唱的歌，不要艺术歌曲。不要玄之又玄的噪音，那是那些脱离大众的标新立异者聚会时才用得着的。要一支能在收音机里播放，让人沉浸于其中，浮想联翩的曲子。要那种多数人都需要并热爱的音乐。

1. 指美国纽约市西区的格林威治村，住在这里的多半是作家、艺术家等，他们用另外一种方式生活，是美国反文化的代表，也是美国现代思想的重要来源。

“来嘛，为我写点什么。”她说。她几乎把撒娇的伎俩都搬了出来。“写点简单的。”她的眼睛在说：再玩儿一次吧。她的嘴巴却说：“我敢打赌你写不出。”

彼得接受了这个挑战，自己想了一夜。第二天早上，在守护着从破坏分子手里夺回来的提香[1]名画《强夺欧罗巴》[2]时，他用自己很久以前就已经放弃了的“中间理论”的所有规则改编了一段旋律。他把主声部建立在一个豪放的下行低音部之上。在半终止式之前，它由一个震撼人心的持续音部加以稳定，尔后突然跳跃出来，送出一个极美的和弦音。这个让人着迷的音，就像一阵阴云被六月的微风吹散，露出一大片湛蓝的天空，让人们的心也随之飞了起来，在那高空俯瞰着万事万象。歌，只有歌，谜一般不可思议，温暖，还有渴望。三分钟的永恒。

他把这段旋律带回家去，认真地修改润色，辅之以最完美的和声，然后演奏给他的妻子听。他没有歌词：只是把曲调哼出来，这曲子听起来更像是他不经意间发现的，而非特意而为之。临近结尾，他让两位女士把高音部分的和声唱出来，她们边唱边放声大笑。

萨拉总也唱不够这支小曲。就连玛蒂也像着了迷似的，总在家哼哼它。这条小耳虫让人难以摆脱，就像得了流感似的。玛蒂摇着头，想不通这曲子怎么会给她带来如此的愉悦。“唉，你真是浪费了自己的天分！”

---

1. 十六世纪意大利文艺复兴后期威尼斯画派的代表画家，被誉为“西方油画之父”。

2. 该画是年逾古稀的提香为资助过自己的君主西班牙国王菲利普二世而作。在希腊神话中，欧罗巴是腓尼基国王阿革诺尔的女儿；宙斯看到正在海滩上玩耍的她，产生了淫欲，变身为美丽温顺的公牛迷住了她并将其掳走。

的确如此。哪怕他整个职业生涯里能写出十几首这样的曲子，可能都已经拯救许多性命了。

这个共识缓和了他们的关系，却也让两人难过不已。“很好，彼得，”玛蒂坦率地说，“真的很好。”这是几个月以来的第一次，他俩都是如此。

两天后，彼得告诉妻子，他得再去一趟纽约，在那儿待几天，跟理查德谈一个新的很有前途的工作。玛蒂听到他说的话，变得有些茫然。就好像当初他跟她舌吻时，竟然咬破了她的舌头。不过她很快就恢复了过来。

“你喜欢就去做吧。”她对他说。但无论你做什么，都要做好准备，长久地喜欢下去。

理查德从他的“天仙姐姐”那里筹得了资金，编排了一部室内芭蕾清唱剧，是基于超人类主义的费奥多罗夫[1]来编的。他们计划从“杰德生教堂剧场”[2]请五位经验丰富的演员，再从特里贝克地区[3]请八位新音乐的激进艺术家，加上四位歌手——女高、女低、男高和男低——在十二个小时内轮番表演。埃尔斯负责音乐的部分，那是自然：现在他和邦纳在一条船上，一起来做这笔大生意。他们把这个项目称作“创造者的不朽”。

石油危机的重创，通货膨胀的打击，荧光标牌的泛滥，声嘶力竭的病态，遍布街道的垃圾，在曼哈顿的下城区，一些新的残酷的危机出现了，传统慢慢滑入了绝境。朋克风刮来，让流行乐不寒而栗，城

1. 十九世纪一位极富创见的俄国思想家、哲学家，学识渊博，思想体系独树一帜，主张超人类主义，即“调节自然”，改造人体，进入宇宙，战胜死亡，并将其称之为全人类的“共同事业”。

2. 1960 年代初曾在纽约曼哈顿格林威治村的杰德生教堂剧场里演出的一个非正式舞蹈组合。

3. 曼哈顿岛上的运河街以南，百老汇以西的三角地带，其中很多建筑的顶楼已被改造为艺术家的工作室。

市音乐会上的音乐也不得不慎之又慎。这样的情景正在浮现出来——后极简，情绪化，机械感。那音乐就像罩了一层拉丝钢板和烟熏玻璃。埃尔斯听起来却颇有怀旧之情，就像为正在不幸滑入东河[1]底软泥中的城市吟唱的一首颂歌。

理查德在下东区一个旧货商店三层楼上的一间工作室里为埃尔斯留了一张床。只要是在大晴天里来往，把前门的门栓上好，这个地方便十分安全。埃尔斯到城里来时会窝在这儿，跟他的合作伙伴们一起拼凑剪接他那些不一般的音乐画。他本可以驻足于任何音乐形式；但那些天里，他一直醉心于令人晕眩的费奥多罗夫合唱曲，那些曲子能折射出未来的光景：一切事物都成为可知，所有的原子都可以控制，身体变得完美无缺，死亡消弭了，曾经生存过的每个人都得以复生。那个疯狂的俄罗斯人为人类设定了一个“共同事业”，它把埃尔斯曾经想要用音乐来成就的所有一切表达得明明白白：恢复所有遗失的东西，最终打败时间。

但追求不朽却是十分危险的。每次听到他说要再去一次纽约，玛蒂总是隐忍而顺从地点点头。每次坐火车南下的时候，他心里总是放不下她，她的成长，她毫无怨言的镇静让他忧心忡忡。她那份泰然自若似乎说明她已经习惯了一切。她给了他好几年时间让他成就自己——真的是好几年——但他仍是默默无闻，并且没有什么可以回报给她，一无所有，除了自己以坚忍去追求这个世界根本不可能给予他的东西。

回到布鲁克莱恩的一天晚上，彼得把目光从他尚未完成的曲谱上移开，落到屋子另一边，那位穿着件松松垮垮的羊毛衫的“新晨”学校新任校长正在自己的办公桌上忙碌着，好像有些十分紧急的事务，

---

1. 美国纽约州东南部的海峡，位于曼哈顿岛与长岛之间。

至于是什么，他一点都不了解。他的脚边是自己上三年级的女儿，这几天来一直依偎着他；萨拉正忙着画自己的地图，图上是一个叫做安伯尔的世界，她一有空就来填充自己创造的这个世界。安伯尔有不同的种族和国家，政治和语言，灾难战争以及和平的大时代。传染病大流行和人为的萧条都没能摧毁它。里面的每个种族都有自己的民歌，每个国家都有自己的国歌。

玛蒂对女儿痴迷于这个虚幻世界感到十分忧虑。但是彼得想告诉自己女儿：没错：造个好地方。住在那儿。

坐在他的桌子后面，为寥寥无几的听众谱曲，彼得意识到自己住在一个无与伦比的星球上。音乐从他身上喷涌而出，手舞足蹈的音乐，活力四射的音乐，将所有质疑之声斥退的音乐。作曲是他现在所有想做的、能做的、要做的事情，倾其所有。

“玛蒂？”他说。

她抬起头，对他温柔的声音有所警觉。

“我们可以搬去那边。重新开始。就像——”

“那边？”萨拉问，情绪激动起来，“纽约？”

玛蒂的嘴唇抽搐着，准备对他说的这个笑话报以微笑。她没有说：别开玩笑了，彼得。她没有说：你知道我离不开我的工作。她没有问他的脑袋里究竟在想些什么。她只是盯着他，用怀疑的眼神看着，非常非常疲惫地看着。

他记住了那个眼神，所有一切都在彼此交织的目光中了。他用那个强拍伤透了一个含辛茹苦等待了他十年的妻子，抛下了一个只想跟他一起“做些好东西”的女儿，自己跳了出去，开始自由落体。为了什么呢？为了音乐，为了一个能够给这个世界制造一点点噪音的机会。而这点噪音没人会去理睬。

多年来，他一直责怪费奥多罗夫，责怪那些从生生不息的清唱剧里得来的合唱曲，那些缓慢的、与日俱增的痴迷一如死亡般难以抗拒。我们所爱的都将重生。这生命里每一遭充满磨难的冒险都将得以复制且重新来过。每个活过的人都将上演一个更加精彩的第二幕。他那些早已不在了的爱在湖里戏水的表兄弟堂姐妹们，他孤僻的父亲和寂寞的母亲，他曾必须努力去打动的老师们，他从不敢对其袒露胸襟的朋友们，博物馆里那些进进出出的参观者，都像他守护着的画作一般缄默，静止：所有人都将再获生命，重新变得完整。无数个破灭的希望，都会因完美排列的音符而获得救赎。

埃尔斯所看到的，是他没有抛弃任何东西；生命中没有什么可以让他抛弃的。他仍然会和自己的女儿去散步，穿过“胜利菜园”，为所有那些玫瑰写不同的主题歌。他仍然会和自己的妻子一起唱歌，唱学生时代写的那些老歌。“或迟或早，所有人会把所有事情做，一切都会明了。”

痴心妄想，当然了。开弓没有回头箭，生活即是如此，迷失，犯错，像气球在空气里爆裂，再难复原。

他还盯着妻子的眼睛，等着她看自己。

“好啊！”他女儿喊道；她正坐在地板上，身子下面是一堆涂得乱七八糟的草稿纸。“我们去个地方。去个好地方。”

玛蒂听到的却是另一个声音，越来越近，越来越响。“不，”她说，“我不去，我就住这儿。”

他带女儿来到她最喜欢的冷饮小卖部，想对她说明一切。他给她买了一支“大黑牛”：一件能够吸引她八岁的年纪全部注意力的艺术品。他告诉她，“我和你母亲还爱着对方。我们都会比以前更爱你。她有她的工作要做。我也有我的。”

“等一下。”女儿说。

“什么都没变。我们还会一起做东西。就跟一直以来一模一样。”

“等等。”萨拉喊了起来。很快，喊声就变成了声嘶力竭的尖叫。他根本没法让她停下来；等她真的停了下来，沉默似乎更加糟糕。如同沉默所能表达的一切那样清晰，它说：永远别想让我再跟你一起做东西了。

【没有辞典的语法，没有意义的感觉，没有需要的紧迫：音乐与细胞化学。】

得到这个消息的时候，理查德安慰埃尔斯。“抱歉，大师。真的抱歉。我们都爱那个女人。我以为咱们三个能一辈子在一起呢。”

“想错了。”埃尔斯告诉他。

“没了长着阴道的那个人。”理查德说。

“看起来是。”

“还有孩子。噢，天哪。”

邦纳用手捂着脸，用力地，长久地按着。最后他说，“好吧，你还有你的工作。没准她会回心转意的。”

彼得·埃尔斯加入了围绕着理查德·邦纳转的那帮子人。一种合作的快感将他征服了，那感觉又带着些恐慌，让他很难区分。灵感会从莫名的角落里突然扑到他身上；有些日子里，地铁上的一番谈话都能让他用音符排列出不可思议的乐曲来。他有自己的工作，无休无止的工作，那么好的工作，有时候，好得就像要死掉一般。

埃尔斯仍经常见他们，他的妻子和女儿。但是玛蒂已经不再是他的妻子了，过了六个月，萨拉已经逃往更远的、虚构的星球。玛蒂不愿带女儿去纽约。埃尔斯只得回波士顿去，住在萨默维尔[1]和牙买加平原[2]的出租屋里。在分开后的第三次探望中，他问了问那个愠怒的孩子她的安伯尔有没有什么新进展。他一直都这么做。就像在问她的朋友们过得如何。

女孩煞有介事地耸了耸肩。“宾戈和弗丽瑟去打仗了。”

“是吗？”埃尔斯说，“他们之前不就去了吗？”

她摇摇头。“这次，他们不会停下来了。”

秋天来时，萨拉提出不想继续学钢琴了。作为一个开明的教育者，玛蒂没有反对。但她和彼得因为做这个决定在电话里争执了起来。

“太可惜了，”他说，“我在她这个年纪时，音乐的悟性都不及她的一半。”

“那又怎样？”

“等她长大了，会非常后悔自责的。”

他的前妻说，“你还想让她的成年没有遗憾？”

不久后爆发的另外几起事件让钢琴的话题变成了小儿科问题。女孩因吞下了一把阿司匹林——“想体验一下是什么感觉”——被送去急诊室抢救。她把指甲油泼到一个朋友新买的松糕鞋上，还给自己认识的另一个女孩起外号叫做“无能的假阳具”。

“什么？”彼得对前妻的话难以置信。“她连这个都……？”

“我问过了，”玛蒂打断他，“到底怎么回事她也不愿意说。”

至于怎样教育女儿，彼得的意见已经无足轻重了。从他把自己打

---

1. 马萨诸塞州东部的一个古老工业城镇，在波士顿正北。
2. 波士顿布鲁克莱恩南边的一片区域。

好包的那四个大箱子从布鲁克莱恩公寓搬出去的那一刻，他就已经丢掉了他的发言权。是他导致了这些问题，至于怎么解决，他已经再插不上手了。

玛蒂在电话里保持着足够的友好，像一个远方的旧相识，尽力表现出她的开朗和乐观。无可挑剔的姿态：这是你女儿，晚饭前把她带走。既优雅又郑重。玛蒂同样怀念自己的事业。她不该离开舞台。

她打长途电话给埃尔斯，把她的大消息告诉他。她态度审慎，头脑清醒，如今这已经成为了她的处事艺术。她再婚嫁给了查理·帕奈尔，此人一直主管着“新晨”学校。彼得知道这个男人。他妻子几年来一直在为他工作。

他们离婚证书上的墨迹都还没干。“你应该事先告诉我的。”

“噢，是吗，彼得？我干嘛要那么做？”

“你们在一起很久了吗？”

他能听见一声讥笑从玛蒂嘴巴的小肌肉里迸发出来。“彼得！你什么意思？”

“没什么意思。你爱怎么样就怎么样吧。”

“不用你说我也会。”

她身上那些顽皮的小气质现在只令他感到恶心。他挂断了电话。十分钟后，他又把电话拨了回去想祝她幸福。电话里只有自动应答机的声音，他没有留下信息。

他花了一个星期作贱自己，给老朋友和邻居们打电话，装作多年来疏于联络，今天突然醒悟了。然后他会假装不经意地问起来：“你去参加婚礼了吗？”后来，他终于找见了一个受邀参加了婚礼的人，对方一五一十地向他描述着，他虽然内心痛苦无比，却坚持着听他讲完。音乐是未经改编过的门德尔松《婚礼进行曲》，由“新晨”学校里很有天赋的学生组成的一个小乐队演奏。

“创造者的不朽”苏醒了，一朵活力四射的食人花。十二个小时的音乐，永恒呼之欲出。埃尔斯写出了悠长而缓慢变异的阶梯式的幻想曲，跳跃着，叹息着，爆裂着。他让峰与谷分散开来。他从已经死亡了几个世纪之久的声音中汲取所需，让它们发出消亡后的颤音。他重复着一切，调配着一切，让一切循环往复，直到这个庞然大物足以从黎明延伸到黄昏。

邦纳很喜欢完成后的作品。他指着一段自己最欣赏的拓展乐段说，“这太给力了，彼得。我还不知道你居然这么能脏。”

“你说什么呢？”埃尔斯问。

他问的话让理查德吃了一惊。“我觉得……你是说这部分不是你特意模仿的、反动的垃圾话？”

“是的，”埃尔斯告诉他，“就是反动的垃圾话。”

但是理查德非常喜爱这个兼容并蓄的曲子。他的编舞带有挑衅意味，让人反胃，却又让人叫绝：臀部悬着，手臂乱舞，脑袋同步扭动，上下翻飞的眼神，就像快要升天的疯子在读一本天国里的画册。他不得不让表演者们轮转起来，让他们相互讲解，如接力一般在这个魔鬼马拉松的路途上奔跑。

这部作品用了大半年时间才拼凑在一起，最终完成只用了一天时间。在七月的一个星期六，从日出到日落，迷茫的听众走进老的牛油和鸡蛋区里一座翻新仓库的阁楼，观看一群疯子宣告曾经活过的每个人即将在纯粹的音乐信息的感召下复活过来。大多数人待了一小会儿就摇着头出来了，只有几个人耐着性子留了下来，听着那曲子，如坠五里雾中。《纽约时报》登出了五百字的评论。它赞赏编舞者令人眼花缭乱的创新编排，还称三十九岁的彼得·埃尔斯的音乐避实就虚，不合时宜，只是偶尔奇怪地闪一下光。但这位评论家承认，他只听了一小时五十三分钟就离开了。

后来在空空如也的阁楼里举行的派对持续了几乎和演出一样长的时间。每个人都精疲力尽。埃尔斯好不容易才挤进这场让人虚脱的庆祝活动。“地下丝绒”乐队的声音从某人的廉价音箱中咆哮而出，带着乡愁，却像是要把屋顶掀翻。理查德开始往一条穿过房间的长餐具柜上排好的几个葡萄酒瓶上扔葡萄叶包饭。他每击倒一个瓶子，就会跳两下火星角笛舞，再喷上两句下流的押韵双行诗。演员们站在一旁，看着这出秀。两个男舞蹈演员开始添油加醋地评论。

“两个星期不睡觉大概就是这副德行。”

“一定还吃了什么听都没听说过的药。”

邦纳听见了两人说的话，就往他们身上猛扔蔬菜色拉。一个名叫佩妮的年轻、龅牙的双簧管手来到理查德面前，碰了碰他的手肘，问他是否还好。邦纳翻过他的手背，好像击打一个乒乓球似的一掌掴在那个女孩的脸上。房间里顿时鸦雀无声；埃尔斯比其他所有人都更了解这个男人，他快步走到理查德跟前，拉住他的手臂。舞蹈编导把他搡到一边。

“噢，吓死我了！瞧瞧谁来了？不会是那个道德警察吧？”

“别这样，理查德，”埃尔斯说着，把一只胳膊绕过邦纳的肩膀，“差不多就行了。”

邦纳猛地把他推开。“别碰我！把你那小鸡爪子拿开……”

埃尔斯退了一步。

理查德指着他，拇指像在给枪上膛。“你，我的朋友，你永远都只是个规规矩矩的庸才。”

围在两个男人四周的所有乐队成员全都傻了。脸上涂着乱七八糟彩绘的舞蹈演员不知所措地站在那里，眼珠不停地转着看他俩，娄·里德[1]浓重的喉音在空气里回荡着："亮闪闪，亮闪闪，亮闪闪。"这首歌本该作为刚刚过去的十二小时邦纳表演时间的一个终曲。

"我做了什么对不住你的事吗？"埃尔斯问，"伤害了你？"

有人说，"最后那段丢了。"有人说，"让他吐吧；过会儿就没事了。"

邦纳瞄准埃尔斯，手指咔哒了一下，仿佛射出一颗子弹来。然后又射出一颗。

埃尔斯说，"你不喜欢这曲子？那就应该早几个月告诉我，我还能按你的要求改一改。"

邦纳又搡了他一下。"你啊，我的朋友，除了那些热乎乎的，奶油似的，小可爱的狗屁东西，什么都不会做。知道为什么吗？你需要的宠爱太多了。"他转过去对着嗤嗤笑的围观的人说："谁愿意给这儿这个小曲儿男孩一点儿爱？有人吗？谁？快来！他会拿些漂亮玩意儿跟你换。"

埃尔斯举起两只手掌，就像耶稣从中世纪的坟墓里爬了出来。他转过身，默默地走出房间，把几双想要拦住他的手挣脱掉。"'创造者的不朽'就这样走到了尽头。"

一星期之后，邦纳通过他们共同的朋友追踪到了埃尔斯位于长岛[2]一幢野兽派公寓大楼十楼的住所，还给他发了一封唱歌电报[3]：四个土

---

1. 1960年代摇滚组合"地下丝绒乐队"的主唱兼吉他手，被认为是"地下音乐"或"非主流音乐"的"教父"。该歌词出自他的《穿裘皮的维纳斯》。
2. 位于北美洲东海岸边，属于美国纽约州。
3. 一种幽默的特殊"电报"形式，通常作为礼物由一位艺术家以音乐的形式替发报人传递给接收人。

里土气的白人孩子穿着燕尾服柔情地唱着“你总是伤害你爱的人”。埃尔斯理都没理。

他找了一份夜班工作，在皇后区的一个面包店里做糕点装饰师。白天，他是一个学徒，给一个没有执照的管道工当助手，乘着一辆破破烂烂的货车在上东区里游荡，去富人和名人们家里做维修工作。有一次，他为詹姆斯·莱文[1]翻修了一个淋浴室——指挥家本人看起来显得虚弱不少。他只跟他的两个管道工老板、衰弱的邻居老人，还有把他买的冷切肉和麦片计入收款机的多米尼加杂货店收银员称兄道弟。在那些难受的夜里，当他的身体需要释放的时候，他就想想过去：唱他的博尔赫斯歌曲的那个夜晚的玛蒂。

他时不时地会想起些旋律，那些宽广而忧郁的乐句来自他已经遗忘了的那些地方——跟克拉拉一起听音乐，跟科帕茨学习，那些年里和马蒂森之间的战争，他与萨拉一起即兴创作的那些歌曲。他却从来没有把它们记下来。

那几个月里他确实写了一部作品，一组根据庞德[2]的《一个永恒》而作的奇特而闪光的曲子。他们遇见的那一天，玛蒂就教给了埃尔斯一个女高音能够做到什么以及做不到什么。如今，他把她告诉他的东西统统拿了过来，又统统扔掉了。他在为一个能够唱出任何音符的声音而作，一个只要它想，连五角大楼都能撬起来的声音。他特意为未指明的乐器加了两部分，那几行乐曲就如丝带一般在曲谱上起伏。和声语言仿佛一道道历久弥新的舶来之物，带着伤感的情绪。它听起来像一首行吟诗人的歌，最终归于自由。它歌唱爱和无为；别的东西都不值得拥有。

---

1. 美国著名指挥家，是美国本土最为杰出的指挥大师之一。
2. 美国著名诗人，意象派运动主要发起人，现代文学领军人物。

他把这支小调誊抄在米白色的羊皮纸上，寄给他的前妻。他把它“送给玛多林·科尔，值此新婚之际，愿未来将过去变得更好”。但她一直都没有回信。在送出这份礼物后不久，他得知，玛蒂、萨拉和查理·帕奈尔搬去了圣路易斯[1]西部郊外，开办了一所新式学校[2]。

在中部时区[3]生活的空虚寂寞让萨拉重新发现了音乐。十一岁时，她喜欢听安迪·吉布[4]。十二岁时是安妮·莫莉[5]。到了十三岁，一个重大改变发生了。再去纽约看他的时候，她已经是一个穿着带洞T恤衫的伪无政府主义者了，随身听里放的是《伦敦呼声》[6]，而他，则是个做出来的音乐比博物馆还古旧的老家伙。他们本来计划一起待上十天。但二人间的话题在十分钟内就聊完了。他带着她在城里转了一圈。唯一让她感兴趣的地方便是“朋克地下城”[7]。

她到那里的第二天夜里，他对她说，“咱们来做点什么吧。”她茫然地看着他。待明白他的意思后，她哆嗦了一下。“不必了，谢谢。”漫长的一周过后，她走了。那之后他又是一年没见到她。

他在城市边缘工作，独身生活，持续了将近四年。他懂得攒钱。无论是什么，只要能触碰到，他就去听。他不再期望，不再发号施令，

---

1. 密苏里州东部大城市。
2. 指在课程设置、教学方法等方面采取非传统措施的美国中、小学。
3. 美国本土划分为四个时区：太平洋时区、山地时区、中部时区和东部时区。密苏里州属于中部时区。
4. 有史以来第一位出道头三首单曲都夺得冠军的独唱歌手，著名的澳洲乐队“比吉斯”三兄弟的弟弟，三十岁时由于吸毒和抑郁而英年早逝。
5. 加拿大国宝级艺人，也是第一位踏上国际舞台的加拿大歌后。
6. 著名朋克乐队“碰撞”于1979年推出的一张专辑中的主打歌。
7. 一个充满传奇色彩的摇滚俱乐部，于1973年12月正式开张；无数欧美当红的乐队在尚未成名之时都曾在其舞台上演出过。

不再有计划。多数时候，他只是在等待。等待什么，他也不清楚。

四月一个星期六的夜里，他吞下了两年前从“创造者的不朽”乐队那个打击乐手那儿得来的半把迷幻药。彼得本来把那药片藏在自己装袜子的抽屉里，想等自己快活不下去的时候再拿出来吃。在那个漫长的夜里，有某个时刻，他感到自己仿佛身处龙门广场[1]附近一座高楼的楼顶向外张望，城市像一张闪着微亮的绿色绗缝被，沉在丝绸床单一般薄薄的水面之下。在他眺望之时，似乎有关于未来的重要而紧迫的消息呈现出来，唯有那些能够将自己剥离为自由之身去聆听的人才能感受得到。生命变得透彻无比，一切都得以补救。他草草地把那消息记在自己的口袋笔记本上——那上面载着他关于音乐的所有想法。那几个字本身就是很好的助记口诀，仅仅把它们重读一遍就能永远让他对那些无穷无尽的织锦变形图案过目不忘。从现在开始一年之后，或是五十年之后，他只须再看看那几个字，它们就能将他的每一点忧虑变成可以放声大笑和轻松释怀的事情。

第二天，他躺在那里一动也不想动，任凭自己身体里的细胞恢复原状。在那之后，工作又占据了他。一个星期之后，他才又看了一眼他的笔记本。他在那上面发现了那个神奇的提示语：“活下去。”

他听说他老板的一个朋友正在向外租一间小屋，地点在新罕布什尔州[2]怀特山[3]的丘陵地带。地方虽然不大，但一年的租金比他现在三个月的房租还要少。他只需要一封介绍信，他的老板也乐于帮他这个忙。

“请别介意，作曲家，你真的不适合干管道工。你就像是从一个

1. 位于纽约长岛的南端，曾经是一个货柜码头港，后被弃用，改建为水岸公园，是隔河眺望曼哈顿中城摩天大楼的极好场所；“龙门”即指吊装货柜的机械。

2. 美国东北部的一个州。

3. 位于美国新罕布什尔州中北部和缅因州西部。

与世隔绝的地方来的，还真让我头疼。”

埃尔斯把几箱子逃难似的行李装好。几件衣服，还够他再穿上几年的，可以一直穿到洗的时候再也捞不出来。他父亲和母亲、妹妹和哥哥的几张一次成像照片。一张曾是他妻子的女人的照片，上面的她胸前别着壁虎头的胸针，头发里卡着蝉发卡。一摞打印的和手写的曲谱。一条被子：“丛林之夜”。几卷记录着他写的音乐的磁带和盒式卡带，他早已记不得里面的内容了。他的女儿七岁大时为他写的一首歌，名叫《好日子最好》。一片撕开了的硬纸板，它曾和另外两片一起被当作临时的平底雪橇来用。还有他脑海里没来得及记录下曲调的一些东西，它们会让他认识的每个人都死而复生，让他们边回忆边开怀大笑。

【如果狮子会开口唱，我们会立刻知道那是一首歌。】

埃尔斯去新罕布什尔州原本只是想暂时逃离纽约。但他在那儿一待就是十年。后来，他可以用不到五分钟的时间把他在那十年间所做的一切都原原本本地复述出来，不会遗漏任何要点。

然而，那些年在丛林里的生活却是他这一生中最为有益的。他变强壮了。有一段时间，他很信得过自己的身体。春天，他走进怀特山，走进科尔、肯赛特和杜兰特[1]画笔下的景致之中。他给自己定下规矩，每天走十二英里。他边跋涉边作曲，在回到自己的小屋之前将自己的想法原封不动地保留下来。夏天里，他骑自行车；到了秋天，他就砍木头。冬天，他自己动手，一个人用铁锹把那条通往外界的二百英尺长的砾石车道铲干净。

1. 三位画家均是十九世纪北美风景画派“哈德逊河画派”的代表人物，该派以纽约为基地，活跃于1820至1880年间。

按照当时的标准，他吃得也不错。他还把北康威[1]公共图书馆里那些关于千奇百怪的历史的书读了个遍。他正是在那个图书馆里遇见图书管理员崔西·萨瑟的。过了不久，她就开始去埃尔斯的小屋里找他，一周两次，都是在晚间她丈夫和儿子去练习冰球的时候才去。崔西会自作聪明地把车停在离他的房子四分之一英里远的地方。彼得给她做饭，他们温和地做爱，如果共处的那一个多小时里还剩下些时间，他们就兴奋地聊聊书，或者下一盘西洋双陆棋。那的确是一种爱，尽管两人都没把这个字说出来。之后，崔西会飞也似的冲回家去，把她的书签从《战争与和平》或是《罪与罚》中原来的位置向后挪三十五页，摆好餐桌，准备好迎接小男孩和大男孩的凯旋或是安抚他们的失利。正如写出了几首怪诞的乐曲——他们的恋情是一场没有受害者的犯罪。

崔西喜欢牛仔歌曲，她没完没了地给埃尔斯放着老歌“高寂牧场”[2]。三首伤感的情歌听完，他们竟然愚蠢地想要对方了；只花了不足那专辑单面上剩下几首歌曲的时间，他们就找到了各自所需。这种快乐的模式一直持续到大概二十个月之后的那天晚上。崔西身上盖着法兰绒被单，上面是玛蒂缝制的被子，她抚摸着自己因服避孕药而发胀的乳房，说道，“你不太相信我，对吗？”

“为什么这么说？”他问着，心里已经明白了。

“你整天都在写音乐，没落下一天。星期天都不放过。可你从来没为我演奏过一支你写的歌。”

埃尔斯有气无力地叹了口气。这个声音激怒了她。

“怎么？让你难堪了？你觉得我就是个大傻瓜，根本就不明白你

1. 新罕布什尔州风景如画的华盛顿山山谷的一部分，人文景致有典型的新英格兰乡村风格。
2. 美国乡村和南方摇滚歌手查理·丹尼尔斯于 1976 年发行的一首歌曲。高寂牧场是德克萨斯州首屈一指的猎场，牛仔们的“天堂”。

在做什么？”

他坐了起来，似乎一瞬间老了好几岁。“没什么可明白的。”

“你连试都没让我试过。”

他环顾了一下房间，他的小屋。他的灵魂是一间失火的房子，他得逃出来。

“我没有放音机。”他说。

她瞥了他一眼。“我车里有。”

他们坐在她的格雷姆林车里，把车窗摇上去，让发动机空转着，在周围的一片秋色之中，他们聆听着一个廉价的磁带驱动器上播放的有点年头并且有些怪异的音乐。他为她放了过去二十五年间自己保留下来的作品。是精选出来的曲目——也许加起来也用不了一个小时。他知道这样一来，她就没法按时赶回去了，回到家时就不得不为自己的晚归撒个谎。最后一部作品里有一个清亮高亢的女声，女人是他的旧相识，她唱着：“时间是一团烈火把我燃尽。但我就是那团烈火。”

几点闪烁的光从山腰上翻了过去。“好了，”“音乐会”结束时，他说，“这就是我的生活。”

她坐在黑暗的驾驶室里方向盘的后面，牙齿咬着一根手指的指甲。她的表情与其说是懊丧，不如说是大惑不解。

“哼，好可恶啊，彼得。有时候听着还不错。可是更多的时候呢？听着就像是……”

“噪音？”他提示。

外面，一群鹅朝南边踱去。

两周后，埃尔斯结束了这一切。从那以后，他开始从旧货摊和廉价商店里买书。听说萨瑟一家搬去了伯灵顿后，他才重新回到图书馆的阅览室里。

在他居住的地方附近，“小屋怪人”并不少见，村民们对于他这类人都见怪不怪了。关于他的故事早已传开，说他曾浪迹纽约，后来不知怎么垮掉了。一天晚上，被寂寞折磨得半死的他溜达进了退伍军人协会里去玩宾戈游戏[1]。由于平日里生活的静寂，他的耳朵变得对声音十分敏感；他听到附近桌子边上的一个兽医对妻子说：“看谁在那儿！那个颓废艺术家。”

他过得很简单，通过做建筑工助手和为老年人做勤杂赚点小钱。除了食物和低得不像话的房租以外，他几乎没什么开销。有一段时间，他总是给玛蒂寄去子女抚养费，但她从来没有把他的支票兑现。

萨拉上高二的时候曾给他写过一封信指责他，说就是因为他大家才把她当怪胎来看。他飞过去看她。那三天里，她躺在沙发里，手里摆弄着一个鲁比克魔方[2]，无论他建议她做什么，她都说，“不，谢谢了；我挺好。”她听的音乐就像手电钻发出的嗡嗡声，他甚至在另一个房间里都能听到她耳塞里传出的声音。

在飞回密苏里州[3]的前一天，她问，“你能给我买一台电脑吗？妈妈觉得那东西对我没用。”

“你对电脑有兴趣？”

她的眼睛在眼皮后面翻了好几圈。“为什么让人相信一下就那么难？”

“一点也不难，”他说，“你可以用它们做出不可思议的东西来。”

---

1. 一种类似于井字棋的赌博游戏。
2. 即一般人熟知的“魔方”，是匈牙利籍发明家、雕刻家和建筑学教授厄尔诺·鲁比克于1974年发明的一种机械益智玩具。
3. 美国第24个州，一般被划分在中西部地区之内。

她把头从沙发扶手上抬起来，试图识破他的陷阱。

“我曾经用几台早期的大型机写音乐算法。”

“哈，”她说道，“那一定挺酷。”这段二重唱就此结束，一年又过去了。

在新罕布什尔失落的山谷里，埃尔斯的音乐摒弃了所有虚伪的体系。他努力让作品呈现出多样性，所以做出来的东西很像是剽窃而得。他一生都在原创的桎梏下生活。现在，他终于可以放心大胆地去借鉴别人的东西了。

那一张张草稿载着音乐流动起来——低音单簧管和超高音萨克斯风的二重协奏曲。“世界乐队”——一首有强大破坏力的交响混成曲，用十几个民族的风格演绎出一个十四音符的主题。一部关于鲁伯特·布鲁克[1]的“安全”的套曲，男高音和铜管五重奏：

安全，纵使失去了所有安全；安全，当男人们倒下时；

若是这些可怜的肢体消亡，那才是最安全的。

埃尔斯把“世界乐队”的曲谱寄给了研究生院的一个熟人，对方曾在那些低地国家[2]举办纪念活动。作品中有某些东西——或许是那种精湛的媚俗——打动了许多厌倦用辛苦劳动来换取乐趣的欧洲听众。在乌得勒支[3]将其首演的新乐团带着它巡回演出，从法兰西岛[4]到莱茵兰[5]演了个遍。有一天，他收到一张版税支票，比四百美元稍多一点——

1. 十九世纪末二十世纪初英国空想主义诗派诗人，在一战期间创作了大量的优秀诗歌。
2. 指欧洲的荷兰、比利时、卢森堡三国。
3. 荷兰中部城市，乌德勒支省首府。
4. 法国地区名，位于巴黎盆地中部，以巴黎为中心，因此俗称“大巴黎地区”。
5. 旧地区名，也称“莱茵河左岸地带”。

小时候他当报童，干同样几个小时的工作，得到的钱是这个的十倍。他昂首阔步地在小屋里踱来踱去，一边傻笑，一边不停地搓着两只手。尔后，他想起了那位拉比[1]，安息之日[2]，在他一杆进洞之后，上帝揶揄道："那又如何？他能告诉谁呢？"[3]

他哥哥打电话过来了，出其不意。埃尔斯有三年没跟他说过话了。保罗的声音听起来仍像个十岁大的小混混，用一根手指在唱片上拖过来拖过去。

"保利！天啊！你怎么样？真没法相信你会打电话来。谁死了？"

足足五秒钟发怔似的沉默后，保罗回答，"妈妈。"

在第二任丈夫罗尼出现又离开她之后，卡丽·埃尔斯·霍尔沃森重新找见了她高中的一个女伴，两人一起去伦敦参观。她们形影不离，一起做了两次环球旅行。但这是卡丽第一次到一个靠左侧行车的国家；1986 年 6 月一个晴好的早晨，她刚走下威斯敏斯特的一个路沿就被一辆出租车撞了，司机甚至没来得及按响那古怪的喇叭。

彼得飞到了英格兰。保罗在希思罗机场接他。成年的他身材高大，行动缓慢，面色蜡黄，彼得差点没认出他。他们还设法联络到了他们的妹妹，她在马哈拉施特拉邦[4]的一处静修所修行。苏珊发回一封糊里糊涂的电报，那是埃尔斯收到的她发来的最后一封电报，上面说他们的母亲并没有去世，只是变成了别的东西。兄弟俩将尸体火化，然后

---

1. 犹太人中的一个特殊阶层，即导师和智者的象征，负责执行教规、律法并主持宗教仪式。
2. 犹太教的主要节日之一；据《圣经》记载，上帝在六日内创造天地万物，第七日完工休息，因此，犹太人和基督徒遵从每周第七日停下工作，唱经念诗纪念上帝的习俗。
3. 此处是一个犹太人的幽默小故事：一位很喜欢打高尔夫球的教士在一个星期天早上觉得自己一定要去打球，就向主教请假，谎称自己喉咙发炎，无法做祷告。他偷偷摸摸一个人跑去打高尔夫球，结果一杆进洞，欣喜若狂。上帝身旁的天使不解地问上帝，为何不惩罚这个教士反而奖励他一杆进洞。上帝笑着说："我是在惩罚他呀。你看看，他再兴奋，又能跑去跟谁分享呢？"
4. 印度西部的一个邦。

把骨灰非法地撒在切尔西药材园[1]的一个角落。这是进入夏天的第二天。天空蓝得有些荒谬。彼得想找点什么来说，却发现什么也说不出来。他哥哥拍了拍他的肩膀。

“没事。我也了解她。”

在他们一起处理后事的三天时间里，彼得非常惊讶地发现，自己是那么喜欢他这个成年兄弟。保罗对一切事情都有自己的想法。从早晨报纸的头条新闻到公交车的牌照，在他看来无不隐藏着重要意义。但是保罗滔滔不绝的解读总能令人感到愉悦。他说起话来一套一套的。有时候，那些话听起来就像是音乐理论。

保罗返家的前一天晚上，他们坐在霍尔本的一家酒吧里，喝着半流体的啤酒，吃着蘸肉汁的酥皮点心。保罗谈了谈他对“挑战者”号爆炸[2]的看法以及这个事件跟苏联在阿富汗的冒险行动[3]之间的关系。彼得凝视着哥哥，那个依然蓬乱的脑袋上已经有了斑白的头发，他很后悔这么多年都疏于与他联系。保罗只见过自己的侄女两次。只是因为死亡，两个人才又找到了彼此。

“为什么会这样，保罗？”彼得问。

“会哪样？”

“孤独的人应该在一起的，不是吗？”

这个想法让这个大块头男人有些为难。“那样他们就不再是孤独的人了，不是吗？”

在飘荡着橡木味道的酒吧里，人们簇拥而坐，唱着足球俱乐部的

---

1. 英国最古老的植物园之一，建立于 1673 年。
2. 挑战者号航天飞机是美国正式使用的第二架航天飞机，1986 年 1 月 28 日在执行其第十次太空任务时升空后不久即爆炸解体，机上七名宇航员全部丧生。
3. 1979 至 1989 年，苏联武装入侵阿富汗，与阿抵抗力量之间展开的一场侵略与反侵略战争。

歌曲，摇摆着身躯，他们在三分钟内分享的快乐比彼得的音乐在三十年中创造的还要多。酒吧里悬挂的电视机里放出另一首跟唱歌曲。保罗仔细端详着他的餐盘底，仿佛在查看那上面是不是有什么带着启示意味的字。

彼得说，“记得你当时有多生气吧？我不理解摇滚那时候。”

他哥哥停了下来，眉头一皱。“你说什么呢？”

“你把我绑了起来，强迫我听。”

“我那么干的？天哪。”

“你还威胁要用肥皂洗我的耳朵。”

“不，不。那一定是你另一个哥哥。”

“你是对的，保利。我是聋子。”

保罗冲他摆摆手。“幸好你从来没陷入过那种东西。那些歌里有很多用的都是神不知鬼不觉就把你洗脑的技巧。”

“当真？”

保罗点点头。“现在，整个行业都在大量采用思想控制的伎俩。”

保罗从没听过彼得成年后创作的音乐。他觉得彼得的职业跟他们的小妹妹苏珊那玄奥的心灵探索差不多。要是能跟保罗坐在一起听点布列兹或者贝里奥，看看他能从中听出什么奥秘来，那一定很有意思。

“你现在听什么？”彼得问。

保罗把餐盘放下来，摇了摇头，冲他弟弟投来一个揶揄的笑。“我是个成人，皮蒂。我听广播里的脱口秀。”

那天夜里，他们在布鲁姆斯伯里一家简易旅馆的同一个房间里睡觉时，保罗问，“你生活还过得去？”

“不太好，说实话。”彼得坦诚地说。

“好吧，给你个好消息，让你睡个安稳觉。”

彼得把手伸出他睡的那张粗笨的单人床。“什么意思？”

“妈妈留下不少财产。她的保险都投得超额了，荒唐吧？甚至分了三份，你得到那份足够写你想写的那些怪力乱神的东西了，想写多久就写多久。”

彼得坐起身，靠着床头板。他用手笼着自己的耳朵，倾听着这属于“偶然”的音乐。作精算师的哥哥就躺在离他三英尺远的另一张床上，用极小的全大写字母在新闻周刊上做着注记。彼得的脑海中升腾起一个旋律，遥远而亲切。想给它定调不成问题。他只需要一个音符，就能将它呼唤出来。

“好了，”保罗涂写笔记的那只手酸了，他宣布，“关灯了。”

彼得躺在黑暗中，聆听着一台哈蒙德和弦风琴发出的声音，他的父母似在旁边吟唱。“明地迷亚小河旁那插满蔷薇的花架。”他的声音让这个哑然的房间震动了。

“这些日子里妈妈都在听什么？”

保罗的床那边传来迷迷糊糊的咕哝声。“我什么也不知道。”一声有点尴尬的鼻息，随后变成了纯粹的抽噎。尔后消弭了。尔后是持续而张扬的鼾声，彼得一直听着它直至夜深。

【不安全将成为一个成长行业。如今的经济全依赖于恐惧。】

当他进入伊利诺伊州的时候，晚间已经变得冰冷刺骨了。现在，他坐在汽车旅馆的停车场里，把引擎关掉，像蚕在茧里一样被封在模糊不清的一圈玻璃里面。肚子饿得咕咕叫，头昏眼花，屁股坐得酸疼。他把挡风玻璃擦出一块来，窥视着外面。在汽车上方六英尺高的地方，那家有民俗风格的连锁旅馆的墙上，有一个看起来像是美国宇航局要发送到外行星上的东西。监控摄像机。以前，他曾读到过这样的信息，每个城市居民平均每天出现在监控视频中的次数多达几百次。不过，他倒没有被这个事实困扰。

埃尔斯把衣领翻起来围住自己的脸——颇有点此地无银三百两的意思——然后走进了一片天寒地冻之中。车辆从州际公路和临街道路驶来，一路朝南驶去。北边，高耸的卤素街灯把那些连锁商店照得犹如仙境一般。一条商业街沿着拥堵的汽车长龙亮起的一长溜红色尾灯从纳克斯科荷曼向北一直延伸过去，那些显眼的商店标志是这个国家的每个孩子从开始学走路时就当作常识记住的。

一个路标在远处闪烁着：镇中心大道。埃尔斯过去住在这镇子的时候，这里还是一马平川，只有全世界最肥沃的表层土壤，绵延直到天边。

这个汽车旅馆的前厅就像一幅美国西南部的卡通画：方砖，柔和的茶色，前台上方挂着淡彩的普韦布洛人[1]的画作。他仿佛从虫洞里钻了出来，来到了亚利桑那[2]。一台涂得像马戏团似的花花绿绿的爆米花机摆在前台和一个不大的早餐区之间。屋子里满是人造黄油的气味，令人作呕。前台的桌子上搁着一个大碗，里面的苹果看上去无可挑剔，简直可以拿去给一出关于伊甸园的音乐剧当作道具。在上方的墙上，一块宽幕的新闻广播屏被分成三部分，同时播放着视频，两道滚动字幕下面有一个标题框。

一个约摸二十五岁身穿T恤衫和鲜亮蓝色运动上衣的服务员从电脑上抬起头来，微笑了一下。埃尔斯的脸绷得紧紧的，但服务员一直

1. 定居于美国西南部及墨西哥北部的印第安人。
2. 美国西南部的一个州。

咧着嘴笑。

“嗨，您好！今晚能为您效劳吗？”

埃尔斯的目光越过他的肩膀，度量着从这里到前厅门的距离。“有单人房吗？”

“您真幸运，”服务员说着，用手戳了戳几把钥匙，像在暗示他来对了。“抽烟吗？”

服务员拿出一张单子让埃尔斯填写。姓名、地址、电话、联系人信息、驾照、汽车款式和型号，还有车牌号……

埃尔斯接过表格，放在自己面前。“我付现金。”

“没问题！”服务员确信地说。

埃尔斯站在那儿，手里握着笔，仔细看那表格。服务员抬起头，目光扫过来。

“别担心。就是登记一下。”

埃尔斯一边胡编乱造，一边往表里填。

“您有优惠卡吧？”服务员问，“高级的？还是？”

埃尔斯眨了下眼。

“退休者协会的？你是落在家里了吧？没关系。打九折吧，您一看就是老实人。”

埃尔斯交了钱，拿到房卡。桌子后面的支架上，另有一个小小的网络摄像头仿佛一个独眼巨人的眼，一直怒目而视。

他的房间就像一部法国存在主义小说中描述的来世。床、椅子、床头柜、闹钟、收音机和壁挂电视。你可以乘着它去往下一个星系，或者用它的最低安全保障服满自己的无期徒刑，慢慢被人遗忘。埃尔斯冲了个澡，水差点把他烫伤。他裹着一条毛巾往床上一躺，随手打开电视。他找到了新闻频道——被夹在第四代真人秀的节目中间，它显得孤立无援。二十秒的视频剪辑浓缩了这一天发生的新闻。屏幕上那些拍摄自开罗的连续镜头晃动得厉害。成千上万的人在“解放广场”[1]上呈扇形散开，一边拍手，一边高唱，一边行进。骚乱成了主基调，正如埃尔斯曾经参与制作的每一个大部头作品一样。在逐渐缩减为一条细流之后，示威者的人群又重新聚集壮大起来，其数量之巨是正在进行中的“阿拉伯之春”[2]运动迄今为止绝无仅有的。军队正在倒戈；抗议者嗅到了胜利的味道，所有的一切都源于一支有煽动性的旋律。

在镜头的快速横切下，现场变成了一部宝莱坞歌舞剧。一位男歌手唱着一支节奏明快的歌曲慢慢穿过广场，那曲子可能是一部情景喜剧的主题歌，唱着年轻的世界主义者们如何热爱自己悲剧的人生。人们高举着用手印字模印出来的标语。小贩们一边滥竽充数地跟着唱，一边售卖食物。戴着针织帽的老年男子和裹着头巾的女人们高呼着那些让人振奋而又肆无忌惮的口号，屏幕下方即时地滚动出他们说的话。除了那场革命以外，那支圣歌在周末期间已经如病毒一般传播开了。

又一个政府被一支朗朗上口的小曲搞垮了。镜头再次切换，那支歌变回了现实。人群中欢欣鼓舞的抗议者相互试探着，想看看接下来会发生什么。埃尔斯终于明白为什么苏格拉底想要禁止所有那些音乐形式了[3]。

但是现在，开罗的记者却说，“这场革命的局势似乎已经发生扭转……仅仅凭借一支歌。”

---

1. 解放广场位于埃及首都开罗市中心，比邻尼罗河畔，广场面积辽阔，是埃及的第一广场。
2. 指自 2010 年年底在北非和西亚的阿拉伯国家以及其他地区的一些国家发生的一系列以“民主”和“经济”等为主题的反政府运动。
3. 苏格拉底的学生亚里士多德在其论著《政治学》中曾引用苏格拉底的话：“任何音乐创新对整个城邦而言都是十分危险的，应当被禁止……如果音乐形式发生了变化，城邦的基本法律多会随之动摇。”

埃尔斯站着关掉电视，他看到了科尔曼的手机。就算只把它打开一下也会产生更多可追踪到的数据。他不在乎了。电话播放了一小段开机曲后，显示出有八个未接来电，还有十几条讯息。他拨了回去。

“你在哪儿？”一声铃音未完，克拉乌迪雅就说。“你怎么样了？”

种种迹象表明，这是个有陷阱的问题。“我还好，还活着。”

“你听说了吗，最新消息？”

“还没有。”埃尔斯说。

“阿拉巴马州那些死亡病例中的输液袋都来自同一家药店。”

“那当然。”埃尔斯说，“不过，让我猜猜：这件事跟当初报道的有些出入。”

“他们还没有排除那家网上药店本身恶意干预的可能性。”

“噢，天哪。”

“当局建议人们对类似的商店要提高警惕。”

“一面宣布警报解除，一面又让大家保持恐慌。”

“联邦调查局那人来这儿谈过话了。这里一定有人对他们讲了关于你上课的事。”

“噢，我的天。”

“他问我们是不是知道你的下落。他想知道你有没有跟我们宣扬过什么疯狂的想法。”

“你们怎么说的？”

“我们告诉他，最疯狂的也不过就是梅西安了。丽莎·基恩手头记的笔记挺全，她给那人看了。那人像是要去什么地方似的，慌慌张张就走了。你觉得是不是我们这些老‘棉签’吓到年轻人了？”

“他们没问你的电话吗？”

“别担心。要是他们真问起来，我会说，是你把它偷跑了。”

【我也不想说什么了。能说的我都说了。这么不言不语的小东西，能对谁造成伤害？】

保罗走后，埃尔斯继续留在英格兰。开销不再是问题了。现在他想待上几年都可以，不用去牺牲什么。

在圣保罗大教堂后面的一个布告栏里他看见一张海报。他差一点想当然地一瞥而过：某个名声在外的巴洛克室内乐团周六在圣马丁教堂演奏不知名作曲家写的作品。埃尔斯对这样的音乐无论如何也不会有兴趣。但是在那幅上面有一群身着演出礼服的音乐家的照片中间，握着一把大提琴的那位不是克拉拉·莱斯顿的母亲吗?

尔后他视线中的那位母亲又变成了那个孩子。女孩已经剪掉了她四英尺长的秀发。如今的她是一头浓密的卷发，发色是泛白的金色。埃尔斯不敢相信自己的眼睛，可那照片上的人让他无法拒绝这个事实：那就是克拉拉本人。

他去听了那场音乐会。两个小时形式化的音乐充满了转瞬即逝而又不同寻常的乐句以及令人惊异的和声，这些和声一度销声匿迹，直到二十世纪才又出现。埃尔斯说不出哪些是粗鄙的东西，哪些又是被忽视的天籁之音。不过无所谓了：那晚的音乐会奉出了一串奇形怪状的本可能永远被人遗忘的珍珠。

他的耳朵里只有那首《火鸟》。埃尔斯无法将目光从那位大提琴家身上移开。她拂动自己乐器的样子仍像二十岁时那样，优雅的颈项轻轻地贴在指板边上。除了头发，体态和中年的年纪之外，她身上还有些别的东西与以前不同了。斯韦林克[1]的作品演奏了许多个小节之后，埃尔斯才确定了那个东西是什么：她变成了凡人。

他找见她时，她正带着自己装好的乐器准备从教堂匆匆离开。他走到她面前。她不耐烦地停下脚步，然后，突然大叫一声，没放下手里的大提琴，就扑上去熊抱住了他。她后退一步，脸像少女一样涨红了，手掌摸了摸额头，像在感觉自己有没有发烧。“真不敢相信。你来了！”她的口音有了明显的英国味儿。埃尔斯不确定她还记不记得他的名字。

她把他拉到一排长椅里面。“你来英格兰做什么？”她声音的音色似在说：你找到我了。

埃尔斯感到有种奇怪的冲动，想要对她撒谎。说他终于找到她了，他人生第一次的海外之行就是为了她。但他只是告诉她是因为自己母亲。克拉拉痛苦地捂住自己的嘴巴，尽管她和卡丽·埃尔斯从来都只是小心提防对方的对手。

“但你怎么知道有这场音乐会的呢？”埃尔斯说完之后，她问。

“纯属偶然。”

她的眼睛睁得大大的，好像她从长大成人这件事中还学会了，偶然只是一种没人能够理解的秩序。

他们俩坐在长凳里，追忆着逝去的四分之一个世纪。埃尔斯过一年的时间克拉拉好像过了三年一样。她在牛津拿了一等奖学金。最后那次他俩在电话里闹得不欢而散之后，又过了一年，她嫁给了一个领罗德奖学金[2]的学者，但那场婚姻没有维持太久，对方回了美国，进入了政界。她在剑桥做了两年研究生；然后发生了一些事情，她不愿提及，

1. 十五世纪末至十六世纪初荷兰作曲家，其作品跨越了文艺复兴末期和巴洛克时期初期。
2. 也译为罗德兹奖学金或罗氏奖学金，是一个世界级的奖学金，有“全球本科生诺贝尔奖”之称的美誉，申请到的几率极低。

再后来她动身去了欧洲大陆。在苏黎世歌剧院待过一段时间之后，她又在德国辗转漂泊了十年，其间随不同的广播交响乐团一起演出。后来，她参加了巴洛克乐团的试演，并在过去四年间一直与其合作。她再婚了，对方比她小六岁，是一个名望正不断累积的英国指挥。

“说起来，我们的关系更像朋友，而不像是……夫妻。”

埃尔斯把他颤抖的双手插进口袋里。“没有孩子？”

她笑了笑。“这种事能强求么？你呢？”

“有个女儿，”他告诉她，“很聪明。跟我记仇。在斯坦福学计算机科学。”

“没学化学？”克拉拉的目光落在埃尔斯的肩膀上。

“没有。对她来说，那太单调了。至少都能预测得到。”

他的眼睛望向别处，除了他们以外，空阔的教堂里面已别无他人。上方走廊中和唱诗班席位后面的尖顶宽窗像一片片黯黑的叶子。离去的听众发出的声音浮进暗淡的筒形穹窿里嗡嗡作响，在浮雕云朵、贝壳和丘比特天使之间荡起回声。埃尔斯环顾四周，这座一半用于礼拜的谷仓似的大房子被装饰得像婚礼蛋糕那么奢华。他对她讲了讲自己是怎么过的。

二十四年，几无可言。他学了作曲，凭着一腔热望投身于前卫事业。他做过十几份无足轻重的工作。他结婚了，建立了家庭，却又因为一大摞大多无人问津的创作而抛弃了它；那些作品现在已经堆得有四英尺高了。

“都是拜你所赐，”他说，心里被一种奇怪的愉悦温暖着，“每周六晚上跟我的化学同僚们一起玩儿室内音乐一定比现在强多了。”

她用那只握弓的手摸了摸自己的脖子。“是我毁了你！”

“那么多年里，我一直想着要写出让你把肠子悔青的音乐来。”

“你现在已经做得很好了。”她说。

“可是后来……我陷进去了。你知道，节奏、音程那些东西，像锁栓一样一旦弹开就……”

他突然感到，那段人生之妙并不逊于别的人生。转动轮盘，让那个十二面的筛子摇起来，把它们推来推去，想着能推测出未来。即便是一段三分钟的曲子也能演绎出比宇宙中的原子更多的排列。你花了六十年又十年，去发现一支超凡脱俗的作品。

他发觉自己在非常笨拙地讲述这一切，他从没有过这样一个机会如此解释给她听。但是克拉拉不住地点头；她的耳朵一向聪敏。她的眼睛望向空空的挂着装饰油画的过道。她颤巍巍地笑了一下，努力让自己站住。她一手提着大提琴，一手挽着他的胳膊，匆忙地从教堂里跑出来，穿过一片渐渐稀少的人群，人们纷纷对她发出感谢的溢美之词。

他们最后走进了圣马丁道的一家地下餐馆。那里又黑又嘈杂，也没什么特色，桌上摆着蜡烛，铺着一小块波斯毯。克拉拉努力克制住自己的欣喜和晕眩。她点了一瓶价钱不菲的波尔多葡萄酒，提议两人干一杯：“为了本不应得的原谅。那时候我太残忍了，彼得。一个无知的小丫头。能原谅我吗？”

“没什么可原谅的。”他说，但还是和她碰了杯。

他们想聊点音乐，但两个人的音乐世界隔了三个世纪之遥。他们的事业已有云泥之别，不比食人族和传教士之间的相似度更高。这使他愕然了；从一开始他就误读了她对音乐的热爱。不是要革命，而是要复古。他彻头彻尾地做错了。在他谈及旧日里他们一起做的那些探索发现时，她听着，酒杯边缘后面的目光依然柔和。她蜷曲的嘴唇挂着些许幸福的尴尬。

“你在想什么？”他问道，“开小差啦？”

“想在我家那时候。上大学前那个夏天。两个小屁孩！听着施特劳斯的曲子。”

他把自己缩进黑暗里，并没有纠正什么。“我记得。”

“跟我讲讲你的音乐。什么我都愿意听。”

他找不到任何一支曲子或是唱片能够与她分享，尤其在此情此景下。至多，他也就能用口哨吹几段小调给她听——就像把自己的汽车刮花了再推销给有意的买家。

“真滑稽，”他说，“就在动身来这里之前，我才开始去研究音乐的本质。”

克拉拉的眼睛睁得圆圆的。她把两根手指抵在自己的嘴唇上。“你来我家吧！哦，不是……我想让你看点东西。”

她不会告诉他。他们买了单，然后像逃亡一样离开了那家餐馆。埃尔斯坐进她的福特车，那本该是驾驶员的位置，却没有方向盘[1]。在伦敦夜晚光的隧道里，他坐着，把身子仰向后方。很快，她的车子在一排乔治亚风格的连栋房屋前面停下了。房子内部感觉就像一家伦敦袖珍博物馆。墙壁上覆盖着老旧的雕刻，厚重的家具陈设带有垂花雕饰。甚至连门厅都像一个陈列室一般让人惊喜。她从他们一起度过的莱维顿的童年走进了名门望族的十八世纪。

她把他让进客厅里，请他在一张软皮革椅子上坐下。然后转身走向一面从地板到天花板全是书架的墙。她要找的那个东西搁在一个上层的壁架上，放在一组贴了标签的硬纸板做成的箱子中。她必须爬上一个货柜梯才能够得着它。看见她黑色演出裙下伸出的脚踩着梯子的横木往上爬，他感觉有些心惊肉跳。

1. 由于一些历史原因，在英国、英联邦国家以及一些曾经是英国殖民地或受英国殖民地影响的国家和地区中，行人和车辆是靠马路左侧行走的，相应地，其汽车的驾驶位在车的右侧。

终于，她爬了上去，在高处一边挥动那个东西，一边唱着巴赫的《复活》[1]中前面几个音符。她从梯子上凯旋而归，穿过房间，把战利品拿在手上。

那几页纸是他曾经寄给自己的，来自久远的未来。那时候他记录音乐的稚嫩笔迹让他自己暗暗吃惊。你想这些年轻人和老人后来怎么样了？你想这些女人和孩子后来怎么样了？他们活在某处逍遥自在。但那某处却是个大得离奇的地方。

他读着自己第一首习作里的乐句，所有那些低级失误和异想天开让他哑然失笑。每个细节的处理都显得那么幼稚而又装腔作势。但那音乐是多么贴近生活啊！而它又燃起过多少渴望！这些东西用他成年的处世哲学再也找不回来了。

他只能站在那儿目不转睛地看着，傻笑着。暴敛的傻小子，浑身都是蛮横的乐观精神。他的风格已经完全变了，原先的不剩一分一毫。岁月已将他的音乐打磨得面目全非。他仍在研究那些音符，边读边思考。

他抬起头，有些难以置信地问道，“你还留着这个？”

她像一个少女那般把头轻快地点着。在她身后，那些书架承载着令他难以想象的她一生的积淀，沉甸甸的，将那架子都压弯了些许。可是，她仍然保留着这份学生时代的涂鸦之作。

“为什么？”

她把曲谱拿了回去，把他拉到隔壁房间里那架小钢琴旁边。她把自己脚上的演出高跟鞋甩掉，让他坐到钢琴凳上。

“来吧。试试看。”

克拉拉笑着弹出了上面几行，一行完了又兴致勃勃地转入下一行。

---

1. 巴赫的《B 小调弥撒》中五声部合唱的一个乐段。

他们一起费力地解读着那个男孩记下的散弹枪子一般的音符，手在键盘上摸索着，不时碰到对方的手。他们的肩膀挨在一起，仿佛这个四手联弹是他们每周六夜晚的一个保留曲目。他们一起续写着四分之一个世纪以前他们不得不暂时搁置一小会儿的那个小乐句。一切都向前向外发展，没什么重要的东西崩毁。

他们一起完成了最后一个乐句，那个男孩当初脑袋里所想的大致如此吧。克拉拉意犹未尽，她对着这份有点可笑的谱子晃了晃头，轻轻拍了拍那几页纸。“人生第一次，还不错嘛。”

埃尔斯耸了耸肩。他想向她展示这四分之一个世纪以来他写出的那些作品，它们能够捍卫他最初的尝试。她毁了他。但他想证明即便自己被她毁了也比任何人想象的要幸运许多。

“再来！”克拉拉坚持道。第二遍下来，那个东西有了生气。

弹奏完毕，她握住了他的手腕。“彼得！我太高兴了。我感觉……又回去了。”她随即陷入了沉默，带着几分忧郁，头垂下来，手抚摸着琴键。“我很惊讶，你甚至对我喝过倒彩。”

她把他带到她的小厨房里，打开一瓶玛歌酒庄[1]的葡萄酒。手里握着酒杯，她陪他一起参观她的收藏品。她的墙上挂满了文艺复兴时期的木刻版画赞美诗和铜版的巴洛克式宗教庆典图。四幅小油画描绘了一道令人惊异的彩虹中的几位圣徒。但真正吸引埃尔斯的是那几张照片。他忍不住去看：不在他身边的克拉拉那些年里的变化。二十五岁，穿着无袖的黑色连衣裙，自信异常而又洒脱。三十二岁，在布拉格的城堡前面，笑容可掬但略显拘谨。三十九岁的女人，吻着阿沃·帕特[2]

1. 法国西南部盛产葡萄酒的波尔多地区的一个著名酒庄，位列波尔多葡萄酒四大名庄。
2. 爱沙尼亚作曲家，从事古典音乐和宗教音乐创作，1970 年代后期以后用自己发明的作曲技巧来诠释极简主义风格。

的手，那时候，那个男人的名字还不为人所知。

她回到厨房，把那瓶酒拿了回来。“来吧，”她说着，用两根手指拉他，“给你看点别的。”她牵着他登上半宽的楼梯，朝着另一个已被遗忘的东西走去，间歇片刻，一生又回来了。

她让他坐在她四根帷柱的床上。他们躺倒，躺在十九世纪的凫绒被上面。她仍牵着他的指头。埃尔斯感受到了酒精的作用，遥远的过去，这个熟悉得如呼吸一般的女人。他慢慢地拖延着时间，给她讲那时候家庭工作室里的奇葩轶事，理查德·邦纳的偏执和浮夸，永远都不会被听到的布鲁克的那首“安全”十四行诗，总之哄她开心。当他说无可说的时候，就开始编起故事来，差不多就像一个真正的作曲家。她笑得开怀，便引着他的手伸进她演出时穿的女衬衫里去。

一阵令人晕眩的暖意让他们都沉默了。清醒后，她把他的手拿开，仔细看着。“你可以留一下。”她说。她的声音十分怯懦，像是等待着被斥责。

埃尔斯稳了稳他的酒杯，靠在她身上。警觉在他身上涌动。她说得对：他是可以。这个世界上他没什么非去不可的地方了。他的护照就在他外套的内口袋里装着。没人在等他。家只是一个术语，未来没有给他分派任何现实的义务，除了报税和死亡。关于他的过去，那个难以言表的伤口已经自己愈合了。没什么要去证明的了，也不必再去打动谁或惩罚谁。

他竟感到出奇的冷。他听到她说，“你在发抖。”

“是的。”他说。他的胳膊和腿瑟瑟发抖，停不下来。克拉拉把身体前倾，慢慢地倒向他。他们不假思索地贴在一起了。她扭动着迎合他，而他也配合着她——一部极简主义的芭蕾舞剧。两人都去了他们非去不可的地方，他们在那个地方流连忘返，竟没有顾忌时间，直至门铃响起。

克拉拉从床上跳起来，想用手抚平丝绸衬衫上的褶皱，却白费力气。已过午夜。她的脸涨红了，好像觉得自己做错了事。她眼里带着歉意，把头发向后拢了拢，穿着长筒袜从狭窄的楼梯间轻轻地走下楼去。

埃尔斯躺在一个女人的卧室里，他竟不知道这个女人是从夏娃变来的。他抬头看：房间的顶部周围有三条竖线花纹和柱间壁的装饰，在它们下面是一条浅色的花带。这种刻意营造的静谧与他在博物馆里工作时曾经守护的某种东西类似。这就是当初那个曾教他如何把新鲜的东西看得比一切都重要的无所畏惧的十六岁女孩的房间。他从床上坐起身，把凫绒被铺平。在她枕头旁边那个"美好年代"风格的床头几上放着一把银发刷和一本老版的乔伊特[1]所著的《柏拉图著作集》。埃尔斯恍然大悟，原来自己那么些年里都忽略了一件事情。从克拉拉·莱斯顿还是个小女孩时，她就厌恶现实世界。

楼下有人在说话：两个人，声音很低。埃尔斯只听得出他们说话的腔调，却也足够了：一部短小的叽叽喳喳和窃窃私语的喜歌剧。热情变得有些窘困，偷偷摸摸地解释，然后是厌烦，接着用甜言蜜语去安抚，最后匆匆道了晚安。门关上了。轻轻走上楼梯的脚步声；克拉拉如释重负地回到房间。

她跨到他身上时眉毛扬了起来。"不好意思。我们继续吧？"

她握住他的手指；古巴导弹危机发生几周后那个严寒的冬夜，正是这几根几乎冻僵了的手指在向一个公共电话里塞 25 美分的硬币时，

1. 英国学者，古典学家和神学家，十九世纪不列颠最伟大的教育家，以译介柏拉图的作品而闻名于世。

差点跟电话的面板冻在一起。现在，一千三百英里外的切尔诺贝利[1]正传来越来越强的辐射，透过她乔治亚风格的连栋房屋的墙壁，传到他们这里。

“没什么。”她对他的手说。

他默默地握着，很想去相信她说的话。

“你更重要。”

多年来，他一直在努力写出能让这个女人说出这几个字的音乐。现在他却无法相信它们了。它们甚至比不上那个男孩的习作——热情又透着笨拙。那么多年里他想象中的那个克拉拉会对它们嗤之以鼻的。

“彼得。你来看我了。不顾一切。这简直太不可思议。”

他挣脱了自己的双手。她的手仍在他双手之间的空气里纠缠。

“我想你知道，我们谈什么都行，没什么不可能的。”

“我该走了。”他说。

后来，他不记得自己是怎么走下楼梯的了。但他仍记得她的身影站在门厅里，说着：“彼得。别这样。一定是有什么把你召唤到这儿来的。别随便丢了它。”

他人生中已经丢了太多东西，他不知道何时会丢得一干二净。他把自己在新罕布什尔的地址写在他票根的背面。她不愿接受。他便把它留在了楼梯脚处那个放摆设的小圆桌上。

“谢谢你，”他说，“所有的一切。”

他竟产生了一种释然后的欣喜：哪怕死也是幸运的，不会带来实际的损失。但是那种感觉除非用音乐才能解释给她听。他拉动身后的门把它关上的时候，她仍摇着头，难以置信。

---

1. 1986 年 4 月 26 日的切尔诺贝利核事故是一起发生在苏联统治下的乌克兰境内切尔诺贝利核电站的核子反应堆事故。该事故被认为是人类历史上最严重的核电事故。

他再也没有见过她——在他的余生里，不过有些夜晚，他躺在那里睡不着时，就会想起那支他早该完成却一直没能找到灵感的曲子。但是他的确收到过一次她的来信。两年后人在新罕布什尔的他收到了一个包裹，上面贴的邮票中有女王陛下柔和的肖像。打开它，里面是他最初写的那首作品，《我自己的歌》里面的那支歌，二十一岁时他从她那里接受的一次挑战。随寄的还有一张卡封，照片上是马勒在迈尔尼希[1]创作时住的小屋。卡封中有一张已签名的银行支票，付款方是一家英国银行。所附文字写道："这是一份正式的委任。我想托你把下一节谱上曲。乐器有单簧管、大提琴、人声，你还想加入什么都可以。最少三分钟，别推辞。"

他曾经把这首诗背得烂熟，现在却不得不翻一翻书了。那几行诗跃出那页纸，去寻找那段先前就有的与之匹配的音乐了。我如空气般离去了。我将自己交予秽土。如果你又想要我，请在你的靴底下找我。[2]

他在那张支票上填上了四十英镑，他觉得应该抵得了那时候他在冰天雪地里打的那个电话，再加上二十五年的复利，还有国际转接费了。但他没有把它兑成现金，而是将它和他那首习作、克拉拉寄来的卡片、她的委任信、写着惠特曼诗行的纸，还有几张草稿一起放进了一个马尼拉纸制的信封。接下来的二十五年里，那个包裹一直跟随他辗转；后来，它一直安静地躺在纳克斯科荷曼的一个四抽屉钢制文件柜里，直到联邦调查局在搜查危险物品时将那幢房子洗劫一空。

---

1. 1907 年马勒不满五岁的长女在迈尔尼希的乡村别墅中夭折。
2. 惠特曼《我自己的歌》第五十二节。

【我并没指望我那荒谬的东西能产生什么影响。】

就这么几条小街小巷，他在这儿住了将近十年，居然会迷路，这怎么可能？就像唱首“生日快乐”还要支支吾吾好久。

但这个地方四十二年来的变化比埃尔斯本人的变化大多了。新建筑无处不在，声名狼藉的几十年里，这些空中楼阁似的廉价住宅楼拔地而起。整个艺术贫民窟里那些破旧的平房已被彻底清除。埃尔斯想找他和玛蒂第一次同居的那幢房子。可他甚至找不到那房子原先所在的街区了。所有的街区都已被重新布置了，以钢铁、石头和防弹玻璃为外壳的巨兽般的公司将它们占据了。

他站在那幢被称为音乐楼的建筑前面的一个小广场上。它们就像一个逻辑上存在问题的私生子和一个纵横填字游戏。街对面，那个巨大的表演艺术综合体中的几栋塔楼在夜幕下矗立着，仿佛一条航线上随时可能发生碰撞的三条货柜船。

他徘徊在人行道上，一个弦乐四重奏乐队背着他们的乐器从他身旁绕过。他们都是亚洲人，且看上去十分年轻。其中两个人用拇指轻按着手中四英寸的触摸屏。中提琴手从他身旁走过时放慢了脚步。她问：“需要帮助吗？”

埃尔斯摇了摇头，努力微笑了一下。他想问他们排练什么内容。肯定不是他那个时代的东西——他很确信这一点。那些老课本上的东西在这些孩子听来就像拿着一把钝刀胡戳乱刺。

他躲进街角的咖啡店——在他来这个镇子以前，这家小酒吧就总有那些放荡不羁的文化人光顾。他来过这里一千零一次了，坐在里面跟那些志同道合者一起思量着美国音乐的未来。这里的一切都变了，连名字都换了，却仍挤满了二十来岁的音乐人，谋划着他们的革命。

埃尔斯站在柜台前，抬头看着一整面墙上的热饮菜单。他上一次站在这里点餐的时候，这其中百分之九十的品种还不存在。柜台后面那个咖啡师身上的文身十分惹眼，一条前卫的安第斯山脉一般的几何图形从她颈后向下穿过她的黄绿色背心，她下身穿的宽松长裤的裤带以上裸露出一小块后背，那图案又在那里重新出现。在他年轻的时候，地球上找不到这样打扮的人。把自己当作一件活生生的艺术品度过此生：埃尔斯觉得这么做太酷了。他问对方有没有什么推荐的，她便给他沏了杯紫锥菊花茶。

昏暗的房间里散坐着四五十个客人。几乎没人朝他这个方向看过来，更不用说把他认作那个精神错乱的宾夕法尼亚恐怖分子了。旁观者效应，吉诺维斯综合征[1]。现在处于人群中的他反而是最安全的。尤其是一群年轻人，看到一个对自己的老态龙钟毫不在意的人，他们一般都会略带尴尬地扭过头去。

他找了一个角落坐进去，一边晃着他手里的茶，一边听着耳边传来的周围人说的话混合起来的声音。桌子上涂的那些纤细的珐琅图案似乎跟精神错乱和迷幻药脱不了干系。埃尔斯脑子里想着一个女孩，她慢慢变成了一棵树。旁边那张犹如跃动靶心的桌子旁坐着两个稳健而恬淡的年轻人，一男一女，他们在聚精会神、一丝不苟地读着一份乐谱。埃尔斯偷偷地听着，还用眼睛去瞟那几页纸。那份乐谱跟当下

---

1. 1964 年 3 月 13 日，一名二十八岁的美国女青年基蒂·吉诺维斯在其位于纽约的家附近被歹徒用刀刺死，在长达半小时的暴行过程中，尽管她大声呼救，但周围的几十户邻居充耳不闻，并未施救或报警。此事件当时引起了整个美国社会不小的震动，并被当作心理学研究的案例来探讨一个社会中所谓的“旁观者效应”，即“旁观者越多，提供帮助的人就越少”。

别的乐谱没什么分别，看起来就像一部已经出版了的作品。他像这些孩子这么大的时候，这样的排版要花费他四个月的房租。这个乐曲是为室内管弦乐队而作的，里面都是些听众们还没走出音乐厅嘴里就会哼哼的旋律。其中包含的不谐和音一带而过，只是为了向听众保证，关于前一个世纪的那些谣传它也曾听说过。

新浪漫主义的魅力征服了全世界，甚至连草原上的小“达姆施塔特”也被它殖民了。是谁发出那些信号的？“大家都到船的另一边去。”[1]那个男孩指出了作品独具匠心之处，女人边听边点头。那支悦耳的曲子在埃尔斯的耳朵里荡漾，即便混在咖啡馆嘈杂的噪音和空气里飘荡着的回响声之中也听得清清楚楚。如果是在二十五岁，埃尔斯会觉得这东西既寡淡又保守。如今七十岁的他却希望自己二十五岁时能写出这样的东西来就好了。

接着，一个女高音独唱开口了，仿佛是从埃尔斯自己的逃亡者意识中生发出来的，那个饱满的开元音乘着空气飘了过来。“小……”那声音就像一根消过毒的针。“小……”那旋律是遵从一个谐和的B小调音阶的轮廓编织而成的，一个音符便是一个字：

> 小小的心思，就能让整个生命充盈。
>
> 小小的心思。[2]

邻桌的男孩有点被这个声音打扰了，停了下来。尔后，他又重新

---

1. 通常在航行中的船快要倾覆时会说这句话。后来也被媒体借来形容一个每个人都在恐慌性买入或卖出的市场。
2. 引自二十世纪最有影响力的哲学家路德维希·维特根斯坦的名言，该曲为美国当代极简主义作曲家史蒂夫·赖希于1995年所作，名为《谚语》。

回到他的谱子准备讨论。但那个今晚必定要跟他同床的女人嘘了一下让他安静，又向上指了指。“这是什么？”

他的情人干瞪着眼睛把头摇了摇。又唱了两拍之后，埃尔斯说道：“赖希。维特根斯坦。《谚语》。”

男孩朝着埃尔斯的桌子转了一下身子，对从第四度空间里飘来的这个噪音怒目而视。那个女人转过来，对着埃尔斯小声说了句，“谢谢。”男孩盯着她看了一会儿，不明白为什么她要对这个完全陌生的人报以赞许。

【我的曲子几无可能导致任何的生物学事件。这样的事实却几乎被视而不见。】

女高音突然再现，重复着同一个下降曲调。但这一次有另一个声音与之附和，只是晚一拍半。两条声线相互追逐，交织在一起，激发出谐和音与不谐和音的火花，以及自身无法调谐的旋律带来的震颤。一个纯四度的终止式，融入了一个幽灵般的双拍子。

夜晚的咖啡店里，学生们或在调情，或在钻研，或在浏览。他们坐在沿大玻璃窗放置的台桌边的吧凳上，每人手里捧着一个蛤壳似的私人笔记本电脑，审核着“脸书”上成千上万亦敌亦友的人——天堂才是他们见面的地点。一个穿羽绒背心和工装裤的轮机实习生坐在他们后面一个带坐垫的凹座里，把头埋进双手，他周围散放着的淡黄色公文纸上写的全是方程式。远处的角落里有一对情侣在流泪。离埃尔斯十英尺远的一个又软又厚的沙发里，一个女人把脸贴在一本台面呢封皮的旧书上。那位咖啡师用一根筷子把她走起路来晃晃悠悠的头发别在脑后。对于所有听到的人而言，这支曲子可能就是一支恰恰舞曲。

但它其实道出了1995年那一年的诸多“谚语”：《代顿协定》[1]。俄克拉荷马城[2]。东京地下铁的神经毒气。人类第一次在太阳系以外发现行星。所有这一切对埃尔斯来说，恍如昨日；但是对这些常泡咖啡馆的年轻人而言，就如一部《时代进行曲》[3]的新闻短片一样离奇而幽暗。

两条带着回响的声线降至半速，重复起这首歌起初的几个小节来。在音乐设备的数字接口发明之前的各个时代里，这曾被称为主旋律延伸。两声部的卡农[4]曲变成了三重唱。一个唱诗班少年清亮的嗓音愈发厚实起来，尔后又变得薄如蝉翼，消失于耳畔。墙上的海报，漆着图案的桌子，卡座里搂搂抱抱的躯体和沙发上伸展的四肢——埃尔斯周围的一切都像溶入了一块湿漉漉的绉纱。旁边桌子的那对年轻人一动不动，警觉地听着。女人像是被耳朵里的东西弄丢了魂。男孩干脆把身子前倾着，畏惧地垂着脑袋；有人把一件事做得如此出色，他一辈子也赶不上。

几个声音在靠拢，并产生了干涉。福佑之音开始变得刺耳。几条声线交织成一道驻波，一道声音的波纹。尔后又是用纯四度表达出来的那些跃动的和弦终止式。

风琴声不知从何处响起。它混入了被保留的持续音部；同时，两个高高在上的男高音突然并行跃入。埃尔斯的嘴唇扭曲了一下，露出一丝不太情愿的愉悦。那些古老的和声如鸦片制剂一般在他的血液中

1. 波斯尼亚和黑塞哥维那（简称波黑）内战中交战的各方在1995年11月所签订的协定，同意中止这场长达三年八个月的血腥内战，因签定地点在美国俄亥俄州代顿市的莱特—特派森空军基地而得名。

2. 指1995年4月19日在美国俄克拉荷马州首府俄克拉荷马城发生的一起恐怖袭击事件。该事件共造成一百六十八人死亡，超过八百人受伤，是9·11事件发生之前在美国本土造成死亡人数最多的恐怖袭击事件。

3. 1931年至1945年间播出的一个美国广播新闻系列节目。

4. 一种音乐谱曲技法，复调音乐。卡农的所有声部虽然都模仿一个声部，但不同高度的声部依一定间隔进入，造成一种此起彼伏，连绵不断的效果。

循环流动。聆听着这首夸张的戏仿之作——对佩罗坦的模仿，这来自圣母派[1]，来自和声发端的声音——他竟有些眩晕了。那些小节的长度一直变化不定，让埃尔斯很难数清它们。不久，数不数也无关紧要了。时间变成了虚无；只有这些单调的变化才是真实的。女高音的声线一边回响，一边不断增强：

小小的心思。
就能让
整个生命充盈。

一对男高音挣脱了风琴的嗡嗡声，爬升到高处。曾经有段时间——就近在这段音乐诞生的那一年——这样饱含怀旧情绪的练习会让埃尔斯感到胆战心惊。好些年里，这些卡农曲听起来就像纯粹的媚俗之作，只需要一个电子鼓乐合成器，一道临时音轨，再加上一段编录在磁带上的说唱乐就能做出一首新鲜感十足的十分呛人的混搭歌曲。

今晚，他嗅出这曲子中有反叛的味道，甚至可以说是激进。女高音又出现了，配合默契：仿佛撒拉弗[2]排开的翅膀，在空中交替扇动；现在，她们慢了下来，唱出了更为宽广的音程，中间甚至没有换一次气。她们逆着颤音琴上升，颤音琴奏出的附点音符将长长的拖音转化为小小的无穷。

喧哗的咖啡店——浓缩咖啡机上的工业起泡剂喷嘴，厨房里马克

---

1. 指约在1160年至1250年间于巴黎圣母院或其附近工作的一群作曲家及其创作的音乐，其代表人物之一为佩罗坦。

2. 也称“炽天使”或“六翼天使”，来源于基督教或犹太教，意为造热者、传热者，是神的使者中最高位者。

杯和茶杯发出的叮当声，后屋上面的阁楼里传出来的谈笑声和高谈阔论政治的声音——并不需要永远。这里的老主顾里面有一半人耳朵里塞着自己的耳塞，另一半人就听着咖啡店里的这个音乐，仅仅是为了避免过于安静。

但是这几支同度的卡农曲仍在继续。在颤音琴发出的强劲声音之上，那些声音徐徐展开。它们的音程在不断冲撞的不谐和音之中循环。那些冲撞听上去就像一首安魂曲，是为一千年以来对新奇的和声所作的探索而作，如今，这样的探索已告一段落。那些声音仿佛一支挽歌，唱给恍惚间逝去的十个世纪，其间吟诵变成了旋律，旋律发展为和声，而和声又得以进一步拓展，更为大胆地对着那些禁区的边界狂轰滥炸。这样具有革新性的进化作品，却倒退回了旧艺术时期[1]。二重唱又出现了：声音的可能性，在所有的可能被穷尽之后。

附近一张桌子旁的一个女孩低头读着一本满是符号的课本。她把她的手围拢在马克杯周围，用它散发出来的热汽暖手，仿佛那杯子是一堆篝火。她腾出一只手，拿起一支荧光笔在一条重要的公式上拖动标记。唱片中播放的西方音乐匆促而唐突，从多利安调式[2]一下子转成了“危险老鼠”[3]，她端起杯子啜饮着，对其充耳不闻。但是她的头随着变幻莫测的小节线不断地点着，好像中了什么魔咒，连她自己都不知道自己听见了它。

房间里的谈话像复调音乐那样叠加而繁杂，颤音琴不知疲倦地演奏着，而歌者全然不顾，仍在一遍遍重复着他们自己的那个主题：

---

1. 音乐史上把十二、十三世纪的音乐与艺术称作旧艺术（ars antique），而把十四世纪的音乐与艺术叫做新艺术（ars nove）。

2. 源于古希腊音乐的音列形式，是十六世纪之前欧洲音乐的创作基础。

3. 原名布莱恩·约瑟夫·伯顿，生于 1977 年，美国音乐制作人，曾获格莱美音乐大奖。

小小的
心思
就能让
整个
生命
充盈。

这几个词震颤着，呼吸着。埃尔斯看见其中的想法穿越了两千五百年间的主题，从轮流吟唱的圣歌到《法句经》[1]，再到玛蒂所钟爱的默顿。他自己也试图将那些主题与音乐相结合，整个人生中一次次撞击着那个最小的心思的大门，却从未进去过。他一直想成为一名化学家，为这个世界有用的知识体系添砖加瓦。他一直想回报自己最初的恋人，那个曾教他如何聆听的人。他一直想跟自己的妻子一起去看看世界，跟她一起变老；可是十几年后他却抛弃了她。他从没敢想过自己能有一个女儿；后来他有了，再后来，跟她一起创作成了他生活中最快乐的事。她在一千英里以外长大了，假期才来看他一次，缩着头弓着身，眼睛里透出对他的提防；每次见到她时，她的头发都盘得奇形怪状，仿佛在发泄着对那个束缚了他一生的小心思的愤恨。

不同的音高在悸动的共鸣之上聚集。一首普通的歌曲懂得恰如其分地结束，这个作品的长度已经两倍于普通歌曲了，却仍没有停下来的迹象。邻桌有个声音说，“咱们别待在这儿了。”那个男孩用他卷起来的谱子指了指天花板。“都听不见自己思考的声音了！”那个女

1. 从佛经中录出的偈颂集。

人——他将会失去却永远不会忘却的女人——只是笑了笑，没有理他。男孩站起身，一边穿自己的外套，一边头也不回地走了。他的朋友这才慢吞吞地收拾起自己的双肩背包来。埃尔斯一边看着，一边陷入了这些令人纠结的音符中难以自拔。女人追着自己的恋人往咖啡馆侧门走去的时候，这氛围才有点拨云见雾的感觉。本可以一瞥即将揭开面纱的千年之谜，她很不情愿就这样离开。

她站在门口转过身，对这首歌突然变得明亮起来感到尤为吃惊。她捕捉到了埃尔斯的眼神，眉头皱了起来。他用两根手指做了一个不易察觉的挥舞的动作。她也挥了一下手，尽管十分迷惑，尔后消失在门外的夜色中。她也一样，临终之时，一定还在挂念着一些自己连名字都叫不上来的东西。她那被甩掉的男友将永远去寻觅一种即将在今夜里复活的音乐。一走出这个咖啡馆，走进裹挟他们的空气里，他们就会感到迷茫，苍老。

硕大的落地玻璃窗外，一轮铜色的月亮正在升起。它在地平线之上高高地挂着，有它应有的尺寸四倍那么大。那个泛红的大圆盘前面，一个仿佛一只拳头一样的东西在空中盘旋，忽隐忽现：一只蝙蝠，靠自己的回声描绘的地图寻找着猎物，在看似杂乱无章的变化无常的路径上飞翔。

色彩的转变将他再次拉回到音乐之中。演绎至此，之前的音乐一直都在一成不变的调上循环往复，突然转到降 E 小调让这音乐有如卡通片里的天空打了一道霹雳。维特根斯坦的谚语——那个小小的心思——飞驰进入了毫无准备的区域。效果让埃尔斯激动不已：一个简单的转向改变了所有一切。在高低八度的人声曾向下迂回曲折相互追逐的部分，那些人声现在转过身去向上游走。

旋律转位：最古老的把戏。埃尔斯却被打动了，如赤裸裸的事实一般。女高音彼此追逐着，仿佛被那摇摇晃晃的颤音琴驱使着，在一架望不到头的天梯上爬升。乐句简短而缓慢，像爱因斯坦那些让人不解的思想实验一般，里面的“火车”和“时钟”这些道具一直都让埃尔斯摸不着头脑。导音冲突了，被自然小调与和声小调之间的半音制约着。这样简单而跳跃的乐行根本就是漫无目的的，可它们是如何构建出如此强烈的紧迫感的呢？

人声跃入那些时而让人满怀希望时而让人难以容忍的和弦。他抬眼一瞥，房间里的人们已经对这音乐无动于衷了，地球另一端一个陌生人死去都能唤起他们更多的注意。手里捧着那本台面呢封面书的女孩盯着她的马克杯的杯底，好像谁偷喝了她的卡布奇诺咖啡一样。大玻璃窗前排成一排的那些与自己的笔记本电脑为伍的学生坐着一动不动。咖啡师在跟一个洗碗工调情，洗碗工是个拉美人，梳着的马尾辫垂到他肩胛骨的末端。穿着工装裤的实习生像个婴儿般睡着了，脸趴在他的淡黄色便笺本上。

颤音琴的断续越来越明显了。现在，埃尔斯连里面的拍子都开始数不清了。这个演进中的运动模式发生了变异，从一个晶格[1]滑向另一个，接着滑向另一个，一个缓慢的蜕变，在恒定的压力下变成了钻石。三个高音人声编织在一起，以小三度向上爬升，变成了一个三重唱卡农：

小

小

的

1. 为了清楚地表明原子在空间的排列规律，人为地将原子看作一个点，再用一些假想线条，将晶体中各原子的中心连接起来，便形成了一个空间格子，这种抽象的、用于描述原子在晶体中规则排列方式的空间几何图形称为结晶格子，简称晶格。

心思

就

能

很快，并行的男高音匆促地回过头来加入其中。十二世纪与二十一世纪交替演绎，一较高下。两条宽广的河流交汇在一起，流向一片更深的海洋。

六分钟里，仿佛置身于一片若隐若现的开阔的海洋，实际却只不过持续了不变的几个小节而已。壮丽的景观过去以后，埃尔斯又搁浅在现实里，仿佛一位未来的访客重又回来了，截断了自己的过去。他坐在那儿，明白了一切，只是晚了好多年。那时别人教他去鄙视的东西原来正是音乐。时代喜好之风变了，他的那些作曲家同僚已被纷纷吹散。但是这些年轻人仍在这里，仍在急切地寻求超越，仍在准备着用当下去换得一点更为持久的东西……

大落地窗外面，那只蝙蝠倒挂在一个冰冻的月亮前面纹丝不动。埃尔斯还没来得及确认自己看得是否真切，蝙蝠已经不见了。女高音的声音重又涌出，

让整个

世界

充盈……

这次词变成了开音节。一时间的不确定，在不同调之间犹豫不决：那个 D 调是想回到 B 小调，跟开始时一样？是要回到降 E 小调，还是跳脱到一个更为不羁的地方？这条小径再次发生弯曲；女高音用了降

E 调，紧接着是一个低半音，他被一种失落感吞没了，一种已被言说、如覆水难收的言语发出的声音。

这些昏暗的房间里——油漆的桌子和破旧的沙发，和窗子一样长的柜台，凹陷式的狂舞区，带黄褐色灯的卡座——挤满了不同世代的人，他们就坐在埃尔斯周围。他仿佛感受到了数百年来咖啡馆里唇枪舌剑的氛围，数以千计的人们在这里为了完美而争论不休。他听到那些音乐的“圈地战争”甚至在所有那些论辩者都已离世之后仍在激烈地延续…… 那些数不尽的二十来岁的歌曲作者，在他当初来这里之前就已死去，还有那些满怀热望的继承者，他们几个世纪内不会来到这里：他们喋喋不休地与对方交谈，耳畔萦绕着这些让人恍惚的不断演进的加农曲的旋律，还有尚未到来的年轻人谱写的所有顽固而带着残暴美丽的歌曲中那些变幻莫测的和弦。

调子再次转换，那些幽灵消失不见了。他想让这曲子就此结束。并非因为这令人震颤的单调重复：单调现在反而会使他得救。只因为这连续不断的波涌照亮了他脑海中那些长久黑暗的区域。他再明白不过，却仍情不自禁：这些天旋地转的仿佛浓缩了一般的心醉神迷，喷流一般的回声，这些无足轻重的抽象曲式，无间隙的呼吸，再次让他对等候着他的那些充盈的构思确信不疑。

十一分钟过去了——风琴演奏的无休止的持续音部，男高音唱出的刺耳的二度音——整个作品终于来到了尾声。三个女高音把唱词拖得无比缓慢，以致她们要表达的信息听起来已经被撕扯得四分五裂：

小——

小——

的——

思——

经过演进的旋律中的每一个变化现在再次垂落，如开始时一样，它们从急速颤动的男高音声线中流出。音型与主题交汇，然后返回。男高音与女高音水乳交融。加农曲与二重唱最终也彼此融合。这段织锦的两部分横跨了八个世纪的时空，天衣无缝地交织起来，终于让人清楚地看到，乐曲伊始它们各自的形态正是为了这次重聚。

这支曲子的音调就如重组细菌一般向外传开。那些音符被浓缩了，好似发出炽热的光。漂移着的和声仿佛烈焰一般在一位老人的头脑中燃烧。层叠的乐部隆起又落下，分裂，繁殖，冲撞，爆裂，填充着一个小得难以容得下它的生命。

六英尺外的一个卡座上，坐着一个三十来岁谢顶的学生，面前摆放着一台拉丝银的笔记本电脑，他在盯着埃尔斯看。此人正是那些尽人皆知的阿斯伯格综合征[1]的病例之一——那些人来到镇上是为了研究政治经济，来了就不走了，像一个合作社的小工那样，余生都在这里工作。他效仿埃尔斯，透过自己列侬式眼镜的镜片睨视着他。然后，他又勾起头，敲着自己的键盘。过了一会儿，他又窥视过来。看一眼埃尔斯，又看一眼他的浏览器。也许没什么；埃尔斯已经没有能力去分辨了。他站起身，走了一个对角线穿过房间，假装朝点餐柜台走去。到了那里后，他折返回来，回到监视他的那个人旁边，又朝门走去。走到门前的时候，那支冗长的持续了一刻钟的关于谚语的曲子终于结束了。从咖啡馆的音箱中倾泻而出的波浪般的人声突然间静了下来。埃尔斯继续往前走，经过乳品区，沿着点餐柜台，穿过那些拥挤而嘈

1. 属于一种孤独症谱系障碍，常见症状有：人际交往困难，语言交流困难，行为模式刻板仪式化，兴趣爱好局限特殊，运动笨拙等。

杂的桌子，径直走了出去，终于呼吸到了清新的空气。

他压低头，冲着自己的车一路小跑，边跑边用眼角余光侦察着有没有盯上他的人。他来到自己的菲亚特车前，这才意识到自己身处何处。南边两百码的地方就是他曾经住过的老音乐楼。仅用一分钟，他就站在了那座山墙上雕刻着巴赫、贝多芬、海顿和帕莱斯特里那[1]的“学院派”建筑殿堂前面。帕莱斯特里那看上去没那么可笑了。海顿倒似乎与其他几位有些格格不入。再过一百年，谁知道又会怎样呢？大家的群体思维可能会去嘲笑那个无照经营者，“巴赫”。

他踱到那幢建筑后面，走向夸德草坪中间那两条长长的斜道交叉的位置。许久以前，他的创作生涯刚刚开始时，在那个天寒地冻的一月份的夜里，一个年轻男人站在那儿对他说，“生活里面一半的问题都可以迎刃而解，只要咱们俩有一个人长着阴道。”

他眼前浮现出他们来：他的朋友、妻子、女儿。爱他的人们，相信他会做出好东西的人们。四月温和的雾中，他想：曾经的我无非想要弄出一点声响来，好取悦你们所有人。这样小小的心思。小小的心思。

他站在那个X形的交叉口，目不转睛地盯着长长的斜道，等待着命运的宣判。他可能会背负着社会公敌或者音乐炸弹客[2]的罪名死在牢里，被人们谩骂和取笑，仅仅因为一个简单的出于好奇心的举动。或者，他可以再试一下。

附近有大学生在四处游荡，他们手里的智能手机发着光，在黑暗里随之飘动。那个戴着列侬式眼镜得了阿斯伯格综合征的研究政治经济学的人已经把他所在的坐标泄露出去了。已经有人追踪了宾夕法尼

1. 意大利文艺复兴时期作曲家。被广泛认为是文艺复兴时期最杰出的作曲家之一。
2. 原英文单词为 unabomber，是美国联邦调查局造的新词，由 university 和 airline bomber 缩略而成，原指某位专向高级行政或科研人员邮寄炸弹的遁世大学教授，后泛指类似行为者。

亚州的车牌，开始监视他的车了。但是短时间内，他还是安全的。这样的逃亡生涯是他躲不开的，四十年前就已经注定了。在离开了那么久之后，他必然会回到这里，从头反复。为艺术而生，为回忆而生，为诗意而生，为遗忘而生。

当他第二天早晨在黎明前回去的时候，前台已经没人了，早餐也还没供应。他把他的房卡放在空空的前台上。沿着 I–72 州际公路向西行驶了五十英里远，他才终于想明白自己要去哪里。

【唯一无害的作品已被销毁，唯一安全的听众已经死去。】

在森林里过活的那些年里，他的音乐变了。就在几年前他还觉得咄咄逼人的那些音乐形态，他已欣然接受了。极简主义，燃起了他最大的热望。他在强劲的切分音之上叠砌起迷幻的旋律，仿佛有什么无与伦比的东西呼之欲出。他的作品时不时地会在纽约或者国外被听众听到。到了全球化盛行的八十年代末，在几个地下室一般的新型音乐表演场地昏暗的灯光下，埃尔斯终于算是把自己的知名度培养起来了。

一天晚上，他舒展着四肢躺在北康威公共图书馆的一张摇椅里，读了一会儿关于中世纪异教徒的书之后停下来休息。他发现在那个和墙壁一样长的架子上有一本艺术杂志，封面上有一个穿着蜡染布衬衫的男人，衬衫的领子衬托着一张有点婴儿肥的脸。男人的发际线已经退后了许多，脸上戴着的一副夸张的蓝色护目镜让他看起来就像一个卡通片里的教授。但是在屋子另一边冲着他揶揄的那张脸上竟是一副恬不知耻的表情，那是他再熟悉不过的。他飞快地穿过房间，像个恍惚的舞者，然后翻开那本杂志，找到了那篇封面故事。他的目光在字里行间跳跃着。

> 邦纳的热情和欣快狂烈无比，其前卫和超现实性在这个城市中少有人能与之相提并论，令其足以竞争今年的头条……在我们多数人都还没有留意这个世界发生了什么的时候，他编写的那些让人昂首振臂的歌舞就已经唱响了天安门广场，穿越了波罗的海诸国[1]，爬上了轰然倒塌的柏林墙。

埃尔斯读到这个男人的这些成就，感觉它们就像是一个个滑稽模仿之作：格什温[2]的《噢，凯！》[3]又复活了，“禁酒令”时期[4]的私酒商贩们转行在南布朗克斯区[5]做起了可卡因生意。一部亨德尔[6]的《薛西斯大帝》，只不过是伊迪·阿敏将军[7]的乌干达版的。一部因其角色的恶名而声名远播的格里莫格拉斯[8]戏剧，用威尔第幽灵似的《麦

---

1. 常指拉脱维亚、立陶宛和爱沙尼亚。1989 年 8 月 23 日这一地区发生了一次和平示威，称为“波罗的海之路”，大约有二百万人加入了这场活动，他们手牵手组成一个长度超过六百公里的人链，穿过波罗的海三国；这一示威的目的是希望世界能够关心三国共同的历史遭遇——在 1939 年 8 月 23 日苏联和纳粹德国秘密签订的《苏德互不侵犯条约》中，该三国被苏联占领。
2. 二十世纪美国著名作曲家，写过大量的流行歌曲和数十部歌舞表演、音乐剧，其卓越贡献是把德彪西和拉赫马尼诺夫的风格与美国的爵士乐风格结合了起来。
3. 格什温 1926 年创作的一部音乐剧。
4. 美国于 1920 年 1 月 16 日颁布宪法第十八次修正案，基于一系列复杂的社会原因，开始了长达 14 年之久的禁酒时期，直到 1933 年 12 月 6 日第 21 次宪法修正案宣布废止禁酒令。
5. 纽约五个区中最北面的一个，居民主要以非洲和拉丁美洲后裔居民为主，犯罪率在全国名列前茅。
6. 十八世纪英籍德国作曲家，与巴赫并列为巴洛克时期的两位伟大音乐家。
7. 二十世纪七十年代统治乌干达的一位独裁将军，以残暴闻名于世。
8. 1975 年成立于美国纽约的一家戏剧公司。

克白》[1]映射着南希[2]和罗恩·里根[3]。伊朗的革命分子主演的疯狂而混乱的芭蕾舞剧，像奔腾不止的跑锋[4]，伪装的桑地诺主义者[5]——狂热难耐，覆地翻天，其变化多端让人目不暇接。侧边栏中大字引用了邦纳的话："最好的艺术总不忘为闲言碎语提供话题。"这种理念似乎已让他扬名海外。

埃尔斯觉得难以置信，他翻遍了图书馆里所有提到理查德·邦纳的杂志。几个月后的新年伊始，傍晚时分，当邦纳踉踉跄跄地走在埃尔斯家的碎石车道上时，仿佛人生的又一出戏剧上演了。隔着二十码的距离，彼得就听到了骂骂咧咧的声音。

"谁他娘的能找见这么个鬼地方？门牌号也没有。该死的街道连名字也没有。你这跟住在个翻修过的鸡笼子里有啥差别。"

埃尔斯站在家门口看着这位不速之客。邦纳晃晃悠悠地走过来，朝他身上捶了一拳。他给了埃尔斯一个俄式的亲吻。然后，他推着他进了小屋。

"瞧瞧，瞧瞧，这些作品！电子乐。家具。自来水。我服了，大师。我还以为这里应该是丛林生活的样子。"

"你来这儿做什么？"埃尔斯问，"你怎么知道我地址的？"

邦纳扶着埃尔斯的脑袋摆来摆去，"嗯。这返璞风跟你还真搭调。"

埃尔斯挣脱出来。"谁能想到你会突然过来，有六年，还是七年了？"

---

1. 意大利作曲家威尔第于1847年创作完成的一部歌剧，取材于莎士比亚著名的四大悲剧之一《麦克白》。
2. 美国第四十任总统罗纳德·里根的第二任妻子。
3. 罗纳德·里根和南希的儿子。
4. 美式足球（橄榄球）中的一个重要位置，其职责是接到四分卫的传球之后，以最快的速度冲进达阵区得分。
5. 即尼加拉瓜民族解放运动组织桑地诺民族解放阵线成员。

邦纳撅了下嘴，手垂下来。“大概吧。”

“你还记得你最后对我说了什么？”

“嘿！诉讼有时效的哦。”

“你说我的音乐是垃圾，永远都是。”

“记得。我蠢得像猪，对吧？”

邦纳转过身去，在屋里转了一圈。他捡起一根壁炉里用的木柴，嗅了嗅。他用手指抚着埃尔斯那些书的书脊。他望着窗外，仿佛那里有一些隐身的攻击者。这个男人的体重增加了约有三十磅。

“这真是趟神奇之旅，”他说，“让我领教了五个小时的西海岸嘻哈[1]。”

邦纳放下手里摆弄的东西，走到埃尔斯身边，把两只胳膊肘拄在他的两个肩膀上。“你想不想帮个忙，把我的前途给毁掉？”

“我觉得可以把你留下来吃顿晚餐。”埃尔斯答道。

埃尔斯煮了一条白鲑鱼。理查德从他汽车的后备箱里拿来了一瓶马尔贝克[2]，两大把膳食补充剂；吃饭时他讲了讲自己最新的点子。埃尔斯只听着，不言不语。

“我听说，”理查德说，“市歌剧院[3]想为他们的1993演出季征集一部作品。”

埃尔斯忍不住笑了。

---

1. 嘻哈音乐的一种区域分支，囊括了所有发迹于美国西部地区的艺人或音乐作品，以洛杉矶和旧金山湾区为两大热点地区，与之相对应的东海岸嘻哈则以纽约市为主。西海岸嘻哈以其大量从放克和灵魂乐中采样从而形成节拍而闻名。

2. 葡萄原产地在法国的一种阿根廷红葡萄酒。

3. 指纽约市歌剧院，建于1943年，位于卡奈基音乐厅后面第五十五号的梅卡教堂，是美国主要的歌剧公司之一，以现代和非主流歌剧的演出而闻名，汇集众多美国青年歌唱家。

“我明白，”邦纳说，“不现实，对吧？他们只会把机会留给真正的艺术家，而不会给轻狂又放荡不羁的小子。”

“太好了，理查德。你明白就好。你那作品是什么？”

“你没听懂，笨蛋。”

接下来，埃尔斯终于明白了。歌剧院的董事会认为，邦纳的名望来自于他敢于打破旧风气的特质，这一点是很有投资潜力的，可能成为重振陷入不景气的剧场的灵丹妙药。他们全权委托他来选定剧本并挑选一位作曲家。

“我对他们说我想让你来。他们觉得我脑子有病。”

埃尔斯把嘴里的一大块鱼肉咽了下去，这才说：“他们说的没错。”

“可他们就偏偏雇了我这个脑子有病的人。你看这事怪不？”

夜幕降临。屋外，小镇的灯光亮了起来，远处的高山仍旧是一片黑暗。一只不期而至的浣熊在屋顶的木瓦上爬来爬去，发出哒哒的声音。半英里外的一只猫头鹰唱着歌。

“别让我求你。”邦纳说。

“你什么时候听过我的？”

理查德一屁股坐回摇椅里，脖子靠在椅子上部的板条上。“出了点问题，彼得。玩儿得有点儿没趣了。我在自己干。不按规矩来。可绞尽脑汁，弄出来的只是些程式化的小玩意儿，人人都想得到。”

埃尔斯把用过的餐具堆叠起来，像研究星期天报纸上的填字游戏一样想着这个问题。

“听起来我也帮不上你什么忙。”

理查德抓住埃尔斯的手腕。“别考验我的忍耐力，混蛋。你想让我跟你说我需要你？”

埃尔斯挣脱出自己的手腕，坐下来，把手指搭在自己的嘴唇上。

“也别跟我来什么佛陀之类的狗屁。”邦纳说，“你什么都记得。咱们过去一道摸索。科学定律。咱们曾经为上帝工作，你和我。不喜欢的人哪儿凉快哪儿待着去。”

在埃尔斯的记忆里，上帝几乎从未偏爱过他们。但他一动不动地听着。

邦纳开始“演奏”他的幻想曲，面前只有一个观众。“整个世界都在震动。可这个国家却好像在一个大包厢里开派对一样，到处歌舞升平，无忧无虑。男孩玩游戏，女孩搞交际：我哪是个搞艺术的？我就是为了调剂人们的胃口才存在的消费品，他们的大场面演出看多了，觉得腻了才想起我。”

“你想做点什么出来。”埃尔斯说。

邦纳看着他，对他的体恤感到吃惊。“死了都想。”

“却不知道做什么。”

“不，我知道。我想把人们从他们安逸的梦中叫醒。”

“你觉得我能帮助你实现。”

“你是我见过的唯一一个比我想要的还多的人。瞧瞧你吧！一把火烧掉了自己整个生活也无所畏惧。不为任何人创作。”

埃尔斯懒得去戳穿他说的谎。他站起身，把脏盘子拿进厨房。他拿了两盒冰淇淋和两把勺子出来。邦纳抓起一把勺子，不由分说地开始挖两个盒子里的冰淇淋。埃尔斯只是看着他，想着这个男人可能在滥用什么处方药物。

他说：“你是个卑鄙小人。我为什么要把自己再卷进去？”

邦纳一边用勺子舀着冰淇淋，一边点头同意他说的话。“因为你跟我一起做出的东西才是最棒的。”

“你有毛病吧，理查德。”

“你别说。”邦纳把勺子举到空中，唱起来，“不可，不可，不可，不可，不可，不可，不可思议……思议的……新闻……！[1]”

“你是怎么了？被压抑坏了？同性恋？你掖着藏着的秘密就是这个？”

邦纳把勺子挥舞得像一把击剑用的钝头剑。“噢，滚蛋吧。同性恋，异性恋：谁搞出来的这些东西？谁知道自己是谁啊？”

“你有狂躁症？”

邦纳又把勺子放回盒子里。“这又是啥意思？”他从有些化了的大块冰淇淋中挖出几粒小坚果。“人都一样，要么饥渴，要么去死。别跟我扯什么微妙的差别。”

埃尔斯走回厨房，把水壶坐上，又往水槽内倒入热肥皂水。有个大体格的哺乳动物正在后门廊的一堆垃圾旁边觅食。他也没心思去把它吓跑。他端着茶回到餐厅的时候，邦纳还在大口吃着盒子里融化的冰淇淋。埃尔斯拿起另一只勺子，也跟他一起吃起来。他拄着自己的胳膊肘，把里面的奶油山核桃拨来拨去，仿佛是在指挥一支跳蚤乐团。

“每次我们一起合作，你最后都要侮辱我一下。”

“每次？噢，算了吧。别胡说八道了。”

埃尔斯翻着自己的勺子，走到房间另一边，站住了。邦纳抓住他的手。

“彼得。我不得不这么做。所有完美的东西都让我恶心。我必须……”

埃尔斯坐下来，双手放在大腿上。他眼睛盯着隔壁房间里自己那

---

1. 源自歌剧《尼克松在中国》里的一首歌《新闻之歌》，该歌剧由美国作曲家约翰·亚当斯作曲，美国诗人爱丽丝·古德曼作词，以 1972 年美国总统理查德·尼克松访华这一历史为背景。歌剧 1987 年 10 月 22 日首演于休斯顿大歌剧院。

张白色的小绘图桌。邦纳顺着他的目光看去。埃尔斯脑袋里有一个念头划过，好像一幅中国山水画中有一只仙鹤飞过。他举起一根手指，然后跑到另一个房间。几分钟后，他拿着从大纸箱板上撕下来的那一小块纸板回来了。

邦纳拿在手里。“什么鬼东西？概念性的玩意儿？”

埃尔斯等着他。要认出来需要点时间。

“噢，上帝啊。你不是在开玩笑吧。你还留着……？”邦纳开始歇斯底里地大笑——仿佛释放了很大的压力。“我说过吧，你疯起来比我还厉害！”他清醒了，抬起头，眯着眼看埃尔斯。

埃尔斯也眯眼看着他。“你打算怎么让市歌剧院接受一个不知名的作曲家？”

“我跟他们说你是我唯一合作过的人。现在，赶紧给我闭上嘴，咱们开始干活儿吧。”

邦纳拉着埃尔斯沿着那条黑漆漆的路走下山去，他把租来的车停在那里。然后，两人又开着车走了四分之一英里的山路回来，把车开进埃尔斯家的车道里。理查德把车熄了火，从后备箱里取出两个笨重的绿帆布袋子。他把其中一个递给埃尔斯。彼得看着这件老旧的军用物品，见上面印着一个很长的波兰语名字。

“你打算搬进来？”

“你还愣着干嘛，大师？来吧，给我搭把手？”

【是的：我罪在不该扮演上帝。但是成千上万这样的生物已经生产出来了，还有几百万正在培养。】

早晨，埃尔斯走到厨房里，看见邦纳正在前厅里上蹿下跳。埃尔斯想，可能是夜里又有一只松鼠从烟囱里爬了下来，理查德在驱赶它。理查德像只狐狸似的在房间里跑了几圈，又笨手笨脚地扑了几次。他看上去就像一个十几岁的男孩，扭动着身体，脑袋里不知又起了什么怪念头。埃尔斯强忍住自己，没有大声笑出来。这个男人正在发明。较劲。跟那个叫舞蹈的东西。

那天早晨，他们准备了一份午餐，踩着没腿肚的雪，走进了大山。埃尔斯觉得邦纳走不了二十分钟就得大口喘气，理查德却不以为然。在两个小时的攀登过程中，他一直不停地说着，他的话在一月份的空气里热气腾腾的。他讲了自己关于那部歌剧的想法。他的一生都在努力逃避叙事，如今却发现，令他自己很吃惊的是，现在接受这种讲故事的风格仍不算晚，整个世界都青睐它。埃尔斯则建议用传记的手法。他建议讲述托马斯·默顿的一生——这位倡导冥想的神秘主义者用他关于内在神性的思想启发了无数人，却始终未曾跟自己的私生子有过联系。邦纳否决了这个想法，也没有解释什么。埃尔斯又提到化学家格哈德·多马克，此人曾在自己奄奄一息的女儿身上实验他新发现的磺胺类药物；由于获得了诺贝尔奖，他被盖世太保抓了起来，死的时候仍在支援纳粹事业[1]。

“你这些事都从哪儿听来的？”邦纳问。

“一个人独处的时候可以读很多书。”

邦纳一边费力地在积雪中行走，一边思考着。最后，他说，“还是不要去碰人的隐私吧。咱们明白，大师。谁也说不清人之为人到底

1. 格哈德·多马克是一位德国病理学家与细菌学家，由于发现了能有效对抗细菌感染的药物而获得了1939年的诺贝尔生理学或医学奖。当时的德国政府已制定了不允许接受诺贝尔奖的法律。因此，多马克遭盖世太保逮捕。直到战后的1947年，多马克才正式接受了自己的诺贝尔奖。

他娘的是怎么回事。这不是我们的菜。”

理查德只知道自己想要的是史诗性的事件——一个能够让全体演员同呼吸共命运的故事。一个能够让观众叹为观止的故事。一个能摧枯拉朽的故事。

“那就做历史戏剧吧。”埃尔斯说，“战时的人与事，参照现实的来。”

“这才对了。”理查德说道，“我就知道你小子能帮上我。”

走在雪地里，他们走一阵便沉默很长一段时间，邦纳模糊的想法渐渐成形了。埃尔斯听着，不时地询问他。他带他登上一处岩脊，从那里可以俯瞰克劳福德峡谷。他们停下脚步，一起喝着从热水瓶里倒出来的热面汤。被雪覆盖的山峡莹莹发光。埃尔斯一直提醒邦纳看风景，可理查德忙着想他的事情。

“‘挑战者号’爆炸怎么样？”他说，“不，好吧，你是对的。或者一个东方铁腕人物垮台？齐奥塞斯库[1]。昂纳克[2]。”

喝了几大口汤，又想了另外几个方案——包括琼斯镇[3]，红卫兵——邦纳有点不耐烦了。“我得死在这儿了，伙计。你倒是快帮帮我啊。”

“你想要癫狂的东西。”埃尔斯说，“超越一切的。”

“这要求过分了吗？”

---

1. 曾任罗马尼亚共产党和罗马尼亚社会主义共和国最高领导人；创造过罗马尼亚经济的“黄金时代”，执政后期大搞个人崇拜和家族统治。1989 年 12 月国内爆发革命推翻了齐奥塞斯库政权二十五年的统治，齐奥塞斯库夫妇被处决。

2. 德国政治家，也是最后一位正式的东德领导人，曾经担任德国统一社会党总书记和德意志民主共和国国务委员会主席。两德统一以后，他逃亡到苏联，很快被引渡遣返回德国。1994 年在流亡途中病逝。

3. 一个位于圭亚那西北部的农村型人民公社，1974 年开始在人民圣殿教教主吉姆·琼斯的领导下由众教徒集体开发。1978 年 11 月 18 日，该镇发生了一次大规模的集体自杀事件，在吉姆·琼斯的胁迫下，共有九百一十三人中毒死亡，其中相当一部分人是被害而亡。

“你想要真正的歌剧。”

邦纳点点头。

“真正的，毫无保留的，让人敬畏的歌剧，一百年也不会过时的。可你却被困在现实事件中难以自拔。”

邦纳听了犹如醍醐灌顶一般。“上帝啊，你说得对。我就是被这些该死的新闻头条给卡住了。”

“你真正想要的是‘永远’，却被‘现在’套牢了。”

“大师。”邦纳把热水瓶放下，“我听你说。”

埃尔斯凝视着远处原始的景色。“不要当代政治。来点过去的。不常见的。离奇的。”

“说下去。”邦纳命令道。埃尔斯继续。

“明斯特之围。1534。”

邦纳把冻僵了的双手放在热汤散发出来的蒸汽中，咧嘴一笑。“听听看吧。”

他们拔营起身，掉头返回。雪又开始下了，他们还没到达车子的时候，天已经完全黑了。但是这个时候，两个男人都已经沉浸在对细节的讨论中了，忘记了时间。回到房子时，邦纳饿得都有点晕了。但他坚持让埃尔斯把那个故事讲完再休息吃饭。

埃尔斯把他送到床上休息，还给了他几本书。理查德读了一整夜才睡着觉，第二天中午才醒过来。尽管已经不早了，他还是坚持要慢跑一会儿完成体育锻炼再开始一天的工作。后来，两人开始勾画一部三幕歌剧的剧本。

两天后，当这份提纲做好了的时候，他们的眼睛布满了红红的血丝，腮帮上花白的胡子茬冒出来不少，两人看上去就像一对各自狂野宗派的先知者。

“似曾相识，”邦纳说着，一边敲了敲那沓纸，一边摇了摇头。“我其实一直在找它，可我并不知道自己找的是这个。”

他们把东西往车上装的时候，他仍然大为不解。“就是它了，彼得。感觉既过瘾又不失庄重。这该死的东西就像在等着咱们似的。你怎么想到它的？”

“我告诉过你了。一个人生活，你能收获很多。”

两人穿着蓬松的羽绒服站在租来的车旁，计划一个月之后再碰面，这期间邦纳要回去跟市歌剧院的铜管部交待清楚。他想自己把剧本写出来。利用那些一手资料，他三个月内便可完成第一稿。埃尔斯让他放心，在剧本的初稿出来之前，还有大量的音乐等着去写。

理查德钻进车里，把车发动起来。车子的排气管吐出一股黑烟，飘散在清新的空气里。舞台导演又钻了出来，回到作曲家面前，抓住他的手，仍好像年轻时那样。

“彼得？谢谢你。”

埃尔斯挥手向他作别。他站在那里，看着车子消失在两旁皆是树木的道路尽头。然后，他返回屋中，走到他已经为之倾注了数月心血的那部作品前——那几摞稿纸放在他的绘图桌上，上面涂写的密密麻麻的符号正是两人刚刚一起谋划的那出戏剧的第一幕。

【生命用自身的复制品填充着这个世界。音乐和病毒都在哄骗它们的主人去复制它们。】

在离开香槟的头两个小时里，收音机里两次提到了他的名字。一位政府发言人说，科学家们正在试图确定从被称为“生物黑客巴赫”的彼得·埃尔斯家里搜到的细菌事实上有没有进行过转基因改动。埃尔斯期待着那位发言人公布，说使得阿拉巴马州数名病人毙命的那个病菌品种跟他家的并无关联。可是，播音员却转而播报了其他关于细菌的新闻，说德国爆发的致命大肠杆菌可能源自受到污染的西班牙蔬菜。

透过菲亚特的车窗，绵延几英里的光秃秃的黑色耕地已开始转绿。这种纯粹的不加修饰的美丽让人看不出这个国家有任何受到威胁的迹象。但是到了上午十点，埃尔斯从一个多家电台播出的公共广播访谈节目中知道了自己释放的究竟是什么。

这个节目的主题是在车库搞生物研究的危险。主持人开始时介绍了一连串的死亡事件。好几个国家都出现了超市被污染的问题。一个自行实践的遗传工程学家曾对有毒的微生物进行操作，现在却受到了有关当局的缉拿而逃亡在外。那声音从很远的地方传到埃尔斯这里，仿佛他所提到的那条新闻链是一条在其发明半个世纪之后又重新变得时尚的拼贴被面，从不同布料中取材，拼凑在一起，用线绗缝，成为了一件艺术品。“这么多诸如此类的新闻是不是让您感到了深深的恐惧？”

为了剖析这些事件，主持人邀请了一位旧金山湾区的作家出场，埃尔斯读过他写的书，是关于方兴未艾的微生物学爱好者运动的。那个男人谈了谈数以千计的车库科学家。

“这些人都是做什么的？”主持人问。

作家嘉宾无可奈何地苦笑一声。“什么人都有。自由主义者、业余爱好者、学生、企业家、活动家。他们都是老式的公民科学家，有着詹纳[1]和孟德尔[2]一样的精神。这是一种廉价的、大众的、人人可参与

1. 爱德华·詹纳，十八至十九世纪英国医生，以研究及推广牛痘疫苗，防止天花而闻名，被称为“免疫学之父”。

2. 十九世纪奥地利的一名神父，遗传学的奠基人，被誉为“现代遗传学之父”。他通过豌豆实验，发现了遗传规律、分离规律及自由组合规律。

的生物技术。将其封闭是错误的。”

节目转向一个安全监督小组的组长，她描述了可能发生的最糟糕的情况。“问题在于，”她说，“有了可以邮购的合成 DNA 和堆在厨房里的那些用一千美元买来的装备，一个业余爱好者就可能创造出一种新的致命病原体。考虑到有那么多人都想对这个国家图谋不轨，生物朋克[1]便成了我们面临的最大威胁之一。”

作家对此一笑置之。“恐怕还不及滑雪带来的危险的百分之一。”

“据一个关于大规模杀伤性武器与恐怖主义的华盛顿两党连立委员会预测，在未来几年里，可能发生一次较大的生物恐怖袭击。”监督小组组长说。

主持人问，“我们怎样才能阻止它发生？”

“我们需要依赖交通安全管理局的作为。”监督小组组长说。

作家叫嚷道：“交通安全管理局从成立以来就没有侦测出哪怕一起恐怖行动！”

“这恰恰证明了他们是有成效的。”

主持人接通了热线电话。第一个打进电话的人问发生在欧洲的这起大肠杆菌致命事件是否是一起恐怖行为。两位专家都予以否认。对方很不信服地挂断了电话。

下一个打进电话的人话还没说半句，埃尔斯就听出了她的愤慨。“这个人，”她说，“竟然在他自己的实验室里制造病菌——害死了那些人，必须找见并阻止他，免得他继续为害人间。”

主持人让嘉宾们置评。监督小组组长说，“最好的情况是，这是一起业余爱好者改造有毒微生物的案件，他并不知道——”

1. “生物技术”（biotech）与“朋克”（punk）拼接后的合成词。此处指热衷于 DNA 实验或其他遗传学实验的业余爱好者。

作家插话说："安进公司[1]一直在那么搞。还有孟山都[2]。我们一半的玉米和百分之九十的大豆都被生物改造过了，我们还趋之若骛，把它们送进嘴里。"

"安进是由一些训练有素的科学家运营的，而不是一个退了休的音乐家，只懂家务活儿怎么干，不懂自己在做什么。"

"训练有素的科学家制造出的灾难比所有业余爱好者加起来还要多。"

一声很响的汽笛声突然从埃尔斯行驶的车道后方传来，仿佛来自《诸神的黄昏》[3]。他从后视镜中瞥见，一辆十八轮的大货车快要急不可待地挨上他的车尾了。他连忙把车移到右边。那辆半拖车鸣着长笛，从他旁边呼啸而过。卡车在埃尔斯前面减了速，司机踩了刹车。菲亚特车的前部差点撞上卡车的保险杠。

监督小组组长还在讲话。"他让整个国家陷入了恐慌。"

"这个国家已经陷入恐慌十年了。如果散播恐慌是主因，每一位新闻主播都是恐怖分子。"

主持人接进另一个人打来的电话。一个话音颤抖的女人说，科学家连对预测日本的地震和海啸都束手无策。

埃尔斯把一只僵住的手从方向盘上拿开，把收音机关掉。前方的视野中浮现出一个出口，他拐了进去。在开下坡道时，他的车子碰了两下隆声带[4]。他沿着一条地方公路开了许久，试图重新控制住自己的

1. 由美国一群科学家和风险投资商于 1980 年创建的一家生物技术公司。

2. 一家跨国农业公司，总部设于美国密苏里州圣路易斯市，其生产的旗舰产品"农达"（Roundup）是全球知名的草甘膦除草剂。该公司目前也是转基因种子的领先生产商。

3. 理查德·瓦格纳第四部、也是最后一部以"尼伯龙根的指环"为主题的歌剧，源于北欧神话传说中诸神与巨人、怪物最终决战，世界毁灭并且重生的世界末日。该说法在英语中有时会用来指代一个灾难性事件的结束。

4. 为使驾驶员知道前方是危险区段而故意设置的能造成车体振动的路面区段。

身体。他把车开进万达利亚的一家加油站里，加油站紧挨着两条空空的州道的交叉点。他把油箱加满，把现金递给一个胡子拉碴的无政府主义者，那人看上去就像是希特勒的死忠。

埃尔斯走到加油站后面，在一棵蓝叶云杉下面的一张野餐桌边上坐下来，打开一个火鸡肉卷的包装，一边吃一边翻阅便利中心里不知是谁无意中留下来的一份《时报》。他在 A10 版上面找到了关于自己的那篇文章："标新立异的家庭基因改造者"。文章回顾了他数十年的前卫创作经历，其间他与观众一直都格格不入，并借用精神分析的方法将他的生物黑客行为归结于此。他胃里一阵翻腾，差点呕吐出来。他把报纸合起来，留在桌子上，上面压了一块石头。

他打开菲亚特的车门，这时一个声音喊道，"嘿！"埃尔斯转过身，把手举了起来。那位胡子拉碴的无政府主义者站在加油站门口，表情僵硬。终于解脱了，还是没能逃脱被捕的命运。亡命天涯的旅程实在太过漫长。他累了。他朝着跟他搭讪的那个人笑了笑，做出一个投降的姿势。

"我忘了，"那人说，"你买了个火鸡肉卷，有免费饮料赠送。"

埃尔斯坐进停着的车里，手有点不听使唤。那瓶免费饮料——他的免罪证据——在他凑到嘴边时溅了出来。透过挡风玻璃，他看见一家四口走进了便利超市。小女孩的运动衫上印着一个大教堂的广告，他盯着她看了好一会儿。被捕只不过是时间问题。无论他做了什么，没做什么，都必须为之付出代价。这是为了公众的利益。

自打过了香槟之后，科尔曼的电话就被他扔在了身旁的"死亡座位"[1]上。他把它拿起来，打开。太迟了，追踪设备已经伤不到他了。

1. 指汽车驾驶员旁边的副驾驶座位，原因是据称该座位在发生车祸时是最危险的座位。

他离圣路易斯和他的目的地只有八十英里远了。一旦到了那儿，联合工作组就能抓到他。

他的手指在屏幕的按键上飞快地跳跃。他键入了几年前记在脑子里的一个地址，一个一直都像是虚构的，他活着永远也见不到的地方。但是，“声音”却在短短几秒钟之内就指出了去那里的路线，每一步怎么走都清清楚楚。他要做的仅仅是信服全球定位系统更为强大的能力。

路线在他面前展开——一个半小时。他的四肢又湿又冷，皮肤硬得如铁一般。他伸手打开仪表板旁边的储物箱。一摞没有摆好的 CD 掉了出来，落在旁边的座位底下。里面没有一张是他想听的。他又把身子探向一片狼藉的后座上，在一堆残缺不全甚至成了两半的唱片盒子中翻来倒去，想找到点能帮上他忙的东西。

他突然想到：这世间所有的音乐其实就在自己手里。他把智能手机插入汽车的音响，在屏幕上敲入他想搜索的东西。他的食指仅戳了几下，那首曲子立刻弹了出来。那是一首能够让他随心所欲，尽情驰骋的音乐。肖斯塔科维奇的《第五交响曲》[1]——一个备受指责的男人为他自己的命运所谱写的伴奏。

【只要条件适当，沙雷氏菌一小时内可以分裂好几次。翻几倍之后，用不了太久你就数不清它的数目了。】

1. 肖斯塔科维奇创作于 1937 年。1932 年以后，随着苏联加强整顿国内体制，艺术受到“社会主义写实”教条路线的指导，早已扬名世界的肖斯塔科维奇的作品，如《姆岑斯克县的麦克白夫人》，亦受到苏联当局的批判。作为“赎罪”，他完成了《第五交响曲》，将它献给斯大林，后才逐渐恢复名声和地位。

序曲的开篇非常寡淡：一支双簧管，一支中音双簧管，加上一支低音管。开始时它们先齐奏一个主题，该主题充满了从奥克冈[1]所作的一支弥撒曲中借来的先现音[2]。齐奏分裂开来；一个旋律变成了两个，两个又变成了四个，上升着，伸展着。1534年1月，北莱茵兰，自由之城明斯特的黎明。

第一批商人走进普林齐帕尔集市[3]。商贩们支起了他们的小摊，顾客们聚集在一起。两个中提琴加入了簧管三人组。长号和大提琴的声音由渐强到渐弱，一个身着貂皮大衣的达官显贵从集市另一边召唤来一个扈从。几十个悠长的小节过后，黎明变成了闪亮的清晨。

一条条街道从欣欣向荣的集市广场辐射开来，台阶式山墙的房屋和尖顶式的建筑在街道两边鳞次栉比。东边矗立着高耸威严的哥特式市政厅。北边则是大教堂的尖塔。市集上一派繁荣景象。管弦乐开始演奏一段宏大的加长卡农——从一个单一的胚芽复制而出，加快抑或减缓，以不同的音程来排列音高。跃动的和弦清退了混乱的乐行。尔后，一个浑厚的男中音穿透了这个声音：

> 火、空气、雨水、阳光——为了我们共同的欢乐，耶和华让这一切变得寻常。

“消防栓”传教士伯纳·若特曼[4]穿着黑色长袍，爬到广场喷泉边

---

1. 十五世纪法国佛兰德作曲家，自1452年起相继在法王查理七世、路易十一和查理八世的皇家小教堂任牧师、作曲和乐长等职，其主要成就是在弥撒曲方面。
2. 后一和弦的和弦音，在前面的弱拍上出现并使和声的音响复杂化。
3. 位于明斯特市中心。
4. 伯纳·若特曼是1534年再洗礼派占领明斯特市时当地一个很有号召力的宗教领袖。再洗礼派的主张是信徒必须重新接受洗礼以重新得到救赎。该派别从一开始就受到世俗当局和教会权威的双重迫害，并一直被视为异端。

的石堤上。

无论是谁说“这是我的，那是你的”——他都是在欺世盗名！

合唱的人们有一些停下了手头的买卖，对他发出长久的嘘声让他闭嘴。他们唱着整个帝国内近来发生的灾祸，不能再让它们重演。若特曼的男中音盖过了他们。

上帝给了我们整个世界。我们却破坏了它，只为小小的利益便你争我夺。难怪你们如此可怜——你们所有人！

一个商人三重唱提醒传教士要小心，他们的声音高过弥撒的弦乐。他们说连年的动荡必须终止了。这个城市需要和平与繁荣；其他所有一切都只是为了蛊惑人心。这些话语在管弦乐无调性的湍流中形成了一个个三和音的岛屿。其他人则为若特曼辩护着。“这个人没有伤害谁。就让他把上天告诉他的讲出来吧。”商人三人组变成了六人组，为和谐、丰饶和财富而疾呼。但传教士的独唱却愈加亢奋，对他们一笑置之。

和平？丰饶？采邑主教[1]才想要！
为君主劳作。傻子！你们把灵魂都已变卖。

病弱体虚者、受到压迫者、失业者，还有那些唯精神论者都开始倒向若特曼一边。旧有的冲突在整个舞台上爆发了。台上的演员分裂

1. 即拥有教权和政权双重权力的主教。

成一个随心所欲的八部合唱，内讧的双方派系不断激发着彼此高涨的情绪。和弦叠加起来，旋律在一个回旋的基础低音之上相互碰撞。回旋的音型每返回一次，其谐和的质地就加厚一分。若特曼的呼喊跃出众人的一片争论之声——用旋律对最初那个令人痛楚的主题做出了简略而震颤人心的解构和重组。

上帝让快乐进入你们身体——真正的快乐！活在光明之中。活在真正的美丽中。活在共享的空气中。

调式突然转至一个遥远的谐和域，四个独裁者从舞台侧翼闪出。为首者便是那个裁缝学徒，莱顿的约翰，一个留着飘逸胡须的魅力超凡的男人。在声势浩大的铜管的伴奏之下，他唱着英雄男高音，将他的队伍引入了一支赞歌。他们来自荷兰，是应先知杨·马提亚的召唤而来；马提亚原本是一位面包师，他把明斯特认作是上帝将要开启世界尽头之地。他们唱道，若特曼是在扫清通往延宕已久的天堂王国的道路。

若特曼与他们相拥，尔后一起用对位法以悠长而浑厚的调式旋律唱了起来：

我的与你的，你的与我的？ 活在光明之中！活在美丽之中！ 若不投向上帝而死，何谓人生。 除此外，你的希望，你的欢乐， 你的爱又能寄之何处？	一个虚伪的世界即将结束， 一个真正的世界就要到来。 尚未达成但内心渴望。 虽不安全但已历经危难。 准备好吧：那一天已经到来。

若特曼跳出帕萨卡里亚舞[1]的舞步，走下台去与莱顿的约翰见面。他请先知再次为他洗礼，让他冒险重生。他和约翰唱了一支轻快的二重唱，每个乐行基于一个不同的四度音阶。约翰将若特曼引到舞台中央，走进市集的喷泉之中。歌声停歇了，管弦乐也安静下来。

大提琴独奏开始演奏路德的洗礼赞美诗，《我主耶稣来到约旦河》。两个男人走入齐腰深的喷泉当中。第二大提琴以纯五度和三度与第一大提琴谐和而奏。荷兰人将若特曼向下按，直至这位传教士完全浸入水中。弦乐此刻演奏着赞美诗所有四个乐行，在临时记号的促使下，其和声开始了一场疯狂的试验。若特曼在水下待了很长时间。尔后他猛地浮出来，大口喘气，水滴不断从他身上滴落。恢弘的和声来自 1990 年代初，那是那堵墙倒下的声音；管弦乐队用这样的和声让赞美诗变成了一场狂欢的旋律。

这个场面让市集上的人们产生了敬畏。一位老妇人要求把她也浸入其中。她唱着第一幕最让人揪心的咏叹调："离坟墓这么近，我看到了重生。"莱顿的约翰和若特曼一起为她施洗。两个正值豆蔻年华的少女边哭泣便请求接下来为她们施洗，而商人们也不愿再当看客了。长笛吹出一声颤音，向舞台发出警示。各种号奏出一阵慌乱，木管乐器吹奏出人们一拥而上的情景。一支强劲有力的进行曲就此展开，甚至连那些怀疑论者也被卷入其中。不断有人跃入喷泉。重生的人们从水中浮出，沐浴着天恩踱下舞台。进了舞台两侧之后，他们飞快地跑到背景幕后面，立刻换上干衣服，变身为还未沐浴的人重新投入这场骚乱。合唱就这样持续着，直至这个信仰感染了所有人。

骚乱的队伍将人们卷入一股湍流。一个清晰的音调——E 大调——

1. 一种慢速庄严的古代意大利和西班牙舞蹈。

浮现出来，将这个强烈的共同信念表达得淋漓尽致。信徒与异教徒，异地人与本地人，先知与商人，选民与被诅咒之人，全都在漩涡之中搅动，一曲狂乱的合奏就此呈现出来。

至此，即便是未经训练的耳朵也能听得懂舞台上所有这些元素——开场主题、若特曼的咏叹调、莱顿的约翰的意念、路德的赞美诗——是如何熔融为这部大合唱的。伴随着不断涌入的人们跳入水池，耳边萦绕的弦乐让若特曼与这位荷兰信使深受鼓舞，他们唱了一支简单而谐和的哥特式摇篮曲，歌词来自使徒保罗：

黑暗正在过去，
夜晚已经结束，
新的黎明就要到来。

【我的作品可能就在你身边，但你永远不会知道。用细胞谱写的歌曲，它们无处不在，数以亿万计。】

距首场演出还有两周，一个空空的礼堂让人恐惧。两千五百个空座位。仅楼座就有四层半，堆叠起来像一个蜂窝。一片红色座椅的海洋中仅有寥寥而分散的几个人装点着。埃尔斯蜷缩在靠近剧场前部的位置，舞台上有几十个工人在搭建“上帝之城”的最后几块板子。

他花了四十个月来传递170分钟的音乐信息。这些年来，自他童年时起持续到现在的那场战争终于告一段落。邪恶帝国分崩离析，成为了十几个国家。这个世界上所有的数据编织成了一张网。在这个星球另一边的沙漠之中，埃尔斯的国家大动干戈，通过科技把自己粉饰为上帝的模样。要做出令人炫目的歌剧，激光制导炸弹和电脑屏幕给这个世界带来的毁灭便是最好的题材，只是埃尔斯手头已经有一个够他忙活了——一部对当下而言足够陌生的歌剧，正如当下之于他已变得同样陌生。

现在他的工作已经结束。再也用不着绞尽脑汁的思考和冗长的电话交流，也用不着为删减和精简而争论不休了。曲谱完成后已经几个星期没动过了，修改工作已经完毕。他仍在空阔的大厅里面消磨时间，坐在距离乐池二十排的座位上，用咬牙坚持下来的意念力量把这部作品最终的所有场景捻合在一起。

在歌手们身后那宏阔的舞台深处，木匠们已经把大教堂的西门户做好了。攻城用的器械可以依靠移动台架滑来滑去。穿着工装裤的工匠们把一对涡形花饰卡进从吊杆上垂下的一块高大的背景屏上。他雇了些人来重现他在小屋的绘图桌上就开始构想的场景，清点着这些人，埃尔斯仍有些恐慌。他仍然抑制不住想跳起来大声喊，噢，不，谢谢你！不用麻烦了。

目的似乎简单得很：让逝者起死回生，让他们歌唱。过去的这三年里，埃尔斯已经这么做了。他把脑子里那个幽灵说的话统统记下来，写满了好几百页的纸。四十个月以来，他一直藏着那一叠手稿，除非他的合作伙伴们暴力威逼，他绝不拿给他们看。每隔几个月，他就能在那越写越长的曲谱中瞥见些有价值的东西。有一次，接近完成的时候，仿佛听到了真正的灵感发出的声音，他连气都不敢出。

邦纳和他那帮暴徒过来，把那些纸稿从他手里硬生生夺走了。大概又过了几个月，那群工匠们就已经把他当作宝贝的那些晦涩的概念搬进了剧院。坐在昏黄的大厅里，他吃惊地发现那第一幕听起来是那样完美——那样轻而易举地就将他恍惚痴迷的三千个日夜里自己生活的这个明亮、恶毒而又富足的世界俘获了。

乐池那支管弦乐队里仿佛个个都是绝顶高手。四十年前，埃尔斯写的那些天书般的复合节奏和变化多端的调子本就没指望有谁能演奏出来。但是这七十位从幼年时起就听遍了世界上最好唱片的技艺精湛的音乐家们，轻而易举地拆解了他的曲谱，就像听一张流行音乐的集子那样毫不费力。前奏也极其华丽。那位自诩的先知与他性感的配偶，那个走在浩浩荡荡的大军前面归来的曾被赶下台的主教，那个癫狂的裁缝国王：所有角色都是由杰出的年轻演唱者扮演的。

邦纳到处跑着，忙得不可开交——台上，台下，从舞台一侧跑到另一侧，赞着，骂着，奉承着，哄骗着。无论是男歌手还是女歌手他都去勾引，在他们入场和退场时不忘骚扰他们。他或是沉浸在黑暗的幻想曲中，或是声嘶力竭地唱着他们的咏叹调，把他用自己意念的耳朵听到的那些乐句展露无余。这个男人大步流星地在剧场里走来走去，如同那些戴着华丽装饰的先知在反叛的明斯特市里巡游，那些敬畏他的演员也都仰视着他，脸上露出那些举止乖张的再洗礼者对明斯特产生的那种犹疑的崇敬。

在所有的演职人员都听不到的地方，他向埃尔斯坦白，“过去二十年里我做的每一部戏剧都是在为今天这部做热身。你为我写出了最完美的曲子，我要让它表现出完美无缺的效果。”

在他的指挥下，一座“城市”拔地而起：高墙、塔楼、会议厅、大教堂的中殿。整个布景中充满了邦纳最热衷搞的那些机械机关。它们能够自行旋转并重新组合。当然也少不了薄亚麻布做成的投影幕，可以用来投射千变万化的图像，如今，它们都已是数字驱动的了。服装的花费超出了之前的预算。制作那些华服给公司原本就已经入不敷出的账户又增添了几十万美元的负债。那些商人想竭力控制住不断增加的预算，但邦纳告诉他们的却是任何一个伟大的反叛先知都知道的事情：这世上每个富有的捐赠者都会疯狂地追逐你，如果他们认为你能用连上帝都不知晓的方式走到他身边。

创作进行到第三个月的时候，埃尔斯猛然发现这部歌剧已经有人写过了：迈尔贝尔[1]的《先知》。任何一位真正的作曲家在学校时都应该学过这部十九世纪中期的戏剧；遗憾的是，埃尔斯的学校教育却被前卫音乐绑架了。他诚惶诚恐地打电话给邦纳。

“理查德，我辜负了你。我们完了。”

埃尔斯冷静下来把事情一一道来，邦纳却笑了。

“彼得，你是在恶心我吗？迈尔贝尔？就他那个废柴作品？那只是个该死的爱情故事罢了。”

“可是里面有约翰·莱顿，马提亚，围城。大家都会觉得我们是在剽窃。”

“你担心的就是这个？”邦纳问。“当然是剽窃！拉斯科的洞窟壁画[2]还是剽窃呢。但凡做过点东西的人都免不了剽窃别人的东西，甭管是活人还是死人。”

更多的麻烦接踵而至，邦纳耗费了生命中的许多时间精力东奔西跑，像扑火一般把它们一一扑灭。他疏导了一帮义愤填膺的演员，平息了他们的罢工。一位指挥与一位合唱导演之间起了争执，各执一词，他用三天时间不断地斡旋于他们之间，成功地解决了他们的矛盾。他把全体职员无休无止的怨言和中伤都扔进明斯特的大锅里，加了调味料，将它们慢慢炖烂。

现在，埃尔斯得以安顿下来观看这位大师如何演绎第二幕中最后

1. 十九世纪德国歌剧作曲家，被认为是十九世纪最成功的舞台作曲家。
2. 位于法国多尔多涅省蒙尼克镇附近，是人类美术史上最早的绘画记录，距今已有一万五千年左右。

一刻的奇迹。邦纳在现场指挥若定，仿佛四个半世纪之前那一幕最初上演时他就亲临过现场。先知马提亚和他一头乌黑头发的妻子迪瓦拉站在夜晚来临时黯蓝色天幕下的广场之中。音乐衬托出那个空灵的黄昏。他们及他们的弟子，莱顿的约翰，与同业公会领导人尼珀尔多林克达成了一个协定。几个男人一起在街道上飞奔，边跑边敦促民众赶紧去忏悔。伴着一支短促的幻想曲，再洗礼派的教徒们占领了市政厅。

议会的人们并没有拿起武器来对抗起义者。他们出于自己的考虑，想要利用这场骚乱。他们通过了一项法律来保护宗教信仰的自由。反叛的一方占了上风，同时也丧失了理智。

一阵华丽的吹奏开启了人群在午夜的纵情狂欢模式。他们蜂拥着挤过大教堂那些精美绝伦的绘画和雕塑。弦乐烘托出人们汹涌的欲望，他们将市图书馆付之一炬。马提亚唱出咏叹调痛斥道，“滚出去，你们这些无神论者，永远别再回来！”在黑漆漆的剧场里，这声音在埃尔斯听来又像极了一份不知何方神圣馈赠的礼物，他只是信手打开了而已。

咏叹调休止，合唱声起。事件至此，除了那些“上帝的孩子”以外，城中再无他人留下。未来的朝圣者，他们四处巡游，以“兄弟”或“姐妹”相互问候。他们歌唱着，用纯粹的爱打造了一个崭新的社会。埃尔斯从座位上跳起来，摇摇晃晃地走到过道尽头，想听听在大厅后面是否也能感受到这疯狂的声音。听起来很棒。让人震颤。甚至也很能鼓舞人心。

尼珀尔多林克、马提亚和约翰在他们占领的宫殿里庆祝胜利。他们以辉煌的三重唱的形式称赞着这个神圣的计划令他们得到了这整座城市。尼珀尔多林克站在人头攒动的广场上方一个高高的露台上宣布，所有的财产都将公有，送入每一间仓库，分发给穷人。下面的人们共唱着赋格曲，对这个法令感到欢欣鼓舞。反对者被士兵抓起来带走了。

在伸出式的舞台上，一位独唱的信使道出了一千年以来传遍整个北方的梦想。几乎没有一个村庄或城镇不被那火把在暗中照亮……但事实上，被包围的是明斯特。邻邦组成了联盟，派遣来军队，并挖掘了工事。埃尔斯在过道里踱着，望着他分裂的城市周围竖起的绞索。围攻的音乐需要更多号角声——现在他听到了——要给王子的军队带去更多的欢欣，逐渐逼近那些信众。但是那些小节已经准备就绪了，它们正跃跃欲飞。

在城市的土城墙上，马提亚接到了来自上帝的一份复活节谕令。这个世界就要终结了。他带领少数几个人突围，与壕沟里的入侵者打斗起来。他们被乱刃分尸，扔到四处喂给秃鹫吃掉了。诗歌、预言与屠杀交融在一起，成为一支悲壮的插曲，埃尔斯简直不敢相信那是自己写的音乐。

这座城市被约翰这个既混球又没出息的裁缝继承了。这个男人的唱词几乎无足轻重。他从孩提起就只热爱戏剧。他蹉跎了许多年来写作、制作并表演戏剧，扮演着自己内心深处幻想的英雄。如今，命运给了他一整座城池作为舞台，好让他把那些幻想变为现实。

埃尔斯躲在嗡嗡作响的礼堂后面，即将到来的震撼场景让他有些畏缩了。一个快速的下拍释放出一阵极富冲击力的雹暴，那位剧作家先知光着身子跑过大街小巷，一边跑一边尖叫。邦纳用投影制造出来的怪异的闪电以及埃尔斯谱出的狂躁的音乐让这个男人躺倒在地上，瞪眼看着天，喜极而失声。当他苏醒过来时，第三幕已经开始了，尾声渐近。

那个没出息的裁缝自封为国王。他唱道，“世间凡人的创造都要为上帝的杰作让路。”他建立了一夫多妻制，将沦为寡妇的马提亚的绝色美妻迪瓦拉娶作自己十五个新妻子之首。节奏迅速变化，世间人们共享的上帝之国拥抱着自由之爱。

有业余表演经验的约翰掌控了军事指挥大权。他击溃了王子主教率领的军队的一次进攻，这个宏大的场面甚至让舞台的工作人员都为之屏息。他的追随者们纷纷涌入市政广场，一遍遍齐声高歌他们的信仰："道成肉身，住在我们中间。一个至高无上的国王……"[1]

埃尔斯大脑底层浮现出一个模糊的印象。他以前来过这里。他自己也亲身参与了这场疯狂错乱的起义。

他乘着这音乐的碎波从走道尽头向前面走去。他猫着身子坐进剧场中间几排的一个座位，从另一个有利的位置观察着演出的场景。效果依然不错。他想想便激动起来：这一次的革命应该凑效了。两百人合力将五百年前的一个故事重新搬上舞台，今晚的带妆彩排终于让他放下心来，这个传说终于准备好了，只等人们揭开它的面纱。

这时邦纳溜到他身边的座位上。几秒钟之前，他作为导演还在舞台两侧忙活着，在背景幕上爬上爬下，手里拿着一张排演笔记，指挥着一众演员——那张纸上记录的东西比上帝对人类的不满还要多。现在，他手里握着一张叠起来的报纸，用另一只手把它拍得啪啪响。理查德的眼神里透露着欣喜。洋洋自得。害怕，也许吧，还有一点毫不掺假的痴狂。"大师，你肯定不能相信。你真是个该死的预言家。艺术预言生活，再等两个星期，好戏就要上演了！"

【你走过去，不会觉得那儿有什么东西：你家浴室瓷砖的灌浆里。你呼吸的空气里。】

1.《圣经·新约·约翰福音》（14:1）。译文借用《圣经》中文和合本与英文新国际版（NIV）（中国基督教两会 2007 年版），未作改动。

中板。开始了。开头几个小节是一个死囚的证词，他的声音掠过一片布满收割后残株的黑土地。广袤的中西部农田与肖斯塔科维奇的《第五交响曲》在埃尔斯面前一并展开，水乳交融，空阔无边，令人畏惧，仿佛为彼此而生。

交错的主题和其中轮唱的回声冲出菲亚特的车载音箱。在他的一生中，这个乐章已经听了无数次。他了解它是怎么谱写出来的；许久之前他就已经把每个乐句分析透了。纯朴的复调，轮唱的回声，含混的半音，那种简洁，毫不留情重新改写过的生硬的第一主题，这一切他都烂熟于心。他听着这支曲子，驱车驶过伊利诺伊的三个村庄；对现在的他而言，曲子从头到尾又有了不一样的感觉。

年轻的时候，他一度相信音乐能够拯救人的性命。此刻的他不信了，一路上只觉得它会让一个人丢掉性命。

从琴弦上跳跃出第一个音型开始，埃尔斯就又听到了音乐的问题所在。即便是最微小的曲调听起来也像在讲述一个故事。脑海中回荡的旋律就像一出天气预报，一次信仰的表白，一通流言蜚语，一份宣言。故事让人印象深刻，比言语更清楚。可是没有故事。

埃尔斯听到琴弦上涌出第一个阴郁的音型——在这首作品结束之前，它会身披不同的伪装一再出现——他不由自主地想起了创作者凄凉的人生：被赶进公共批斗场所，被迫选择忏悔或是反抗，异端还是信仰，他身不由己，被卷入了这个国家意识形态的洪流中。

埃尔斯驾着车朝天边的夕阳驶去，似乎在驶进1936年那场大风暴之中。一个喜欢冒险的作曲家，艺术日臻成熟，聪明，总能出人意料，公众无不喜欢。两年的时间里，《姆岑斯克县的麦克白夫人》的演出赢得掌声与喝彩无数。可在那之后，《真理报》[1]以一篇题为《背离音乐的乱弹琴》的文章对肖斯塔科维奇及其音乐所代表的一切展开了狂风骤雨般的抨击。问题来了，文章的匿名作者原来是位文化爱好者和业余音乐评论家，他是斯大林。

> 从第一分钟开始，听众就为刻意扭曲的曲调和混乱的音流震惊了。破碎的旋律，似乎要溺亡的稚嫩乐句不时地跳脱，而后再次隆隆地、咯吱地、尖啸着消失不见……这首音乐矫揉造作，无病呻吟……弥漫着左派的混沌思想，脱离了自然的人类音乐的范畴……

一番疾风骤雨般的批判之后，这个屠杀了数百万人的刽子手便将二十九岁的作曲家定为人民公敌。

> 人民期待的是好音乐……这里的音乐却刻意混淆视听，让人无法联想起古典歌剧的任何东西，与交响乐或与大众喜闻乐见的简单而通俗的音乐语言也没有任何相似之处……

斯大林把决定性的话放在了最后。这种毫无道理、搬弄是非的作品将会遗患无穷。

一夜之间，官方媒体一片谴责之声。他们呼吁作者放弃这种形式主义的小聪明。他们要求肖斯塔科维奇做出改变，投入简洁而深入人心的现实主义。那部夹杂着嘈杂混乱、荒谬可笑之音的歌剧立刻被封

1. 最早由俄国社会民主工党领导人托洛茨基于 1908 年 10 月 3 日创建于奥地利维也纳，1918 年至 1991 年间为苏联共产党中央委员会的机关报。

杀了，被扔进了比死亡还可怕的泥潭。

除了收拾好自己的包，等着半夜里警察来敲自己的门，这个男人也做不了别的事了。

那一年，失踪成了司空见惯的事情。大规模逮捕和流亡——基洛夫大清洗[1]。每个月都有成千上万的人被从自己家中带走。艺术家、作家、导演——俄尔布施泰恩和日尔舍夫，特仁特耶夫，维金斯基和卡尔姆斯。诗人曼德尔斯塔姆因恐怖行为的罪名而被囚禁。肖斯塔科维奇自己的岳母和姐夫也因叛乱被捕。内务人民委员会[2]不会犯错。整个社会都有罪，因为人人都串通一气保持缄默。

不久，阴影就降临到了肖斯塔科维奇头上。作曲家只好向他的崇拜者图克哈舍夫斯基[3]元帅求救，因为对方手握重权。

图克哈舍夫斯基请求斯大林赦免肖斯塔科维奇。不久，连这位元帅本人也被捕并被处决了。

郁闷，紧张，几近自杀，但肖斯塔科维奇仍坚持创作。只是他再写出的作品比他第一次遭到批判的作品还要糟糕。《第四交响曲》：每个音符都是谋反的声音。离首演还有几天，肖斯塔科维奇决定撤下这部作品，选择继续活下去。

把任何音乐都视为眼中钉，几组音高和节奏组合起来就能对他们的大权构成威胁……可笑至极。然而，从柏拉图到平壤，用立法来控制声音的主张却是无所不在。极力管制音乐的创造性，却装作对音乐

---

1. 谢尔盖·基洛夫曾任苏联领导人、政治局成员、中央书记、列宁格勒州委第一书记，1934年12月1日遇刺身亡。由于基洛夫是斯大林的坚定拥护者并与之保持着非常密切的私人关系，斯大林得知此事后勃然大怒，亲办此案；同时，利用基洛夫案，斯大林也发动了苏联历史上著名的肃清反革命分子和帝国主义间谍分子的大检举、大逮捕、大处决运动。
2. 苏联在斯大林时代的主要秘密警察机构，也是二十世纪三十年代苏联大清洗的主要执行机关。
3. 苏联主要军事领导人之一，军事理论家。

的威胁不以为意。

透过朝西的挡风玻璃，埃尔斯仿佛望见一座毫无特色的古拉格集中营[1]在等待着他——又一个人民公敌。

肖斯塔科维奇：*砍掉我的双手，我还可以用我的牙齿咬住笔来写音乐。*但是杀了他，唯一还能留存的音乐便只是那个国家在他葬礼上放的那些曲子了。重压之下，需有抉择：是投降，还是死亡。于是便有了《第五交响曲》：*一位苏联艺术家对其受到的所谓正当批评所做的创造性回应。*

车开了几十英里，埃尔斯一直跟随着那个“回应”，最后进入了它的主音：令人惊异的自由。他一直遵守限速规定行驶着，后面的车一辆辆地超过他，车里的人朝他投来鄙视的眼光。朝东开回去的车辆稀少——他正是从那个方向过来的。那条漫无边际的州际公路忽然让埃尔斯感到了无助：你们就留在那儿吧，我们会留在这儿，就这么结束吧，别再走了。

不祥的曲调和徒劳的奔逃让他陷入了沉思。在一个仍憧憬着安全的饱受创伤的国家，在它空阔无边的腹地深处，他聆听着。那些声音很快便像极了雕刻在石头上的古老符号，已经被岁月严重侵蚀了，无人能够再辨认出来。菲亚特车又开始发出烦人的咔嗒声，埃尔斯透过这噪音最后一次听到了《第五交响曲》正在真理与生存之间艰难抉择。

曲调在迷茫地徘徊着，仿佛十分错愕：尖利的小六度和三度，之后是窃窃私语般的四度。乐句的碎片迸发出来，在斗争与屈服之间踌躇不定。最后，一个脉冲样的声音涌出来，一个透着些许胆怯的韵律朝着一个目标逶迤而行，那个目标和埃尔斯现在正在追逐的一样令人

1. 苏联政府的一个机构，负责管理全国的劳改营。“古拉格”一词在西方指苏联的劳改营和所有形式的苏联政治迫害。

难以捉摸。乐声透出些许疲态，似乎要屈服于命运。但音乐仍在强行推进，内心的呐喊依然在犹疑。现在，它开始奋走疾呼，像一支进行曲，抑或在戏仿，喧哗，躁动，仿佛一只体格巨大而目盲的野兽。

埃尔斯在这乐章中找到了他想找的一切——希望、绝望，还有屈从所需要的坚忍。堕落，连滚带爬，彻头彻尾的失败。心在为良知而熊熊燃烧。一个个镇子从他身边闪逝：斯塔布菲尔德，波卡洪塔斯。但那支音乐是为列宁格勒而作，首演的当夜——整座城市都在通过斯大林的耳朵聆听着，等待着审判那一刻。等待着听一听这个顽劣的作曲家究竟是会遵从自己的内心还是会摇尾乞怜，会被宽恕抑或就此消失。

西沉的太阳照进了挡风玻璃的上沿，埃尔斯把遮阳板翻下来。在他右边的田地里，一台比夏季达恰[1]还要巨大的笨重的绿色机器在泥土里耕出一道道黑色的槽沟，翻过一座小丘，一路朝着地平线开去。疯狂的快板开始了。凄凉的主题从第一乐章转入一曲摇摆的华尔兹，一支森林深处的俄罗斯民间曲调，一声胜利的号角，一个人心涣散的军乐队。《最好的肖斯塔科维奇》：一系列华丽的、无情的、嘲弄的和讽刺的删剪，试图去触摸那种随时唾手可得的自由，但那自由只是让这灾难变得圆满了：这个被谴责的男人的舞蹈[2]。

广板接踵而至。弦乐器和吹奏乐器，竖琴和钢片琴，捻成一首悠长而怪异的挽歌，将第一乐章的主题推向一个伤害难以复加的境地。钟琴轻敲出两声警示，颤音随之鸣奏。这个乐章埃尔斯听过无数次了，他实在听不出什么新鲜来。但是整整一刻钟时间里，那种赤裸裸的痛楚就在他面前展开，好似引他远足来到一片未开垦的处女地。它告诉他，

---

1. 俄罗斯的一种乡间别墅，为普通百姓拥有，简朴，不奢华，用来避暑或度假。
2. 指第二乐章中出现了新的舞蹈的插部。

在人类彼此间实施过无所不用其极的暴行之后，究竟还剩下了些什么。

首演音乐会上，他们在大庭广众之下潸然泪下，却并不在意自己的哭泣。所有那些观众——当时的局面之下那场惨祸的受害者们——都听出了那支广板的含义。数百万人死去，数千万人被送到了古拉格集中营里。在公共场合没人敢讲真话，直到这音乐道出他们的心声。

那天晚上露面的另一些人则是去看这个被控诉的男人卑躬屈膝的，他们的耳朵听到了什么？简单和民粹主义的音乐，正如斯大林所要求的，用一种人人都能感受到其中苦楚的语言写就的音乐。如此直言不讳地揭露罪行本来无异于自杀。但是，为了证明肖斯塔科维奇大胆直言有罪，政府不得不承认这个广板让人们听到的那些罪行。

正午强烈的光线开始变得柔和了。城市扩张的边缘蚕食着遍布断株的农田。交通变得繁忙起来。他经过了一辆停在紧急停车道上的半拖车。一阵冲击波让菲亚特的车身颤栗了一下。末乐章那个强有力的下拍让埃尔斯笑出了声。他盯着后视镜里的自己看了一会儿，又朝着旁边那正在消失的亮点看去，那些闪烁的红色的灯。

最后一次，定音鼓的敲击声让埃尔斯融入了那支似有魔性的进行曲：强劲的铜管不时地被飞掠而过的吹奏乐器声打断。渐强，渐速，潮水般的弦乐正在成型。汽车的速度爬升到了七十迈，准备逃逸。埃尔斯悄悄观察着不断聚集中的车辆。这么玩儿命地狂奔究竟为了什么？这种尖叫式的快感，从来未曾如此疯狂，如此不可避免。

进行曲：彻骨的俄罗斯。轻而易举能够听到胜利的声音——统一穿着高靴的哥萨克兵团，脸齐刷刷向一边注视着，迈着正步走过列宁的陵墓。埃尔斯的老师们就是这样教他聆听这部作品的。科帕茨、马蒂森……这也是西方听众听这支进行曲的方式，一直到九十年代都是如此：肖斯塔科维奇把一些苏联现实主义高调浮夸的东西拼在一起，好用一支皆大欢喜的终曲让自己免上绞刑架。

菲亚特车后视镜中的光晕变大了，也增强了，正巧此时，弦乐发出一连串尖锐的声音，好似向空中释放出数不清的厉声尖叫的蝙蝠。现在清楚了：是一辆警车，正在追逐他的猎物。埃尔斯的脚猛踩油门。发狂似的欢呼庆祝将那些蝙蝠驱散了；这辆有很多年头的车哆嗦了一下。乐声仍在从他周围密闭车厢的音响中流出来，军团般的观众群爆发出不自然的欢庆声；他的速度已经上了八十迈。

他把踩着踏板的脚松下来。几个小节后，那闪烁的灯光拉近了和他之间的距离。自逃离自己被警戒线围起来的房子的那一刻，埃尔斯就知道他一定会被抓到。但他绝不会想到，自己会在伊利诺伊州马林外的公路上被别人逮住。卫星能够从地球同步轨道上读出车辆牌照。路上行驶的任何车辆每个小时内都会被秘密探头拍到好几次。科尔曼的电话就跟追踪脚环一样好使。在兰利市[1]内一间没有窗户的房间里，已经有人在第一时间向伊利诺伊的州警察通风报信了。

在他的后视镜中，那灯光游曳过来。埃尔斯打了个信号，把车速放慢。正当埃尔斯要把车停在旁边的紧急停车带上时，那辆警车却呼啸着从他左边的车道上驶过了。那灯光漂亮地闪烁着，消失在半英里之外，埃尔斯神经质般地傻笑着，一直停不下来。

他把车停上紧急停车道，心有余悸。音乐变成了琐碎的夜间低语，阴郁的小调传达出的流言蜚语。一只狰狞的军鼓踏过丛生的疑窦。尔后，有什么东西倏然冲破那团瘴气，急速奔向一个终结。胜利，或只是自欺欺人的戏仿。人民，或许是：他们被导演过的集体意志。或许是那位犯了法的艺术家，他笑着退场了。

---

1. 美国中央情报局本部所在地，位于弗吉尼亚州。

埃尔斯又把车开回到州际公路上。在封闭的汽车里，空气中还弥漫着方才的余震，仿佛和在列宁格勒进行公审的那个夜晚别无二致。观众们在那里站了三十分钟，指挥手里握着乐谱就在他头顶……在“沙皇”约瑟夫[1]和他的中央委员会借机做出裁定之前许久，他们就已经通过了判决：无罪释放——使其得以重新自由创作，自由地维持昏聩、形式主义、玄奥难懂、不清不楚，自由地讽刺、厌恶、冒犯，自由地追求那些音符可能形成的任何东西。

然而，秘密警察绝不会犯错，安全工作须常抓不懈。同样的事情还是会发生——从王位上发起的伏击，这位人类品味的工程师开展的公开批斗。肖斯塔科维奇陷入了一场终身的猫鼠游戏之中，成为了打击不和谐、持异见和不满意的那场战争的永久对象。他的音乐，永远成了为那个死去的男人跳的吉格舞所作的变奏曲。数十年过去了，在斯大林去世多年之后，这位作曲家脖子里仍旧挂着一个小袋子，里面装着那篇文章的全文：《背离音乐的乱弹琴》。里面的话会给他一种只有一个人民公敌才能感受到的自由。

埃尔斯向左转，进入那几条通往密西西比河的车道。他身体的颤抖不那么明显了，进而消失了，一种释然和轻松取而代之。警车的警笛，一种乐思的萌芽。快板最后的回声消逝了，他又重新回到发动机和车轮发出的嗡嗡声之中。一度，那些声音听起来仿佛是寂静的；但此刻，这公路上的噪音也成了交响乐。

智能手机突然发出响声，一个窗口在屏幕上弹开。他把车开上停车振动带，想在那儿读一下这条消息。是音乐播放器让他投票。两个明亮的图标在他眼前出现：喜欢，或不喜欢。他只要点击一下——

1. 指约瑟夫·维萨里奥诺维奇·斯大林，当时苏联的最高领导人，也是执政时间最长的最高领导人。

从他的驾驶员座位上做一个迅速的判断——就能再次决定这首作品的命运。

他开车来到圣路易斯[1]郊外一处人口聚集处。一条沿公路的商业区，一片居民住房区。不久，他望见了地平线上矗立的那个大拱门[2]——萨里宁设计的——通往西部的门户。

【一只训练有素的耳朵能够从一只空贝壳中听出它曾栖身的那片大海的声音。】

他把邦纳塞给他的报纸上的那篇文章从头到尾读了一遍。一派主张财产共有的多配偶论者在德克萨斯州中部某地宣布建立了一个自治的“上帝之城”。起初，他以为那是邦纳为《捕鸟人》的开篇空想出来的一个有些神经质的市场营销活动：狂喜的追随者在沙漠里露营，唱着歌，祈祷着，等待着末日来临。ATF[3]的搜捕行动搞砸了。联邦调查局用警戒线将那帮信众的圈地围了个水泄不通，就像那位王子主教用土方把明斯特围困起来一样。

太相似了，令他难以接受。“他们想怎样？”

邦纳的嘴撇着，不知在干什么：权当他在笑吧。他扫视了一下舞台，莱顿的约翰手里握着剑，正唱着第二幕收尾处那支华丽的咏叹调：“所有圣徒的荣耀就是报仇雪恨……”

“嗯——你觉得呢？都持续几个星期了。谁知道呢？越忙越出这

1. 美国密苏里州东部大城市。

2. 即圣路易斯市杰斐逊国家纪念碑，由二十世纪中叶美国最有创造性的建筑师埃罗·萨里宁设计。该纪念碑造型雄伟，线条流畅，象征美国西部开发的大门。

3. 全称为烟酒、火器与爆炸物管理局，是一个隶属于美国司法部，负责对烟酒和枪炮征税、执法和释法的机构。

些倒霉事儿。”

埃尔斯匆忙地从座位上站起身，准备从过道往出走。邦纳抓住他的手腕。

“哪儿去？”

埃尔斯自己也不知道。去找台最近的电视机。去图书馆。去市歌剧院艺术总监的办公室，澄清自己与这事儿毫无瓜葛。

他弯下腰，又坐回椅子。“这件事你还了解些什么？”他的声音听起来有些感情用事，又带着点指责的意味。

“就报纸上读到的这些。”

埃尔斯盯着那篇被付诸现实的预言又看了一遍。“怎么会这样。”

邦纳却面露喜色。“我就知道，瞧瞧！这个大金矿。有人一直盯着咱们呢。”

埃尔斯想揍他。但他没有，只是又一次匆匆站了起来。理查德这次没有再去拉他。埃尔斯一溜小跑穿过走道，跑出了大厅；第三幕的排演已经开始了。

几个小时之后，他对韦科事件[1]的了解就和别人一样多了。他把自己关在理查德公寓中自己的房间里，不停地关注着电视新闻，周围散落着所有相关的报纸。他眼睁睁看着双方的对峙升级成了自己的噩梦：这个帝国的战争机器发动了。围攻终于奏效，将叛乱分子与外界切断了。那些信徒中的核心成员挤在他们的救世主周围，靠着雨水和囤积的口粮苟延残喘。他根本无须去看；那是他花了三年时间构想出来的画面。

1. 韦科是位于美国得克萨斯州中部的一座小城。1993 年 2 月 28 日，美国联邦执法人员出动坦克和飞机，对大卫邪教设在韦科的总部进行围剿，冲突中有六名大卫教徒和 4 名联邦执法人员丧生。此后，双方进行了长达五十一天的武装对峙。1993 年 4 月 19 日，联邦执法人员采取行动将其总部烧毁，包括妇女和儿童在内的八十名大卫邪教教徒在枪战和大火中丧生。此事件被称为“韦科惨案”，引起了美国媒体和民众对政府行为过当的批评。

那天晚上理查德找到他时，他正在看从一架军用直升机上拍摄的那片被围之地的录像带。一小撮宗教狂热分子面对这个地球上最强大的政府军队负隅顽抗。一段画外音说，这次围攻每周要耗费纳税人上百万美元之巨。摄像机掠过附近聚集的一群房车——那些露营者是来看这场僵局将会如何收场的。他们坐在路边一字排开的折叠椅上，打牌，吃烧烤，等着观看这出现实版戏剧的高潮部分。

埃尔斯说话的腔调尖得古怪，他甚至没有回头看一眼。“这不是巧合。”

邦纳一只手里端着泰式炒河粉，另一只拿着这一天的排练记录。“彼得。关掉它。吃饭吧。”

“这说明什么？总得说明点什么吧。”

“这说明咱们是天才，你和我。绝对的灵媒。”

“人家会以为咱们……”

要去猜度人们会怎么想他们，那就没完没了了。走狗屎运。差到极点的品味。机会主义。浮士德交易[1]。

“理查德，”埃尔斯说，“咱们得做点什么。”

“好吧。我等下就打电话给珍妮特·雷诺[2]。”

埃尔斯没有听。他盯着自己握成拳头的关节看。新闻报道了另一条消息，世界卫生组织宣布，全球进入肺结核紧急状态。邦纳吃着；埃尔斯看他吃。这不是韦科之围，埃尔斯无须阻止。这是明斯特之围。

两天之后，ATF 的武装力量踏平了那块被围之地。武装突击车、

1. 意指出卖关键性的东西以获得短期利益。语意出自歌德的名作《浮士德》中的情节：浮士德以灵魂为代价交换三个愿望的满足。
2. 美国第一位担任司法部长的女性；1993 年由克林顿总统任命出任该职位，并一直任职至 2000 年。

工程坦克、催泪弹、榴弹发射器。最后付之一炬。埃尔斯本来要告诉他们：一切都会被焚毁的。数十名成人，还有二十几个孩子，被射杀，炸死，献祭，这场最终战役的一切细节都以现场直播的方式传遍了全世界。

不用去看结局。埃尔斯知道结局；那结局是他写出来的。他站在邦纳的公寓里，身上的衣服已经发馊了；他用手指不住地挠头，不知道接下来该怎么办。没有人给他任何指示，他只好冲出去，来到炽烈的日光之下，跳上一辆出租车，来到上城的林肯中心。

理查德在第三排里，对明斯特那些忍饥挨饿的人群大呼小叫。"我要听到希望！"他喊道，"你们还得相信，上帝会跑到凡间，把这个狗屁王子主教和他雇用的所有暴民彻底干翻！"

埃尔斯悄悄溜进过道旁边的椅子上。邦纳把舞台上的事情又都交待了一遍，让演员们接着自行排练，此时，埃尔斯把那个消息告诉了他。这位导演瞪着埃尔斯，就好像对方是一个来灯光组实习的大学生，却已经胆敢开始挑他的刺了。

"彼得，我还忙着呢。还有六天我们就要首演了。你想干什么？"

"我们不能继续了。"埃尔斯说。

邦纳很响地咂了一下舌头，手掌翻过来朝天擎着。他嘲讽般地大笑了一声。自从演克尼佩尔·多林克[1]的那位替补演员从乐池边上掉下去摔碎了自己的尾椎骨以来，他还没这么放声大笑过。

"你这颗该死的脑袋是不是进水了。"

"随你怎么说。"埃尔斯说，"我们必须推迟……"

邦纳只是窃笑，再没给出别的理智回应。

---

1. 传教士，明斯特再洗礼派的一位德国领导者。

“咱们可以明年再来，”埃尔斯说，“或者晚些时候——”

“彼得。你现实点吧。咱们已经拖欠了这些人七十多万的债。就算推迟两个晚上也会要了他们的命。”

事实上，自从德州的对峙成为了新闻头条，这次演出的销售一下子变得火爆起来；现在，首演之夜的门票很有可能会售卖一空。由于没有赶上形势的变化，营销被激发出了全新的活力；他们开始在现有的海报和传单上贴上新的广告语：今天的新闻，过去就知道。

“那些无辜的孩子，”埃尔斯说，“被美国执法人员活活烧死了。”

舞台上出现了一阵混乱，关于场面的调度出现了争执。邦纳赶紧跑过去化解危机。埃尔斯紧紧跟在他后面。

“又不是我们的错。”邦纳对他说，连头也没回。

埃尔斯抓住他的手肘。“听我说。人们只要一看见……我们不能利用这个。这太下作了。”

这位导演露出大惑不解的表情。这个罪名太古怪了，他想不通对方怎么得出来的。“这可是你写的故事啊，大师。就因为它变成现实了，你就打算要放弃？”

简短的第三幕有些东西要说：急剧上升的情节，加速奔向结局。那位王子主教仅用了一个叙唱部和两个咏叹调来召集北方的援助，并收紧了那个陷入疯狂的王国周围的死亡陷阱。“上帝之城”无以抵抗，只能以一曲曲超脱尘俗的合唱走向自己命运的终结。围城断绝了他们的活路；粮食耗尽了。竖琴和长笛奏出一支凄婉的西西里舞曲，它预示着饥荒即将来临。那些信徒们吃光了城墙以内所有的狗、猫和老鼠，苦苦支撑着。然后是草、泥土、苔藓、皮鞋和旧衣服，最后连死者的肉体也不能幸免，他们跳着一支活泼轻快的12/8拍舞蹈完成了这一切。

自诩为弥赛亚[1]和世界国王的约翰此时只能用他最钟爱的业余戏剧聊以自慰了。他把最后的日子变成了一个盛大的假面舞会。城市广场被狂欢的人们填满了，大教堂里一场下流的弥撒仪式上演了。猥琐的人在大风中抚摸着彼此的身体，嘴里说着污秽的言语。庄严的圣歌被风吹得断断续续，在空气里盘旋，上升，直至最后，整个管弦乐队变成了一场令人晕眩的狂欢聚会。铜管奏出一阵仓皇的节奏，裁缝国王手下一群饥饿难耐的臣民逃离了这座城市。但是他们被王子的军队困在了攻城设施和城墙之间的浅草地里。这些难民拖着沉重的脚步原地徘徊，像绝望的困兽一般在草丛里寻觅着食物；他们的尸体最终铺遍了那块地面。音乐疯狂了；压近琴马奏出的和声在琴弦上逶迤滑出。

管弦乐队中的每个演奏者都投入到了浪涌般的合奏之中。攻击者进入了一座已遍布行尸走肉的城市。他们给那些市民让出一条安全通道让其投降，然后在他们放下武器的那一刻将他们屠杀。

克尼佩尔·多林克和悲剧演员约翰被施以烙刑，然后被装进笼子在圣伦巴蒂的塔楼上吊死。但是在经历整个酷刑期间，这位倒下的救世主并未发出任何声音。最后那支咏叹调——他最后一次公开表演——竟是静寂无声的，只有弦乐伴奏的光环陪伴着他。

音乐衰落下来，变成了一出极轻的哑剧。尔后，不知从何处，它又带着辉煌的气势归来了。来自戏剧开头几个小节的先来音主题在大提琴和长号的支撑之下回归了。经过加强，现在的主题以愈加不可思议的方式展开。一曲亡灵的合唱在舞台上弥漫，唱的是《自深深处》[2]。这曲调将十几个世纪的音乐语言弯曲成了一个愕然的问号。首演的观众中鲜有能够理解这种谐和语汇的。但是，指挥落下手臂的那一刹那，

1. 来自于希伯来文，与希腊语词基督（christos）同义，即圣经中预言的救世主。
2. 拉丁文 De Profundis，本意是“从悲哀绝望的深渊中发出呼喊声”，出自圣经《诗篇》第130篇。

整个大厅都爆发出了雷鸣般的掌声。

埃尔斯的同僚们将他强行留在舞台上。他穿着白领结的晚礼服在台上踉踉跄跄，被台下那片黑暗中的闪光照得睁不开眼睛。声音无处不在，仿佛他还是个孩子时，那些夜里听着父亲的那些唱片酣然入睡，睡醒时唱片发出的嘶嘶声。他无法理解那些唱片上的静电在说什么，也不知道这位聆听者听到了什么。他只能听见被大火烧着的孩子们撕心裂肺的哭喊，命运的讥讽，他那深不可测的空虚发出的巨大的吮吸之声。

他的目光越过那些观众，心里突然难受起来。这是他一生梦寐以求的——一屋子心满意足的听众。现在，这间屋子想让他奉出些东西来。一个解释。一声道歉。一次安可。

埃尔斯右边有个人——一个疯子般的男人，一个老朋友——握住他的手举向空中。他的左边，一个复活了的莱顿的约翰满面笑容。在他的两侧，还站着指挥、合唱导演、舞蹈指导以及所有集中起来的演出班子和合唱队队员。被屠杀了的信徒和围城的雇佣兵手握着手一起鞠躬致意，相视而笑，也把微笑投向埃尔斯——这部作品的主创，在经历了多年游离在外的生活之后，他终于证明了自己，得以庆祝这一晚的成功。埃尔斯转过身，从身旁欢庆的人堆中挨个挤过，想要在自己胃肠里的东西涌进嘴巴之前赶紧从天鹅绒幕布之间的缝隙钻到后面去。可是，他还是没来得及。

【小小的心思，就能让整个生命充盈。】

那些人造僧侣墩[1]的丘顶在州际公路沿线若隐若现。它一度曾是一

1. 即卡霍基亚土墩群，位于美国密苏里州和伊利诺伊州交接处，圣路易斯市范围内。该土墩群是世界文化遗产之一，为大约公元 700 年生活在这里的林地印第安人的遗迹。

座城市的中心所在——那城市比伦敦或者巴黎还大——是一个公共和危险艺术的场所。如今，它并入了一座博物馆，只有学校里的学生才会被迫来这里参观。它那庞大的圆锥体让埃尔斯想拐下公路，甩掉汽车，爬上去。卡霍基亚无疑和其他任何美好的地方一样值得人们去拥抱。只是，他离自己要去的地方已经很近了，此刻不能停下来走近它。

道路突然向右侧转弯，密西西比河毫无征兆地在他眼前展开。这一大片景观都被水填注了，无论是左边还是右边；他望见那个流淌着的湖泊，仿佛自己是第一个与之邂逅的逃犯。

“声音”将他带到了圣路易斯西南郊区的深处，像冥冥之中自有安排。埃尔斯只须留在路上，服从安排。当他到达目的地时，那片街区令他惊讶不已：与他三十年来脑海中的画面大相径庭。街道两边是大片的草坪，草坪后面坐落着一座座豪宅府邸。砖与凿石、半木料、联邦式、都铎式、希腊复兴式、安妮女皇式——那些房屋如斯特拉文斯基一样善用伪饰风格。

这是一个工作日的下午，街道上几无人影。甚至连街角的公园都空荡荡的。凡与人相关的事物都自觉地移到了室内。跳来跳去的灰松鼠仿佛已经继承了这片土地。

菲亚特车开上了空空的路沿。埃尔斯多年来见过不少照片——他女儿和一众不合群的朋友，在不同时节站在这座房子前面。柔和的黄色灯光从建筑物古朴的外立面透出来。他坐在车里，脑子里想着，他这次突然出现在这里该是自他设立了自己的家庭微生物实验室以来最糟糕的主意。他拨通了那个很久之前就记住了的号码。

电话响了，但房子里的灯光人影并无变化。最后，一个深沉、职业又带着点怀疑语气的声音应声道，“喂？”

曾经的女高音已经变成了女低音。“您找哪位？”两个加重的八分音符和一个四分之一音符：一个下降的五度，又一个上升的六度紧随其后。舒缓的三音符语调变得十分优雅，埃尔斯犹豫了足足有两拍的时间才回答道，“玛蒂。”

她起伏的呼吸声在那座空阔房子里的空气中回响。离得老远，埃尔斯就听到像是在播放一盒练习带的声音，轻快的健康操口令，听起来有点法西斯主义。

“对不起，”她说，语气中并无歉意，“您是哪位？”

“彼得，”他答道，声音连自己都听不出来了。

电话那头沉默了，这沉默的音色让埃尔斯难以度定。仿佛那其中也有声音。仿佛即便那声音缺席了，任何的耳朵也听不出那缺席的意味来。

“彼得。”她说。

他想告诉她：没关系；生活总是这般出人意料。

“可是来电显示的是科尔曼。”

“是的。”他说，话语里仿佛在暗示她自己可能正在被多方监听。她的耳朵一向好使。

“你在哪儿？”玛蒂问道，她的口吻关切起来。

埃尔斯似笑非笑地笑了一下。“有意思，你还会问这个。”

有好几秒钟，她一言不发。然后，飘窗后面的青绿色窗帘拉开了，他年轻时的伴侣站在那儿，那个相信人的意志力能够撬起五角大楼的人。她把她的手放在玻璃上。他也同样，把手放在菲亚特车司机一侧的玻璃上。她挂断了电话。

在自己的一生中，他一直都有一种作曲家的天赋，能够准确地说出一分钟能持续多久。他数了四个一分钟。最后，他关掉手机，重新把车发动起来。没有下一步打算。他会一直开着车，直到自己被抓，也许就在达科塔州某处的一个汽车旅馆里。

汽车缓缓从路沿上开下来。房子的门开了。她穿着一条长长的橄榄色衬衣式连衣裙和一件裁制的灰色背心。她比记忆中的那个人更胖，更矮。她的脚慢慢地落到房子前面的石板小径上，好像一个盲人用探路杖轻敲着路面。

她自己钻进菲亚特车里，滑到乘客座位上，冲他摆了下手。看着他憔悴的脸，她摇了摇头。

“规则一，”他说，“别人想你往西走，你偏往东去。”

她的嘴角弯了一下。身子没有倾斜，纹丝未动。

“你怎么会在这儿，彼得？”

他盯着她看，往事如潮水一般涌来。她用手背朝挡风玻璃的方向轻轻挥动了一下，说道，“开车吧。”

他把车开动了，按照她指的方向。他们驶过几条安静的居民区街道，来到一条商业大街。他们沉默着，像是一对暮年夫妇，已经是一生中第一万次一起驾车出门了。他想把方向盘交给她，看现在的她是否仍像在一个野风呼啸的北方湖泊上驾驶一艘冰船那样开车。

“我想过你，玛蒂。”

她哼了一声，用手抓了一下她的鼻子。“拜托。别怀旧了。一个生物恐怖分子不该这样。”

她引导他把车开进一个购物商场的停车坪，那个商场足有一个分裂出来的巴尔干半岛上的国家那么大。埃尔斯感到恐慌。

“我不能。”

“你不会有事的，”她说，“没人会注意一对夫妇。”

他把菲亚特车拐进一个停车位，让发动机熄了火。他把脸转过去看着她。

“你很美，”他告诉她，“一点没变。”

“噢，上帝！你眼神儿一直不好，是吗？”她把自己松垮的手臂伸出来，把头往前倾，好让他看个仔细。她嘴唇和眼睛周围的皱纹像极了焙烧陶土上的楔形刻纹。埃尔斯耸了耸肩。

“不细看还行。”

他们坐在停着的车里，手放在膝盖上。在他们前方的小路上，有个女人推着一辆购物车，里面放着一个硕大的纸板箱，大得连人都能住进去。玛蒂往前窥看，留意着埃尔斯注意不到的东西。

“好吧，”她说，“你不会真的做了他们控诉你的那些事吧。”

“我想我应该是做了。”埃尔斯说。

“你竟然用你那些愚蠢的偏见来对抗联邦法律，把自己弄成了个罪犯。”

埃尔斯心中突然冒出一点傻乎乎的希望。她一直都很聪明。车窗的玻璃蒙上了一层水汽。玛蒂在乘客一侧的玻璃上用手指摸着，像在无聊地画着一幅岩画。

“改造细菌？噗。你连用微波炉热一碗番茄汤都不会。”

“不，”埃尔斯说，“我的确做了。”

她摇了摇头。“不可能。”

“随便一个脑子灵光的大学生——”

“噢，彼得。我不信这个。”她的手随意一摆，对他说出来的事实置若罔闻。他们都已七十高龄。离婚都已经是三分之一个世纪以前的事情了。这是自那以后他们的第一次“约会”，两人却又争斗起来。

“他们有没有具体指控我什么？”

她把手放下来遮住眼睛，又按摩了一下自己的额头。“老天爷。我觉得你天真得就像二十五岁一样。”

“你觉得我……？你真是个疯狂的空想家。”

她望出窗外，盯着另一边过往的人。在用锃亮的黄铜和黑色花岗岩做成的入口处前面的人行道上，三个骑着“赛格威”[1]的女人在分发红色、白色和蓝色的大手提袋。六七个孩子身着寄宿学校的服装，就像那学校里的“小巫师”，他们慢跑进商场里，仿佛里面要进行什么神秘的试验，而他们已经迟到了。玛蒂晃了晃头。

“你是自那个把装满了丙烷的汽车开进时代广场的家伙[2]以来对这个国家安全的最大威胁。”

他开始不住地笑。玛蒂转过脸来看他，她脸上的恐惧更让他笑得停不下来。他自己的荒唐让他把眼泪都笑出来了，但就是停不下来。她伸出一只手放在他膝盖上。她的触摸让他很意外，这才清醒过来。他抬起一只手臂，缓了一口气。

“对不起。压力太大。放出来就好了。”

她拽了拽他裤子上的折缝。“来吧。去给你弄点吃的。”

一架旋转木马在食品区的中心旋转，彩色灯光、镜子和一架汽笛风琴[3]回旋不已。在一个由各色食品摊位组成的大椭圆的一端，四个大块头男人身着粗斜棉布裤子和长袖运动衫，弹着吉他，对着扩音器唱着歌，那些歌是驾着离地很高的那种大货车驶过荒无人烟的地带时经常听的。在另一端，那些小巫师一般的孩子排成一列齐声歌唱，周围那些面无表情的人正在对他们挨个品头论足。

---

1. 一种电力驱动、具有自我平衡能力的个人用运输载具。
2. 指美国时间2010年5月1日发生于纽约时代广场的一起恐怖袭击事件。一个名叫费萨尔·沙赫扎德的巴基斯坦裔美国人将装有丙烷罐、烟火、汽油、装有电池的闹钟、电线及其他物品的车辆停放在纽约人流量密集的时代广场，企图制造汽车爆炸案，但未得逞。
3. 又译蒸汽风琴，是一种用水蒸气驱动发音的气鸣乐器，通常被马戏团用于招揽顾客。它的名字来源于希腊神话中的女神卡莉欧碧。

玛蒂驾轻就熟，很快就弄来两块切好的披萨和两杯起泡饮料。他们在一张红色的造型桌两边坐下来，面对着面；终有一天，整个事件会尘埃落定，人已去，桌子仍在，所谓物是人非。附近坐着好几十个食客。周围有数百人正在那些特许经销商店里徘徊游荡。他们之中一定有许多人已经在这个星期里见过他的照片了。但是没有一个人认出他来。

他望着桌子对面那个女人，她曾怀着他的孩子，开着一辆租来的17英尺长的大卡车，载着他，一起驶往波士顿。他凝视着她，足有一分钟，认识她这么久以来，她的脸不知何时竟有了鱼尾纹和雀斑，皮肤也变得煞白了。

“你觉得我遇到的麻烦大么？”

玛蒂思考这个问题的方式是高瞻远瞩的。“噢，他们想把你送进监狱，关很久很久。因为你是个不折不扣的恶魔。”

坟墓，她平静的表情像是在说，再想玩只能去那里玩了。

“大家都在买防毒面具。还有净水药丸。你可真成了互联网上的火爆人物。”

“是啊，”他说，“终于出名了。”

她把一块融化了的奶酪翻倒在她的那块披萨上，眯起眼睛看着它，仿佛在施展什么占星术。“你是说，你真的干了那事。”

“什么事？”

“基因什么的。”

“干了。”

“你修改了一个活物的DNA？”

他耸了耸肩。“成百上千的公司每天都在做这个。”

“为什么？彼得？你是着了什么魔吗？”

他听到一支小曲从那个小舞台上传过来，是那个穿着斜纹粗棉布裤子的老者用吉他弦拨出来的，他想不起来这曲子的名字了。

“难以置信。”他说。

“什么？”

“那里发生的事。”

“我不知道你在说什么。”

他不知从何对她讲起。生命。四十亿年，那些匪夷所思、精妙绝伦的密码才如一首曲谱般被编写进了每一个活细胞里。在相同的第一主题之下，每个细胞开始了自己的变奏，在整个世界中自我分裂、复制，无休无止。所有那些序列只有千兆比特那么长，它们等待着由被那些曲谱组装完成的同样的大脑试听，转录，编排，修补，添加。一个人可以在这样的媒介里创作——不羁的形式，鲜活的声音。为永恒谱曲，不为任何人。

他摊开手掌，向她恳求。

“不会是你，彼得。你怎么会设计有毒生物体？”

扩音系统从商场中心的中央大厅里送出又一阵跳跃的多声部音乐。这乐声与舞台上劲爆的摇滚、那架蒸汽笛风琴演奏的声音，还有上百部智能和移动设备发出的哔哔声与铃声的合奏相互冲撞着。他已经听不见自己的心声了，如同看不见正午时分的星座。

一对中年夫妇在旁边的桌子坐下来，一起吃着一个软质的蛋筒冰激凌，像青少年一样手牵着手。但是玛蒂并没有放低声音。

“这是什么艺术作品？还是什么前卫噱头？你是在对不领你情的大众打击报复？要让他们恐慌得屁滚尿流？”

他用鼻子哼笑了一声。“这主意不错。”

“然后呢？你违了什么法吗？”

“没有。没什么可违的。”

玛蒂脸上掠过一丝希望。“那你去自首吧。”

答案：再简单不过，再明显不过。这一刻，他已准备好了。但他突然想起了什么。

“我觉得我已经回不了头了。”

“为什么，彼得？我不明白。”

她抬起头，看着另一边的那些便利饮食店，观察着。那里，在饮食区的入口处附近，两个身着类似警察制服的男人——像诗歌中的一对不工整韵——在毫无觉察的人群中侦察着。商场保安。埃尔斯心里一阵慌乱。不过，他只需要十五秒钟时间就可以达成他来这里的初衷。他把头探向对面，但没有碰她。

“玛蒂？在遇见你之前，我觉得我日后会是个化学家。我大学学的就是这个。”

“这我知道啊，彼得。那时候我还是你妻子，别忘了。”

“抱歉。我是在慢慢摸索。”

“你，你什么意思？你把这一切用来代偿你的理想？你当初没有选择的那条路？”

“也可以这么说吧。我是……我是在……”

“噢，该死。”她把手抬起来，眼睛睁大了。“你是在作曲。用DNA？”

“这听起来的确很荒唐。可究竟什么是音乐，除了纯粹的演奏以外？”

她盯着他看，像他们分手的那天夜里那样。那天夜里她曾说，“玩儿完了。没人会听。他们绝不会回来。”

“你想要什么？”她嘘了一声。

她的愠怒让他吃惊。经年累月他只想要回报一些好东西，和他曾被给予的那些一样好的东西，除此，别无所求。做出一些值得听的东西，传递给这个世界。

“听着，”他告诉她，“我犯了个错。”

她摸着自己已变得稀薄的头发向后捋了捋。“很明显。”

“不，”他说，“跟基因没关系。那件事我还会做的。”

两个商场保安人员在中央大厅里巡视了一圈。他们在快餐柜台边上停下来，跟那里的拉美裔女雇员打情骂俏。又过了一会儿，他们来到座位区这里，在人群中搜索着。埃尔斯以手撑脸，好把它遮住。当他们走过桌子的时候，玛蒂朝那位体格魁梧的保安笑了一下。那个男人用一根手指指向眉梢向她致意。两个保安晃晃悠悠地朝那群唱歌的“小巫师”们走去。玛蒂腮帮子鼓了一下，长出一口气。她差点成了任何音乐恐怖分子都想要的最好的帮凶。

埃尔斯得以再次开口讲话，他说，“我觉得我一定是精神上出问题了。”

玛蒂转过脸来面对着他，扭了扭头。“这正是我好奇的。”

“不。说起那时候，我绝不应该离开你和萨拉去搞音乐。甚至还想改变世界。”

他把自己这辈子要说的最后一句话也说完了。他的内心重又平静下来，一种自从费德里奥去世之后他从未感到过的平静。她把脸转到一边，此刻，她的目光变得和过往一样茫然。旁边桌子那对中年恋人——已婚，但很明显并非彼此的配偶——站起身走开了，一边咯咯笑着，一边舔掉对方手指上的冰淇淋。

“那时候我们有音乐，”埃尔斯说，“所有那些音乐，谁都想要的。”

唱“高寂牧场”的那支斜纹粗棉布乐队似乎开始演唱终曲了。那些“小巫师”的比赛也进入了最后的关键时刻。玛蒂检查完了餐饮区——那里传出来的声音——然后回过头来讨论他心里仍然放不下的那些声音。

“细胞那东西。你一辈子都要做下去？”

“可能吧。”埃尔斯坦诚地说。

她的胸脯起起伏伏。“这就是你一直以来的问题。”她看了看咖啡杯底剩下的东西。“我就只想眼前的事。”

他们坐在声光聚集笼罩之地，犹如当初坐在凯奇那场“音乐马戏”演唱会的现场。他手里举着吃剩下的意大利辣香肠皮。“我们当初一起吃的第一顿饭就是这个。”

“是吗？”她问道。

“你通读了我的博尔赫斯歌曲。我在音乐楼贴了一张海报，承诺一小时的单独练习演奏可以提供披萨饼享用。你就来了。”

“真的？那段时间我总是饿肚子。”

“你听了一遍之后说不喜欢那些歌，我很生气。”

“噢！”她扬起脸，显得很惊讶。“可是我喜欢啊！”

他往后坐了坐，一脸疑惑。他开车来到这里，为的是对这个女人坦白承认他这一生犯下的最大的错误。但是他周围的空气中却好似充斥着更多他数也数不清的错误。他心里有什么东西松弛下来了，那种恐惧感崩塌了。“你做的被子，”他说，“我把它跟狗一起埋了。”

她摇着头，没有接他的话。

“我的状况很糟糕。我也不知道自己在干什么。”

“噢，上帝啊。”她用手刨了一下空气。“你进了监狱，我再给你做一条。”

“真的吗？你现在又开始做绗缝了？”

“退休了。找点事儿做。”

“小心点，”他说，“容易眼花。”

她把手伸过红色塑料桌子，用手掌包住他的拳头。她的手是冷的。她长了老人斑的手已透不出多少温度了。“彼得。他们会利用你的。会把你当做一个教训来吸取。”

他把手张开，握住她的手指。他这一生拥有无数无所畏惧的音乐。秘诀就是即便不再继续演奏，他也记得它们的声音。

她用力握了一下他的手，然后轻轻放开。“说起来……你女儿都快急疯了。这三天里，为了找到你，所有能尝试的方法她都试过了。昨天晚上她跟我说，她很怕你会自尽。”

“告诉她我很好。跟她说我很快就没事了。”

“你想让我对她撒谎？”

他的目光落在中央天井附近的一个报刊亭上。它的横幅上写着“因为所谓的‘天生丽质’并不存在……”[1]

“把我说的告诉她。”

“好吧，”她说，“这件事我可以做。但你还是应该自己告诉她。”

玛蒂站起来把桌上的垃圾、塑料盘子和一次性餐具堆在一起。

“都是因为恐惧。”她说，“恐惧让我们心虚。顺便问问：科尔曼是谁？”

这个名字来自另一个星球。这种略带醋意的语气也是。埃尔斯瞥了玛蒂一眼，他的前妻正匆忙把一大块已经凝固了的奶酪放进嘴里，试图掩饰住自己的一丝窃喜。

“朋友。借了她的电话。”

---

1. 美国 1989 年上映的电影《钢木兰花》（Steel Magnolias）中的台词。

她把埃尔斯领到垃圾站，二人把他们吃剩的最后一餐饭丢弃在那里。然后，他们跑回入口处那一溜商店，玛蒂在前面，埃尔斯跌跌撞撞地跟在她后面两步远的地方；这世间不尽的繁华似在他们身边掠过。

外面已经开始下毛毛细雨了。在车里，玛蒂说道，“这得怪理查德。”

埃尔斯掰了一下手指。“好主意！我怎么就没想起来呢？”

他们溜进菲亚特车里，仿佛刚才只是出去方便了一下，现在又要回到公路上，一边玩着车牌宾戈游戏，一边动身前往约塞米蒂国家公园[1]继续他们的年度旅行。她心不在焉地拍了拍他的肩膀，他发动了引擎。

“你跟他的关系现在怎样了？”

他踩下油门。“他给你写过信？”

“等等。他没给你写过？”

他把车倒着开出停车坪，挡了后面一辆越野车的路，那车的司机拼命按响喇叭，足足响了十秒钟。菲亚特车趔趄了一下，终于向前驶去。那地方的路像个迷宫似的七拐八拐，结果只是拐到更多的商店门前。

他说，“我有十七年没跟那个男人说过话了。”

她把手收回来放在自己腿上。“几个月前他给我打过电话。他现在人在菲尼克斯，正接受一个临床的现场试验。新的老年痴呆疗法——药物抑制。”

“菲尼克斯？”埃尔斯问。他的脑袋里很乱，漫无目的地开着车。“为什么去菲尼克斯？”

“因为那儿有很多老年人。”

他转过头看她，但她把目光移到了别处。他又转回来看着停车场，

---

1. 位于美国西部加利福尼亚州，是美国首个国家公园。

眼神左顾右盼，搜索着危险因素。

她说，“有时候他会打电话过来。”

“他给你打电话了？”

“只在夜里打过来。当他害怕得不能行的时候。基本都是在凌晨两点左右。查理都想杀了他。”

“他……他是不是……？”

“差不多吧。”玛蒂说，“目前为止，还只是行为有些怪异而已。属于早期。所以他才接受那个试验治疗。他把一切都赌在那个药物上了。他给我打电话，想证明它管用。听他说话的口气，好像跟你还和以前一样要好似的。”

埃尔斯把车开过了停车标志才意识到它的存在。他硬着头皮往前开，视野逐渐变窄，只剩下一个棕色的管道。

“你们还有联系。我还以为你恨他呢。”

“理查德？我爱理查德。我也爱你。我只是恨你们俩在一起的时候。”

沿着那路又拐了两个莫名其妙的弯之后，他问，“这是要让我开到哪儿去？”

“刚才我就想问你。彼得？”她的下巴抬了一下，又落下去；她的眼睛坚定地望着路面。“你打算怎么办？你不会以为到我这儿就安全了，对吧？”

“当然不。”他说。

“我可以帮你，”她对着汽车仪表板旁边的置物箱说。“给你请律师。干预这件事。作品德证人。无论你需要什么。还有法律，不是吗？你是清白的，对吧？”

她的眼睛不由自主地望向他。事已至此，还这么乐观就太傻了。

她闭上眼睛，举起一只手。

“咱们先不去那儿。”

说话间车子开到了一处寂静的居民区的街道上，周围皆是朴素无华的低矮平房。他把车开上路沿，那条公园的林荫道两侧种着枫树。雨大起来了，天空变成了靛蓝色。

“我……”他说道，“我不需要别的什么。只请求你原谅我。”

玛蒂咧嘴一笑，仿佛她仍是那个天不怕地不怕的明尼苏达州女孩。“你真是老糊涂了。我干嘛非要原谅你不可？”

他没能留住她的目光。他说，“玛蒂，这么跟你见面真的……十分钟以前，我就打算好要投降了。”

“是啊，”她说。她把手掌放在他肩上，把脸转到一边。“不过现在，你得先去亚利桑那。”

她把他领到另一家连锁汽车旅馆，离向西的44号公路不远。这个旅馆看上去就像一个瑞士山区的小木屋。第二天一大早动身，夜幕降临时，他就能到阿马里洛[1]了。她走进去租房间。他在停车场里等着，头顶是一盏街灯，嗡嗡地发着光，很像“酷明”[2]用来折磨蒙戈那些自由斗士时所用的剑。

她回到车里时，手里拿着房间钥匙，脸上笑着。“我怎么感觉像是在瞒着我第二个丈夫跟第一个丈夫幽会？”

她把理查德的地址给了他。然后，她把他领到她开户的银行。她让他把车停在街上，自己走下去，来到取款机边上，取出足够的钱，

1. 美国德克萨斯州西北部城市。

2. 美国1934年出版的连载漫画《飞侠哥顿》中的主人公。在这部漫画中，“酷明”（Ming the Merciless）是蒙戈星球的残暴统治者。

供他在去亚利桑那的路上用。

“谢谢你，”他说，“我会尽快把钱还给你。”

“你要是不还，我会去告你的。”

“你得知道……他们可能会来找你麻烦。”

“你这么想？”

无所畏惧，她现在也只能这样了。或者已经厌倦恐惧了。厌倦了让恐惧把她担心自己会失去的一切都带走。

他也同样身心俱疲。“你得回家去。查理一定开始担心你了。”

“彼得！你是想拯救我的婚姻吗？”

她讲话的声音和节奏中的那些小别扭让他知道：她是独立的。她这种状态已经持续很久了。她声音的旋律坚定地说，每个人最终都会变得独立的。如果年轻的时候就能明白这么多道理，他们也许就能共同成长而不去干涉对方了。

在回她家的路上，他想起自己有什么要紧的事情要问她，可又记不清具体是什么了。于是，他便问道，“你上次唱歌是什么时候？”

“三个小时前。洗澡的时候。你呢？”

他把车停在路沿上；之前他正是在那里打电话给她——仿佛已经是上辈子的事情了。夜幕降临。他需要弥补的过去已消失不见。他把发动机熄了火；他们在黑暗中坐了一会儿。玛蒂轻轻拍了拍菲亚特车的仪表板。

“明天我可以和你一起去吗？”

她冲着一脸困惑的他咧嘴一笑，然后他才明白她的意思。

“我们一直都在一起。”他说。

她解开自己的安全带，摇了摇头。“那支曲子不错，彼得。咱们俩。我会再唱的。”

她靠过去亲了他。“我们很好，”她说，“真的。”然后，她打开乘客一侧的车门，让光充溢进来，流淌在这一小段重塑的过往之上。

【我如空气般离去了。】

他痛苦得像是烈火焚身；他想把那出戏剧毁掉，重新来过。

但他无法阻止任何一场演出。三个小时的超验运动被硬生生拖进了该死的人为事故的风暴之中。他逃回了新罕布什尔，但是关于《捕鸟人的罗网》这出戏的噪音如影随形。邦纳代替他接受各种采访。在理查德看来，艺术不须采取任何道德立场。歌剧要做的只是歌唱。

这部作品被《歌剧新闻》采纳为封面故事。《纽约时报》的评论家称“捕鸟人”为“空想家”，还把埃尔斯贴上了“疯子先知的先知”这一标签。马修·马蒂森为《新音乐评论》撰写的一篇文章得出结论说，“一部怀旧之作被幸运眷顾，演绎得荡气回肠。”

可是记者们并不满足于这种离奇的巧合。他们称赞埃尔斯找到了一种他前所未有的艺术果敢。但是他们也吹毛求疵地说，他未能充分挖掘一起事件的政治意义，这是他根本不可能预测到的。

市歌剧院延长了演出档期。达拉斯和旧金山想要趁热打铁，把更多的舞台留给这个异想天开的故事。埃尔斯拒绝了所有的邀请，短短几个星期里，连他的拒绝本身也成了业内新闻。

六月中旬，邦纳开车进山，威逼埃尔斯就范。睡一觉起来，埃尔斯就记不清头一天发生的事了。那天，理查德没进屋，就待在外面那条车道上。在那条用碎石铺成的温馨的小路上，他们起了争执。双方开始的时候都足够克制有礼。理查德谈到了创作的责任，谈到了埃尔斯亏欠的那些人，还说遗弃自己的工作实在是懦夫所为。

两人都说了很多话，该不该说的都说了，好听难听的也都说了，还动了高声。有人推搡了对方，尔后推搡升级为拳击。埃尔斯记得清的只是邦纳松开了手，钻回了他自己的汽车里。他扔下话来，要起诉埃尔斯，让他身败名裂。有什么名可败的？埃尔斯只是笑笑。

再后来他们之间的一切接触就都是通过律师来完成的了。埃尔斯坚持自己的主张。他认为《捕鸟人的罗网》这出戏今后一定不能再演了。这场斗争一时间在各种音乐圈中激起了流言蜚语。水下裸体秀，令人震颤的摇滚和嘶吼、百老汇歌剧以及拜罗伊特[1]音乐的杂糅，不久之后，那些圈子便开始用这些东西对莫扎特的作品进行欧洲败家子式的病态演绎。

埃尔斯对这些所谓的创造毫无兴趣。 他已经不想再去关注音乐怎样发展了。他跟理查德·邦纳之间的关系也到了头。这次是彻底绝交。从那位舞蹈家头破血流地从砾石车道上站起来的那一刻，这件事就已经显而易见了。

在《捕鸟人的罗网》宣布永远停演后两年，俄克拉荷马城的默拉联邦大楼被炸塌[2]了。埃尔斯在做晚餐时从公共广播上听到了这个消息。还有传言称，事件与阿拉伯人和隐匿的恐怖主义巢穴有关。但是他们选择周年纪念日[3]这一天绝非偶然；埃尔斯立刻意识到，这场袭击一直到现在都阴魂未散。两年以来的头一次，他脑子里突然有强劲的音乐形成。丰富的器乐乐段发疯似的冲了出来：第四幕，他猜，或是第一幕的一个不讨好的续篇。这个故事虽阴郁却如洪钟大吕——配得上如

1. 德国东南部城市。德国作曲家瓦格纳 1872 年来此定居，死后葬于此。每年 7、8 月的“瓦格纳音乐节”在此举行。

2. 1995 年 4 月 19 日，美国俄克拉荷马市联邦大楼发生爆炸案，造成一百六十八人死亡，二人失踪。官方当时称，这是美国七十五年来最严重的一次由恐怖主义制造的爆炸事件。

3. 爆炸案发生的 4 月 19 日正是美国 1775 年独立战争开始的纪念日。

此辉煌的音乐。但是此时，埃尔斯认为音乐的任务是要永远治愈歌剧的听众。

一天，一封从纽约市歌剧院转发过来的信不期而至。发信者是埃尔斯在研究生院时首演过他那几首博尔赫斯歌曲的钢琴师。这个男人曾经喜欢抽大麻烟，是个低调的爵士乐爱好者；如今，他跟宾夕法尼亚州东部一所叫做沃拉塔学院的小文科学校签了约，当了那里的艺术系主任。《捕鸟人》这出戏打动了他。“不管什么时候，”这位主任说，“如果你生活困难了，尽管来我们这儿教书。”

他不需要多少现金，只求别把他送进精神病院里就行。沉寂太久会让他胡思乱想，有条不紊的工作和生活能让他避开那些无谓的想法。

沃拉塔救了他，使他得以逐渐淡出公众的视野和记忆，这是他需要的。他搬去了大西洋中部地区的那个城市，接受了一份兼职教授的职位，开始了按部就班的工作。他一个学期教的几门课程包括练耳、视唱、基础乐理以及和声等。他的日子过得单调乏味，只剩下埋头苦干，仿佛他只是个调教音色的教官。跟别的兼职教授一样，他不过是个搬运石头的苦力，只是为建造一座庞大的金字塔而服务。但是这种剥削恰好满足了他赎罪的需要。

他心甘情愿地做起了这份苦差事。教了几个学期的音乐基础课，他忽然意识到，那些有秩序的振动之中竟然还有那么多奥秘是他尚不了解的。那些奥秘一点点在他面前展开，他像一个迷惑的初学者一样惊讶地退在一旁。他试着告诉他的一年级新生那些最简单的知识——为什么假终止式会让听者感到疼痛，一个三连音节奏是怎样创造悬念的，抑或一个关系小调的转调靠什么来拓宽世界——他发现连他自己都不清楚。

不知道的感觉真好。对他的耳朵尤其好。

有时他仍作曲，给学生开会的间隙伏在桌子上，或是在大学校园里人来人往的公地上；当然，他再也没有把哪怕一个音符挪到纸上去。短小的俳句[1]小品从他脑海中漫溢出来，平和的五指练习曲离析成许许多多美丽的抑制延音的休止符。

学生们来了，学了，走了。枯燥的视唱练耳让一些人觉得度日如年，他们沉默寡言，只是眼球跟着转来转去。但有些人还是永远被他改变了。埃尔斯对他最好的作曲专业的学生说，“不要去发明任何东西；发现即可。”有一两个人听懂了他说的话。

一年一年过去，他尽其所能，卖力地工作。他有自己的花园。他学会了做饭。他养成了习惯，每天早起散步，走很远的路。有一天，他女儿出其不意地给他打电话了。她要代表刚成立的公司去参加一个会议，正好路过费城。埃尔斯在一家海鲜浓汤餐馆跟她见了面。这个略带羞涩的年方二十的女孩躲进僻静的角落里，花了很长时间来研究多用户空间中的拨号公告板；现在，她终于又得到了一个让她玩得开心的玩具，可以去发明一个又一个全新的虚拟世界了。不过这次，这个玩具叫做创业。

跟这个短头发，穿着软质外套和丝绒衬衫的“陌生人”交谈了仅五分钟，他就发觉自己又重新喜爱上她了。跟她谈话让他感到异乎寻常的舒服，仿佛在所有那些遗失的岁月里，他们一直都很迷恋用他们的共同语言聊个不停。

“你说的‘数据挖掘’到底是怎么个意思？”他问。

“这么说吧，”萨拉说着，用白色的亚麻布餐巾抹了一下她弯弯的嘴唇。“比方说，你想知道二十五岁到三十岁之间的中西部城市白

1. 日本的一种古典短诗，由“五－七－五”共十七字音组成。

领每周花几个小时来听‘旷课乐’[1]。”

“等等，”她父亲说，“从头开始。”

“那就从这个概念开始吧。”

她终于成了她母亲那样的人：严肃认真，精力旺盛，热爱工作。四个月后，她又回到了东部，他们一起去纽约看了画展。从那以后他们就开始互通电话。起初是每个星期天晚上打一次，后来变成一周两次或三次。她的确也爱他。但她把他当作自己的责任，这是真的。她似乎有种感觉，他需要她来照料；那么多年里他都没能照料她，现在她要以德报怨了。她送给他一条狗当作他的生日礼物。她给他买书，送他光碟和音乐会门票。她审查他看的电视节目，还带他一起去过一次汉堡。她事无巨细地为他着想，只是没再说过：咱们来做点什么吧，爸爸。做好东西。

他一直没停下工作。他赢得了同事的尊重，邻居的尊敬，还有他最好的学生们为数不多的爱戴。就这么过了些年，埃尔斯惊奇地发现——他人生中第一次感到——自己竟然是幸福的。

【我将自己交予秽土。】

在阿马里洛附近，巨大的落日将地平线染成了青铜色。埃尔斯一直听着收音机。孟加拉国和东南亚爆发了一百起禽流感事件。埃及、印度尼西亚、柬埔寨、孟加拉和代盖赫利耶[2]都出现了死亡病例。福岛[3]

1. 源自美国南部的“重型放克”乐风，是由美国说唱艺人“亚瑟小子”创造的一股黑人音乐的新曲风。

2. 位于埃及尼罗河三角洲东北部，是该国二十九省之一。

3. 日本东北地方南部的一县。2011 年 3 月 11 日，日本本州岛以东海域发生强烈地震，导致福岛核电站反应堆堆芯熔毁和放射性物质泄漏的事故。

附近被废弃的放射性荒地区域发现了被感染的野生鸟类。新闻播报员难以抑制他声音的颤抖。终于，还是出事了。即使不是在这个流感季节，也会在下一个。

埃尔斯加速把这座城市甩在了身后。他计划第二天再加把劲，争取赶到菲尼克斯。焦虑让他汗湿了自己的衣服，短时间内他也没有干净衣服可换。家和舒适只能当成怀旧民谣来听听了。可是他严重地误判了西部那无边无际、荒芜冷寂的空间。毫无特征的德克萨斯狭长地带在他眼前无限延伸，周而复始，单调乏味。

新墨西哥边境附近一个如苍蝇屎斑的小镇仿佛在召唤他；他把车开到了那里。在一条黑暗的路上行进了一英里半，他发现了一家夫妻经营的小旅馆，门口牌子上的霓虹灯字母只亮了一半，看上去像是火星文。路对面有一家假日快捷酒店更为显眼，但埃尔斯没有多想便选择了这家简陋的汽车旅馆。十五个小时的单独驾驶：这种感觉无异于耐着性子把一部五十年前的实验艺术电影连着看上五遍。他感觉头晕目眩，踉踉跄跄地走在停车坪的柏油路面上，路面仿佛大海一样在他眼前起起伏伏。要不是想着赶紧找个地方一下子躺倒再也不起来，恐怕他连一步也迈不动了。

一溜单层房间拐过荒草萋萋的停车坪。这幢建筑见证过辉煌的年代，但那些年代已经一去不复返了。厚重的窗帘后面藏着一排窗户，一台台翻修过的空调发出的低吼使得这里的嗡嗡声不绝于耳。空气中的小飞虫，头顶掠过的飞机，还有他耳朵里血液的奔流声交织在一起，融合成一部带着鬼魅气息的杰作。

小前厅里飘着一股“派素”清洁剂的香味，四面涂着灰泥的墙上有节疤松木的装饰。前台的烫衣板后面站着一个晒得一脸黝黑的老男人，他穿着丝光黄斜纹裤和T恤——上面写着“滚蛋”，还没等客人问好就抢了他的话。

“只收现金，今晚。”

男人的声音就像是一架奇特的、齿轮传动的机器发出的。埃尔斯说，“没问题。”

这位老板甚至都没给他登记。英语中最招人厌的11个字：我是政府派来的，我来查账。可是政治与艺术之间总是暧昧不清，无论在何处发现志同道合者，埃尔斯总能与之和睦相处。

屋子里有一股烟草和微波爆米花的气味，但床很软，埃尔斯感到说不出的幸运。他打开颗粒板做的衣橱，站在它前面，有种冲动想打开自己的包，取出自己的东西。但他并没有带包过来，当然也就没东西可取。他的脑袋嗡嗡作响，耳朵里似乎还回荡着汽车轮胎碾过公路路面接缝的声音，那声音一直在，像一支稳定而舒缓的行板。

墙上斜挂着一台电视，有点像祭坛上挂的装饰画。他啪地一声把它按开，想让自己的心绪安宁下来。新闻快报频道里正在播出一则宠物护理生意的广告，在仅仅几周前的耶稣将临期[1]期间，这生意曾大受欢迎。他打开智能手机。联邦调查局会锁定这个设备并对这个房间发动突然袭击，但愿在这之前，他还有时间先洗个热水澡。他的名字在网上已经被引用了成千上万次，即使跳着看都看不完。他感觉自己轻飘飘、软绵绵的，甚至有点异常的激动。他把手机扔到床上，脱了衣服，走进那间臭乎乎的松木板浴室里，站到淋浴器的喷头下面。

热水冲击在他的皮肤上发出哗哗的声音，像钹在敲。咬紧下巴时，他耳朵里面的响声音高就变得不同了。在用毛巾擦拭身体的时候，他

1. 基督宗教教会的重要节期，是欢庆耶稣圣诞前的准备期与等待期，亦可算是教会的新年，也包括基督徒等待耶稣的再次降临。

清楚地听见了一段悦耳的夜间音乐，巴尔托克[1]的管弦乐协奏曲，他确信是从汽车旅馆墙的另一边传过来的。他站在那里听着。这部作品犹如一部用铜管乐器编织而成的厚重锦缎，在他看来，它尤其值得人们将其从上个世纪失控的篝火中拯救出来。有这样一部作品足以让一生变得坦坦荡荡。只是这部作品是受人救济和委托才完成的。创作者一年半之后在穷困潦倒中死去；他的葬礼上只有八个人为他哀悼，其中包括他的妻儿。

疲惫让埃尔斯躺倒在床上起也起不来。他用仅剩的一丁点力气把收音机闹钟设定在凌晨五点。他刚溜进粗糙的、起毛球的被单，就听见了肖邦的《幻象》。他用手摸索到床头柜上想把他关掉，却见自己的名字出现在闪烁的屏幕上：埃尔斯·S。

他迟缓地接起电话，咕哝了一声，“萨拉。”一个很像他女儿的声音从里面传出来。

“爸爸。噢，上帝，你在干嘛？”

他想他可能还在睡着，脑袋没有离开枕头。玛蒂准是把来电显示上的号码给了她。技术、家庭、爱：所有这些东西的囚徒。

他说，“嘿，熊囡，你还好吧？”

“爸爸，你怎么了？”她的声音听上去奇怪又沙哑。

“别担心。我很好。”

“你在哪儿？等等。别说话。”

“你妈妈告诉你我——”

“闭嘴，”她说，“别，别，别。”

---

1. 二十世纪最伟大的作曲家之一，匈牙利现代音乐的领袖人物，与斯特拉文斯基、勋伯格并称为德彪西之后最伟大的三位作曲家。巴尔托克的《管弦乐协奏曲》是1943年作曲家为了躲避纳粹的迫害，从欧洲逃到美国，在病魔缠身的状态下创作完成的。

他拿着电话不知所措，陷入一阵沉寂之中。无处不在的数据。

“你到底是在干什么啊？”她说。接着又说：“别回答。”

过了好一会儿，她什么也没说。后来，她虚弱地说道，“你没做错什么。你是清白的。”

他坐起来，啪嗒一声打开灯，像是准备做点什么。

“我以前这么想，”他说，“现在不了。”

“他们没法把你怎么样。那些说辞都站不住脚。”

“上谷歌搜一下我。”他说。

“天！我一个小时搜了不下十遍。”

他的女儿，他的达克特[1]。

“都是胡扯，”她说道，声音有些绝望，“人一害怕就会胡说八道。”

“这是事实。我让几百万人产生了恐慌。我打算散布一种新的杀手病毒。”

“爸爸。闭上嘴，听我说。你一定要告诉他们事实。”

如果他曾拥有过如此别致的东西，他早就不知把它丢在何处了。

“有人声援你。而且是说话有分量的人。他们说，你是偏执妄想文化的受害者。”

“当真？”

“你要说自己是一时糊涂。你迷上了一个愚蠢的嗜好。太天真，误入歧途了。这很明显。你整个……”

她无需说完她的想法。他的整个人生——都太天真了，都误入歧途了。他一生都在为误判而导致的这个最终行为交学费。

“我已经为你找好了代理律师，”她说，“是最好的。那家公司

1. 旧时在欧洲各国发行的金币，尤指 1284 年最先在威尼斯发行的金币。

替布法罗的微生物学行为艺术家做过辩护。他们提供无偿服务，只收取一部分赔偿金。等一下，我看看我还记了什么。”

他心头腾起一种东西，慢慢软化了他的疲惫：巴尔托克终曲里那螺旋上升的无穷动。这个了不起的女子，他最完美的一首曲子，让他为之无比骄傲，无论世人会因为这个已完成的作品向他投来几许赞许。

她再拿起电话时，电话里发出当啷一声响。

“你越早这么做，就越容易澄清误会。你只是因为害怕，所以才逃跑了。他们会明白的。”

是的，他想。如果说他们明白什么的话，那便是恐惧。他感到一阵轻松，说道，“你过去写音乐的，还记得吗？你用自己的彩色积木发明了一整套符号系统。你太与众不同了。”

“别说这个。”她说。

“我见过你母亲了。”

“她跟我说了。”

“我告诉她我犯了个错。”

“的确。”萨拉说道，她的声音抬高了一点。“别再犯错了，我们会原谅你的。”

“好吧。我可以这么做。我可以去自首。”

“别这么说。”

“那我该怎么说？”

“弥补过失。”她说。

说再见之前，他一定已经开始打盹了，因为他记忆中接下来的事便是凌晨五点，收音机闹钟里奏出那首《少年心气》[1]，柔软，

---

1. 美国著名摇滚乐队“涅槃”（Nirvana）1991 年发行的一首单曲。

悲伤，舒缓，忧郁，恍惚，让这久久挥之不去的调子像极了福莱[1]的《哀歌》。

【如果你又想要我，请在你的靴底下找我。】

从他办公室的窗子可以看到十月灿烂的天空，她的脸在这片天空的映衬之下仿佛一个文艺复兴时期的人物剪影。她面前的屏幕里显示着乐谱，她用两根手指在上面比划着；音箱里传出一支婉转的二重唱，是由一个根据人声采样做成的数字音乐补丁唱出来的，有了它，暂时就用不着那些技艺精湛的歌手了。

珍，眼前这个：不是他在这个阳光明媚的房间里一起共事的第一个珍，也不会是最后一个。但即便是用任何一种实用的标准来衡量，无疑她也是最出色的。高高的个头，体态有些笨拙，健谈，呆头呆脑，尽管经常用手指去耙那一头鬃毛似的头发，那些染过的紫红色发卷还是会跳来跳去的。她的笑听起来像打击乐，而她提问题时声音又是那样悦耳动听。她把教导吸进去，呼出来的是独出心裁的自由气息。每周一个小时，他都要观察她的呼吸吐纳。

写完《捕鸟人》之后，八年里他都没再写过真正的音乐。然而，她来这里为的就是跟他学作曲。他已经六十岁了。她才二十四，比他女儿还小八岁；关于声音，但凡他能教她的，她都如饥似渴地学。她想把他脑袋里近一千年来发现的和声知识全都榨取出来。可是，对于她渴望去了解的那些东西，他已经知无不言，再没什么可教她的了。

1. 十九世纪末二十世纪初法国著名音乐家。

珍的二重唱缭绕上升，发出几声让人惊艳的和声，尔后沉入一段轻柔的旋律。这段优美的旋律又变得开阔起来。他曾经把类似的东西加入到一支古老的八重奏之中——那首稚嫩的作品曾帮他赢得了与马修·马蒂森一起合作的机会。那个时候，他还在捡拾新浪漫主义的牙慧。现在，新浪漫主义这个杀不死的吸血鬼，又咆哮着回来复仇了。他学生时代的迸发是保守的，抱残守缺的；而珍则对潮流十分敏感，她活在当下。抛开这些不谈，他们对音乐的姿态大同小异。

他听了她写的桀骜不驯的华尔兹，熟悉得像他内心的向往。过了一会儿，埃尔斯刚刚能够跟得上这曲调，谁料它又爆发出一段狂野的赋格，让年轻时的彼得曾视如珍宝的那些拙劣模仿彻底入了土。他转过头去看着女孩，表情惊讶。她偷偷瞟了他一眼，顽皮地扮了个小鬼脸，露出一点阴谋家似的笑。她很高兴，不是因为她自己，而是因为她在外面闲逛时偶然发现的这只不可思议的机器鸟儿。

他们肩并肩坐在一起，一边听音乐，一边和着节奏点着头。他会不时地往他的口袋笔记本里记下些东西。当他抑制不住自己对她那个设备的兴奋时，他会轻轻碰一下她的手肘，或者用手指甲抓一下腿。

四周前，四架民航客机如一曲四重奏，让现世的梦幻变成了地狱般的梦魇。整个世界在观看那些不断循环播放的画面时都陷入了麻醉一般的恐惧，惊得连眼睛都不眨一下。那些连买一打鸡蛋都觉得优越感十足的日子一去不返了。人们反反复复地说，他们的生活永远回不到从前了，但是埃尔斯却不这么认为。对于那两座倒掉的塔楼而言，他活得太久了，被摧毁的它们无非是这历史中又一集上演的噩梦，但不会是最后一集。他生活过的每个年代都曾发生过这样规模的恐怖事件。只不过它们通常都发生在别处而已。

第五天，斯托克豪森把这曲子称为有史以来最宏大的艺术作品，与之相比，其他作曲家的作品都不值一提。

第六天，珍来找他接受辅导。她坐进自己平常坐的椅子里，脸有些肿胀发红。“噢，老伯！”她告诉他，“我写下的每个音符听起来都怪极了。像在自我放纵，自从写了这个以后。”

这位六十岁的老先生极力自我克制，尽管他很想去握住这个女孩发抖的手。等待就好，他想要告诉她。安静下来，心如止水，保持孤独。音乐会自己走到你面前，摘下面纱。它别无选择。

如今，一个月过去了，她又上满了发条，这个世界又陶醉地倒在了她的脚旁。她什么也没忘记；她都记住了。如果不是她，谁又能将这场竞走从死亡之地扭转至爱之境？这些倾巢而出的、如瀑布般倾泻的千变万化的音符，它们环环相扣的切分节奏，正是她使不完的魔法道具。她的二重唱如凌燕般飞翔；很快，这些人声有了伴奏加入，马特诺琴、倍低音管，以及低音单簧管，它们以狂躁的马达似的节奏附和着。然后是一波用跳弓演奏的大提琴和低音提琴。当然，少不了管钟。为什么不呢？还有长号卖力吹奏出的嘹亮的宣泄之声。

音乐犹如龙卷风在海面上卷起一根急速旋转的水柱，尔后又爆裂为飞溅的浪花。珍俯身探入她自己那片大海的碎浪之中，像个恶魔一般咧嘴笑了。她用她的天赋设法让自己再度兴奋起来，扭捏作态，让那些心甘情愿的听众陶醉不已。

曲子仿佛从悬崖上纵身跳下，跳入了一片幸福的沉寂。一阵余波过后，创作者不禁露出了满意的笑容。“哈？”她逗弄着他——这种自信从何而来？“你觉怎样？”

“两个字来评价。”他拖长声音说道，“其中一个真是绝了……”

这声恭维让她有点得意忘形。他站起来，走到钢琴那里，用键盘给她演示如何更好地处理作品即将进入高潮时那个不够流畅的部分。

她改造了一种类福布尔东[1]的东西，丰富又不失古老的韵味，类似勃拉姆斯可能采用过的。但是她的声部连接完全错了。有些音型可以解决掉她所有的问题，但她并不清楚。仅仅聆听过去是不够的，还有更多的东西可以借鉴。她每天从早到晚都泡在音乐里；她的品味十分宽泛，吸收起来也不加鉴别。她给他看过她音乐播放器上的那些曲子，用手指不停地滚动她收藏的那些乱七八糟的音乐的标题。她会不时地把一些她认为的天才之作放进她的播放列表，都是些仿佛世界末日的音乐：电台司令[2]、比约克[3]、迪林杰逃跑计划[4]。这些歌曲让埃尔斯大吃一惊。它们如同珍宝，里面包含了许多不和谐音和不稳定的节奏。它们听起来就像是半个世纪之前的那些实验——梅西安或贝里奥——在一个更为宽广的社会里重生了。或许在这个世界上，一个概念从萌芽到被世人普遍接受正是需要这么久吧。或许要赢得称颂只需活得足够长久。

但是过后，或许称颂恰是通向死亡的门厅。

每次珍单独做出一个发现，埃尔斯就必须为她指出更多的方向供她继续探索。这个世界的慷慨已经满溢，年轻人太容易迷失自己了。人类的聪明才智从一开始就受到了诅咒，势必会在丰盛中走向灭亡。不知从何时起，音乐创作也变得泛滥了。

他的手指在琴键上跳跃着，把他建议的替代方案弹了出来。他一边弹奏一边抬眼看她。他的目光盯着她栗色的眼睛，同时为她解释他的建议。女孩把头摇了摇。

---

1. 意为假低音，即低声部演唱时实际为高八度。

2. 一支成立于 1985 年的英国摇滚乐队。

3. 出生于冰岛的歌手，以另类风格闻名，曾因出演电影《黑暗中的舞者》而获得戛纳电影节最佳女演员奖。

4. 1997 年成立的一支美国硬核摇滚乐队；其名称来自于二十世纪三十年代大萧条时期活跃于美国中西部的银行抢匪和美国黑帮成员约翰·赫伯特·迪林杰。

“天啊，我想试试这个。”

“试什么？”他什么也没做，只不过演示了一个经过出色编排的和谐进行式，几个世纪以前它就为人熟知了。

“用琴键把那些东西敲出来。便说边敲！”

“噢，算了吧。你刚才给我放的那首十五分钟的曲子，里面恨不得有十亿个音符。”

“那不是我弹的，”她说，“是‘西贝柳斯’[1]！”

他只困惑了一下子。不是那个芬兰人：是一款作曲软件。这个软件能让最普通的歌曲匠变成音乐之神俄耳甫斯。如果一个学生要问埃尔斯该把精力放在哪儿——去了解过去或是去了解那个软件界面……他又走回房间另一边，坐到她身旁。他在她的屏幕上挥了挥手指。“那就做吧。”在他看来，珍随时都准备好了去修东补西。她在她自己的键盘上干活儿的时候，就像一个小孩子在发动一场全球热核战争。这种不折不扣的工具的力量再次让他叹为观止：剪切和粘贴拼成和声，指向和点击做成音画，一键换置。轻巧的几下点击，寥寥几块积木般的原始素材就变成了一支新的两分钟的齐奏。埃尔斯摇摇头，既惊讶，又觉得可悲：他花了五天才做完的工作，到了这儿只消一会儿工夫。

“嗬，你们这些孩子真是如有神助啊。”

“孩子？”她问。她的眉毛像在跳有氧操。“我在你眼里就是个孩子？”

这是她说过的最卖弄风情的话了。她仍在为自己作品的气场强大而兴奋不已，能单独为她的导师演示这首作品简直太棒了。没错，他想。一个有乳房的孩子。有头脑。有一种最令人舒服的漫不经心，是他几

1. 十九世纪至二十世纪芬兰著名音乐家，民族主义音乐和浪漫主义音乐晚期重要代表。此处指的是以该音乐家的名字命名的一种世界最著名的五线谱制作软件。

十年里从未遇到过的。

“在你这个年纪，”他告诉她，“我们都得先找一块好的石料，打磨光了，再找一根凿子……”

她听着，眉毛拢了起来。然后，她啧啧了一声，推了一把他的肩膀。“好吧，老伯伯。”

“再来一次。”他指着她的机器说道。他觉得自己很享受与她谈话，享受这个东西，甚至重新开始享受音乐了。“从头开始。再来一次带感觉的。”

她按照吩咐做了，尽管重奏这个改进后的作品让这节课超时了，他们二人都没有多关心时间的事。乐声填满了他们的耳朵，音符不断流淌而过。音乐再次飘满了各个角落，华丽，淳朴，在阿波罗和狄奥尼索斯[1]身上找寻着最佳状态。

短短几个小节之后，那些层次变得怪异起来，冷似月光。“噢！”埃尔斯说着拍了拍手，“我喜欢这个！”

“当然了，”她说，“我从你那儿偷来的。”

他以为她在开玩笑。但她没有。音乐的节拍仍在继续向前跳跃，但他的耳朵却变得谨慎起来。他一直等到作品演奏完毕才去质问她。

“你做了什么？”

她的表情像是要咧嘴笑。“我是在你写的一首作品里找见的，你的……博尔赫斯歌曲？”

我们为了艺术而生，我们为了回忆而生，我们为了诗歌而生，或许我们是为了遗忘而生。他忘记了，这首作品曾经发表过，如果她去

1. 狄奥尼索斯与阿波罗分别是古希腊神话传说中的酒神和日神。尼采在《悲剧的诞生》中把他们之间的对立统一关系发展到哲学和美学的高度，使之成为理性和非理性、梦境和现实的痛苦、维持生命之力量和产生生命之力量的象征。

订购一份乐谱，那将会是埃尔斯这几年里挣得的版税中的第一块钱。

“我欠你一个冰淇淋甜筒。”

“那是什么意思？”

意思是她用他以前那些晦涩难懂的曲子做了件好东西。涂腻子，打磨，上色，让这个东西重现光彩了，焕然一新了。

“你在做什么？故意把我这些老古董翻出来？”

这句话吓到了她，他从未听她发出过这样的音调。“老伯？”她说。她看着这个冒犯了他的乐段。“可是它很美啊。”

“哦？这样就能找回那些美好，你觉得？”

音乐品味的世界发生了多么大的变化！他最后一次感受到它的温度时，旧时那些挑衅式的尝试还被指控为如此这般的犯罪。他对着那些遥远时空里的声音淡然一笑——作品首演中那些滑稽古怪的举止，玛蒂和演奏家们在小礼堂里跳着舞，理查德像个皇帝似的在那里发号施令。

“什么？”珍说。她本想会心一笑，却没能笑出来。“有故事？”

他摇了摇头。“几个老朋友。”他说，“疯子一样的人。”

她皱起眉头，不知道自己是否应该再追问下去。但是，她脸上显而易见的窘困就好像一部近代史所遇到的。她属于能够将任何咒符般的原则都用得得心应手而毫不愠怒的第一代人。对她而言，他唠叨些什么无关紧要。他的话没什么意义；她想要的是他的曲子。

这天是周一，六点二十。她已经迟到了，本来有别的事要做——在宿舍吃晚餐，与恋人约会，和一众朋友一起在一周开始时去串酒吧。但是她的眼睛却在空中搜来搜去，仿佛他旧时写的那些曲子的乐谱就印在那儿。“我从你写的东西里学到了很多。”

“过去写的。”他想说。她的热忱看上去足够真诚。可是不久，她又会从一支十秒钟的广告短歌中得到教诲和愉悦了。

他想告诉她：要好好把握你此刻所明白的。别在一件事情上盲从别人的意见。了解自己的渴望以及如何使之满足。信赖你身体里的任何声音。初恋，第二次机会，空袭，愤慨，丑恶与欢闹，轻率的接受抑或粗暴的拒绝，用它们的节奏来创造。写出无业游民悲苦的心声，失地者棚屋里的哀痛，赤道上的凄凉和极地里的流荡。彻夜的肆意狂欢之后让天使之声作响。无论白昼因何延长，无论黑夜里怎样熬到天亮。去做你渴望的音乐，因为渴望很短，将不期而亡。让你音乐的模进去预测时间的终结，去追忆逝者，仿佛他们都仍在这里。因为他们仍在。

他把双手在颈后交叉在一起。“那时候，我们有些离奇的想法。”

“我知道。六十年代！”甚至连这名字也让她兴奋不已。一场革命的产物；但这革命并未如她想象的那样发生。

“那时候我们很蠢。我们觉得人能够学着去爱任何东西。”

她感到不解。“难道不能吗？”

“不能。”埃尔斯说，“唉。我们不缺干劲。我们不缺想法。我们不缺胆魄。我们需要什么就发明什么。可是梦想家总比江湖骗子多。后来我们醒了。”

他的话仿佛让她受了打击，面色凝重起来。他不明白为什么要用自己的变节来困扰她。她的音乐是如此丰富，甚至更加接近于十九世纪的六十年代，而非他们所讨论的六十年代。她仍垂着头，为破坏偶像主义哀悼着。她永远不会懂得创造性破坏的乐趣。不会再有什么可打破的了。所有的东西都已经被打破了，那些马赛克似的小碎片又被粘合在一起，太多次了，数都数不过来。

“没人欣赏那玩意儿。它再也没机会拿出来演奏了。”

窗外，这个十月在无限延伸，万里无云的天空像得了失忆症的大脑。这片天蓝色似在告诉人们，上个月没什么大事发生，中期预报显示，同样也不会有什么美好的事情发生。埃尔斯伸了伸腰。他耳朵里有一支曲子，像是五十年代他的哥哥把他绑在自家地下室里的椅子上逼迫他听的摇滚乐。

“原来人们想要的东西其实很少。”

他又回到了童年，听着父亲的高保真音响。《青年管弦乐队指南》。《管弦乐队之歌》。定音鼓的两个音调总是一成不变：哆嗖，嗖哆。哆嗖嗖嗖哆。他六十年漫长而奇特的人生旅程穿越了远系调，又折回到了主调音，那个被推倒了的家。

他这一生都无法理解自己怎至于此，但他让她难过了。

“老伯？”珍的声音有些颤抖。“听起来很大度。有意思。”她用力地把嘴撅起来，仿佛要用同样的力气让她的音乐才华一展无遗。“好像你根本不在乎谁与你为伍。我喜欢这个！”

他想去拍拍她的头，可就连这个也做不到。有法律禁止这样的行为，除了那些法律还有别的法律。过了好一会儿他也说不出一句话；他的沉默让她觉得丢脸了。

“你尝试过那么多事情，”她突然问道，“为什么没坚持下去？”

他说，“与你无关。”但立刻又后悔说了这句话，比他写过任何音乐都后悔。

她的眼睛眨了眨，头靠了回去。她把电脑合上，塞进她的包里。

“珍。”他无奈地开了口。她停了下来，等待着，一脸茫然，用手拨弄着自己亚马逊丛林一般的头发。

“去钢琴那儿。”他吩咐。她撇了下嘴，还是照做了。

“弹一下。”

她耸耸肩——随便吧。反正，她也懒得去问该弹哪个。她选择了升 G 小调。美妙，强烈，且叛逆。这个应该不错。

“告诉我你听到了什么。”

她又耸了耸肩，面无表情。“中央 C 下面的升 G 小调。”

“再来一次。还有别的吗？”

刚开始没有什么。但她很快就开窍了，比当年那一天他自己渐悟的过程快了十倍。她敲着琴键，鼻子哼着，又把它弹了出来，一连弹了三遍。然后，她开始演奏那个长琶音，铿锵有力地弹出了泛音列。

“所以呢？”她说道，想把脸拉下来，却不幸没能成功。

她明白了。一切都写在她脸上了，这个信息足以让她的未来受益匪浅。每一个你曾经听到过的乐音里面都隐藏着更多数不清的音。他永远无法告诉她的事情，他从未写出过的音乐：全都腾在空中，高高在上，在听觉无法企及的那些频率里。

【你不会知道我是谁，我意味着什么。[1]】

他们把全亚洲所有受感染的家禽统统宰掉了。一场对禽类的大屠杀。数以百万计的鸟儿都没能幸免，无论是否感染了病毒。安全只能称为一个概念作品，充其量。

埃及、印度尼西亚和中国也出现了几百例人体病例。数量虽然还不算多，但真正的大爆发往往都是这样开始的。

与此同时，在鹿特丹，研究人员在实验室里培养出了不同世代的 H5N1 变异毒株。只需三个月，经过五次变异，他们就能够成功地让这些病毒通过空气来传播。这是个太过简单的实验，简单到成千上万

1. 惠特曼《我自己的歌》第五十二节。

的动手爱好者都可以在家里做出来。一种足以杀死半数感染者的疾病，传染性却和普通感冒一样强。所有的政府和相关机构都会竭力遏制这个势头。但是过不了多久，也许比人们预想的还要快，这种制造病毒的方法就会在互联网上传播开来。

这种情形在35亿年前的细菌时代曾经发生过。

东边，在马萨诸塞州的坎布里奇，一位分子遗传学家从零开始做出了一种新的带有自身遗传密码的有机体。它不会造成威胁，除非从实验室里逃脱出来，一群科学家表示。一切都快失控了，一群历史学家说。生命是一场逃逸实验，唯一的真正的安全便是死亡，艺术家说。

守卫者夜间出击，执行着他们的飞行任务。无人驾驶飞机从这个星球的各个温床收集着数据资料。侦察部门梳理着最近几个漏网的拒不合作的据点。顶尖级的谈话破译员监听着所有频率。无所不在的特工甚至在攻击尚未策划出来之前就已将其扼杀了。

再过几个星期，一个空中小分队会从天而降，跳进这个惊慌失措的顶级艺术家的围地内——在他逃亡了十年之后——将他杀掉。他的死亡不会改变什么。恐慌恰如任何艺术一样，永远不会一笔勾销。

【然而，我仍有益于你的健康。[1]】

六十一号完了，六十二号紧随其后，仅仅过了几天。两年里，埃尔斯在沃拉塔工作，除了巴赫的音乐，他一概不听。每天晚上，教完练耳和视唱以后，他回到家里，会去听这位年代久远的对位法作曲家所作的一切音乐。别的从来不听。这成了他的一条纪律，和慢跑与做

1. 惠特曼《我自己的歌》第五十二节。

纵横字谜游戏一样。这是一种逃避，好在深夜里不再因为自己所处的这个世纪而盗汗不已。《平均律钢琴曲集》成了他每日的给养。他把那些组曲、协奏曲和三重奏奏鸣曲听了个遍。他还将二百多部康塔塔清唱套曲从头到尾认真研究了三遍。这些研究让他变得专注。他感觉自己重新回到了学生时代，自己的人生又开始蹒跚学步了。

听了两年之后，一天早上醒来，埃尔斯发觉自己完了，就连巴赫那些精妙的餐点也没感觉了。他再也感觉不到惊喜。那些闪耀之处变得稀松平常。他能够预测出那些毫无关联的乐行中隐藏的每一个稀奇古怪的不和谐音。当你已然对那些卓越的东西了如指掌，又该何去何从？

他又投向了莫扎特。他像一个学者那样钻研了《朱庇特交响曲》。但即便是其中非凡的终曲也未免太过熟悉，抑或更糟。那些音符仍在那里，听都听得见。可是它们却变平淡了，不知何故，失去了活力。它们组成的那些乐句生硬而又晦暗。他花了几个星期才明白过来：他的听觉衰退了。他才六十五岁，但已经有什么东西绑架了他聆听的方式。

埃尔斯约了一位专家。他的症状让霍莱克斯大夫有些茫然。这位医生问他身体是否有失调的状况。有没有把东西弄混或迷失方向的情况发生。

“哦，大概有吧。”埃尔斯告诉他。但是真正令他感到忧虑的是音乐上的困惑。

“你是不是觉得要找到合适的词语来表达有困难？”

究其一生，埃尔斯从来没有能够找到合适的词语。

霍莱克斯医生让埃尔斯走直线，倒数七个数，与他掰手腕，把眼睛闭上站立着不动。但他没有让他的病人唱歌或说出一支曲子的名字。

霍莱克斯医生吩咐做扫描。扫描仪是个大粗管子，很像一间东京的商人旅店。它一边工作一边发出嗡嗡声，这种微分音的音乐听起来就像拉蒙特·杨[1]或是西藏的喇嘛们在不停地诵经。

医生和病人坐在咨询室里，审视着埃尔斯的大脑皮层切片图。那些扇贝形和漩涡形的皮质看上去好像花椰菜一样。霍勒克斯医生指着那一簇簇埃尔斯的精神、心灵和灵魂寄居的地方，告诉他那些地方的名称，听上去就像地中海东部的一些度假景点。埃尔斯目不转睛地看着那些幻灯片。医生说一句，他便点点头，感觉完全是在审阅一部歌剧的剧本。如何理解音乐对浮士德的痴迷？施波尔、柏辽兹、舒曼、古诺、博伊托、李斯特、布索尼、马勒，再到普罗科菲耶夫、施尼特凯、亚当斯和“电台司令”。良知败坏了几个世纪，许久之后，那高高在上的音乐神殿才被纳粹付之一炬。

另一张大脑皮质切片的幻灯片被投到了屏幕上；在埃尔斯看来，古典音乐真正的罪恶并非与法西斯主义狼狈为奸，而在于它长久以来对控制的热望，对窃取灵魂的贪欲。他脑海中浮现出浮士德望着屏幕中他自己的神经元的情形——他的贪婪一览无余，他征服的欲望在他的大脑中打着漩涡，如香烟的烟雾在空气中缭绕。最终，这位寻觅者渐悟了一切，梅菲斯托·费勒斯[2]钳住他的手肘，唱道，“现在，我们可以拿走承诺对方的一切了。”

曾经，这样一部早期的歌剧是能够漫过埃尔斯大脑皮质的褶皱区域，产生一波波颜色变化的。可是现在，他只能看着那一片平静如大海的区域。

埃尔斯指着一丁点灰黑色的马尾藻似的东西问，“那是什么？”

霍勒克斯医生点点头，肯定了埃尔斯找出的这个他自己还没有意

1. 二十世纪美国前卫作曲家，也是奠定极简主义音乐风格的第一位作曲家。
2. 《浮士德》中诱惑浮士德与之交易灵魂的魔鬼。

识到的病灶："那就是病变区域。一个小的死斑。"

"死了？"

"一次小的短暂性脑缺血发作。"

医生又指出了另一个。

"扫描你这个年龄的人，许多都会出现这样的东西。"

"哦，"埃尔斯说，"那就没什么可担心的了。"

霍勒克斯医生点点头。"再正常不过。"也许是脑病变让他失去了觉察出挖苦的能力。

埃尔斯问，一个人的大脑出现了多大比例的死亡仍能被视为正常。这个问题让霍勒克斯医生有些为难。他好像没有对正常和死亡的概念作严格的区分。所有的医学证据都在他这一边。

不过，面对自己银色的大脑中那些小小的灰色区域，彼得却安下心来。无论他失去了怎样的音乐感知能力，那都不是他的错。他不是在接受惩罚。屏幕上散布的死斑加在一起形成了一个音型。那些沉寂的岛屿般的区域在它们周围形成了一片暗流涌动的噪声海洋。他总是告诉他的学生们，在一个作曲家的画板上，休止符是最具有表现力的颜料。瞬间的沉默是为了让那些音符更有紧迫感。

霍勒克斯医生跟他讲了运动的好处。他还提到了可以使用的药物以及应该怎样做出饮食调节。可是埃尔斯已经无心去听了。他问道，"我的乐感还能恢复吗？"

霍勒克斯医生的肩膀向上耸了一下，表示爱莫能助。他说出了一个术语：获得性失音症。可能造成这种病症的原因有很多。无法治疗。

埃尔斯被他话语中的什么东西击中了。那种语气仍在他耳边萦绕。

"这种情况会加剧吗？"

霍勒克斯医生的沉默似在暗示，情况不会变得更好。

埃尔斯回到家，走进一个声音不同于以往的世界。现在听音乐感觉就像透过一副太阳镜观赏一场花展。他清楚那些音程，何处震撼，何处惊讶，何处舒缓，何处澎湃。但就是感觉不到它们。

细雨雷鸣，群山沐浴在流淌的橙色眩光之中，夜间的城市发出嗞嗞的声响，自我更新的珍馐美味，动物的天堂：最迷人的和声变成了二手的总结报告。音乐，内心状态的第一语言和最真实写照，言语陷入意义的泥淖之前曾表现出的自己，如今却味如嚼蜡。

开头几天，他还能说出那些声音听上去有何不同。后来，渐渐地，他连这点能力也丧失了。埃尔斯的大脑对一切都麻木了，不久，他就只能依赖他的“新耳朵”了。他听微妙的节奏与谐和的声调越来越少了，听旋律与音色越来越多了。他听到的一切都是闻所未闻的，奇特无比的。双音调[1]、四乘四车库[2]、灵歌爵士、暴女[3]、红色泥土[4]、乡村说唱、碾核[5]、牛仔朋克、新前卫摇滚、新灵乐、新杰克摇摆[6]……他做梦也没想到过，人们竟会需要种类如此繁杂的音乐。

聆听了新世界一年之后，他更加坚定了。他花了一生的时间等待一场革命，没料到它早已悄然发生，而自己却错过了。无线电波中充斥着让人心惊肉跳的声音——一连串的悲伤、疯狂和欢乐，它们太宽泛了，无论他退到何处，也无法将它们全都了解清楚。越来越多的人创作出了越来越多的歌曲，几乎每一首歌都会被耳朵忽略掉。可是，这也是一种美好。因为到那时，几乎每一首歌都会成为某人深埋起来

1. 1970年代晚期在英国兴起的一种斯卡曲风复兴的音乐形式。
2. 也称为“英式车库”，一种源于1990年代早期英国的电子音乐类型。
3. 女权朋克中一种原始而极具煽动性的类型，产生于1990年代初独立摇滚的背景之下。
4. 1980年代末期兴起的一种音乐，名称来源于在俄克拉荷马州发现的土壤。形式为民谣、摇滚、乡村、蓝草、布鲁斯、西部摇摆和酒吧乡村乐等音乐类型的杂糅。
5. 一种音乐态度和表现形式都很极端的地下音乐类型。
6. 一种R&B与Hip-Hop融合的曲风，从1980年代晚期到1990年代早期和中期开始流行。

的宝藏。

他的学生们越来越年轻，听的音乐越来越广泛，但埃尔斯仍在教着那些一成不变的基础理论。当他在训练学生如何听懂第三转位中的七和弦时，整个世界正从金融悬崖的边上走过。欺诈游戏环环相扣，但是整个体系终于土崩瓦解。数万亿美元的资产泡沫破灭了。他的学校失去了半数的捐赠。他们要求埃尔斯退休。他自愿继续留教，不领薪水。但是法律却不允许。

他又回到了独自营生的生活，只是这一次，他想不出办法来打发日子了。当然，日子仍是一天天过去，多数时间仍以大调为主旋律。他经常跟他的女儿通电话，女儿说的每句话都让他觉得暖心。他还有她送他的礼物，费德里奥，无论他去哪儿，走多远，这家伙都兴高采烈地跟着他。每天，他从早到晚都没有多少紧迫的事情要做，除了去想一想他活了大半辈子都没想通的那个问题：人这副躯壳是受到了音乐怎样的蛊惑，才会认为它里面居住着一个灵魂的？

在六十八岁的年纪，埃尔斯只能争分夺秒地去思考这个问题了。他把能找到的书都读了——成百上千的专业人士所提炼出来的知识。他适应不了自己生理机能的所有变化。他的身体已经发展到了一出现某些半有序的振动就产生情绪波动的地步——恐惧、希望、紧张、平静；没人知道原因是什么。几个不稳定的和弦就能让他的大脑爱上一个从未谋面的陌生人，去为尚在人世的朋友哀悼，这完全解释不通。没人说得清为什么巴伯[1]能够打动听众而巴比特就不能，或者，是否能让一个婴儿懂得去欣赏卡特的音乐，并为之落泪。但是所有的专家都同意，一波波的压缩空气吹到耳膜上会触发连锁反应，让全身上下产生信号，

1. 二十世纪美国作曲家，作曲风格为抒情和新浪漫主义。

甚至改变基因的表达。蜷缩在他的填充扶手椅里，埃尔斯体会着音乐在一个聆听者的身体内部引发的一串串化学反应。有时候，他感觉自己在布卢明顿的约旦河畔与克拉拉共度的那个夜晚似乎并没有真正发生过，他一直是个化学家，从没有走进音乐的迷宫里去。现在的人们把一切都拿来做音乐。从分形几何[1]中做出赋格曲。从圆周率的数位中提取出前奏曲。用太阳风、投票记录、从太空中看见的冰架的存在与消亡谱写出的奏鸣曲。这就很好地解释了为什么整个学校的活动，连同其社团、期刊，以及年度会议，都会围绕着生物作曲这个新生事物涌现出来。脑电波、皮肤电导率，还有心跳频率：任何东西都能产生令人意想不到的旋律。弦乐四重奏演奏的是马的血红蛋白的氨基酸序列。就已创造出来的音乐而言，听音乐的人只是听其中极少一部分罢了，而细胞内部的某种东西需要去创造的却是其上百万倍之多。

2009年的秋天，费德里奥在植物园那条长长的环路上欢快地跑着，埃尔斯看见一片潮湿的橡树叶子在空中滑过，粘在他的风衣上面。他把它揭下来，观察着它的表面，仿佛看出了刻在那些分岔的脉络里面的节奏。在小径边上的一块大圆石上，他有点茫然地坐了下来。他的手摩挲着石头表面，上面那些小坑发出一些音调，仿佛一段钢琴纸卷在他的皮肤上滚来滚去。他抬头望去：音乐正如云堤一般在天空中飘过，附近一座房子的屋顶那参差不齐的木瓦上枝桠一般跳跃着的歌声。在他周围，一支用拓展的替代记谱法写出来的声势浩大的神秘合唱曲已酝酿成熟，正等待着他采编。被冷落的并不只是他自己的音乐。这个世界上几乎每一支曲子最终都将落得个默默无闻的下场。这一事实比他曾经写出的任何作品都更令他感到欣慰。

---

1. 一门以不规则几何形态为研究对象的几何学。

费德里奥一个劲地跑着，把皮绳扯得紧紧的。那绳子把埃尔斯拉了起来，把他朝一片鸭塘拽过去。那只狗扑进水里，她的爪子拍打出一个附点节奏的音型和加重的起音。二重奏、三重奏，甚至一段急促的六重奏在池塘的水面上向远处传去。那些相互交叠的小涟漪让水面混乱地波动起来，里面包含着足够的信息，足以将一整部歌剧译成密码。找到正确的转换键和曲谱也许就能明白所有的音乐故事：人会用曲子跟魔鬼讨价还价。人会以自己为筹码，尝试去找回逝去的情感。人会在偶然的音乐中听到自己的命运。

他的整个人生，竟然记录在一阵被溅起的杂乱无章的水花之中：这个想法太疯狂了。但是音乐本身——它那空洞的力量——却同样是疯狂的。一个六和弦的继叙咏能够让一个灵魂屈从，也能够让它看见上帝。用尺八[1]吹出一串音符，来生便得以解封。一段小酒馆里的哼唱让数以百万计的人们怀念起大牧场上他们早已不存在的家园。十万年的主题与变奏，每一位作曲家都在抄袭别人，但无论怎样，它们中没有任何东西有任何存在价值。

优雅从隐匿的声音中流淌出来，流得到处都是，流进埃尔斯受损的大脑听觉皮层中。所有秘密的、泛世界的作曲都在说同一件事：靠近听，仔细听，屏息听，听那些全然的噪声，听听你的音乐会结束后许久，这个世界仍在发出怎样的声音。

费德里奥又在扯皮绳——它的需求现实感更强一些。池塘岸边的土是潮湿的，埃尔斯的鞋陷入了淤泥里。他捡了根棍子把泥从鞋底上刮掉。每刮一下，就会有数百万细菌、真菌、原生动物、微藻、放线菌、线虫和微小的节肢动物——数十亿的单细胞生物抛洒出去，每个

1. 日本的一种五孔长竹笛。

生物都会排出成千上万不同种类的蛋白质。这激流中也包含着化学信号、颠覆头脑的音簇，以及对那些希望加入的人而言振聋发聩的发明的节日。在那些数以百万计的物种数十亿碱基对中的某处，一定隐藏着加密了的歌曲，那些继叙咏证明他所经历的一切。抛弃妻女的音乐。一首持续一生的回旋曲，主题是一段变了质的友谊。隐士之歌。关于爱与雄心与背叛与失败与悔改的歌曲。甚至是一位业已退休的工业化学家唱出的晚祷赞美诗；他有一个遗憾——他的孙辈们离他太远。

埃尔斯转过身来，把狗从池塘边拽回到碎石环路上。附近那条街道上有车辆快速穿梭而过。一辆低车身的福特“野马”悄悄驶过，加速时发出的声音像是爱侣们怦怦的心跳。费德里奥发了疯似的乱冲乱撞，一边追蝴蝶，一边冲着空中大声吼叫，仿佛那里有什么幽灵在发出埃尔斯听不到的声音。埃尔斯气喘吁吁地追着她，但狗有四条腿，他只有两条，所以只好放开了猎狗脖颈上的皮绳——虽然有悖法律，却也不至于伤到谁，至多交点扰民罚款而已。那只狗箭一般地冲向一百码之外的一棵梧桐树，站在树下便开始狂吠，仿佛用她兴奋而高亢的嚎叫能将她的猎物从树枝上引下来，并令其把自己献祭给生命的循环。

在那一刻，埃尔斯冒出一个想法。当他站在那里望着费德里奥嚎叫的时候，那个想法在他脑子里成形了。一个秋日夜晚的音乐，感恩节的电话铃声，响个不停。那时他已申请全额奖学金很久了，余下的就只是遵从自己年轻的梦想并带着它们，能走多远就走多远。他希望最终能够创作出这个地球上属于他自己的伟大歌曲——那样的音乐只为永生，不为任何人。

几天之前，躺在床上准备入睡的时候，他从收音机里听到了从 DNA 里提取出来的声轨——一阵阵奇特的咕哝声，从臭名昭著的四个核苷酸字母[1]转换成半音音阶的十二个声高得来的。但是真正的艺术应该是逆向的过程，将一部作品保存在细菌的遗传物质之中。他镌刻进活细胞中的精确的声音几乎都是无形的：鸟鸣、哀歌、这座植物园的原始噪声、四十亿年来从那些自我复制的模式进化而成的大脑中生发出的音乐。这便是一个经久不衰的媒介，它会给任何作品一个机会以长存不朽，直至有一天外星考古学家从此经过，来确定这个被挥霍掉的星球上曾经发生过什么。

将一首曲子转入四进制的数字体系中，再将磁带放进播放器。你要耐心等待，让变异慢慢地发生，它会重建每一个基因组。但那音乐信息中无穷无尽的变化与其说是一种谬误，不如说是一种特性。据埃尔斯所知，这种媒介仍是块处女地。但是用不了太久，它就会被各种涂鸦覆盖。但他可以早点抵达那里，在一片新发现的土地上享受这最后的时刻。没有一种存储介质比生命更加持久。

他要把余生用来看看能够用这种形式做成些什么，边走边学，去聆听一点生命的基础低音。只消一点点时间、耐心，一个网络连接，依指令去做的能力，还有一张信用卡，他就能再次将一支曲子发往海外，发到非常遥远的未来，无人听过，无人知晓，无处不在：为时光终结而作的音乐。

埃尔斯蹲下来，拍了拍地面，吹了声口哨。费德里奥欢蹦乱跳地跑了回来，一种激昂而极度的爱让她显得狂躁。埃尔斯用皮绳把她拴好，牵到汽车里，匆匆赶回家去；他如此急迫地想赶回去工作，自从多年以前他的歌剧陷入世俗纷扰之后，这种激动还从未有过。他听到了一种自己也许能够挽回的东西，即便不是过去，也至少是年少时的

---

1. 即 DNA 中的四种碱基类别：鸟嘌呤（G）、胸腺嘧啶（T）、腺嘌呤（A）、胞嘧啶（C）。

他对未来的那种感知力。令事物再次鲜活起来，当然，也会变得危险。形式也许能还他自由。

当天晚上，他便着手订购组建家庭实验室的部件。

【还将滤净并充实你的血液。[1]】

他走进诊所的那一刻就已清楚，游戏该结束了。一位夜班职员从接待台上抬起头看他，目光中透出警觉。埃尔斯拾回自己的勇气看了回去。

“我来看理查德·邦纳。”

那位值班员仍在打量他。“对不起，我们现在不接待访客。”

“我是他兄弟。家里出了点事。我是从德克萨斯一路开车赶过来的。”

值班员接通了电话。不一会儿，他说道，“邦纳先生？我是查克。很抱歉这么晚打扰您。您的兄弟在我这里。说是来找您的。从德克萨斯来的。”

电话里的停顿显得无比漫长，埃尔斯朝门厅踱回了几步。值班员把电话听筒挪到脸上，审视着埃尔斯。“哪个兄弟？”

埃尔斯翻了翻眼睛。只认戏不认人的家伙。“彼得。”他说，“他以为他有几个兄弟？”

值班员对着电话重复了彼得的名字。他边说边挥了挥手，但谁也看不见。毫不显眼的手势——就像音乐之于聋子。等待又持续了一会儿。值班员摇摇头，又听了听。埃尔斯目测了一下自己到前门的距离。

1. 惠特曼《我自己的歌》第五十二节。

值班员挂了电话，无奈地笑了一下。“我还得去通知这家伙。”

这里的设施十分豪华。中央休息厅里摆放着真皮沙发，顶上有珠饰彩绘玻璃天花板，大厅打开着，可以从这里走出去，来到一个空中的仙人掌花园。那里有一间小图书馆，里面有杂志和平装书。女病人的侧翼楼连着一个浅紫红色的门厅，男病人的侧翼楼这边则是草绿色的。厅的墙上挂着一溜十几幅水墨和水彩画，画中的动物们生活在一个宁静祥和的王国里。走过护士站，再穿过一扇半开的门，便是一个小实验室，架子上放着各式玻璃器皿和许多盒装药物。

埃尔斯走过一个有电影屏幕的房间，然后又经过一个小健身房，里面有几个老得像古董的女人在跑步机上打发着时间，年轻的助手们在一旁记录她们的重要数据。在一间阳光明媚的中庭，四个穿着高尔夫球衫和卡其色休闲裤的头发花白的男人佝偻着腰身，在桌子上玩一副精致的桌面游戏，棋盘上摆着数不清的彩色方块。两个年轻男人手里握着秒表和写字板在旁边观察。

理查德站在那个长厅尽头的入口处。他看上去就像化着舞台妆，上着扮演老年人用的油彩。他抓住埃尔斯的肩膀，仔细观察着他这十七年来的变化。他晃着脑袋，难以接受这样的反差。

“你不是躲起来了么？还是我记错了？”

眼前之人是邦纳，却又不像。他变矮了几英寸。他的眼睛周围像是被摧残过一样。埃尔斯向下望去，仍可看见那条州际公路在不远的地方蜿蜒而过。他苦闷得说不出话来。邦纳把他拉到胸前，给了他一个尴尬的拥抱。然后又糊里糊涂地突然放开了他。

理查德把嘴张开，干笑着发不出声来。他打量着埃尔斯，满脸疑惑。“瞧瞧你，大师，怎么把自己搞得像一根腌黄瓜似的？来吧。我给你看点东西。”

他把埃尔斯拉进房间。18 号房间像个小王国。里面有一对单人床，一套桌椅，一张小梳妆台，一台壁挂电视机，还有一间方便轮椅进出的浴室。理查德穿过这个豪华的宿舍房间，走到一堆报纸跟前。在这座摇摇欲坠的小山里翻找着。但似乎没有一样东西是他要找的。埃尔斯没等他邀请，自己坐了下来。理查德的双手产生了意向性震颤[1]——颤动幅度很大，只能是试验药物带来的副作用。他太虚弱了，像垮掉了一样，但仍在吃力却认真地寻找他想要的东西。

一声胜利的呼喊——哈！——接着，他把手里的战利品高高地挥舞起来。“就是它。”他走到埃尔斯近前，把找到的那篇文章递给他。文章是关于一个中央情报局分析师小组的——他们自称“复仇的图书管理员”——这些人一辈子所做的事情就是每天梳理几百万网络帖子。

“你觉得怎么样？”理查德说，“咱们下一个……下一个作品。演出。”

还没等埃尔斯结结巴巴地回答他，理查德就把更多近剪报硬塞进他手里。有一篇文章写的是一部热门电影，内容是关于一场一发不可收拾的流行病，本来计划在 9 月 11 日散布出来。还有一篇文章写了一个涉嫌在自家厨房里建一座核反应堆的男子。当然，还有几篇文章是关于他这位“生物骇客巴赫”的。

“把它们放在一起正合适，”理查德说，“咱们只须知道怎么干。”

他的话语匆忙而简约。时间不多了，他们拖延得越久，任务就会积得越重。他满腔热忱、急不可耐地恳求埃尔斯听从他的建议，趁着还有精力，集中精力开始工作。

埃尔斯的耳鸣开始加剧了。黄色的公路线在他眼睛里跳动。他听

1. 又称动作性震颤。躯体不自主、有节律的抖动，出现在做动作时，越接近目标物时越明显。

得见邦纳说的话，却没法理解它们。他低下头又看了看手里的几篇报道：有人试图告诉他什么，但这些话语听上去却是一阵哔哔啵啵的声音。一种令人费解的前卫的东西。

“等等，”他说，“你知道我要来？”

理查德眨了下眼，“不。谁说我知道？”

他们盯着对方看，好像在比赛看谁的困惑更多。

理查德先打破了沉默。“哦，你是说……来这儿，最后？哦，最后，当然。我知道。”

他在自己身上摸索了一阵，像在寻找一块藏起来的饼干好塞进嘴里。他是一个孩子，来自 1967 年那个寒冷的夜晚伊利诺伊大学斯托克展览馆的看台，冲着那个动乱一般的大漩涡疯狂地吼叫。在铺路石下面，海滩那里。

理查德咧嘴笑笑，最后一次阅读着他这位伙伴此时的心思。“再原谅我一次？”

“没什么可原谅的。”

“肯定有。”理查德纠正道，“我只是……”

“不。你只是……”

埃尔斯不知该如何评价他这位朋友。这个总让人上火、总招人厌烦的男人怎样改变了他的人生。

“你就是个混蛋，彻头彻尾的。一直都是。”

理查德耸了耸肩。“我对音乐怎么样？”

“我想你应该爱过它。”埃尔斯说。

邦纳走到窗前，透过百叶窗向外窥视。“那个大部头的叫什么来着？那部歌剧？”

埃尔斯一脸早期老年痴呆症的表情，跟他的老朋友看起来一副模样。“《捕鸟人的罗网》。”

“就是它。”理查德说，“是从《圣经》还是什么东西来的？那演出是在纽约吧？一演就是几个小时。关于死人复活的？”

埃尔斯自己也得想好一会儿才能想起来。邦纳转身走回屋里，又开始寻觅。“你为什么一撒手都不管了？”

他停下来，盯着他的双手，寻觅结束。“你知道咱们的问题出在哪儿？当你想要完美时，即使恢弘也会显得粗鄙。”

“就是这回事。”埃尔斯说。

老舞蹈演员把拳头一挥。“不要紧。新戏。你给咱开了个好头儿。迷死人的戏剧。我一直梦想能有人做这个，想很久了。”

埃尔斯咳嗽了两下，以此来掩饰自己的惶惑。药物试验第一阶段，胡言乱语。也有可能，这正是一个从来都不把理智这种微不足道的东西当回事的头脑想要拼得的最后一次疯狂吧。埃尔斯把手里的剪报放在书桌上，端详着眼前这个陌生的男人，他的一个朋友。

“理查德，我不知道你在说什么。”

“得了吧。”邦纳喊道，“还有谁能赢得这些观众？几百万人都在追随你的行动。要退这么多票，你可承担不起，大师。”

他用胳膊搂住埃尔斯的肩膀，勾着他走出来，一起踱进大厅。两人慢悠悠地沿着走廊走下来——那走廊似乎通往一片文明之地，把通向18号房的门敞开着。除了一摞关于戏剧的点子，房间里没什么可偷的；这里只有三四十个被当做小白鼠的人，谁又闲来无事会去偷？

“你会觉得它值得……值得一瞧。”理查德说，“这药叫‘毒鼠强’。这病叫‘鬼扯淡’。上帝知道其他人叫什么。他们的小名换来换去无所谓，这些蠢货们。一大把叫莱斯利的女人。”

从大厅另一边走过来一个男人，块头有他俩加起来那么大，留着水兵的寸头，甲状腺肿得像一个柚子。他隔着老远就挥起手来。走近之后，他喊道，“你绝不可能带一面墙进来。对不了，大臀？”

埃尔斯不知所措。理查德答道，“得找个人扮演‘墙’：给他涂点儿……”

大块头走到理查德身边，一把弄乱了他的头发。理查德没能抵抗这次偷袭，站在那里目瞪口呆。大块头又朝埃尔斯招手，干张了张嘴，“嗨，嗨！”

理查德继续说道，“给他涂点儿石膏……来点儿……”

“粘土也行，”大块头建议说，他一激动，脖子上的甲状腺肿块竟颤了几下。

“……给他涂点儿粘土，或者涂点儿粗灰泥，就算是墙了……”

“布鲁诺。”大块头说着，伸出一只手。

埃尔斯握了下他的手，立刻觉得自己的手像是要被捏碎了。“保罗。”他说。

“你来这儿探视？”

“……给他来点儿粘土，或者来点儿粗灰泥，就算是墙了……”

“是的。”彼得说。“就走，马上。”

“让他把手指这么比划着。”大块头把两根手指举到脸的一侧，在一只闪亮的眼睛前面作剪刀状。

“闭上鸟嘴。”理查德叫道，“没错。让他把手指这么比划，皮拉摩斯与提斯柏[1]就可以透过这墙上的裂隙说小情话了。”

---

1. 古罗马诗人奥维德在他的《变形记》中讲述的一个悲剧爱情故事的主人公。皮拉摩斯与提斯柏这对恋人不顾父母的反对跑出去幽会，却因误会而双双殉情。该故事对后来文艺复兴时期的艺术创作产生了很大影响，如莎士比亚的一些作品就明显受到它的影响。

“这么说来，”大块头说，“就都搞定了。来，坐下来，大众妈咪的乖儿子，把你那部分练熟了吧。”

他又挥了下手，晃悠着从他们身边走开，走到大厅另一边去了。

理查德转过头问埃尔斯，“你觉得他吃了多少药？二十来片？五片？还是打了生理盐水？这三个选项你选吧。”

埃尔斯耸耸肩。“如果要打赌的话，我就赌二十。”

“噢，我们在打赌？好吧。赌好几亿。我跟你一样。那你说说看。你觉得我服了多少药？”

“我不知道。”埃尔斯说。

“你他妈的不知道。我花了四十年读那该死的剧本。一天四个小时，最近一个月。比所有这些闹着玩儿的家伙们加起来都多。里面全是仙子。你懂吧。”

他停下来，把自己的几个口袋翻了个底朝天，硬是从里面翻出一把橄榄绿的软心豆粒糖来，仔细地盯着它们看，仿佛它们是从月亮上蹦下来的。他吞了几颗，又迈开蹒跚的脚步朝大厅前面走去。

“最糟的情况？还记得《梦》是我的创意。”

“你……”埃尔斯顿了一下，想了想怎么说更好；但无论如何，他还是认真地说了出来。“是你导演的，在研究生院的时候。背景设置在一个老人家里。”

“不是我！”理查德大叫。“是我吗？”

他走路的姿态很奇怪，身子往左边倾斜。他们经过小健身房时，那三个又老又胖的女人叫住了他。这会儿工夫，她们已经从里面出来，进了大厅；她们的发带和运动衫都湿透了，邦纳身上很快沾上了她们每个人出的汗。她们中最矮的那个嚷嚷着说，“是哪位天使把我从我的花床上唤醒了？”

“搞什么？”邦纳吼道。“‘爱之夏’[1]？你们几个在扮演谁——三个某某某？”

“他很可爱不是？”矮个儿那个问彼得。

“美惠三女神”[2]中年纪最大那位看着埃尔斯，皱了皱眉，用手指敲了敲太阳穴。

“我好像在哪儿见过你。”

中间那位拉了一下她的手腕。“你怎么可能见过，琴。”

“你是在格兰克长大的？上的是新特里尔中学？你看着面熟。”

埃尔斯笑着摇摇头。

“走吧，琴。”中间那位说道，“来吧，宝贝。”

“你是不是在‘和平队’[3]待过？”

理查德一边慢悠悠地踱着，一边用优雅的语调说道，“晚安，女士们。”埃尔斯紧紧跟在他后面。

“噢，我何等爱尔！”矮个女神在他们身后厅的另一边喊道，“何等宠溺于尔！”

理查德没有回头，把手在肩膀上挥了挥。

琴在厅这边朝埃尔斯喊着，“你是个音乐家吧？”

他们在中央休息厅里遇见了更多的药物受试者。众人的谈话尽管如变奏曲一样，却离不开一个共同的话题：这东西管用吗？他们因同病相怜而走到了一起。这整个机构给人的感觉就像是那些科幻小说中

---

1. 1967 年夏天，从春假后直到十月份，约有十万来自世界各地的年轻人聚集在旧金山海特—黑什伯里街区和金门公园，号称要“寻找和平，追求平权，发现新的生活方式”，成为了 1960 年代嬉皮士运动的一种独特的社会现象。

2. 指的是希腊神话中分别代表着妩媚、优雅和美丽这三种品质的三位女神；传说她们是宙斯和欧律诺墨的女儿。

3. 1960 年代初，肯尼迪在就任美国总统之后，曾经创建了一个“美国和平队”，目的是将美国的语言、历史、文化等传播到世界的每个角落。

描写的建在一艘星际飞船上的一个中心，上面载着好几代星际旅行者，他们就在这途中出生，生活，死亡，在浩瀚的银河系中蠕动，边走边寻访另一个星系。每个人都像许久未见的老朋友那样跟理查德寒暄，理查德也一一跟他们打招呼，仿佛人生过了如此之久他才终于发现，友谊或许是抚慰一个人的良剂。疾病驯服了他。

他们避开众人，走到后面的一处露天平台上。理查德在那里走过来走过去。

"你看到这儿是怎么回事了吧。我们露个面。接受测试。打打牌。每抽搐一下都会被监视到。还得记住谁谁谁……比如莎士比亚吧。下星期我们得从头到尾来一遍。"

他摇摇头，手指晃了晃，似在驱走他深不见底的绝望。

"我们每天闲逛的时候都在猜测谁用了什么剂量。都在观察着有什么迹象，我们是不是'长生不老'的试验品。挂了的，得救的。每天的情况都会更明朗一些。反正我是知道他们给我吃了什么。在我身上不会产生安微剂效应，我明白告诉你。"

"安慰剂[1]。"埃尔斯说。

"安慰剂。"理查德漫不经心地说。他一辈子也没能改掉自己与生俱来的德克萨斯口音。"我父亲想让我过正常人的生活。可他连'正常'这两个字都说不清楚。"他把双手插进自己松松垮垮的牛仔裤口袋，点了点头，又点了点："安慰剂，安慰剂"；他在红杉木铺成的平台上踱着步，转了一圈又一圈，最后，俨然一副哲学家——逍遥派哲学家——的模样，他回环着走向那经久不落的暮霭中。

---

1. 由没有药效也没有毒副作用的物质制成，如葡萄糖、淀粉等，外形与真药相像。服用安慰剂对于那些渴求治疗、对医务人员充分信任的患者，能在心理上产生良好的积极反应，从而改善人的生理状态，达到所希望的药效，这种反应被称为安慰剂效应。

“需要时间。”埃尔斯说。

“没时间了。”

“可是，如果这药能奏效，对其他那些……如果没人觉得不适……”

“在我不爽的时候？我倒希望有人发作，这样我得不到的也没人得到。”

“可是一旦测试结束……”

“还有第二阶段，”理查德说，“然后第三阶段，第四阶段。最后由联邦调查局那群人来核准。”

埃尔斯也记不起来那个特工的名字了。

“接着，他们还得建立工厂来生产这玩意儿，全面推广。即使我忍着生活不能自理再耗上几年，也不一定等得到它进入市场。”

他抓住埃尔斯的手腕，把他拉到露台上的卤素灯下。“这个终曲真他娘的见鬼，不是吗？你的就好多了。咱们还是把力气花在你身上吧。”

他松开埃尔斯的手，示意他等着。他迅速转回身，走进楼里，一去就是许久。埃尔斯也说不清他到底去了多久。紧张、压力和三天的疲劳驾驶已经让他脑子里的节拍器坏掉了。后来，理查德终于回来了，手里端着一架望远镜，像捧着一本犹太法典。他轻轻拍了拍手里的仪器。“我的‘不在场证明’。”

一副三脚架在他胳膊下面晃来晃去；埃尔斯在它快要滑落时抓住了它。

“我们不签退就离开会招他们恨。”邦纳说，“他们觉得我们会离群走散，忘了我们生活的地方。你能想象吗？”

他蹒跚地走下露台的台阶，两只胳膊下都夹着光学器件，脸上又露出愉快的神色，似是侥幸逃过了什么惩罚。“这叫艺术。”

“想想吧。星空派对。你只有听了天体的音乐[1]，才能明白你们这些凡夫俗子搞的东西有多无聊。”

邦纳领他走了很远的距离，穿过后面的停车场，又经过半个街区，来到一条林荫大道上，那里比周围还要稍暗一点。这晚的月亮周围有一圈光晕——又冷又大，泛蓝；这光环与轻薄透明的夜色形成了强烈反差。埃尔斯禁不住盯着这个美得有些骇人的东西看。理查德一边把望远镜安在打开的三脚架上一边不住地说道。

“我快不行了，彼得。像一块方糖，一进水就化。我得把事儿都记在一个小本子上，想着提醒自己。可是到头来连记下的东西也看不明白了。”

埃尔斯站在那里，他帮不了这个男人，但终于开始理解他了。

“所以现在你一定得跟我来，”邦纳说，“趁还来得及做这个。”

埃尔斯问，“做什么？”

理查德把望远镜升高，把底座的夹子拧紧。他将瞄准镜摇到位，检查了一下目标，弯下腰来从目镜里观察着。“长昼将尽，”他背诵着，语调平缓，“月亮缓缓攀升[2]。”他耸着肩，探着头，眼睛贴着目镜管，透过这个宇宙的钥匙孔窥视着这个宇宙。也许他在等待一辆公交车造访此地，这车每个时代只会来银河系这里一次。“来吧，我的朋友，来寻找一个更新奇的世界，现在还不算太晚。”

理查德不时地扭动那个赤经控制旋钮。他看起来十分清楚自己在做什么。一声沉重的叹息从他嘴里逃逸出来，如这夜晚的天空一般辽

---

1. 古希腊哲学家和音乐理论家毕达哥拉斯认为，恒星和行星在天体中做有规则运动时能够发出音乐般的声音。
2. 出自艾尔弗雷德·丁尼生的诗歌《尤利西斯》。此处借用翻译家飞白的译文。

阔且不可捉摸。他直起身子，后退了一步。“瞧瞧吧。”

埃尔斯照做了。视野中一片黑暗。

“你只有听了天体的音乐，”邦纳说着，仿佛头脑中刚刚才有这个念头，“才能明白你们这些凡夫俗子搞的东西有多无聊。”

“让我看什么？什么也没有啊。”

“使劲儿看。”

埃尔斯照做。还是什么也没有。很长时间都看不到任何东西。然后突然有了。

站在他身后黑漆漆的林荫大道上，理查德说，“告诉我你看见什么了。”

埃尔斯把脸从目镜上移开。过了几秒钟。“你说什么？”

“你的作品？”

“什么作品？”埃尔斯说。

理查德觉得他在逃避，便傻笑了一声。“你不是说你在搞真正的基因工程？试图创造一种新的生命形式？”

“没有。”埃尔斯说。

“快说说看。有没有我感兴趣的？”

自离家之后，埃尔斯开车走了太远，走了多少英里连他自己都说不清楚。

“我也没有太多进展。”

“那正好可以让你的老伙计加入进来。”

“我想把音乐文件加入到活细胞里。”

理查德愣了一下，仿佛被心灵感应击中了心脉，他歇斯底里地大笑起来。

“你不搞八轨道[1]了？快说说吧，你弄的这东西。”

“理查德。没什么成果。这东西还处在概念论证阶段。我还没研究出来怎么搞，他们就捣毁了我家。”

邦纳面露愠怒，他疑惑着为何如此聪明的一个人会对这样明显的东西视而不见。“有。有成果。”

“没有。”

“你没好好听。”

邦纳又通过望远镜盯着看。埃尔斯在一边站着。他听着夜晚的声音，汽车的声音，和空调的声音。他聆听着，越来越屏息凝神，越来越专注。声音无处不在了，但还构不成一支曲子。似乎那曲子永远都只能在臆想之中了。

可它却偏偏出现了。

“噢，”他说，“噢，你是说……你意思是……”

但是邦纳这个人，如同音乐一样，并不意味着什么。他本身就是意味。那些永远都不可磨灭的意味。

两人又开始了，仿佛那出老戏他们只是暂时搁了一下，等它自己酿熟了之后再下手。自从第一次听到埃尔斯迸发的想象力之后，邦纳脑袋里就已经有个小主意开始不安分了。埃尔斯自打儿时就开始摆弄这个东西了，他和《朱庇特》的邂逅。他们交谈着，埃尔斯对着邦纳，邦纳对着群星，通过他的镜头筒。他们对着彼此哼唱，这作品便成形了。理查德以细如毫发的增量一点点调谐着仪器——俯仰、偏摆、滚转——每作一次极小的调整后他都检查一下目镜。

“你的宝贝就在这儿了，”他告诉他的朋友，“唤醒它吧。”

---

1. 八轨道磁带是一个尺寸和外置调制解调器差不多大小的硬塑料片，它为在磁带上存储的连续非数字语音数据提供存储空间，多用于家庭磁带机制作唱片。

这作品仿若死神。足够让整个国家恐慌的音乐。关于沉寂与虚无的东西。必须去聆听。埃尔斯感受到了它的疯狂；凤凰城这个清冽的夜晚，医院里传出的光，附近的大路上奔驰往来的交通，这一切都在呢喃：要听见，要畏惧，永远。

“学学那个长着短羽毛的小家伙——崔弟鸟[1]。用短小的爆发告诉整个世界吧。”

邦纳指了指路那边的医院里闪烁的光。“咱们可以利用大厅里那些机器。说它已经传到这儿了，蔓延开了。到处都是。连荒郊野外都有了。一种看不见的音乐瘟疫。”

埃尔斯苦笑了一声，那甚至说不上是笑。“他们会杀了我的，你知道吗？我一旦……”这个念头在他脑子里一闪而过，就像《朱庇特》那五条重新组合起来的线。

“那又怎么样？你别的什么也没做，不对吗？”

埃尔斯两只手按着自己的脑袋。疲惫不堪和逃命的日子让他苦不堪言，这件事听起来完全无异于自杀，却是非常非常可行的。

“告诉我，”邦纳说，“你想要什么？你想写，想写……”他的右手画着圈，似乎在绞尽脑汁去想埃尔斯曾经想要创作的东西。

有个地方埃尔斯这辈子曾经去过几次。一个不需要向往安全的地方，在那里，只要听到有节奏响起，灵魂就会跟着起舞。他每次造访，那里的每个人都会提醒他：我们原本一无所有，不久就有了继承的权利。我们可以自由地迷失，自由地闪耀，自由地狂欢，自由地沉溺。除了一部分耳朵听不到的，倏尔得以游弋的和声。

“我想要敬畏。”

---

1. 诞生于 1942 年，是由当时的华纳兄弟电影公司出品的动画《乐一通》系列里出现的一个小金丝雀卡通形象；既有可爱的一面，又有对天敌残忍的一面。

理查德拍了拍手。“对了。活的音乐，在水源里游来游去。”

“惊奇，”埃尔斯说，“悬念。”

“哦，每个音节里都不能少。”

“清爽。无限感。”

“恐惧，你是说。”

“还有变化。”埃尔斯想。永恒的变异。他突然间忘记了，这曲子并非真实的。

他只好坦白。“美。”

听到对方说出了这个自觉内疚的秘密，理查德的眼睛眯了一下。接着他撇了撇嘴。“那好。还有什么比你听不到的音乐更美？”

埃尔斯抬头看了看大漠之上明净的天空，即便在这无边的荒郊旷野之上，它也闪耀着点点星光。“他们会像踩死一只虫子那样把我碾碎。”

理查德走到他的朋友身旁，把一只手搭在他肩膀上。他的眼神变得柔和了，透出一种像是同情的东西来。他想说什么却没说出来。但他的表情替他说了：即便你从来没有偷窥过什么，他们一样会把你碾死。

他把手一扬，指着望远镜说，“瞧瞧吧。”

埃尔斯用眼睛捕捉到了一个正在爆发的星群。它们聚集在一起，形成了一个蓝色的星圃，新的世界纷纷从里面喷射出来。他有了两年前的感觉，那时候，他第一次通过一千倍的物镜看到了一团染色细胞，意识到生命的发生无处不在，其规模与他毫无干系。

他惊呼了一声。理查德在他身后轻声笑了。“你只有听了天体的音乐，才能明白你们这些凡夫俗子搞的东西纯属无聊。”

那些星星如点点碎银般朝他飞奔过来。他把他的脑袋抽离出来。理查德盯着半个街区开外的医院，无论如何，那里的实验给了他希望，还提供了生理盐水。他问，“说到底，他们又能把你怎样呢？”

埃尔斯没有回答。言辞是给知道的人准备的。理查德眯起眼睛往远处看了看。“你非这么做不可。历史上赢得最多观众的一个实验作品。”

“你总是想陷我于不义，”埃尔斯说，“没错吧？”

邦纳却心不在焉。“人的眼睛从来没看见过……”他说。糊里糊涂地说着，停了下来，然后又说道，“人的眼睛从来没听见过，人的耳朵从来没看见过……”

他的话音忽然消失了。接着是一段痛苦揪心的空白，埃尔斯也无法将其填补。他却恍惚间明白了邦纳想要追求的东西。每次看，每次听，都像第一次一样。

“什么，什么，他的心更讲不出，我的梦到底是什么。[1]”

理查德指了指不远处闪烁的光。一辆货车和另外三辆车——其中一辆没有标记——偷偷摸摸地驶入了医院前面的环形车道。一些身着防暴装备的男人从车里鱼贯而出，分散开来。他们中的十几个人从主入口冲了进去。用英语和西班牙语诘问的声音清晰可辨。前台的值班员最后终于想起了昨夜新闻中的那张脸。

邦纳审视着眼前这出戏，仿佛那是他曾精心设计过的。他脸上的表情像在说，舞台调度糟糕透顶。

他转向埃尔斯。“这个，你准备好了？”

无论“这个”是指什么，答案都是否定的。理查德在前面引路，埃尔斯跟在后面。他们绕到医院楼群的远端，来到长期停车场，把望远镜和支架留在了空地中央。

大楼将他们和仅仅几十码之外的那些警官屏蔽开了。奇袭部队的影子投射到男病号居住的翼楼的窗户上，两个老男人步履蹒跚地朝一

---

1. 此情节中邦纳断断续续背诵的台词出自莎士比亚的戏剧《仲夏夜之梦》。

辆租来的雅阁车走去。邦纳在车的右后轮胎旁边躬下身子，像是要把自己藏在车子后面，又像是在祈祷。他把手伸进车轮上面，取出一把钥匙。

“搁到这儿，只要我能找见车，我就能找见它。”

他把钥匙递给埃尔斯。埃尔斯没有伸手去接。他的胳膊已经麻木了。自由已经迫近他了，几无可能的、巨大的、冰冷的、蓝色的自由，他会溺亡，在它中间，在看不见所有土地的地方。

“拿去吧，伙计。租来的而已。要是他们把你当恐怖分子抓了，不也就是辆‘侠盗猎车手’[1]的小车？你是在帮这世界一个忙。四个月前他们就应该把我的驾照拿走。”

理查德把埃尔斯拿着钥匙的手握紧。最后一次独奏会了，他的眼睛说道。你能做到。做出让这混乱无常的世界也能听到的东西来。只消忍受片刻的痛楚。

埃尔斯按了按钥匙圈，钻进驾驶员一侧的车里。恐慌如巨浪朝他扑过来，但他冲破了它。他摸了下口袋；智能手机仍在。尽管恐惧让他脑袋发晕，他仍笑了出来。他摇下车窗。邦纳赫然出现在车门上方。

“要是我们之中有个人长着阴道就好了，”埃尔斯说，“生活里一半的问题都能迎刃而解了。”

理查德把头一缩。“你这么说还真古怪。”

埃尔斯把雅阁车从它的停车位上退出来，车头冲着弯弯曲曲的林荫大道，在他前面不远的地方就是集结的警车。他扭过头朝理查德挥手。但是邦纳已经迈步走了，他转过身去，弯着腰，驼着背，手插在口袋里，径直朝那出戏走去——他准备好去导演它了，只要他们不反对。创造

---

1. 美国 1990 年代出品的一系列单机电子游戏。

的第一条原则。别人想你往西走，你偏往东去。

【一开始没能抓到我，继续努力。】

在加利福尼亚州巴斯托一条老州道的紧急停车道上，彼得·埃尔斯，一名恐怖分子，停下车检查着路边的栏杆。毫无意义的搜索。护栏上他寻找的那些涂鸦早就不见了。就连栏杆本身也一定被更换过了，而且不止一次。天知道穿过大巴斯托境内的公路护栏连绵多少英里。那些涂鸦不存在于别处，只在记得它们的音乐之中。可他仍旧停下来寻找着。他以前还从没有过停下车去观察护栏的经历。

莫哈韦沙漠[1]仿佛一幅着了色的油彩背景。灌木丛林地从陨坑一般的城市周围向四面八方无限延伸，热浪一阵阵涌来。几个小时之前的午饭时间，他在州际公路边上的一家免下车餐馆买了一包热气腾腾的碎肉吃，那时候他就开始发推特了。终于弄明白如何使用那个社交软件之后，他如孩子一般开心。他创建了一个账户，选了一个用户名——@Terrorchord[2]。他一连发了几条推特，用以证明他就是今年的逃犯。然后，他便从呈示部分转入了展开部分。

如他们所言，我实施了我的企图。罪名成立。

我确信谁也没有听到过哪怕一个音符。这曲子是我为一个音乐厅写的，里面空无一人。

1. 在美国加利福尼亚州西南部。
2. 意为“恐怖和弦”。

我在想什么？没有，真的。一直以来，我错就错在想得太多……

这一年的春天似乎没有来过。这个国家大部分地区直接从十二月跳到了六月。在巴斯托，则已是八月了。反常的气候可能倒没什么可担心的。至少对于极端微生物来说是这样。细菌几乎不需要担心任何事情。

经过汉堡店之后，埃尔斯把车开进一家加油站；经营加油站的公司最近把五百万桶石油投进了墨西哥湾[1]。最后几英里路，理查德的车子已经如强弩之末了。埃尔斯把他的信用卡插进泵里，心甘情愿地泄漏了自己的位置。没有警报响起。在汽油注入油箱的时候，埃尔斯想象着他也许可以陶醉一会儿，事实上，他也许可以再多花四个小时来挽回他整个的人生。

在加油站停车场的角落里，他坐在雅阁车的驾驶员座位上又发了几条推特。从他脑海中涌出一个又一个短小的句子，十几句便是一条，每条不超过一百四十个字。

我追求的是那种音乐，它让大脑对我们回到得以永生时的感觉念念不忘。

我想要的作品能够告诉我，当我们与世长辞许久之后这个地方听起来会是怎样的。

他发着推特，就像几天之前在植物园里见到的那只白喉带鹀发出

1. 指 2010 年 5 月 5 日发生在美国墨西哥湾的引起国际社会高度关注的原油泄漏事件。

啾鸣，每次都重新组合出一个三和音的音调。到了下午三点左右，当他把车开进巴斯托市的时候，他又发了几条推特，此时他已经有了差不多八十个粉丝。那些消息正在自己传播开来。

来这个地方让人很有设计的欲望，只可惜他不是一个好的设计师。是“声音”带他来的。巴斯托。这个名字从智能手机的地图上跳了出来。他一直想要完成这趟朝圣之旅。与这座城镇的不期而遇就像那不多的几次经历——伴着博尔赫斯歌曲疯狂地舞蹈，与布鲁克的十四行诗诡秘地邂逅，《捕鸟人的罗网》最后二十分钟里缓慢地向高潮推进——那时候的音乐简直就是自己流淌出来的，埃尔斯要做的不过是把它收集起来。

公路很窄，从经过的车辆涌来的反向气流让他的车产生了晃动。埃尔斯把车停在紧急停车道边上，去另一段栏杆上寻找。在这样一个地方，“大萧条”[1]中曾有八名无人理睬的搭便车的旅行者写下了信息；这些信息就像被装入漂流瓶，扔进了茫茫大海。八份未署名的抗辩，转化成了一组优雅而陈腐、既有颠覆性却又保守的微分音小民谣，哈里·帕奇的代表作：《巴斯托》[2]。进来容易，出去困难。

今天是一月二十六。我冻得要死。埃德·菲兹杰拉德，十九岁。五尺十寸，黑头发，棕色眼睛。回马萨诸塞州波士顿的家，现在是下午四点，我饿着肚子，身无分文。我真希望自己已经死了。可今天我还活着。

---

1. 指 1929 年至 1933 年之间发生的全球性经济大衰退。
2. 美国著名现代微分音音乐作曲大师哈里·帕奇于 1941 年作曲的一部作品，1941 年到 1968 年期间反复进行过修改。作品取材于二十世纪二三十年代经济大萧条时期在加州巴斯托的一处公路栏杆上发现的八位流浪者留下的字迹，这些成为了那个年代人们悲苦生活的真实写照。

他仔仔细细地搜索了一百码的栏杆，发现了一个黄蜂窝，一张拖吊服务的保险杠贴纸，两行下流的押韵对句，几对缩写字母，一根凿刻上去的夸张的阴茎，还有一颗破碎的心。此外，还有许多同样像是来自另一个星球的斯芬克斯般的刮痕。埃尔斯钻回雅阁车里。在用理查德的钥匙打着火之前，他发了另一条推特，这句话是流浪者帕奇说的，他现在已成了一名教唆犯：

美国音乐最大的堡垒之一便在流浪汉的王国里。

他起初读到这句话还是在研究生院的时候，在另一个闭塞的镇子上，那已经是半个世纪之前的事了；帕奇曾在那里居住过，但埃尔斯到那里的时候他刚好已经离开了。这句话一直伴着他，走过风风雨雨。原话也许被他拙劣地修饰过。发生了变异。

帕奇不似常人，他明白这些。他在新奥尔良用一个大肚火炉把他前十四年所写的音乐全部烧掉，在二十九岁的年纪重新开始，把自己与欧洲大陆隔绝开来。卡内基补助金给了他去都柏林进修的机会；他在那里见到了叶芝，并打动了这位老诗人，获准为其翻译的《俄狄浦斯王》谱写一部革命性的歌剧。几个月后，无家可归、身无分文的他只好四处漂泊，竖起拇指求搭便车，为果腹而乞讨，那是在 1930 年代的加利福尼亚——“加州！迎面而来满是洛城人和拉斯维加斯人，旧金山人和圣安娜人，处女，胎儿，和天使！”八年的流浪，风餐露宿，或是在无业游民的棚屋里过活，跳货车，染疾病，忍饥挨饿，重塑音乐。

先生们：请来加利福尼亚蒙罗维亚东柠檬大街五百三十号，免费领取一份资料。

堂吉诃德，满脑袋空想的流浪汉，在一个摇摇欲坠的国家里穷困潦倒。荒野中的先知，确信只有局外人才能找到走出去的路。一个毫不妥协的人。顽劣的酒鬼。怡然自得的同性恋，像这个世纪里许多杰出的作曲家一样。无论在什么情况下，都没法很好地与他人共事或打成一片。深信只有将一个八度切分为四十三个音高才能拯救音乐[1]。

玛丽·布莱克威尔。年龄十九岁。棕色眼睛，棕色头发，人见人赞。内华达州拉斯维加斯东凡吐拉街一百一十八号。目标：结婚过日子。

虽然在频谱上听到了他要的音乐，帕奇还是得发明出一整套古怪的乐器来构建他的乐队。想象力迫使他做起木器来。因此，“发酵木琴”[2]诞生了，这琴被装了许多轮毂和酒瓶子。“菱形马林巴琴”[3]、“低音马林巴琴”、“竹马林巴琴”、“马兹达马林巴琴”，以及“方竹倒置琴”[4]。经过改制的中提琴和吉他。“和音加农琴”，有着滑动的琴马，可以

1. 哈里·帕奇早年使用等程半音体系（西方音乐中最常见的音调系统）作曲，由于深感音调体系不完善，不足以反应戏剧人声的精妙轮廓，因此烧掉了他的早期作品。后来他创立了四十三分音体系，写了大量用他自创的改编乐器演奏的作品，这些作品都是基于四十三分不等律创作的。

2. 由帕奇于 1963 年发明制作。外观似木琴，但增加了一些可产生不同音调的酒瓶，福特车的轮毂，还有一只铝制的番茄酱瓶。

3. 由帕奇于 1946 年发明制作的一种外观为菱形的木琴。后面所述的几种乐器均为帕奇于 1940 至 1960 年代发明制作。

4. 由帕奇于 1965 年发明制作的一种形状奇特的琴。中间为“菱形马林巴琴”上下颠倒的镜像形式；帕奇最初想用方竹来制作此乐器，后因成本问题而放弃，改用非洲紫檀。

针对每首新作品变换不同的形式。“西萨拉”、“葫芦树”、“圆锥锣”、“战利品”[1]。一整个系列的“半音阶旋律琴”，这些乐器的按键将半音切分成更为细琐的音阶。当然少不了“云室碗”，埃尔斯客厅里就摆着一组复制品，联邦政府因而警觉起来，认定必须对他的房子进行突袭。

亲爱的玛丽，你的主意真不错……

一段新的栏杆晃入视线，埃尔斯猛地踩下刹车。在他后面，一辆福特远征车鸣起喇叭，赶紧变向拐出来，差点造成追尾。车子呼啸而过。埃尔斯把车停在紧急停车道上，盯着那段长长的路面，在另一个世界里，他躺在路的另一边，浑身脏污。

然后，他死而复生，抽出智能手机，又开始发推特。他把自己用于制作的配方推送了出去。他还推送了有关作品如何诞生的简介。轻轻一点，又一轮新信息就被送去了这个世界上最大的礼堂。

可能搭的车：1月16日，58。1月17日，76。1月18日，19。1月19日，6。1月20日，11。见鬼去吧——我自己走！

埃尔斯从车里走下来，仔细检查着每一寸护栏，仿佛那是《朱庇特》的乐谱。它的确很像，上面布满了划痕，有不经意划上去的，也有刻意划的。他一刻不停地找着。金属保险杠上布满了人、自然和偶然。潜伏的杀手，隐匿的信息无所不在。谁知道在这一寸寸栏杆上写下的无形的信息里发生过多少故事？

---

1. 由帕奇于1950年发明制作的一种乐器，由几种不同的乐器组合而成。

漆皮上的铅笔痕迹可追溯至1940年：当然，那几个搭便车的人早已一去不返。巴斯托的每一段栏杆都比他们存在的时间更久。而每一段栏杆都记录着他们子孙的痕迹，他们的后代留下的数以百万计的涂鸦。太阳开始西坠，交通又变得繁忙了，搜索愈发显得无望和急迫，由此引发的一切都因生命而躁动起来。

耶稣是肉身的神。

帕奇的想法无比正确。十二平均律远远不够。这些音律使一位作曲家受制于早已被开发过的乐句、推进，以及终止式。它们给原本无限丰富的音乐语言套上了一层束身衣。“作曲家向往晚霞的颜色，他只能用红色。他渴望天竺葵的颜色，只有红色。他梦想番茄的颜色，依然只有红色。他根本不想要红色，可是只有红色，别人还以为他就是喜欢红色。”

这个男人认为四十三个音高比十二个使人更接近无穷，但是他错了。埃尔斯断定。

埃尔斯倚靠在理查德租来的汽车那脏兮兮的引擎盖上，掏出克拉乌迪雅·科尔曼的智能手机。他发了下面的推特：

帕奇谈论钢琴：“阻挡音乐获得自由的十二根黑白狱栏。我发现了一种能摆脱这些狱栏的乐器。”

帕奇又说：“我在所有关于我的声音中听到了音乐，尝试把它记下来……”我所做的一切，也不过如此。

我这一生都觉得我是了解音乐的。但我就像一个孩子，常把自己的祖父和上帝弄混。

他打着字，记忆中暴雨如注，在高架桥下面的某处，另有几个旅人在等待搭顺风车。

寻富豪美妻。样貌好，很英俊，聪明，吹牛皮高手，等等。幸运的女人们！只管来找我吧，幸运的女人们。我叫乔治。

埃尔斯发推特说道：

总想着调式是徒劳无益的。音乐，一时毫无意义的音乐，会溶解掉你所有的顾虑。

他保持着这样的姿势，倚靠在引擎盖上，发着推特，十分惬意，十分平静。他在外面多停留一分钟，就多一分州警察的巡逻车停下来将他以流浪罪带走的风险。但此时的他已经入迷了，似乎自己这种不可理喻的行为有神明庇佑，心里满不在乎。

一条信息传来，填充了他的屏幕："班上的人想知道所有这些是不是跟期末考试有关。KK。"

他笑着回复道："就当是吧。"然后又发了一通推特，他才钻进车里。

从巴斯托他转而朝北进入中央谷[1]，沿这个州的狭长地带向上，帕奇曾经作为一名流浪汉沿线搭便车，把那些陌生人的话抄进他的笔记

1. 从加州首府萨克拉门托一直向南到弗雷斯诺，绵延二百多公里，是加州的农业生产重地。

本里，那上面全是用手画的密密麻麻的五线谱表。他一路向北，朝着那个曾经让帕奇痴狂地草草用笔记录的地方挺进。“在美利坚河[1]柳树遍布的沙岸上，在城里，我凝视着日映云辉中的星辰，向那个施与者送上谢意。我应加倍谢她，因为在每一个临近的黄昏里，我都会对明天嗤之以鼻……”

夜幕降临时，他下了I–5公路，在巴顿威洛附近一个载货汽车停车场的小餐馆里点了一份墨西哥煎蛋。由于知名度攀升，他的名下已经有了上千名粉丝。那些读者不断地转发着他的消息。一个著名的新闻网站下有一个关于生物恐怖主义的特别专栏，里面发布的一条评论首先将这个事实公之于众：“生物骇客巴赫”在向公众即兴创作。他在认罪。

整整一夜，遍布网络的那些分散的结点上都有发现在闪光。一位录音师计算了要为五分钟的交响乐编码需要多少DNA碱基对。有人上传了五分钟的《捕鸟人的罗网》的旧家庭录像带演出版本。一对居住在离埃尔斯在纳克斯科荷曼的家仅一英里远的夫妇突然感到强烈的不适，于是在他们的博客里描述了自己的详细症状。一封群发邮件开始流转，里面附带的链接提供的信息告诉人们，如果怀疑自己接触了沙雷氏菌应该怎么办。“请将此信息发送给您认为需要的任何人。”

一名记者在他的脸书主页上表达了强烈质疑：@Terrorchord这个账户也许事实上并非彼得·埃尔斯本人，只是另一个匿名的仅仅想出几分钟风头的恐怖艺术家。一个半红不红的道德卫道士就音乐如何被欺诈所裹挟大放厥词：“读不懂、听不到或无法演奏的音乐：现在，我已听到了一切。”不到十分钟，这个帖子就开始遭到轮番抨击。两

1. 流经萨克拉门托的一条河。

位数学家激烈争论了要解码四进制[1]的音乐并将其回放是多么困难的一件事。有人透露说政府科学家已经分离出了变异毒株并对其进行了测序，其中包含一种多重抗生素耐药性的基因。一位年轻的女作曲家称，她已经听过了彼得·埃尔斯拼接成基因组的那个文件——该作品是为一个小型乐队写的，速度极快且十分不羁。

加州的清晨降临，线上热闹非凡。缅因州的一名激进主义者坚称，如此毫不顾忌地改变一个活的生殖细胞体系，不管是谁，都应该被判死刑。一个法学院的学生则说，那些推特本身就是某种形式的恐怖主义，始作俑者应该不经审讯而被无限期拘留。为一家鲜为人知的新音乐杂志写作的作家们认为，这是这些年来第一次有人唱出一首让人耳目一新的歌。

祝愿所有读到这个的人，如果他们能搭上便车的话，祝你们好运。你们到底为什么要来啊？

埃尔斯睡在雅阁车里，车停在洛斯特希尔斯以北那家休息站后面的一个停车位上。他梦到了流浪汉的国度，那个美国艺术的堡垒。在他的梦里，普通人彼此间喋喋不休地说个不停，仿佛数以百万计的独奏汇在一起，那些音调和节奏如此丰富，绝非任何音阶和乐谱能够捕捉到的。一整夜里，州际公路上往来穿梭的那些长途货运车奏出的交响曲一直在他耳边萦绕。

他醒来，接着朝北驶去。晚上他便可以抵达他女儿的处所。没什么计划。只有那首古老的流浪汉哼的小曲：当我身无分文，无处安身。

1. 以 4 为基数，用 0，1，2，3 表示的一种计算实数的进制；该进制和以脱氧核糖核酸（DNA）表示的遗传密码的位值记录方式存在平行关系。

为我铺张小木床，在你的地板上[1]。

【一处找不见我，去别处另寻。】

一个男人坐在路边休息区他的车里，往手机里输着字。他写道：“我是听了这么一首歌才开始的：‘动一动吧。因为有一天你会动弹不得，很久很久。’”然后他按下了发送。

他谈及他写过的一首作品，那个旋律来自于一个言辞再也无法企及的时代。他把那些和声键入，让它们以自我复制的长链的方式贯穿于作品。那些信息被传送到卫星上，又返回到服务器中，服务器将它们发送至这个星球的各个角落。

他告诉人们这首作品听上去的感觉：就像希望与恐惧之间那个模糊的边界。“我试图让我的培养菌听起来像我十六岁时热爱的音乐，每隔几小时就展现出一种新的姿态。我试图让它听起来像那时候我五岁大的女儿在起居室的另一边用彩色积木搭出来的样子。”

每条信息便是一个旋律。他用推特讲述他如何聘请音乐家、排练并录制那首并非为任何人所写的歌。别人的车在他旁边停下来。人们从他的引擎盖旁边缓步走过，并没有起什么疑心。他们照样去使用那些设备。他们从自动售货机里买了午餐。他们又回到他们的车里，扬长而去。

他继续写着音乐，这音乐被转化成一连串二进制的字符，然后又再次转化成四进制。他记述着沙雷氏菌的染色体环，有五百万个碱基对那么长。他用推特讲述了自己如何将那些二进制数字划分开以做成

1. 一首带有布鲁斯和爵士风格的民谣，起源不详，大概可以追溯到十九世纪。

一个短调。以及他是如何定制那个调的。如今，已经没有什么不能在网上订购了。

他的主页上一片欣喜和赞叹之声。所有那些短小而欢乐的评论都聚焦于他如何把活物变成了点唱机——将一个意味深长的形式序列与数十亿年的偶然谱成的曲子融为一体。他按了一个键，信息开始进入生物圈里发酵，一段时间之内，它将在那里生存繁衍。他在推特上讲述了他是如何赋予音乐以自由的。他讲述了它是如何在周围的空气里以及浴室瓷砖的水泥浆中传播的。那是一支你现在正在呼吸的曲子，一支你永远无法听到的曲子。

推特上大家纷纷谴责他。

我让这首作品自生自灭，如同我们其他人一样。或者等待在我们灭绝十亿年后由外星种族去发现它。

至于这首作品将会怎样，我完全没有头绪。石沉大海，很有可能。或许你们会忘记曾有过这么个东西。毕竟，它只是一首歌而已。

【我会在某处驻足等你。[1]】

聆听者变红了，感受到了喷薄而出的太阳。聆听者变蓝了，看见了天空。聆听者变绿了，奔向大海的怀抱。

移动的音乐厅里流光溢彩。它们首先来自收音机：摇曳不定的叹息撩动的琴弦。悠长的曲调，一天结束的声音。再没什么可忧惧的；

1. 惠特曼《我自己的歌》第五十二节。

也不必再去发现什么。然而七和弦忽然加入进来，号闪烁着微光，随着下一小节的奏响，一个女高音唱道：

> Amor m í o, si muero y t ú no mueres,
> *Amor mío, si mueres y no muero,*
> *no demos al dolor más territorio* ……
> 吾爱，若我死去而你仍在，
> 吾爱，若你死去而我仍在，
> 我们不要再延续那悲哀……[1]

这些话语如一条河流蜿蜒而缓慢地流动。但很快，一个不稳定和声的漩涡便将这声音推进了一个更为宽广的区域。这段音乐，虽然不过诞生于六年之前，却像是百年前的一首旧作。它充溢着马勒最为澄澈安详的气息。它所包容的屈指可数的几个不谐和音如斑驳的光影转瞬即逝，仿佛上个世纪里那些极端的恐怖并没有改变什么，即便是现在，即便是在这样一个年度，家可能依旧完好无缺，比你想象的更加触手可及。

摇曳不定的音型再次浮现，号声使其加倍。伴随那个律动，女高音得以返回起初宽广的主题：*no hay extensión como la que vivimos*. 无处比我们栖居之地更为辽阔。仅仅几个小节之后，当车驶过这段普普通通的州际公路，这句话几乎成了眼前的现实。

三年前，你曾听过这首歌，起初听上去似乎纯粹是多愁善感。电

1. 出自智利诗人聂鲁达的诗作《爱，生命不息》，前文为西班牙语原作。后文中西班牙语诗句为同一诗作，不复赘注。

影音乐。带着些许南美的色调和魅力，仿佛是维拉·罗伯斯[1]在用拉威尔的声音说话。那个地方我们再也回不去了，尽管它仍然存在。现在收音机把它重现出来，为你演唱的是一个程序员，他总是坚称最初的聆听感觉一般都是错的。

你知道这些罪魁祸首：彼得·李伯森[2]，巴勃罗·聂鲁达。不过这种名字充其量是合成的假名。几个世纪以来这些乐句和措辞被反复重组过，历史不比更多无名临时工所做的工作更为可信。你在一个自传播网络的分支上独坐静思，它承载着转瞬即逝的情绪和调性，成为了新感染的带菌体。

关于这首歌，一个聆听者也许永远无法了解的是什么？他是如何为了现在演唱它的这个女人而将它创作出来的？她如何将作曲家引向了这份爱，这首诗。吾爱，若你死去……演唱者是如何在首演仅数月之后便离世的？

这些骚情泛滥的词句中可曾有任何改动，以预知下一个便轮到作曲家本人？几天之后他便会死去。这就是为何收音机里在播放着这些歌曲：提前诵念的悼词。但是听听，这音乐还预告了另一场离世，甚至比它所用到的那些和声更为久远。

几十年前，这个男人同样像个无限未来的信徒一般进行创作。他曾追随那些有着令人敬畏的进取心的大师。从他内心涌出的音乐有着精确而严密的华丽，如形式证明般的音乐，那样的东西能让数十个人

---

1. 十九世纪到二十世纪巴西著名音乐家，以庞大的创作数量，丰富的创作体裁，独特的作品风格在欧洲现代音乐史上独树一帜；其作品将巴西民歌主题与巴赫的创作技巧巧妙地结合了起来。
2. 美国作曲家，1946年10月25日出生于美国纽约，于2011年病逝于以色列。其妻洛琳·亨特·李伯森是一名出色的次女高音歌唱家。李伯森曾为妻子创作《聂鲁达歌曲集》，后者于2006年因癌症去世，而作曲家也在仅仅五年后因淋巴癌撒手人寰。

感到兴奋，为之着迷，甚至还能打动上百位独具慧眼的鉴赏家。那时的他沉醉于所有那些曾经视若珍宝的陈词滥调，投入了那么多毫无缘由的热情，如今他把它们统统丢弃了。可是这首歌——啊，这首歌会信马由缰，走遍各处，出去看这个世界，让那些音盲的人也能从中听出些已被遗忘的东西。

那么，那场失败的革命怎么办？几百年未曾妥协的实验又当如何？想要创造出超越普通耳力所及的东西的愿望：矢口否认？规训和惩罚？摇摇头，对那些青春之风淡然一笑？不：追逐陌生是你的意愿，你如火般炽燃的艺术。你与那些局外人一起并肩战斗，为了某种宏大的东西，知道自己没有多少胜算。现在覆水难收了。没有可以选择的记忆；没有借口。只有坦白你曾为之努力过的一切，就在这里，在这极其漫长的一天结束的时候。

但是这些东西又该怎么办——这些爱之歌，这些带着垂暮音色，让你的心胸隐隐作痛的和声？这算什么？一刀两断。回光返照。逃避。背叛。临终皈依。宽心。自贬。打发横跨这个国家的自驾之路这最后五十英里的音乐？

就当什么也没有吧，或者，就当作音乐，因为在你前往的那个地方，等待你的那些声音没有乐章，没有风格，也没有名字。听着，什么也别决定。就听着当下吧，因为不久以后便再也不能去听了。

音乐加强了。风险陡增，在紧张中与之渐近。一个从别处窃取的姿态，的确如此，但究竟是何处？从要去控诉的人，可他并不存在。一点普通的悬念便可打破魔咒；你将会建构出不一样的反差。寻求超越的一生遇到了这样的诅咒。真实的东西从不会让你满足，你想按你的意愿改造一切。可是，与此同时——又一阵渐强，一个富有节奏的断层线，器乐的色彩一转变，你便想：为什么不呢？于是，内心的笃定败给了单纯的听觉。

El tiempo, el agua errante, el viento vago . . .

时光，流水，变幻之风。垂死的作曲家已公开声明：他想要向他以前和现在的学生表达歉意，是他把他们引向了歧途。当时已错，音乐说道，终于改过，就在这终点线上。这是个足够欢喜的故事，应该一直讲下去，直至物是人非，时尚的变幻之风再次宣布谁晋级，谁出局，谁失利，谁胜出。仍然会有逆转；音乐的本性如此。听着，只管听着，别太在乎分数得失。现在你该重聚了，片刻，你只有这片刻时间。你只有这不长的一会儿可以迷醉其中。*Pudimos no encontrarnos en el tiempo.* 爱，我们也许永不能于时光中觅得彼此。

这迟暮的太阳的光芒，它们让你僵硬的身体缓缓解冻。但是很快，这些和声也将落下并冷却。就连美丽本身也会惊喜不再，让耳朵想去寻觅别的声音。欲望会变得更加苛刻，变成砥砺即将来临的困难的场地。只在这片刻，这首歌，就这首。

第一个扩展音型再次出现。所有的音符排列完毕，就像是你自己写下的一样。并非在这里，并非在此生，并非在你工作和生活的这个世界。而也许是你终将抵达的那个世界。*Esta pradera en que nos encontramos.* 在我们相会的这片草地上。漫长而奢华的线清清楚楚地预示着你的过去，记得住你的未来。你无法想象，那么多年里，你竟与事实擦肩而过。写下如此简单，如此温和的东西，让一个听者想去突破她自己，也许就够了，甚至再好不过。

但是：你写了你想写的，做了你想做的。于是你成了现在的你。其实，这草地自有芳芬之时。*Oh pequeño infinito!* 噢，小小的无限！

我们将它归还。我们将它归还。

冒着晚间的雨，你站在她房子前整齐的带着艳丽装饰的台阶上。终于，“声音”把你领到这里来了——最好的一次导航表演。她，一个人到中年的女人，把门打开了。她脸上为别人准备的幸福激动的表情僵住了。她，你的身体细胞唯一的继承者和执行人，正沉溺于自己的欢喜和忧惧之中，而你甚至无权过问。但是从现在起，她要做的就全都与你有关了。她将喉咙里差点喊出口的话咽了下去，把你拉进屋去。

愤怒，激动。一边急促地询问你，语气中夹杂着忧虑和焦躁，一边给你端来上一顿没人分享的晚餐剩下的面条。她用毛巾擦干你的头发。话语不停地从她嘴里涌出来，不堪忍受。但是它们也用不着忍受太久了。“你发烧了吗？你的嘴唇怎么了？你怎么搞的？天哪，爸爸，赶紧吃点东西吧。”

她居住的房屋，这样的房子通常在家具陈设的册子里那些跨页广告上才会出现。这栋联排别墅干净得就像一个C大调音阶。窗帘是刚刚熨过的。转角沙发上极其对称地叠放着几个靠枕。几面墙上挂着的照片让这些墙显得十分优雅：有她穿着高技术含量的运动服冲过终点线的照片，还有些则记录了她跑步时所经历的不同阶段的阵痛。四把矫正姿势用的梯式靠背椅围绕餐厅的桌子整齐地摆放着，精确得就像用尺子量过。一个伞架立在前门边上，旁边是一副鞋架，上面摆着几双一模一样的珊瑚色跑鞋。这都是拜你所赐——先情绪激动，然后才去理智地处理。当你教给一个八岁大的孩子没有什么——没有任何东西——是安全的，这便注定了。

但是还有一架钢琴。一架六英尺的小钢琴，琴盖是打开的，乐谱台上放着舒曼的《童年情景》，这似乎不大可能。

“你又开始弹琴了？为什么你什么也没说？”

她没有回答。她站在窗边，眼睛来回瞄着街道，然后把窗帘拉上。

乐谱台的近侧是一张照片：一对年轻男女在一起自娱自乐。男人伏在一架玩具钢琴上，手臂举过头顶，手指准备好去敲那些小小的琴键。女人夸张地伸着一只手掌，眼睛闭着，嘴巴似在大喊“噢”！你认识这些孩子，你认识那位摄影师。这对业余的二重唱，它持续了多久？从头到尾，不过十年。*Pero este amor, amor, no ha terminado.* 但这爱啊，爱，并没有终点。

照片的背景中，一个无畏的女孩在咧着嘴笑。现在她正在厨房里，用一把电热水壶和从一只雅致的圆碟子里取出来的茶包沏茶。为你们两人各准备了两块香草松脆饼。她回到餐厅里你坐着的地方，她的眉毛耸着，让眉宇间的愁云一览无余。

你心想：我唯一一件得意之作。

餐具柜上的其他照片讲述了更为真实的故事：一个还未到青春期的孩子和她同母异父的刚刚成人的姐姐，在一棵挂满礼物的圣诞树下。母亲，继父，快乐的毕业季，她的学位帽停留在半空中。年轻的女人和那个疲弱无力的男人站在半圆丘[1]前面，把手里的登山棒举在空中，比划着格斗的姿势。那么多年里，那么稠的日子，每天都真实地存在着，沉甸甸的，而非仅仅如你想象中的音乐那般。她的事业，她的人生动力，她为了支付这个干净整齐的地方的抵押贷款终日都忙些什么，这些你一无所知。在她的人生中，你通常只是作为在她伤口上撒盐的盐罐子才出现的。但她仍义无反顾地来了，在你自己营造的荒凉中寻到了你，每个星期都打电话来和你聊天，因为你连一个这样的朋友都没有，还

---

1. 美国加州约塞米蒂国家公园约塞米蒂谷东头的一处花岗岩穹窿。

给你买了条狗作伴。

她坐着，倒茶。先喝了茶，又把一块饼干放进嘴里，就像在吹一支调音管。

“请告诉我那些东西不是你写的。”

那些像活物一般繁殖的东西，传遍了网络。你想要告诉她。你几乎可以这么做。这几乎是真的。

你耸耸肩，看到你耸肩她便骂了你。埋在心里四十年的苦闷。又说了些激愤的不客气的话，她转而哭了起来。你拉起她的双手，但她把你的手甩到一边，自己用手抚着脖子。她闭上眼睛，垂下头，用手指捏着自己的鼻梁。你看到了她头发中杂乱的银丝。你，这个对一切都视而不见的人。

她的声音颤抖得像一把学生用的小提琴。“我不‘明白’，你想做什么？”

可是音乐并不去做什么。它生来如此。麦子里的一颗尘埃，沙堆里的一粒沙子。

今夜，噪声四起，难以掺进一言。空气里涌动着细琐的极乐与狂喜。就在这里，最终，静静地、默默地聆听便已足够，不须向这混杂的声音里加入任何东西。春风拂动着金属百叶窗的叶片，让它们在窗扉上蹭来蹭去。几英里之外响起了警报声。有人在火灾抑或暴力案件中丧命。经过的一辆车中传出一阵收音机的声音。各种小装置像鸟儿一样啁啾作响。钟琴的报时声传来，它来自三个街区外的一辆冰激凌售卖车，来自六十六年前。联排别墅邻居家的电视调到了永无休止的全国选秀节目上，声音隔着墙壁传过来。空调的嗡嗡声，像树上的青蛙发出来的。欢呼的人群，带着回响的有线广播。成群结队的蝙蝠在空中飞过，发出听不到的咻咻声，捕食着那一团嗡嗡叫的飞虫，好似在天空中疯狂地打着结。你双耳的毛细血管里有血液流淌的声音。无处比你栖居的地方更为辽阔。

“我想让你感到骄傲。”

她摇摇头，不予置信。“骄傲？我以为你是上帝呢。”

“那得等我走了。”

她摇摇头，否认他的否认。

电话响了。她摸到这个讨人厌的东西，把它挂断，但那铃声还是在你耳边响了三遍。它熟悉得就像你的呼吸，可你却一时想不起来了。突然你想到了。

“那是什么声音，你从哪儿……？”

她没有回答你——你，这个世界上不需要去辨识那支铃声的一个人。她只是站起身来，还没等你把茶喝完就把茶具收走了。没有迟疑，这一次。有问题要解决，体系要运转，旧时的噩梦要防止重演。

“你可以待在这儿。我把你藏起来。我们明天给那个律师打电话，我跟你提起过的。他会想些办法。”

你听到第一辆货车停下来，一扇门打开了。她看着你，眼里满是期待，直到现在仍然盼着你能够收回自己对公众做出的每一条告解。尔后，她的脸又因痛苦而愁云密布起来。“你真的做了那些事？”

你眯起眼睛：做了什么？要认罪的事太多了。你想确认她说的是哪一桩。

她的眼睛一眨不眨地盯着你，想从你身上搜寻到证据。她的眼睛在说：你把一个活细胞变成了音乐盒？一张 CD？那眼神中竟然透出一丝兴奋来。

“有人说他们已经把它分离出来了。有人上传了……”

“不，”你说，“不可能。”

房子的另一边，另一辆货车发出嘎哒声和砰的声响。靴子踏在路面上的声音。你猜不出有多少人。此时你的女儿问出了自她儿时起就再也没有问过的那个问题。

“这东西听起来什么样？”

她的目光落在钢琴上。一个羞答答的请求：给我弹弹吧，让这个世界只能猜来猜去的这个东西。在大陆另一边的海岸，你曾告诉一个受到惊吓的八岁小女孩，“什么也不会改变。我们还会跟从前一样。”现在，你眼前这个受到惊吓的四十二岁的铁人三项选手、数据挖掘师，需要你对她撒另一个谎。

一道警戒线把房子围了起来。靴子重重落地的声音，某种电子设备发出阵阵哀鸣。

那是架好钢琴，比你曾有过的任何一架都好。你试了几个和弦。它们听起来仿佛最明媚的未来。你的手指说：爱，我们不要再延续那悲哀。它们记得一些事情，你的数位，曾经的你接受挑战，为她母亲写过的一首歌。磕巴了几下，就把它找回来了。它复活了。

她惊讶地笑了。“噢，不！你没有。你没有用那东西。”

不；你笑了，像个淘气的孩子。不，你是对的。这似乎很重要，和屋子外面那些人要接近你时尽快逃离这里一样重要，和你能够获得的自由和清白一样重要。你说，“真不敢相信你还记得这个。”

乐谱台的远端放着一个小花瓶，里面插满了刚刚采摘的铃兰。如果带着点戏剧眼光来看，它就像是为你准备好的。拿点东西在你手里比较好，这小花瓶会像极了黑暗中的实验室玻璃器皿。你把它拿起来，捧在手里。

“你会惊讶的。”她说。

你低头看着那些琴键，那些十二个一组重复的黑白相间的监狱栏杆。那里有些东西仍令你想逃出监牢，即便在此地，即便在这个深夜里。此生你寻不到那钥匙了。但那些声音仍在不停地绽放，那些你感受到以及错失过的音乐，那些你没能发现的组合，那些仍在等待创作的危险的歌曲：*y así como no tuvo nacimiento no tiene muerte.* 没有诞生，也就没有死亡。没有了你，那些记忆中的未来的河流仍会继续向前，不会改变什么，除了自己奔流的方向，自己吻过的岸。这份爱，爱：这份爱没有止境。

“听，”你说，“听到了吗？”

她走到窗前，撩起窗帘。她喉咙里发出一声哭喊。“噢，见鬼。”她的身子往后退了两步，抬起的手臂似在拒绝接受这个事实。“见鬼！”她呆滞的眼睛张大了。她的脸色变得如死灰一般。“爸爸，”她哀求道，“别，千万，不能。”

“萨拉，”你说。你语气平缓，尽管此刻已千钧一发。“萨儿？咱们来做点什么吧。”

她摇着头，恐惧把她折磨得够呛。她的眼睛在你眼神里探求着：做什么？

好东西。好而响亮。好而生动。一朵没有人知道的玫瑰。

倘若她点点头，哪怕只微微点一下，你就会朝门走去，穿过它。跑去一个清新的地方——那里绿意正浓——重新开始留意所有新的危险之物。你继续前行，如快乐的音符，能走多远就走多远，你盛有胚芽的小瓶里堆得高高的；你像一个指挥家把手里的指挥棒挑起，给出一个幸运的暗示，比任何人料想的都要幸运。一个小小的无穷大的下拍。你终将听到这首作品如何延续。